비밀의 숲

1

이수연 대본집

비밀의 숲 1

초판 1쇄 발행 2017년 8월 11일
초판 15쇄 발행 2024년 10월 1일

지은이 | 이수연
펴낸이 | 金湞珉
펴낸곳 | 북로그컴퍼니
주소 | 서울시 마포구 와우산로 44(상수동), 3층
전화 | 02-738-0214
팩스 | 02-738-1030
등록 | 제2010-000174호

ISBN 979-11-87292-68-5 04810
ISBN 979-11-87292-67-8 04810(세트)

· 이 도서의 국립중앙도서관 출판예정도서목록(CIP)은 서지정보유통지원시스템 홈페이지(http://seoji.nl.go.kr)와 국가자료공동목록시스템(http://www.nl.go.kr/kolisnet)에서 이용하실 수 있습니다.(CIP제어번호: CIP2017019061)

이수연 대본집

비밀의 숲

1

북로그컴퍼니

대본집에 넣을 서문이 필요하단 말을 듣고 극에 대해서 쓸까, 고마운 분들에게 인사말을 전할까 생각하다, 감사 인사를 간단히 남기기로 했습니다.

이 극이 만들어지기까지 고생하신 모든 분들께 감사하지만, 〈비밀의 숲〉을 봐주신 시청자분들께 가장 감사드립니다. 그냥 스쳐가도 모를 TV 드라마를 자기 식구 챙기듯 관심 가져주신 시청자분들이야말로 가장 큰 조력자이자 주연입니다. 극을 쓴 저조차도 감탄하며 볼 수밖에 없는 팽팽한 연기도, 감각적이고 아름다운 연출도, 시청해주신 분들이 있었기에 생명을 얻었습니다. 그런 고마운 분들인 만큼, 감정 없이 혼자 흘러와야 했던 주인공의 시간에 아파하지 마시기를 바랍니다. 그런 아픔이 있다는 것조차 모르고 사시길, 삶의 고달픔과 인간관계의 중압감에 나도 차라리 아무것도 못 느꼈으면, 한숨짓는 분이 없길 바랍니다. 그런 것은 모두 주인공의 몫으로 남겨두고 모두 격렬히 울고 웃으며 사시길.

간단히, 라고 했습니다만 꼭 이름과 함께 감사드리고 싶은 분들이 계셔서 마지막으로 적습니다. 이관석 선생님, 민현일 대표님, 그리고 제 어머님, 감사드립니다.

*****

여기까지 썼습니다만, 서문이 너무 짧다는 고견이 있어서 원래 쓸까 말까 하다가 길어질까 봐 생략했던 인사를 덧붙입니다.

얼굴 근육 1㎟마저 시목이 그 자체였던 서부지검 황시목 검사 역의 **조승우 님.**

제가 쓴 건 정의롭고 따뜻한 사람까지였는데 거기에 귀엽고 사랑스럽고 발랄, 쾌활까지 했던 용산경찰서 한여진 경위 역의 **배두나 님.**

대체 뭘 어찌하셨기에 제 주변 여자들이 전부 창준 검사님 멋지다고 난리인가요, 이창준 차장/검사장 역의 **유재명 님.**

출중한 외모에 맞게 화려하게 꾸밀 수도 있었는데 옷이며 머리며 역할에 딱 맞춰주신 똘똘 딕션 영은수 검사 역의 **신혜선 님.**

서부지검의 귀염둥이, 개미지옥 같은 남자 서동재 검사 역의 **이준혁 님.**

예쁜 게 죄인가요, 숨만 쉬어도 모든 의심을 한 몸에 받으신 이연재 역의 **윤세아 님.**

회장님 역으로 뫼실 수만 있다면 저희가 삼고초려인들 못하겠습니까, 한조그룹 이윤범 회장 역의 **이경영 님.**

찰지게 내뱉으신 "내 눈에 띄지도 마!"로 제게 웃음과 감탄을 주시고, 혀로 쭉 빨아먹은 수저로 경완이 밥을 퍼주는 모습으로는 제게 충격을 주신 용산경찰서 강력3팀장 최윤수 역의 **전배수 님.**

짜증을 어쩌나 맛깔나게 내시는지 등장하실 때마다 저는 웃고 있습니다, 경찰서장 김우균 역의 **최병모 님.**

드라마 〈마을 - 아치아라의 비밀〉의 잔상으로 인해 처음 뵐 때 속으로 약간 쫄았었는데 막상 뵙고 보니 수줍음 참 많으셨던 강력3팀 형사 장건 역의 **최재웅 님.**

처음부터 중간에 파면당하는 역으로 계획했었지만 그래도 그렇게 보내서 죄송했어요, 김수찬 경사 역의 **박진우 님.**

현실 강력계 형사 풍모에 가장 흡사하셔서 매우 든든했던 서상원 형사 역의 **윤종인 님.**

순진하고 착하면서도 야무진 인상이 막내 역에 딱이었던 박순창 순경 역의 **송지호 님.**

짜장면을 열 그릇 넘게 드셔야 했다는, 서부지검 실제 부장 캐스팅 의혹의 주인공 형사3부장 강원철 역의 **박성근 님.**

비리 검사 만들어서 죄송해요, 서부지검 형사1부장 공준식 역의 **박상혁 님.**

지금 사인 받아놓으면 곧 요긴하게 써먹게 될 것 같은 윤세원 사건과장 역의 **이규형 님.**

늘씬한 장신의 미녀라서 캐스팅되시기 전에 써놨던 키 관련 대사 164를 170으로 급수정하게 만드신 최영 실무관 역의 **김소라 님.**

역할을 어떻게 살리는가를 표정과 몸짓의 디테일로 보여주신 김호섭 수사계장 역의 **이태형 님.**

"왜요?"라며 눈 똥그랗게 뜨시던 모습이 잊히지 않는 서동재 검사 방 실무관 역의 **전수연 님.**

너무 사람 좋은 웃음을 지으셔서 '그 커피 속아서 드시는 거예요!' 알려드리고 싶었던 서동재 검사 방 계장 역의 **김지훈 님.**

대배우의 대사 호흡이란 저런 것이구나, 깨닫게 해주신 영일재 역의 **이호재 님.**

참하고 단아하신 모습이 제 이상형이었던 은수母 역의 **남기애 님.**

손가락 부러진 것도 억울한데 지금까지 받은 의심만으로도 천년 장수하실 거 같은, 쫑파티 분위기 메이커 김정본 역의 **서동원 님.**

찔리고 벗겨지고, 힘든 역을 잘 견뎌주신 김가영 역의 **박유나 님.**

저희 엄마 기준 〈비밀의 숲〉에서 제일 유명인 박무성 역의 **엄효섭 님.**

보기만 해도 억울하고 불쌍해서 본의 아니게 진범 체포의 의지를 불태우게 해주신 강진섭 역의 **윤경호 님.**

보는 사람도 탈진할 것 같은 오열 연기를 시전해주신 진섭妻 역의 **전여진 님.**

주군을 위해 무엇이든 할 것 같던 강한 인상, 한조그룹 우비서 역의 **정동근 님.**

피해 입은 할머니 역임에도 문득문득 지적인 이미지와 대사 톤이 풍겨 나왔던 무성母 역의 **예수정 님.**

어린 청년이 연기를 정말 잘해서 놀랐던 박경완 역의 **장성범 님.**

'수면바지 요정' 택시기사 역의 **이동용 님,** 해피 아줌마 역의 **윤부진 님,** 자금 배달책 김태균 역의 **이재원 님,** 목격자든 아니든 가영이 살려주신 의사 역의 **손동화 님,** 황검사의 TV 출연을 도맡아주신 아나운서 역의 **곽민석 님,** S클럽 매니저 역의 **천민희 님,** 불법 콜 뛰기 역의 **유일한 님,** 강원철 비서 역의 **하은 님,** 이창준 비서 역의 **배효원 님.**

특별 출연해주신 검찰총장 역의 **선우재덕 님,** 사단장 역의 **이재용 님,** 시목母 역의 **박**

순천 님, 시목 계부 역의 **김경룡 님,** 성문일보 사장 역의 **태인호 님,**

각종 군중 씬을 위해 양복 입고 밤늦게까지 기다려주신 검사와 기자분들, 중환자실 간호사님, 서부지검 형사2·4·5부장님, 그리고 기억력 최고인 카페 알바와 시목의 아아 주문을 받아주신 카페 사장님까지.

대본집을 찾아 보시는 분들은 여러 배역들도 깨알같이 기억하실 것 같아 한 분 한 분 적어보았습니다. 제가 지금 본방으로는 8회까지 본 시점에서 돌아본 거라 이후에 나오시는 분들은 미처 언급 못 드린 분도 계실 겁니다. 양해해주시고 모든 분들, 함께할 수 있어서 영광이었습니다.

안길호 감독님을 필두로 카메라 뒤에서 고생하신 모든 분들께도 감사하다고 말씀드리고 싶지만 마치 제 일에 도움을 주셨다는 뜻 같으니 다른 말로 바꾸겠습니다. 그분들은 저를 도와주신 게 아니라 본인의 일을 훌륭히 수행하신 거니까.

여러분 모두 대단하십니다.

끝으로 그러나 비중에 있어선 절대 끝이 아닌, 보조작가님 두 분, 장혜경 작가님과 김상원 작가님, 두 분 도움이 정말 컸습니다. 같이 작업해주셔서 감사합니다.

대본집 출판의 기회를 주신 북로그컴퍼니 분들도 빼먹을 수 없지요. 감사합니다.

2017. 8

일러두기

1. 이 책의 편집은 이수연 작가의 드라마 대본 집필 형식을 최대한 따랐습니다.

2. 드라마 대사는 글말이 아닌 입말임을 감안하여, 한글맞춤법과 다른 부분이라 해도 그 표현을 살렸습니다.

3. 말줄임표는 두 개, 세 개, 네 개 등으로 다양하게 표현되어 있습니다. 이는 대사 시 호흡의 양을 다양하게 표현하고자 한 작가의 의도를 반영한 결과입니다.

4. 쉼표, 느낌표, 마침표 등과 같은 구두점도 작가의 의도를 따랐습니다. 마침표가 없는 것 역시 작가의 의도입니다.

5. 이 책은 작가의 최종 대본으로, 방송되지 않은 부분이 포함되어 있습니다.

차례

〈비밀의 숲〉은, 형사부 검사 황시목 앞에 시체 한 구가 던져지면서 시작되는 드라마이다. 어릴 적 받은 뇌수술의 부작용으로 감정을 거의 잃고 이성에만 의존해 살아가던 시목은 차가운 이성으로 사건을 해결하려 하지만 사건은 점점 더 예상치 못한 방향으로 전개된다. 수사가 진행될수록 살인 동기를 가진 새로운 용의자가 계속 등장하는데…. 이 중 과연 누가 살인자일까?

시목과 한여진 경위가 함께, 많은 용의자들 중에서 진범을 가려내고 추적하는 게 〈비밀의 숲〉의 메인 줄거리이다. 이에 못지않게 중요한 비중을 차지하는 것이 극 중 사건이 갖는 의미이다. 범인이 누구인가도 중요하지만 범인은 왜 이런 일을 벌였나, 피가 흘려진 배경에는 무엇이 있는가, 그리고 이러한 것들이 등장인물들에게 미치는 영향은 어떠한가, 더불어 현 시대를 살아가면서 이 드라마를 보시는 분들껜 그것이 어떤 의미로 받아들여질 것인가….

처음엔 인간미라곤 없어 보이던 시목이 쿨하면서도 마음 따뜻한 한여진 경위와 교류하면서 보여주는 변화도 관전 포인트가 되리라 믿는다. 둘의 관계는 처음엔 철저히 수사 중심이었다가 두 사람의 교류 형성으로 중심축이 조금씩 이동한다. 혼란한 범죄수사 속에서 시목이 조금씩이나마 꾸준하게 범인을 향해 나아가는 것처럼, 시목의 심리상태도 느리지만 조금씩 변화를 보이는 것이다. 범죄의 전개는 거칠지만 그 밑에 깔린 주인공의 색깔은 차가운 파랑에서 극의 진행에 따라 노랑과 초록이 한 방울씩 곁들여 진달까.

정의롭지만 외롭고 메마르던 시목의 곁에 하나둘 사람이 모이고 조력자도 생긴다. 이 드라마가 끝나고 이어질 시목의 삶은 전처럼 철저히 혼자는 아닐 것이다.

감정이 없다는 건 인간으로선 커다란 결격 사유다. 그럼에도 주인공이 감정 결여인 것은, 요즘 세상에 감정은 너무 쉽게 욕심과 갈등으로 둔갑하기 때문이다. 사람의 감정엔 온정, 배려, 공감 등등 긍정적인 것이 참 많은데, 어째서 부정적인 것들의 기운이 훨씬 더 세져버린 느낌일까.

가장 정의로워야 할 주인공이 감정이 없다는 건 아이러니다. 아이러니이지만 그렇게 해서라도 옳은 길과 쉬운 길 중에 가시밭이 예상되는 옳은 길로 뚜벅뚜벅 나아가는 사람을 보여드릴 수 있기를 바란다.

아무도 대놓고 나쁜 길을 선택하진 않는다. 다만 옳은 길이 너무 어려워 보이고 너무 험해 보이니까 그 옆의 쉬운 길로 한 발 살짝 빼게 되는 것이다. 시작은 비슷했더라도 그 길의 끝은 완전히 다른 갈래로, 아주 멀리 갈라져 있을 것이다.

첫발에서 많이 하는 실수, 그 실수에서 처음부터 배제된 사람이 필요했다. 흐르는 대로 살다 보니 어느새 자기도 모르는 곳에 닿아버리고는 나도 어쩔 수 없었다는 변명 대신, 생각하고 행동하는, 책임지는 사람이.

그의 행보에 함께 동참해주시길.

황시목 (35세, 남, 서부지검 형사3부 검사)

수재였고 학교 성적은 항상 전교 1등. 하지만 언제나 혼자다. 사람 자체를 곁에 두지 않아 친구도 애인도 없다. 부모님하고조차 친밀감이 없다.

아주 어릴 때부터, 예를 들어 남이 먹으면서 소리를 낸다거나 혹은 무심결에 치고 지나가는 행동 같은 걸 참지 못했다. 남들은 거슬려하고 끝날 정도의 일에 화내는 걸 넘어 점점 공격적으로 반응하는 횟수가 잦아졌다.

우리 아이는 예민한 것뿐이다, 집중력이 너무 좋아서 그렇다, 애써 소리 높이던 시목 부모는 그러나 아들이 14살 때, 시끄럽게 했다는 이유로 반 아이를 다치게 하자 시목을 이비인후과에 데려간다. 하지만 결과는 이상 無. 수십 군데 병원을 전전해도 항상 귀는 이상 없다는 진단뿐.

결국 설마, 하며 찾아간 정신과에서 청천벽력 같은 진단이 내려진다. 어쩜 이리 똑똑하냐고 칭찬만 받던 시목 뇌에 선천적인 문제가 있다는 것. 외부세계를 경험하고 인식하는 데 핵심적 역할을 하는 뇌섬엽이 지나치게 발달돼, 시끄러운 소리나 귀찮게 하는 행동, 심지어 지나가는 사람들의 스치는 잡담도 못 견뎌한다는 것. 이를 방치한 탓에 이젠 인간 자체에 불쾌감을 느끼고 거부하게 된 것도 문제지만, 이 불쾌감이 공격성으로, 심지어 폭력성으로 진화하는 중이었다.

불에 덴 것처럼 놀란 부모는 끝없는 고민 끝에 시목 머리에 칼을 대기로 결정했다. 그냥 뒀다간 언젠가 정말 돌이킬 수 없는 범죄를 저질러 감옥에서 생을 마감할지 모르기 때문. 하지만 전두엽에 가려 보이지도 않는 부위를 선뜻 수술하겠다고 나서는 의사는 없었고, 결국 미국까지 건너가 세 번의 시도 끝에 수술을 감행하는 동안, 시목의 집은 감정적으로도 경제적으로도 파탄이 나버렸다. 평범치 않은 자식 뒷바라지에 지친 아버지는 떠났고, 홀로 시목을 떠맡은 어머니가 이 악물고 버틴 덕에 시목의 수술은 성공적으로 끝났다. 딱 하나만 빼고.

뇌섬엽은 스트레스나 소음, 통증을 인식하는 데 핵심적 역할을 하기도 하지만 또한, 슬픔이나 기쁨, 불쾌함, 좋아하는 음악을 들을 때 느끼는 기분 같은 것에도 모두 작용한다. 사랑에 빠졌거나 역겨움을 느낄 때도 활성화되는 뇌섬엽은 신뢰할 것인가, 죄책

감을 느낄 것인가, 공감할 것인가, 부끄러워할 것인가 하는 인식을 결정짓는, 한마디로 외부세계와의 '공감'을 결정짓는 통로인 것이다.

시목이 받은 수술은 바로 이 지나치게 발달한 뇌섬엽의 일부를 제거하는 것. 마침내 병원을 떠나 일상으로 돌아왔을 때 시목은, 공감의 통로가 막혀버린 후였다. 발달한 뇌섬엽 덕에 앞일을 예상하거나 거짓말, 진실을 구분하는 능력은 탁월했지만, 타인과의 공감을 잃어버리고 사랑도 기쁨도 슬픔도 너무나 희미해져버린, 기능만 남은 인간이 된 것이다.

그리고 현재. 35살의 성인이 된 시목은 자랑스러운 대한민국 검사다. 감정을 전혀 못 느끼는 건 아니지만 남보다 훨씬 옅고 흐린 탓에 무감동 무감정으로 일관하다 보니 찔러도 피 한 방울 안 나올 인간이란 소릴 자주 듣고 인간관계도 메마르기 그지없다. 하지만 그 능력만은 누구나 인정하는 유능한 검사인데. 이대로 평탄할 것 같던 시목 인생을 요동치게 만드는 사건이 터진다.

그가 감옥에 보낸 살인범이 무죄를 주장하며 자살한 데다 그가 진범이 아니란 것. 설상가상, 시목이 증거를 조작했다는 탄원서를 뿌린 뒤 범인이 자살하는 바람에 후폭풍에 휘말린 시목은 사건의 배후를 밝히려 한다. 여기엔 그는 검사이고 살인범은 잡아야 한다는 대의명제 외에 더 깊은 이유가 있다.

살해된 남자는 검경에 뇌물을 뿌려대던 이른바 스폰서 사업가. 그의 시체를 처음 봤을 때 시목은 '터닝포인트다!' 라고 생각했다.

시목이 검사가 된 것은 이것이야말로 '나의 천직이다!' 판단했기 때문이다. 예술가도 운동선수도, 아이들을 사랑으로 대해야 하는 선생님도 될 수 없었던 그에겐, 잃어버린 감정 대신 명문화된 법 같은, 삶의 가이드라인이 필요했다. 누군가에겐 사랑하는 연인, 피를 나눈 가족이 있겠지만 14살 이후 사랑도 할 수 없는 시목은 본능적으로 결핍을 채우려 했고, 따르고 지키기만 하면 되는 법이라는 가이드라인을 찾은 것이다. 그러니 이성을 앞세워 법을 수호하는 검찰직이야말로 그에겐 최상이자 최적이었다.

하지만 몸소 겪은 검찰 집단이란…. 경직된 기수 문화와 권력의 시녀 노릇, 무조건적 상명하달, 파벌 가르기, 술집 아가씨조차 검사들을 최악의 손님 1위로 뽑는다는 술자리 추태들, 거기에 상납, 뇌물, 뒷돈…. 법을 가장 많이 어기는 게 검사들이 아닐까 싶을 정도의 현실을 목도한 시목은, 초보 검사 시절엔 원리 원칙대로 간부, 동료를 막론하고 위법 실태를 고발했다. 하지만 고발된 이들은 어떻게든 빠져나가 살아남았고, 내부고발자인 시목에게 남은 건 한직으로의 좌천, 최악의 인사고과와 왕따의 기억뿐.

시목은 점차 비리에 침묵해갔다. 조직에서 살아남기 위해서가 아니라 아무 소용 없기 때문이다. 분노나 절망 때문이 아니었다. 그런 건 오래전 수술대에 놓고 왔다. 시스템을 완전히 뒤엎기 전엔 개혁이 불가능하다는 판단, 진단 때문이었다. 그런데 검찰 간부들에게 전방위적 뇌물을 뿌려대고 협박하던 사업가가 죽은 것이다. 시목은 이 죽음이, 판을 갈아엎을 터닝포인트가 될 것임을 직감했다. 죽음의 배후가 누구냐에 따라. 그래서 더욱 살인범 검거에 매달렸는데, 이것이 시목의 인생을 완전히 뒤흔들 전환점이 될 줄은 그땐 몰랐다.

수술을 받은 중학 2학년 이후 누구를 좋아해본 적 없다. 감정이 있던 시절의 기억도 좋은 건 별로 없다. 소음을 못 참고 공격성을 드러냈던 그를, 그게 선천적 뇌의 이상 때문이란 걸 알 리 없는 아이들은 싸이코라고 놀리고 따돌렸다. 그러면서 맨날 전교 1등이니 너무나 손쉽게 왕따의 표적이 됐다. 밖에서는 학교 폭력을 당한 기억, 집에서는 엄마 아빠가 특이한 아들자식 때문에 싸웠던 기억밖에 없다. 그래서 아팠던 수술이지만, 시목은 수술을 후회하지 않는다. 공감을 못하고 사람들과 어울려 살지 못하는 게 슬픈 건지도 잘 못 느낀다. 하지만 수술의 후유증으로, 가끔 머리를 찌르는 이명(耳鳴) 증상이 그를 괴롭힌다. 이때 무슨 행동을 했는지 기억하지 못하는 화이트아웃(white-out) 증세도 있다.

인간은 결점투성이고, 더불어 사는 행복이란 불가능하다고 결론도 내렸지만, 그 결과 철저히 고립된 섬이 된 시목. 그도 외롭고, 춥다. 본인이 잘 모를 뿐.

사랑받지 못하는 것은 불운이지만, 사랑하지 못하는 건 불행인 것이다.

한여진 (30세, 여, 용산경찰서 강력계 경위)

100:1의 경쟁률을 뚫고 합격한 경찰대학 출신. 한 해 12~16명 정도의 여경만을 선발하는 바늘구멍을 재수 끝에 통과했다. 졸업 후 절차대로 2년여의 파출소 근무를 거쳐 용산경찰서 교통계에서 다시 2년 정도 근무하다가 올해 강력계에 옮겨온 지 2개월 정도 된 중고신참이다.

교통계에서도 열심히 근무했지만 나쁜 놈 때려잡는 경찰이 되길 늘 열망했으므로 강력계를 지원한다. 여경이 드문 강력계 특성상 남자 형사들의 텃세를 각오하고 배우겠다는 자세로 대한 결과, 나이는 열 살 이상 훌쩍 많은데 그녀보다 직위는 낮은 베테랑 형사들이 드글드글한 강력반에서 이제 겨우 두 달이지만 실력도 인성도 인정받고 있다.

살인사건이 일어났을 때 제일 먼저 현장에 출동하면서 서부지검 형사부 검사 시목과 처음으로 조우한 뒤 사건의 중심에 있는 시목과 공조해나가면서 시목이 조금씩 믿고 신뢰하는 수사 파트너 같은 존재가 된다.

힘든 일 많이 겪고 세상의 어두운 면, 추한 면을 많이 보지만 긍정적이고 따뜻한 심성의 소유자다. 더러운 세상에 절망하고 불평할 시간에 나부터 나아지고 좋은 사람이 되면 세상은 결국 좋은 사람으로 가득 찰 거란 신념이 있다. 매우 다른 성격이지만 시목과는 친구이자 동지, 로맨스의 색깔을 뺀 소울메이트로 성장한다.

이창준 (40대 중반, 남, 서부지검 차장검사)

서부지검 차장검사. 검사장에 이어 서부지검의 2인자이자 실세다. 접대와 뇌물을 통해 얽히고설킨 박사장에게서 모종의 협박을 받던 차, 공교롭게도 박사장이 피살당한다. 차장이 암적인 존재를 제거한 것인가, 하늘이 도운 우연일 뿐인가? 후배 검사 시목이 이 점을 파고들자 그를 사건에서 손 떼게 하려는 차장이 채찍과 당근을 동시에 휘두른다.

서부지검의 인간관계를 장악, 편의에 따라 주무르는 인물. 후배 서검사를 오른팔로 부리는 동시에 제거하려 한다. 차장의 비밀을 너무 속속들이 아는 서검사를 오래 두면 언젠가 화근이 될 것이기 때문.

검사로서 능력과 통찰력은 시목 못지않은 인물. 처세술은 압도적으로 윗수. 인간성과는 별개로 시목의 능력을 높이 평가해주는 상관이었지만, 연쇄 사건 후부터는 시목과 첨예하게 대립하는 인물. 시목을 이용하기도 하고, 띄워주는 것 같으면서 위험에 빠뜨리기도 하는, 속을 알 수 없는 인물이다.

그런 그에게도 검사로서 한 일 중 아직까지 마음에 걸리는 게 있다. 3년 전, 당시 법무부장관을 불명예 퇴임케 만든 사건이 그것이다. 당시 법무부장관을 끌어내리고 그 자리를 차지하려는 장인의 지시를 거스를 수 없어, 장관을 거금으로 유혹한 뒤 이를 폭로해버렸다. 많은 법관들로부터 존경받던 장관은 한 방에 몰락했고, 장인이 바로 그 자리를 꿰찼다. 이때 자금줄로 썼던 이가 죽은 박사장이며, 그 대가로 박사장이 장인의 눈에 들었다.

하지만 존경한다면서도 결국은 음해한 것처럼, 결정적인 순간엔 철저히 본인 위주다. 검사장으로 진급하여 서부지검 1인자가 된 이후엔 주변 정리를 시작하는데, 앞으로의 행보에 걸림돌이 될 요소를 제거하려는 것인지 과거의 잘못을 뉘우치는 정리인지 매우 모호하다.

〈서부지방검찰청 사람들〉

서동재 검사 (40대 초반, 남, 형사3부)

모델 뺨치는 장신의 미남. 재벌 2세 같은 외모와 달리 바닥서부터 헤쳐 올라온 인물. 개천에서 용 난 케이스가 갈수록 줄어드는 세상에서 제 배경에 자격지심이 많다. 전액 장학금 받고 지방대 법대 진학 후 악착같이 노력해서 사시에 합격했는데 S대 출신이 장악한 검찰청에서 살아남으려 발버둥 치다 안 좋은 쪽으로 빠지게 된다. 학연도 지연도 없는지라 어차피 어느 정도 이상의 진급을 기대할 수 없다면 현직에 있을 때 많이 벌어두자는 생각에 피의자들로부터 적극적으로 뒷돈을 챙긴다.

8년 전 시목이 햇병아리 수습이었을 때 동재가 수석 검사였는데, 그때도 좋지 않았던 사이가 지금은 더 벌어졌다. 늘 무표정하고 야단을 쳐도 노여워도 않고 빤히 쳐다보는 시목이 자길 지방대 출신이라고 무시하는 것 같았던 데다, 본인의 실수를 초보 수습이었던 시목에게 뒤집어씌우려다 가차 없이 폭로당한 걸 아직도 잊지 않고 있다.

특정 대학 순혈주의에서 소외된 동재가 빽소니로 걸려든 박무성 사건을 맡으면서 그와 손잡고 스폰에 맛들였고 박사장 외에도 수많은 물주를 직접 발굴해 뒷돈을 챙겨왔다. 그가 모는 차, 입는 옷, 어느 것 하나 제 주머니에서 나온 것 없다. 그랬음에도 박사장 사업이 어려워지자 가장 먼저 안면몰수했다. 겉으로는 박사장과 차장 사이의 문제를 해결하려 뛰어다니는 것 같지만 실은 박사장이 죽지 않고 계속 살았다면 동재야말로 가장 큰 타격을 입었을 인물.

영은수 검사 (20대 중반, 여, 형사3부)

시목 방에 배치된 수습 검사. 나름 명문가 출신으로 도도하고 자존심 세다. 하지만 아직은 수습인지라 도도한 것과는 별개로 배울 게 많은 것이 당연한데, 그걸 인정 못하고 어떻게든 능력을 펼치고 싶어 하는 조급함이 엿보인다.

차장의 모함에 걸려들어 법무부장관에서 물러난 이가 바로 은수의 아버지다. 청렴결백하던 아버지는 하루아침에 범죄자가 되어 후배 검사들에게 끌려다니며 조사받은 충격을 아직도 극복 못해 알코올 의존증이 되었다. 그런 사람의 딸이 철천지원수 같은 차장 밑에서 일하게 된 것인데, 정작 차장은 일체의 아는 척도 없어 은수가 뉘 딸인지 모르는 게 아닌가 싶을 정도. 미안하거나 껄끄럽거나 심지어 불편해하는 기색조차 없다. 은수 역시 입 꾹 다물고 다 잊은 척 일관하고 있다.

하지만 어찌 심정도 그와 같으랴. 서부지검에 처음 발 들일 때부터 은수는 결심했다. 모함의 증거를 찾아내리라, 차장을 끌어내리리라, 내 아비한테 한 그대로 갚아주리라. 돈을 전달한 사람은 8억을 은수 아버지가 받았다고 했지만, 아버지는 분명 그 돈을 돌려보냈다고 주장했다. 문제는 그 거액이 왔다 갔다 하는 어느 시점에선가 유실돼버린 것.

아버지를 위해 내막을 밝혀야 하는데, 원한 맺힌 결심과 달리 햇병아리 은수로선 얼굴도 보기 힘든 차장한테서 증거는커녕 당시 정황 비슷한 것도 알아낼 방법이 없다. 기민하기 이를 데 없는 차장은 이미 당시 관련자료, 인물을 완벽히 정리했다. 남은 건 서로 구린 것 더러운 것 다 아는 박사장뿐.

배후가 누군 줄은 몰랐던 은수는 아버지에게 돈 상자를 배달했던 남자가 감옥에서 나오자마자 줄기차게 쫓아 결국 배후에 박무성이란 사람이 있음을 알아낸다. 마침내 찾아낸 박무성. 그런데 그 박무성이 사업에 실패하고 차장을 저주하고 있었다.

저자를 내가 옭아맬 수 있다면! 차장도 끝이다! 잡아 처넣을 수 있다!

은수는 온몸이 떨렸다. 바침내 박사장을 찾아내 얼굴을 대면했는데….

윤세원 과장 (30대, 남, 사건과 소속)

사건과 중에서도 내사 담당. 3부장과 친하지만 차장과도 뒤로 긴밀히 연결돼 있는, 라인이 불분명한 사람이다. 시목에게도 겉으론 친절하지만 그의 뒤를 캐는 등, 적인지 친구인지 구분키 어렵다.

강원철 형사3부장 (40대, 남, 부장검사)

차장 이창준이 재벌 장인 등에 업고 기수 문화 파괴해가며 승승장구하는 것을 경계하지만 창준의 능력을 인정하고 존경하기도 한다. 시목과도 동부지검에서 같이 일한 바 있어 시목의 성격이나 스타일을 잘 안다. 현실적인 면도 있고 박무성과 밥도 몇 번 먹었지만 강직한 스타일. 시목에게 힘을 실어주고 도와주려 하지만 현실과 타협하는 면도 있다.

김호섭 계장 (50대 초반, 남, 서부지검 소속 공무원)

시목 검사실의 수사계장. 말 많고 탈 많은 검찰청에서 시목을 믿고 조력하는 인물. 하지만 동재로부터 돈 봉투를 받은 전력이 있는 계장. 시목이 이 장면을 목격하게 되고 같은 사무실에서 일하는 계장마저 시목에게 완전히 믿을 수 없는 사람이 된다.

최영 실무관 (30대 초반, 여, 서부지검 소속 공무원)

시목의 검사실에서 일하는 여직원. 계장과 함께 몇 안 되는, 검찰청 내 시목의 조력자다.

〈용산경찰서 사람들〉

김수찬 경사 (40대 중반, 남, 용산경찰서 강력계 형사)

막냇동생뻘도 안 되는 '여자애' 한여진이 경찰대 나와서 상사랍시고 강력반에 온 것을 가장 싫어하는 형사. 아이와 아내를 필리핀에 보낸 기러기 아빠인지라 늘 돈이 궁하다.

김우균 서장 (40대 중반, 남, 용산경찰서)

서부지검 차장검사의 고향 친구. 차장으로부터 소개받은 박사장한테서 역시 술 많이 얻어먹은 전력이 있지만 많은 이들이 그렇듯 스스로를 비리 경찰로 여기지 않는다. 그저 명절 때 선물 좀 받을 수 있는 거고, 편의 좀 봐준다고 누가 죽는 것도 아니고, 그런게 다 사람 사는 방편이고, 받아서 혼자만 챙긴 것도 아니고 박봉에 시달리는 부하들한테도 돌렸으니 자못 뿌듯하다. 즉 이미 만연된 스폰 관행에 철저히 젖어 기준마저도 아예 없어진 상태.

하지만 결정적인 실수가 시목의 눈에 걸려들면서 이로 인해 큰 곤욕을 치를 위기에 처하고 이를 무마하기 위해 최악의 수를 선택한다.

장건 형사 (30대 후반, 남, 용산경찰서 강력반 경찰)

용산경찰서 강력반에서 여진과 가상 숙이 잘 맞는 베테랑. 실제 업무 능력도 뛰어나다. 여진과 함께 특임팀에 들어가 업무를 충실히 이행해나가며 특임팀 사람들과 우정을 쌓게 된다.

〈범죄 희생자와 그 가족들〉

박무성 사장 (50대 초반, 남, 건설사 운영)

연쇄 살인사건의 첫 번째 피해자. 권력에 기대 편법으로 키운 사업이나마 제대로 유지 못하고 쫄딱 망해 빚더미에 오른 뒤 제집 마루에서 살해당한다. 돈, 여자 가리지 않고 권력자들, 고위 공무원들에게 상납해서 사업 키우고 권력자들 많이 안다는 걸 내세워 브로커 짓도 많이 했다.

강진섭 (20대, 남, 전과자, 지역 케이블 TV 기사)

케이블 고장 신고를 받고 박사장 집을 방문했다가 죽어 있는 박사장을 가장 먼저 발견한다. 하지만 신고 대신 그 옆에 떨어진 귀금속에 욕심이 나 현장에서 이를 훔치는데 곧바로 쫓아온 시목에게 체포되어 일사천리, 감옥에 갇힌다. 지난 수감생활에서도 자살 시도를 한 바 있는 진섭은, 죽이지 않고 훔치기만 했다는 호소에 귀 기울이지 않은 시목을 고발하는 글을 남기고 감옥에서 목숨을 끊는다. 무기징역 선고에 모든 희망을 잃고 너무나 억울해서 자살한 줄로만 알았던 그의 죽음은 시간이 흐른 뒤 다른 국면을 맞이한다.

권민아 (20세, 여, 룸살롱 종업원)

상당한 글래머 미인. 본명 김가영. 스폰서 계약을 맺은 박사장의 요청이 있으면 로비가 필요한 이들을 만나 성접대한다. 박사장이 죽은 다음엔 독자적으로 일하다 연쇄 살인사건의 피해자가 된다.

박경완 (21세, 남, 박무성 사장의 아들, 휴학생, 군인)

아버지 박사장과는 달리 소심한 모범생 스타일. 집이 부자일 때 골프 특기생으로 대학에 갔는데 집안이 갑자기 망하는 바람에 휴학하고 바로 입대했다. 군복무 중 아버지의 사망 소식을 접하고 할머니가 홀로 떠돌자 생계유지 곤란 사유로 조기 제대한다. 아버지 장례식에서 눈물 한 방울 안 흘리는 경완을 한경위가 유심히 봤었는데, 장례를 치르자마자 상속권 포기해서 빚을 청산하고 할머니 집 문제도 척척 해결, 실용적이긴 하나 그 행보에서 아버지에 대한 그리움이나 애정은 찾아볼 수 없다.

무성母 (70대, 여, 박무성 사장의 어머니)

사업 말아먹고 빚쟁이 피해 어머니 집으로 피신 온 아들 무성이 혹여 몸 축날까, 극

진히 보살핀다. 아들 죽은 집에 도저히 들어갈 수가 없어 찜질방으로, 길거리로 떠돌다 하나뿐인 손자 경완이 조기 제대해 돌아오자 어떻게든 손자랑 살아보려고 애쓰는데, 경완이 아버지를 죽인 혐의를 받고 용의선상에 오르자 또다시 가슴이 무너져 내린다. 손자를 의심하진 않지만 이 세상에서 제일 사랑하는 아들과 손자가 서로 으르렁대고 원수처럼 지내는 게 너무나 가슴 아팠던 그녀로선 견디기 힘든 시간이다. 하지만 시목의 눈에 그녀는, 노년 망쳐놓은 아들을 죽일 동기 충만한 용의자 중 하나일 뿐.

〈그 외〉

김정본 (36세, 남, 전직 변호사 사무소 사무장)

시목의 중학교 동창. 중간에 전학을 왔고, 공부로 날리는 시목에 비해 정본은 별로 뛰어난 학생도 아니었던 데다, 그나마 시목이 갑자기 전학 가는 바람에 말 몇 마디 못 나눠봤다. 그때 그 일이 아니었다면 계속 모르는 사이로 지냈을 것이다. 첫째는 시목이 싸이코란 소문이 전교에 쫙 퍼지게 된 게 시목이 정본을 다치게 한 일에서 비롯된 것이며, 둘째론 그럼에도 불구하고 아이들이 전부 시목을 왕따시킬 때 유일하게 말 걸어주고 관심 기울여준 아이가 정본이었다.

강진섭 변호를 맡은 인연으로 20년 만에 중학교 동창 시목과 재회하게 되지만 그 후로 우연 치곤 너무 자주 마주치게 되는 상황에 놓인다.

이윤범 (60대 후반, 남, 한조그룹 회장)

창준의 장인. 재벌그룹 회장. 무소불위의 파워로 불법을 많이 저지르지만 늘 애국을 입에 달고 산다.

이연재 (30대 후반, 여)

창준의 아내이자 윤범의 딸. 재벌 딸에다가 미스코리아 뺨치는 미모의 소유자. 이 완벽한 여인이 사랑한 남자가 창준이다. 겉으론 쿨하고 유유자적한 것 같지만 남편을 바라보는 눈길엔 어딘가 묘한 기운이 흐른다. 창준이 정말 사랑하는 게 그녀인지, 재벌 회장 사위라는 타이틀인지, 결혼한 지 10년이 넘은 지금도 연재는 확신하지 못한다. 배다른 오빠가 하나 있는데 그와는 사이가 좋지 않다.

이 외, 용산경찰서 사람들, 검찰청 사람들, 피해자 가족 등. 그리고

.

.

.

未知의 살인마.

Flashcut	화면과 화면 사이에 들어가는 순간적인 장면. 극적인 인상이나 충격 효과를 주기 위해 삽입되는 매우 짧은 화면을 지칭한다.
C.U.	클로즈업(Close Up). 배경이나 인물의 일부를 화면에 크게 나타내는 것.
Flashback	회상을 나타내는 장면. 지금 일어나고 있는 사건의 인과를 설명할 때 쓰이기도 하고, 인물의 성격을 설명하기 위해 쓰이기도 한다.
O.L	오버랩(Overlap). 현재의 화면이 사라지면서 뒤의 화면으로 바뀌는 기법이다. 대사에서 O. L은 앞 사람의 말을 끊고 틈 없이 말을 할 때 쓰인다.
Insert	화면의 특정 동작이나 상황을 강조하기 위해 삽입한 화면. 인서트 화면이 없어도 장면을 이해하는 데에는 별다른 지장이 없으나 인서트를 삽입함으로써 상황이 명확해지는 한편 스토리가 강조된다. 인서트 화면으로는 대개 클로즈업을 사용한다.
E	대사와 음악을 제외한 효과음(Effect)을 뜻하며, 보통 등장인물은 보이지 않고 소리만 나는 경우에 사용한다.
cut to.	가까운 공간 안에서의 각도 전환.
F	필터(Filter)의 약자로 전화기 너머의(필터를 거쳐 들려오는) 목소리나 마음속으로 하는 얘기 등을 표현할 때 쓴다.
N	내레이션을 지칭하는 용어로, 장면 밖에서 들려오는 목소리를 나타낸다.
#S	장면(Scene)을 표시하는 것으로, S 뒤에 장면 번호를 적어 표기한다.
몽타주	따로따로 편집된 장면들을 짧게 끊어서 붙인 화면.

프롤로그

최근에 화가 난 적 있었나요? 기분 나쁘거나?

기분 좋다거나 크게 웃었던 적은?

수술 전엔 어땠죠? 지금하고 많이 다른가요?

빨간빛이 화면 전체에 가득하다. 화면, 빨간빛에서 점점 뒤로 빠지면.
빨간빛 주변을 회색 부위가 감싸고 있다. 여기에서 더 뒤로 빠지면 화면,
스캔한 뇌의 영상이다.
빨간색 부위는 뇌의 아래쪽 중심부(뇌섬엽 자리)에 자리 잡고 있는데,
뇌 영상으로 긴 의료용 바늘이 들어온다.
뇌 아래쪽 빨간 부위까지 경계면까지 찔러 들어오는 바늘.
그 위로, 시목의 수술을 집도하는 의사의 설명이 영어로 들린다.

〈영어 - 자막〉 "환자분 뇌는 이 부분이 보통 사람에 비해 지나치게 발달했습니다. 작은 소리도 못 참고 통증을 느끼는 게 바로 이 때문인데, 통증을 제거하려면 뇌절리술로 여기 일부분을 절제하는 수밖에 없습니다."

이제 빨간 부위까지 깊게 찔러 들어오는 바늘.

Flashcut〉 - 교실. 일그러진 얼굴로 피아노 뚜껑을 이 악물고 닫아버리는 소년 시목.
Flashcut〉 - 같은 교실. 피아노 뚜껑과 건반 사이에 낀 (정본의) 손(만 나오는).
그 위로 짧게 찌르듯 그러나 멀리에서 들리듯 울리는 정본의 비명소리.
Flashcut〉 - 바닷가. 예쁜 조개, 모래 속에 예쁜 돌이 우유병 속에서 빛난다.
Flashcut〉 - 같은 바닷가, 우유병을 들여다보는 10살 시목, 웃는 모습과 소리.

플래시컷들, 전부 1~2초 정도 이미지로 팍팍 나타났다 사라지고.

빨간 부위 중심부까지 바늘 더 깊숙이 들어오고.

Flashcut〉 - 뒤에 파란 잔디가 보인다. 공원이다. 애완용 개가 짖는 장면 C.U. 2초컷.
Flashcut〉 - 같은 공원. 두어 명의 아이들 웃는 장면 C.U. 2초컷.
Flashcut〉 - 같은 공원. 혼자 귀 막고 아파하는 10살 시목 C.U. 2초컷.
Flashcut 장면들과 뻐꾸기시계 부수는 장면 등 마구 빠르게 교차되는데,

뇌 사진에서 빠지는 긴 바늘. 그에 따라 빨갛게 빛나던 부분 색깔이 차차 흐려지면서,
Flashcut 장면들도 점차 하얗게 탈색되면서 사라지는...
뇌에서 완전히 빠지는 바늘. 빨간 부분, 이제 주변 회색과 같아진다.
이제 전체가 회색이 된 뇌 영상은 3D의 뇌 입체 사진으로,
뇌 입체 사진은 다시 빠르게 실사의 사람 머리, 시목으로 바뀌는데,

14살 무렵의 시목.
그가 오도카니 앉아 있는 이곳은 사방이 온통 하얀 공간. 빛도 눈부시게 환하다.
시목, 머리에 뇌파 측정 장치 네다섯 개 붙였다.
측정 장치가 붙은 기계에선 (심장소리 같은 박동 리듬으로) 뇌파가 움직이는 소리가 나고, (한국인) 의사가 뇌파를 모니터하고 있다.
다른 건 아무것도 없고 하얀 의자에 앉은 시목, 무표정하게 앞만 보는데,
뇌파 모니터하던 의사가 시목에게 묻는다.

"황시목군, 머리 수술 후에도 귀가 아픈가요?"
"아뇨."

"최근에 화가 난 적 있었나요? 기분 나쁘거나?"
"아뇨."

"기분이 좋거나 크게 웃었던 적은?"

"아뇨"

"요즘 뭐가 제일 먹고 싶어요? 뭐 좋아해요?"
"없어요."

잠시 시목을 바라보던 의사가 다시 말한다.

"전에는 어땠어요? 그때도 좋고 싶은 게 없었나요?"
"…"
"수술 전엔 어땠죠? 지금하고 많이 다른가요?"
시목, 의사 쳐다보는데 여전히 무표정하다.
그 텅 빈 눈에 빨려 들어가듯 클로즈업되면서 검은 눈동자 위로 뇌파 이미지가 오버랩 되는데,

뇌파는 전혀 변동 없다. 일정한 속도로 움직이는 뇌파와 움직이는 소리.
텅 빈 눈은 사라지고 그 뇌파가 점점 클로즈업되면서 뇌파 소리도 커지는데,
뇌파 소리, 점점 날카로워지고 커지더니 마치 칠판을 손톱으로 긁는 듯, 찌익! 하는 날카로운 소음으로 변하고...

1회

썩은 덴 도려낼 수 있죠. 하지만 아무리 도려내도

그 자리가 또다시 썩어가는 걸 8년을 매일같이 봤습니다.

대한민국 어디에도 왼손에 쥔 칼로 제 오른팔을 자를 집단은 없습니다.

기대하던 사람들만 다치죠.

1. 길/차 안 - 낮 (현재)

프롤로그의 소음, 불쾌한 고주파 소리가 되어 찌이잉----- 울린다.
차 운전석에서 머리 누른 채 고통 참는 남자, 시목이다.
신경을 가닥가닥 찢어놓는 이명(耳鳴)에 시달리는 것이다.
시목, 고개 뒤로 젖히고 눈 감은 채 고통이 지나가기를 기다린다.

... 점점 잦아드는 소리. 시목, 눈 뜬다. 잠깐.. 여기가 어디지..
주택가 골목길에 세운 차 안이다.
머리 문지르는 시목, 곧 담담한 얼굴로 내린다.

2. 서민 주택가/골목 + 차 안 - 낮

오래된 양옥집, 다세대 주택이 즐비한 골목.
주변 둘러보는 시목, 옷도 머리 모양도 수수하고 다소 구부정한 자세.
주변 집들에 붙은 번지수 보면, 앞집은 74-6인데 그 옆은 생뚱맞게도 77이다.
그때 골목에는 양손 가득 짐 든 할머니(무성母), 짧은 다리로 지척지척 오고 있다.

시목　(주변 살피다 앞을 스치는 무성母에게) 실례지만 75-3이 어디죠.
무성母　(놀라 우뚝 멈춘다. 우물쭈물하다 얼른 간다)
시목　(잠시 무성母 쳐다보는. 그러다 성큼 좇아온다)
무성母　(다리 짧아 금방 따라잡히는) 왜, 왜요?!
시목　박무성씨 댁에 계시죠?
무성母　(놀라) 그런 사람 몰라요!
시목　댁이시잖아요, 75-3.
무성母　아녜요, 절루 가요.

무성母, 얼른 뛰어가려 하지만 짐도 많고 원체 걸음이 느려 별 소용없는데, 모퉁이에서 빠르게 달려 나오는 파란색 소형차. 좁은 골목에서 사람 치게 생겼다.

무성母　에고머니나! (놀라 주저앉는)

당황한 기색도 없이 피한 시목, 순간적으로 소형차 보면,
〈XX 케이블〉이라고 쓴 것만 얼핏 보이고 금세 사라진다.

무성母 E　아이고 아까운 거! (놀라느라 봉투에서 굴러 나온 반찬통들을 거둔다)
우리 무성이 줄 건데. (하다 질겁해서 시목 본다)
시목　(그저 보는)
무성母　(시선 피하는. 흙도 안 묻은 반찬통을 털고 매만지며 뜸 들인다.
어찌해야 하나, 하는 모습) 아녜요..
시목　저 빚쟁이 아닙니다.
무성母　빚쟁인 뭔, 왜 내가 빚쟁일 무서워해요?!
시목　(무성母가 일어날 줄 모르자 옆에 내려앉아 반찬통을 봉투에 빠르게
넣는다) 댁도 좀 있음 넘어갈 텐데요. (봉투 들고 일어선다) 가시죠.
무성母　(기정사실이지만 상처!.. 일어서는) 진짜 돈 땜에 온 거 아녀요?
시목　전 받을 돈은 없고 빚만 잔뜩인 사람입니다.
무성母　(휴..) 난 또. (가는) 우리 무성이 후밴가?

시목 아닙니다.
무성母 ?

무성母, 쭈뼛쭈뼛 모퉁이 돌아가면 시목, 따라 돈다.

3. 무성 집 앞/골목 - 낮

모퉁이 끼고 돌면 택시 한 대가 바짝 주차돼 있다.

무성母 동생네서 잔치가 있었거든요. 끝나도록 있음 음식 다 없어질까 봐 얼른 챙겨 왔는데. 내가 없으면 우리 무성이가 밥을 안 먹어요,
시목 (집 주소만 체크. 듣는 둥 마는 둥)
무성母 요즘 우리 무성이 보러 오는 사람이 도통 없었는데, 고마워요.
시목 여기네요. (오래된 양옥집 앞에 섰다. 75-3 주소 보인다)
무성母 (벨 누르려다) 진짜 아니죠? 인제 돈 없어요.
불쌍한 애예요, 우리 무성이.
시목 (더 안 기다리고 벨 누르는데 조용... 다시 누르려는데)
무성母 (말리는) 얘가 자나 보네. (가방에서 열쇠 찾으며 변명하듯)
얘가 요즘 밤에 도통 잠을 못 자놔서.

무성母, 열쇠로 대문 열고 안으로 들어가는 두 사람.

4. 무성 집/현관 밖 - 낮

넓지 않은 마당. 대문에서 서너 개 계단 위면 바로 현관으로 이어진다.
무성母, 현관문도 열쇠로 열려는데, 스윽, 그냥 열리는 문.

무성母 어? 이게 왜 열렸지? (들어가는)
시목 (따라 들어간다)

5. 동/현관 + 마루 - 낮

옛날식 양옥집. 커다란 창, 어두운 나무 문양 마루가 집의 연식을 말해준다. 현관 옆에 낡은 장식장을 세워놓아 그걸 끼고 돌아야만 마루가 다 보이는 구조.

그런데, 집 안이 폭탄 맞은 듯 어질러져 있고, 살림살이는 죄다 뒤집어져 있다.

무성母 (들어오다 놀라는)

시목 (짐 내려놓고 소리 내지 말라는 신호. 혼자 마루에 오른다)

무성母 (손 떨리고 어지럽고!)

장식장에서 만에 하나 무기가 될 만한 걸 챙긴 시목, 마루로 천천히.. 돌아드는데..

마루 안쪽에 쓰러진 남자 시신!

흰 티셔츠를 시뻘겋게 물들인 피는 마룻바닥에도 이미 흥건하다.

하지만 표정 변화 하나 없는 시목, 그 즉시 현관으로 돌아서는데,

이미 들어선 무성母, 소리도 못 지르고 그대로 굳었다.

시목 나가 계세요.

무성母 (완전히 굳은. 소리도 안 나오고)

시목 실례합니다. (무성母를 반은 밀고 반은 안아 현관으로 데려간다)

무성母 (비명도 울부짖음도 아닌 이상한 소리. 아들에게 가려고 버둥대는)

시목 (현관으로 데리고 나간다)

6. 동/현관문 밖 - 낮

무성母를 아예 현관 밖에 옮겨놓는 시목,

무성母가 쥐고 있던 열쇠를 가져가서는 혼자 안으로 들어간다. 문 잠그는 소리.

무성母　(마침내 터져 나오는 일성) 무, 무성아..
(문 두드리고 잡아당기고, 오열) 무성아!

7. 동/마루 - 낮

밖에선 무성母가 오열하는 소리 들리는데,
무성母를 내보내느라 내려놓은 무기를 다시 쥐는 시목,
혹시 아직 범인이 있을지 모를 가능성에 실내를 빠르게 훑는다.
부엌, 아무도 없다. 문 열린 작은방, 안방, 모두 쥐 죽은 듯 고요하다.

시목, 시신 곁으로 와 최소한의 터치로 맥이 뛰는지 보고,
흥건한 피에도 동요 없이 가만가만 시신 살핀다.
깊게 찔린 목과 옆구리, 팔에 난 자상.
시신 옆에 떨어진 칼. 싸구려 장미 무늬가 있는 흔한 주방용 칼이다.

시목 E　자상 셋. 오른손잡이. 팔은 칼에 스쳤고, 옆구리 얕고,
목, (보는) 치명타. 세 번이나 찌른 건 원한.. 마구잡이인가?

무성 얼굴을 내려다보는 시목...

8. 서부지검/주차장/시목의 차 안 - 밤 (시목의 회상)

운전석에 오르는 시목, 아직 제대로 앉기도 전에 조수석으로 무성이 밀고 들어온다.

무성　(다짜고짜) 사람 무시하지 마! 니들 목숨 나한테 달렸어, 알어!
시목　(보기만)
무성　나도 이판사판이야, 차장한테 가서 꼭 전해,

내가 입만 뻥끗하면 그 새끼 순식간에 생매장이야!
나 절대 혼잔 안 죽어!! (뒤도 안 돌아보고 내려 급히 간다)

어둠 속으로 사라지는 무성, 그를 쳐다보는 시목.

9. 무성의 집/마루 - 낮 (현재)

시목, 무성에게서 시선 뗀다. 집 안 훑으면,
부엌과 방 두 개. 화장실 하나.
시목, 집중하면,
무성母를 비롯한 모든 외부 소리가 지워지고 오직 현장과 시목만 부각된다.
시목의 눈동자가 제일 먼저 꽂히는 긴 마루에서 훤히 보이는 부엌이다.
싱크대 건조대에 수저통 클로즈업하면,
대충 꽂힌 수저 따위 사이에, 시신 옆의 칼과 한 세트인 장미 무늬 칼이 조금 보인다.
범행에 쓰인 칼과 세트이지만 조금 더 작다. 평범한 과도.

시목 E　집에 있던 칼로.. (바닥에 흉기 C.U.) 범인이 흉기 없이 들어왔단 건..

시목, 칼에서 시선 돌려 이번엔 소파 주목.
그 위에 아무렇게나 구르는 TV 리모컨 부각됐다가, 소파 앞 작은 탁자로 시선 옮긴다.
휴대폰, 빈 커피 잔, 보다 만 채로 엎어놓은 책, 차례로 부각된다.
시목, 전화 건다. 112 눌러 귀에 대는 순간, 지워졌던 세상 소음이 다시 밀려 들어온다.

시목　(전화) 살인사건 신고합니다. (안방으로 간다)

10. 동/안방 - 낮

안방은 더 심하다. 장롱 서랍마다 열려 있고 다 뒤져놨다.

시목　후암동 새빛로 75-3, 현장감식반도요. 피해자 사망했고.

간단한 세간. 책은 없고 최신형 노트북이 안 어울리게 낡은 밥상에 올려져 있다.

시목　보호가 필요한 70대 노인도 있으니까 응급차 보내세요.
112 F　신고하신 분 누구세..
시목　(전화 끊고 나간다)

11. 동/마루 - 낮

안방에서 나온 시목, 작은방으로 간다.

12. 동/작은방 - 낮

반쯤 열린 문을 건드리지 않고 들어오는 시목.
딱 봐도 학생 방이다. 책상과 붙박이장, 크지 않은 책장.
이 방은 손 타지 않은 듯, 멀쩡하다.
책장에 놓인 사진, 앳된 군인 아들과 무성, 무성母 사진이다. 그 뒤,
책이 쭉 꽂힌 책장에 책 한 권만 빠져나간 빈 공간이 눈에 띈다.

13. 동/마루 - 낮

시목, 작은방에서 나와 성큼 TV로 간다. 지문 안 묻게 손톱으로 전원 버튼 켜는데, no signal이란 글자만 둥둥 뜰 뿐, 화면 안 나온다. 그러자,

Flashback〉 - S#2. 서민 주택가/골목
파란색 소형차가 시목 옆을 스치는 순간 화면 정지.
정지한 화면에서 시목만 움직인다.
차체로 눈 돌리면, 앞 글자는 안 보이지만 〈XX 케이블〉 마크 포착.
운전석 보면, 모자 쓴 운전자(男) 포착된다. 얼굴은 안 보인다.
번호판 보면, 흐릿하다. 안 보인다.

시목, 티슈 뽑아 조심스럽게 무성 핸드폰 집어 든다.
햇빛에 비추면 검은 액정에 잠금 화면 해제 패턴 따라 손자국 보인다.
자국 따라서 손톱으로 잠금 해제한 시목, 통화목록 훑다 그중 한 번호로 전화한다.

여자 E　안녕하십니까, 용산 케이블 TV
시목　(O.L) 후암동 75-3, 박무성씨 댁 고장 접수됐습니까?
여자 E　(키보드 두드리는 소리 희미하게) 박무성씨 본인 되세요?
시목　기사분 몇 시에 오기로 했죠?
여자 E　잠시만요, .. 아 2시 방문이신데 아직 안 오셨나요?
시목　(시계 보면 2시 40분) 기사 이름하고 주소 부탁합니다.
여자 E　고객님 저희가 기사님께 연락해보고
시목　서부지검 황시목 검삽니다. 기사 이름하고 주소요.
여자 E　네에?
시목　사건 용의자라고요. 이름, 주소!
여자 E　어 잠시만요, 강진섭 기사님인데, 주소가, 저기,
(희미하지만 급히 키보드 두드리는 소리) 새창로 61번지요!

이때, 사이렌 소리.

시목　그 사람 사진, 지금 불러주는 번호로 보내요.

14. 동/대문 앞 - 낮

구급차와 경찰차 와 선다. 김경사 훌쩍 내린다.

김경사 (대문 두드린다) 경찰입니다! 계십니까?

15. 동/현관문 앞 - 낮

김경사 E 안에 계세요? 경찰입니다!

현관문 열리고 시목 나온다.
무성母, 어느샌가 두드리기를 멈추고 현관 앞에 넋 놓고 있다.
시목, 무성母 못 들어가게 막는데, 젖은 눈으로 멍하니 보기만 하는 무성母.

무성母 (소리 거의 안 나오는) 주, 죽었..? (아니라는 듯 미약하게 고개 젓는)
시목 사망했습니다. (계단 내려가 대문 연다)
무성母 (핑!...)
응급대원들 (뛰어 들어온다)
시목 (응급대원에게) 저분 모셔 가요. (김경사에게) 마루에 시체 한 구,
범행 도구로 보이는 흉기도 있고요,
김경사 누구신데,
시목 서부지검에서 나왔습니다. 감식반은요?
김경사 지검이요? 그럼 검사
응급대원 E 할머니!!

시목과 김경사, 응급대원 쪽 본다.
무성母, 결국 정신 잃고 맨바닥에 쓰러졌다.
놀란 김경사, 그쪽으로 뛰어가고,
응급대원들, 산소호흡기 등 응급조치하고 얼른 무성母를 들것에 싣는다.
무성母, 핏기라곤 없는데 한 줄기 눈물이 주르르...

하지만 그쪽에 관심 없는 시목, 대문으로 가버린다.

김경사 (그제야 시목이 가는 것 보고) 어? 저기요? 저기요!

16. 동/대문 앞 - 낮

동네 사람들 몇, 수군대며 기웃대는데,
차 한 대가 새로 온다. 여진이 내려 무성 집 대문으로 오는데,
막 나오는 시목과 부딪힐 뻔.

여진 죄송합니다!
시목 (여진 상관없이 가는데)
김경사 저기요! (튀어나오며) 그냥 가면 어떡해요!
여진 (보면, 뒤도 안 돌아보고 가는 시목이 꼭 도망치는 것 같다.
바로 쫓아 뛰는 동시에 묻는) 왜요? 누군데요!
김경사 서부, 아 일단 잡아요! (현장 돌아보는. 일단 현장으로 들어가며)
꼭이요!

모퉁이 쪽으로 벌써 저만치 간 시목.

여진 (뛰어오는) 거기요! 서요!
시목 (뒤도 안 돌아보고 모퉁이 돌아 사라진다)

17. 서민 주택 골목/모퉁이 일각 - 낮

시목 (모퉁이 돌아서 막 차에 오르려는데)
여진 (쫓아온) 서라니까! 말 안 들려!
시목 (차에 탄다. 바로 출발)
여진 야! (놓칠세라, 급히 오던 길로 되돌아 뛴다)

18. 시목의 차 안 + 길 - 낮

골목을 달리는 시목.
곧이어, 사이렌 울린다. 여진이 사이렌 울리며 쫓아오고 있다.
여진, 추월해서 막고 싶지만 길이 좁아 앞뒤로 나란히 달릴 수밖에 없다.
시목, 뒤에 경찰이 쫓든 말든 가는데 문자 알림음 울린다.
보면, 케이블 회사 유니폼 입은 강진섭 사진이 액정에 떴다.
시목, 길을 예의 주시하며 운전하면서도 진섭 사진을 눈에 저장한다.

시목 ....

19. 서부지검/동재 집무실 - 낮 (시목 회상)

시목 들어오면, 소파에 동재와 무성이 앉아 있다가 무성만 일어난다.

동재 어, 들어와. (무성 가리키며) 박사장님, 내 지인이야.
무성 (공손히 인사) 박무성입니다. 잘 부탁드립니다, 황시목 검사님.
시목 처음 뵙겠습니다. (같이 인사하지만 동재에게 무슨 일인지 묻는 눈길)
동재 내가 박사장한테 니 칭찬을 했더니 꼭 보고 싶다고 해서.
무성 (공손한 태도) 서검사님께 황검사님 말씀 많이 들었습니다.
시목 (이미 느낌 안 좋은)
동재 (핸드폰 집으며) 나 전화 한 통만. (나가는)
무성 전부터 인사를 드리고 싶었는데, (재킷 안주머니에 손 넣는)

무성, 카드 지갑 꺼내 시목이 위치한 탁자 쪽으로 은근히 밀어준다.
시목, 눈으로만 지갑 보면 명함 한 장과 블랙 카드 한 장 들어 있는.

무성 큰일 하시는 분, 조금이나마 도움 드리고 싶어서요.

시목 (무성 보는)
무성 부담 갖지 마시고, 한도 없는 놈이니까 좋은 일에 꼭 좀 써주십쇼.
시목 (더 들을 것 없다. 바로 일어나 나가버린다)
동재 (바로 문 앞에 있다가 시목과 교차하듯 들어온다.
나가는 시목 돌아보다 탁자에 그대로인 카드 지갑 보고) 내 말대로죠?
무성 (지갑 챙기며) 처음엔 다 저래요. (웃는. 허나 두고 보자 변하는 눈빛)

소리 E〉 **경찰차 사이렌 소리.**

20. 도로 - 낮

서울 시내를 질주하는 시목과 추격하는 여진.

여진 (마이크에 대고) 4319, 4319 멈춰!

멈추기는커녕 속력 올리던 시목, 좌회전 깜빡이 켜고 신호등에서 멈춘다.
여진, 차에서 튀어내려 시목 차 범퍼를 세게 짚으며 막는다.

여진 내려!
시목 (창문 내리고 검사 신분증 내민다) 서부지검 형사3부 황시목입니다.
여진 검사가 왜 도망가요?!
시목 (전화의 사진 들어 보이는) 이름 강진섭, 용의잡니다.
여진 어떻게 압니까??
시목 사이렌부터 끕시다. 이러다 도망가겠네.
여진 어떻게 아냐니까요? 피해자 가족이세요? 어디로 가는데요?
시목 (왼쪽 샛길을 가리켜 보인다) 새창로 61. 사이렌 끕시다.

신호 떨어진다. 여진이 막고 있어 시목이 출발 안 하자 바로 빵빵대는 뒤차들.
주위 상관없이 시목 응시하는 여진, 전화의 사진 가리켜 보이는 시목.
여진, 결심하고 제 차로 뛰어간다. 바로 좌회전하는 시목.

21. 새창로 이면도로 - 낮

인도와 차도 구분 없는 이면도로.
차 두 대 겨우 지나갈 정도 폭에 가게도 양쪽으로 늘어져서 복잡하다.
줄줄이 가는 차들 사이에 낀 시목과 여진의 차량(사이렌 껐다).
시목, 밖을 살피면서 가는데, 이면도로 옆에 난 샛길을 스치는 순간,
샛길 안에 세워진 파란색 소형차가 보인다!
시목, 급브레이크 밟고 차에서 뛰어내린다.
그 바람에 들이박을 뻔한 뒤차가 욕하지만 아랑곳없다.
이를 목격한 여진도 황급히 차 세우는데,
시목, 샛길 입구로 뛰어가면, 안쪽에 소형차 보인다. 선명한 용산 케이블 로고.
차로 뛰어가려던 시목이 우뚝 멈춘다. 뭘 봤는지 천천히 고개 돌리면...
바로 옆 금은방에서 모자 푹 눌러쓰고 나오는 남자가 있다.
남자, 모자 아래 눈빛이 불안한데, 시목과 눈 딱 마주친다.
남자, 사진 속 강진섭이다. 한눈에 알아보는 시목.
진섭도 멈춘다. 역시 본능적으로 위험 감지했다.
그 순간 샛길로 번개처럼 튀는 진섭.
시목, 지체 없이 뒤쫓는다.
여진도 쏜살같이 달려온다.

22. 전자상가 뒷길 - 낮

죽어라 도망치는 진섭. 쫓는 시목과 여진.
뒤쫓던 여진 이대론 안 되겠다, 진섭과 시목과는 다른 우회로로 빠진다.
죽어라 달리는 진섭, 시목 돌아본다.
끈질긴 추적에 일그러지는 진섭, 구불구불한 샛길 모퉁이로 사라진다.
시목도 모퉁이로 뛰어드는 순간, 숨어 있던 진섭이 튀어나와 시목을 들이받는다.

시목, 일격에 쓰러지며 이마를 땅에 세게 부딪친다.
그사이 도망친 진섭, 꽤 멀어진다. 놓칠 위기인데,
우회로로 빠졌던 여진이 옆 골목에서 튀어나온다. 시목 돌아보지만 진섭 쫓는다.
진섭, 근처에 있는 전자상가 입구로 들어가는.

23. 전자상가 복도 - 낮

한창 영업 중인 상가 내부, 가게 밖까지 내놓은 제품들이 쌓였는데.
그 사이 헤집고 도망치는 진섭, 숨 고르며 돌아보는데,
여진, 어느새 발뒤꿈치까지 쫓아왔다.
에이 씨! 다시 뛰기 시작하는 진섭. 하지만 체력이 거의 소진된.
잡힐 것 같자 주변에 있는 컴퓨터 용품들 여진에게 집어던지면서 건물 위로 튄다.

24. 아파트 복도 - 낮

상가와 연결된 복도 달리며 추격전 벌이는 진섭과 여진.
진섭, 거의 숨넘어가기 직전이다.

25. 옥상 - 낮

옥상까지 올라온 진섭. 가장자리 향해 달린다. 건너편 건물 옥상으로 튀려는데,
막상 끝에 이르러 뛰자니 겁난다. 여진이 거의 다 따라온 상황.
쭈뼛대다 결국 눈 질끈 감고 뛰어내리는 (혹은 다른 건물로 넘어가는) 진섭.
그에 반해 한 치의 망설임도 없이 뛰어내리는 (혹은 다른 건물로) 여진!

26. 상가 골목길 - 낮

헉헉대며 죽을힘 다해 도망가던 진섭의 눈앞에 나타난 막다른 길..
뒤에는 이미 여진이 버티고 서 있다.
이대로 끝난 건가 싶다가.. 형사라고 해봤자 여자 아닌가, 힘으로 어떻게든 되겠지 싶어 여진과 싸울 태세를 취하는 진섭.
여진, 테이저건 꺼내 쳐든다. 총인 줄 알고 식겁했던 진섭... 달려온다!
몸싸움 벌이는 두 사람. 여진, 쏘는 게 아니라 테이저건으로 진섭을 내리친다.
총을 쏠 줄 알았던 진섭 일격당하지만 덮치고,
죽을 힘 다해 싸우는 두 사람, 테이저건은 싸움 중에 멀리 밀쳐지고,
여진, 도망치려는 진섭을 물어뜯어서라도 잡는데,
이때 달려드는 시목, 이마에 피를 흘리면서도 진섭을 덮친다.
여진, 때를 놓치지 않고 마침내 진섭 팔 꺾어 수갑 채운다.

여진 (헉헉) 직무집행법 3조 1항, 공무집행 방해로 긴급 체포합니다.
변호사 선임할 수 있고 묵비권, 불리한 진술을 거부할 수 있습니다.

시목 (다짜고짜 진섭 주머니 뒤집어보면)

두둑한 돈다발!

27. 이면도로/금은방 - 낮

금은방 주인, 그야말로 어쩔 수 없이 패물 내준다. 제법 보석 박힌 장신구다.

여진 이게 답니까, 저 사람이 판 게?

입구에 수갑 채워진 진섭이 시목에게 잡혀 섰다.
창밖 이면도로는 시목과 여진이 세워놓은 차로 흐름이 엉망이다.

주인 네, 이게 다예요. 근데 돈 줬는데, 내 돈 어떻게 되는 거예요?

여진　나중에 돌려드려요. (곽휴지 뽑는데)
시목　(더 볼 것 없다. 진섭 끌고 나간다)
여진　어딜 가요! 잠깐! (하지만 장물 두고 갈 수도 없고!)
(지문 안 묻게 급히 휴지로 싼 뒤 챙겨서 튀어나가는)
주인　언제 돌려줘요! (하지만 이미 나간) 아이 씨, 재수 옴 붙었네...

28. 이면도로 - 낮

여진　(황급히 나오지만 이미 시목 차는 떠나간다. 열 받아) 야!!

29. 시목의 차 안 + 도로 - 낮

휴지 뽑아 이마의 상처 대충 닦는 시목, 그런데 진섭은 안 보인다.
뒤에서 끙끙대는 소리 난다. 보면, 진섭이 뒷좌석 바닥에 꿇어앉혀졌다.
수갑 찬 팔은 꼼짝 못하도록 조수석 등받이를 부둥켜안은 형태로 고정됐다.
마치 굵은 나무를 깍지 낀 손으로 그러안듯이 등받이를 끌어안았으니
다리는 바닥에 꿇고, 얼굴은 등받이에 박고, 아주 불편한 자세로 끌려간다.
시목, 조수석 안전벨트를 수갑 사이에 통과시켜 팔을 못 빼도록 고정까지 해 놨다.

진섭　(차가 흔들리면 수갑이 당긴다) 아.. 아파요...
시목　(운전만 한다)

도심 도로 달려가는 시목의 차.

30. 용산경찰서/외경 - 낮

언덕배기에 자리 잡은 용산경찰서.

31. 동/강력반 - 낮

자리에 앉은 반장. 그 주변 자리에 둘러앉아 얘기하는 여진과 김경사.
여진, 경찰수첩에 뭔가 열심히 적고 있다.

반장　그래서 범인 뺏겼다고?
여진　(손 멈추고) 죄송합니다.
반장　검사가 긴급 체포해 간 걸 어쩔 거야. 끗발 날리는 건수도 아니잖아?
여진　(다시 수첩에 필기하는)
김경사　집 꼬라지 보면 말도 안 나와요. 어떻게 알고 훔쳤는지 신기하다니깐.

여진이 열심히 적는 수첩 보여주면,
반장 말을 받아 적거나 중요한 사건 기록이 아니라 낙서에 가까운 그림 그리고 있다. (흡사 피카소 그림체로 그린 사람 얼굴인가?)

반장　TV 고치러 들락대면서 봤나? 근데 그 검사는 하필 왜 그 시간에 거기 있었대? 뭐한 거야, 거기서.
여진　(그리던 페이지에 볼펜 끼우고 수첩 덮는) 지금 가서 알아오겠습니다. 범인도 봐야죠.
반장　어어, 가봐. (자리 뜨는)
여진　(나가고)
김경사　(제 자리로 온다. 책상 가득 일거리가 쌓였다)
누가 내 사건은 압송 좀 안 해 가나, 이것들을 어느 천년에 해..
(전화 온다. 발신자 보더니 긴장해서 받는) 네!.. (벌떡 일어나는) 네?!

32. 동/복도 - 낮

여진 가는데, 장형사가 온다.

장형사 오오, 검사한테 까였다면서요? 언놈이 우리 경위님을 물먹였대?
여진 이놈. (수첩 펼쳐 얼굴 보여준다) 다시 물먹이러 가는 중.
장형사 헐, 검사인가 흉악범인가?
여진 (응? 어디 봐서 흉악범? 그럼 보는)
김경사 (재킷 걸치며 뛰어오는) 저기요!
(뒤를 가리켜 보이며) 병원부터 가라시는데?
여진 반장님이요? 그 할머니 깨어났대요?
김경사 에? 에, 검찰청은 내가 갈게요! (대답 안 듣고 뛰어가는)
여진 내가 가요!
김경사 어차피 가야 돼요! (벌써 저만치 간)
장형사 식구 된 지 벌써 두 달이 다 돼가는데 아직도 저기요네.
님 자 붙이면 혀가 짜개시나?
여진 (장난스레 어깨형님들처럼 구부리며) 장형사님 다녀오겠습니다.
장형사 아이고 그라십쇼 한경위님!

33. 서부지방검찰청/외경 - 낮

마포대로 바라보며 서부지방법원과 어깨를 나란히 한 건물.

34. 동/형사3부 복도 - 낮

이마 찢어진 시목, 진섭 붙들고 온다.
복도에 늘어선 많은 문 '황시목 검사실' 명패 붙은 문으로 들어간다.

35. 동/시목의 검사실 - 낮

시목 책상이 중앙 위쪽에 있고, 왼쪽에 수사계장과 실무관이 나란히 앉았고,

오른쪽엔 수습 검사인 영은수 검사가 일하는 중이다.
시목이 진섭 끌고 들어오자 인사하려던 세 사람, 놀란다.

은수 어머 검사님 이마가!
계장 어디서 그러셨어요? (진섭 보고) 이놈이에요?
실무관 어디 약이 있을 텐데!
시목 괜찮습니다. (안쪽에 시목만 따로 쓰는 집무실로 진섭을 끌고 가자)
은수 (태블릿 챙겨 얼른 따라오는데)
시목 영검산 나중에. 계장님. (은수 코앞에서 문 닫아버린다)
계장 예! (얼른 좇아 들어가고)
은수 (자존심 상하지만, 실무관이 쳐다보자 아무렇지 않은 척 고개 쳐든다)

36. 동/시목의 집무실 - 낮

계장 진술 거부권 숙지했습니다. (진섭 손 잡아 서류에 지장 받아내면)

시목, 굳이 바퀴 달린 의자를 끌고 와 진섭 앞에 놓는다. 앉으라는 무언의 눈길.
이미 소파에 앉아 있던 진섭은 영문 몰라 보지만, 무언의 눈길에 결국 옮겨 앉고.
계장은 뒤로 조용히 물러나고,
팔짱 끼고 서서 아무 말 없이 구부정히 내려다만 보는 시목.
팔걸이 없는 의자에 동떨어져 앉은 진섭, 불안해 보이지만 약점 안 잡히려 굳은 표정.
하지만 물끄러미 보기만 할 뿐 계속 침묵하는 시목...

진섭 (그게 더 불안한. 결국 더 못 참고) 주웠어요!
마당에서, 집 안엔 들어가지도 않았어요!
시목 발 들어요.
진섭 (그 말에 순간 불안이 스치는 게 분명 보이는데 곧, 자신 있게 든다.

두 발 밑창을 보란 듯이 들고) 됐죠?

시목　(진섭 발을 꺾어 신발 벗긴다)

진섭　아! 뭐하는

시목　(즉각 양말 벗겨 들어 보이면, 양말 바닥에 묻은 작지만 선명한 핏방울)

진섭　(묻었는지 자기도 몰랐다. 놀란) 아녜요! 나 아녜요!

계장　(책상에서 증거 봉투 집어 얼른 온다. 양말 받아 넣고 봉한다. 기록)

시목　처음부터 계획했다면 흉기도 준비했을 테고 신발도 신었겠지만
가보니까 사람은 혼자고 칼은 하필 손 닿는 데 있고,
... 순간 눈이 뒤집혔나? 우발적 살인?

진섭　아녜요, 내가 갔을 땐 벌써 죽어 있었어요! 놀래서 나오려는데,
근데 옆에, 옆에 목걸이랑 그딴 게... 그러면 안 되는 거 아는데!
내가 진짜 뭐가 씌어서! 그치만 그게 다예요, 안 죽였어요!

시목　현장엔 어떻게 들어갔죠.

진섭　문 열어줘서, 안에서 열어줘서 들어갔어요.

시목　누가.

진섭　그걸 내가 어떻게 알아요?!

시목　들어가 보니 벌써 죽어 있었고 집에 딴사람도 없었다,
방금 본인 입으로 한 말인데.

진섭　? (멍해지는)

시목　피해자 가족은 아들, 모친뿐이고 아들은 군복무, 모친은 외출, 집에
혼자 있던 사람이 이미 죽어 있었다면 문은 귀신이 열어줬습니까?

진섭　내가 벨을 누르니까 분명히 안에서 열었다고요!
어! 그놈이 범인이네, 안에 있던 놈! 그놈 잡아야 되는 거 아녜요?

시목　범인이 사람 죽이고서 밖에 누가 오니까 친절히 문까지 열어줬다?

진섭　그거야!.. 내가 들어가야 뒤집어씌우니까요??

시목　그런데 안 들어갔잖아요, 마당에서 주웠으니까, 그렇죠?

진섭　본 대로 말해봤자 안 믿을 거니까 그랬죠!

시목　전과자가 전과 숨기고 남에 집 안방까지 들어가는 일을 골랐으니까.

진섭　미치겠네 진짜, 전과자라고 무조건 사람 죽여요?
내가 갔을 땐 온 집 안이 벌써 난장판이었다고요, 믿어주세요.

시목　(다짜고짜 전화 액정 들이대는)

액정에 뜬 것, 단체사진에서 확대해서 내민 차장검사 이창준의 사진이다. 진섭, 뭐지?.. 멍하니 볼 뿐. 뒤에 자리한 계장은 사진인지 뭔지 안 보인다.

시목 (사진 중에 다른 인물을 확대해서 보여주는데, 서동재 검사 사진)

진섭 뭐예요? (다소 멍한 눈길로 쳐다보는데)

시목 E (뜬금없어하는 진섭의 눈, 약간 벌어진 입, 그냥 늘어뜨린 손가락을 차례로 체크한다) 당황한 게 아니다. 황당해하고 있다.

진섭 (머리 감싼다. 지치고, 답답하다)

시목 E 모르는 척이 아니다. 본 적이 없다는 건..

시목, 손 안에 사진 보면, 미끈하게 잘생긴 서동재 검사.

37. 동/차장검사실 앞/복도 - 낮

사진 속 서동재 검사, 날아갈 듯 쫙 빼입은 양복 태와 달리 다소 허둥대며 간다. 차장검사실 노크하고 들어간다.

38. 동/차장검사실 - 낮

방금 전 시목이 보여준 사진 속의 창준, 소파에 심각히 앉았다.

동재 (얼른 들어와 인사, 앉으며) 무슨 문제 생겼습니까?

창준 .. 박무성이 (동재 똑바로 보는)

동재 (이런!) 죄송합니다, 계속 뒤지고 있습니다만 아직

창준 죽었어.

동재 네??

창준 박사장이 죽었어.

동재 언제 (하다) 어떻게.. 요?

창준 살인강도.
동재 예에?!
창준 범인, 여기 와 있어.
동재 벌써 잡혔다구요? (잠시 생각..) 축하드립니다, 차장님.
창준 (으르는) 입 조심해.
동재 죄송합니다, 하지만.. 살인강도면 더할 나위 없지 않습니까.
창준 사체 제일 처음 발견한 거, 범인 검거한 거, 다 황시목이야.
동재 예에? 왜 하필요?
창준 하필 아냐. 우연도 아냐. 둘이 내통한 거야.
때마침 안 죽었음 황검사 손에 기소되는 건 범인이 아니라 우리였어.
동재 박사장이 황프로한테 다 불고 죽었음 어쩌죠?!
창준 (당당한 척) 불고 말고 할 게 있나, 우리가 남들처럼 차를 받았어,
집을 달랬어? 밥 몇 번 먹어준 게 단데.
동재 (서로 다 아는 처지에 위선임을 알지만 입 다무는)
창준 죽은 자는 말이 없어. 제일 중요한 핵심 요건이 사라졌어.
제아무리 황시목이라도 당사자 없인 베팅 못해.
동재 걜 모르시는 말씀입니다. 독사 같은 놈이에요.
이걸 빌미로 더 파고들 게 뻔합니다, 차장님.
창준 (고민...)
동재 이 건 저한테 주십시오. 제가
창준 (O.L) 영은수한테 넘겨.
동재 (놀라) 황프로 방 수습이요? 걔야말로 더 큰일 날 애잖아요?
창준 (재빠르고도 날카로운 눈빛)
동재 (입 다문다)
창준 딱지 뗄 때 됐잖아. 황시목이보다야 훨씬 주무르기 쉽지.
어떻게 되는지 이번엔 제발 잘 좀 감시해.
동재 너무 노골적입니다, 자길 배제하려는 걸 황프로가 모를 리 없어요.
창준 이미 노골적이야, 그놈은 우리 법복까지 다 벗겼는지도 몰라.
동재 그러니까 제가 맡아서
창준 황시목이 바보야? 고양이한테 쥐를 맡기려고 하겠어?
동재 제가 왜 고양입니까?!

창준 누구 앞에서 딴청이야. 박사장이 누굴 제일 원망했는데?
동재 ...

창준, 골치 아프다. 관자놀이 누르는데 동재, 창준 보는 눈이 가늘어진다.
하지만 동재가 고개 돌리자, 이번엔 창준이 동재 보는 눈빛이 좋지 않다.

39. 동/시목의 집무실 - 낮

시목, 천천히 물 따른다. 진섭, 입이 바짝 타는 데다 목도 마르다. 물 따르는 소리... 소리만 들어도 갈증 난다. 진섭, 침 꼴깍.

시목 (그 소리에 진섭 본다. 컵 내밀면)
진섭 (단숨에 마신다. 숨 몰아쉰다)
.. 가족 같은 분위기에서 일할 사람 구한다고 했어요.
전과자도 입에 풀칠은 해야 되잖아요, 먹고살려고 그랬어요,
전과 숨긴 건 잘못이지만, 가족같이 일하자고 해서, 근데 니미,
가족은 개뿔, 밥은 고사하고 오줌 눌 시간도 없어요,
고객만족도 낮게 나왔다고 반성문 쓰게 하고,
한 군데서 쫌만 오래 걸리면 계속 쪼아대고, 이건 뭐 영업도 해야지,
토요일 일요일도 막 굴려요, 죽어라 시키고도 월급 얼만지 아세요?
오죽하면 월세가 밀렸겠냐구요!
시목 월세는 밀렸고, 빚도 있을 테고, 동기 충분하고.
진섭 (절망스럽다) 검사님, 저 마음잡고 살려고 했어요, 저 애 아빠예요,
검사님, 제가 애가 있다고요! 애 엄만, 갠 낳기만 했지 내가 잘못되면
당장 버리고 튈 년이에요. 내가 봐줘야 돼요, 저 아님 아무도 없어요.
애 키우면서 잘 살려고, 잘 키우려고, 저 진짜 맘잡았어요,
사람 죽은 거 보고도 욕심 낸 건 정말 잘못했는데요, 저 아녜요.
저 진짜 아녜요! 사람이 어떻게 사람을 죽여요!!
시목 .. (계장에게) 구치소 이송해요.
진섭 검사님!

계장 죄목은요?

시목 .... 추후 보강.

계장 예. (바로 나간다)

진섭 난 죄 없다고요! 아니라고요! 왜 날 못 믿어!

시목 (건조하게) 죄가 없다.. 니 말이 사실이래도 넌 피 칠갑이 된 사람을 놓고 돈부터 움켜줬어. 아무나 그러는 거라고 생각해? 죄가 없어?

진섭 도둑질은 해도 사람은 안 죽인다고!!!

노크소리. 계장이 청원경찰과 함께 들어온다.

진섭 아냐! (저항하며 끌려 나가는) 아냐!!

시목 (잠시 가만 섰다. 뭔가 명쾌하지 않은 얼굴...)

40. 동/시목의 검사실 - 낮

복도에선 아직도 울리는 진섭의 외침. 작아지고,

은수 (전화 중) 감사합니다. 열심히 하겠습니다! (끊고, 좋지만 침착한 척)

실무관 축하드려요.

계장 (진섭 인계하고 들어오는) 단 한 놈도 지가 했다는 놈이 없어, 단 한 놈도. 나중에 보면 다 지들 짓거리면서

실무관 (계장에게) 영검사님 오늘로 수습 끝이래요.

계장 에? 벌써 6개월이 됐나? 와 시간도 참.. 축하드립니다, 영영감님?

은수 (도도히) 덕분입니다.

시목 (집무실에서 나와 은수에게 양말 봉투 준다) DNA 분석, 증거 등록.

은수 이것도 마지막이네요.

시목 ? (계장에게 메모 주며) 여기 연락해서 피의자 주민번호 받고 계좌 추적해주세요. (은수에게) 마지막?

실무관 영검사님 공판 검사로 단독 임용되셨어요.

시목 (기계적인) 축하해. 첫 케이스가 중요한데, 뭐야?

은수 일단 오늘 들어온 거 중에 경제사범 정치범 빼고
일반 형사 건부터 시작하라십니다.
시목 (멈추는)
계장 그러면은.. 어 방금 저놈부터 하셔야겠네요?
은수 조서부터 제가 쓸까요?
시목 (목소리는 담담하지만) 안 돼.
은수 네?
시목 건드리지 마. (계장과 실무관에게) 저 나갑니다. (나간다)
은수 검사님! (쫓아 나가고)
실무관 왜 저러시지? 심각한 거였어요?
계장 그냥 강도살인 같던데요?

41. 동/복도 - 낮

은수 (쫓아 나와) 검사님! 왜 안 돼요?

복도 끝에서 동재가 자기 방에서 나오다 두 사람 본다. (이하, 동재가 본 시선에서)

시목 (멈추지 않고 가며) 안 돼.
은수 제가 못 미더우세요?
시목 음. (가버린다)

시목 쳐다보는 은수, 동재 시선에선 뒷모습인데도 자존심 상한 게 느껴질 정도.

동재 (뒤에서 다가간다. 캐고 싶지만 무심한 척) 왜, 오늘 살인사건 땜에?
(시목 향한 눈길) 박무성인가 누구 죽었다는?
은수 (놀라는, 가까스로 소리 안 낸다)
동재 내가 그랬지? 니가 하필 제일 까다로운 수석 만났다고.

(시목이 코너 돌아서 사라질 때까지 쳐다보다 그제야 은수 보는)
욕심은 좀 많냐? 사건 안 주겠대지?

은수 (놀란 표정 수습) 어떤 건지 아직 못 들어서요. 살인사건, 이었군요?..

동재 .. (부드럽게) 차 한잔하지? .. 와.

동재, 제 방으로 향하고 안색 어느 정도 돌아온 은수, 일부러 더 꼿꼿이 따라간다.

42. 동/건물 앞 계단 - 낮

시목 (빠른 걸음으로 계단 내려오는데)

김경사 (올라오다 시목 발견) 황검사님! 또 뵙네요? 용산서 김수찬입니다.

시목 (본다. 하지만 까딱 목례만. 가려는데)

김경사 어어 (막는) 아까도 그러시더니. 두 번은 안 되죠?

시목 저 땜에 오셨나요.

김경사 저희도 보고라는 게 있잖습니까, 그래서 (들어가려는 몸짓인데)

시목 (움직이지 않는) 말씀하세요.

김경사 .. (그냥 계단에 서) 용의잔 줄 어떻게 알고 쫓으셨어요?

시목 TV 고치러 오기로 한 기사가 현장 근처에서 도주하는 걸 봤습니다.

김경사 그니까 고치러 오기로 했다는 건 어떻게 알았는데요?

시목 자기 방엔 책 한 권 없는 사람이 얼마나 심심했으면 아들 방에서
책을 뽑아 들었더군요. 혹시나 싶어 TV를 켜봤더니, 역시 고장이었습니다.

김경사 어어... 현장엔 왜 가셨죠?

시목 개인적인 친분입니다.

김경사 피해자 박무성하곤 무슨 사이신데요?

시목 개인적인 친분입니다.

김경사 (순간 경멸이 스친다. 비웃는 듯)

시목 (그 반응 눈치챈...) 박무성씨 첫인상 어땠나요?

김경사 첫인상이요? 죽은 사람 첫인상은 왜요?

시목 ..

김경사 (뭔 뚱딴지?)

시목 더 질문 있으면 연락주시죠. (목례. 빠르게 간다)

김경사 (재수 없지만) 기소할 겁니까?

시목 해야죠.

김경사 (안심하는.. 혼잣말) 그래야지..

시목 (혼잣말) 죄목이 뭐냐가 문제지... (간다)

43. 무성의 집/마당 - 저녁

폴리스 라인 쳐지고 경찰이 지키는 대문.
시목, 신분증 보이고 마당으로 들어와 집으로 들어간다.

44. 동/안방 - 저녁

낮에 시목이 훑었을 때와 똑같이 난장판인데.
시목, 들어오다 멈춘다. 낡은 밥상에 시선 꽂힌다. 밥상 위에 아무것도 없다.

Flashback〉 - S#10. 박무성 시신 발견 직후의 안방. 밥상 위에 놓인 최신형 노트북.

시목 다시 보지만, 다른 건 다 똑같은데 노트북만 없다.

45. 동/마루 - 저녁

시목, 안방에서 나와 마루 훑는다.
마루 역시 시체만 없을 뿐 아직 피 웅덩이도 그대로다.
시목, 골목으로 난 커다란 창가에 서서 생각에 잠긴다.

진섭 E 내가 갔을 땐 벌써 죽어 있었어요!

시목 ... (문득 밖에 뭔가를 유심히 보더니.. 성큼 나간다)

46. 무성 집 앞/골목 - 저녁

어둠이 내려앉은 골목. 뒤쪽에선가 '해피! 해피야!..' 하는 소리 들린다.
대문에서 나온 시목, 곧장 맞은편 대각선 골목에 주차된 택시로 간다.
택시 앞 유리창 살피더니 다세대 주택 올려다보는데, 세대수가 제법 많다.
시목, 택시 바퀴를 다짜고짜 찬다. 경보음 시끄럽게 울리고.

택시기사 (3층 창문에 득달같이 나타나 내려다본다) 누구야!

시목 (태연히 손 들어 보인다)

택시기사 뭐야 젓씨! 너 거 꼼짝 마!

쿵쾅대며 내려오는 소리, 희미하게 들리고.

택시기사 (다세대 주택에서 튀어나와) 어떤 색ㄲ

시목 (검사 신분증 보이고) 협조 감사합니다.

택시기사 (신분증 봤다 시목 봤다...)

잠시 후. 동 장소.
택시기사, 택시 블랙박스에서 메모리 칩 꺼낸다.

택시기사 (주기 싫어 투덜) 어디 안 가고 쭉 세워둔 건 맞는데, 이게 길만 찍혔지 뭐가 있겠나?.. (메모리 칩 꺼내 택시에서 빠져나온다)

시목 (칩 가져가려는데)

택시기사 (싹 손 빼는) 이거 새로 살려면 몇만 원인데?

시목 돌려드립니다. (칩 채간다. 곧바로 제 차에 오른다)

47. 시목의 차 안 - 저녁

시목, 태블릿에 칩 끼우고 영상 확인하는데,
어느새 운전석 창밖에 와 기웃대는 택시기사, 영상 보려고 목을 뺀다.
시목, 아예 문 잠그고 안 보이게 몸 튼다.
택시기사, 쩝. 그래도 포기 않고 기웃댄다.

시목, 영상 재생시키면, 박무성의 집 앞 골목이 뜬다.
스크롤 끌어 이리저리 시간대 찾는데,
화면에, 케이블 TV 차량에서 내리는 진섭 나타났다.
진섭이 무성네 대문 앞으로 가는 걸 초집중해서 보는 시목.

48. 무성 집 앞/골목 - 밤

언제 돌려주나, 택시기사가 고개 빼고 기다리는데,
차 시동 켜는 소리. 달려 나가는 시목의 차.
택시기사가 손사래 치며 쫓아가도 소용없다.

49. 서부지검/시목의 검사실 - 밤

텅 빈 검사실. 밖에서 들리는 소리.

은수 E 수고하셨습니다.
실무관 내일 봐요!

잠시 후. 조용히 열리는 문. 은수다.
들어와 불 켜더니 곧장 시목 책상으로 가 파일 뒤진다.
파일 하나 빼내 펼치는데, 박무성 사건 파일이다.
흰 티셔츠 차림으로 엎어져 죽은 무성 사진이 첫 장부터 커다랗다.

사진 빼내 들여다보는 은수, 꽉 깨무는 입술, 손 떨린다.
파일 내용으로 눈 돌린다. 완전히 몰입해서 읽는데..
벌컥 문 열린다. 불쑥 들어오는 시목!
작은 비명마저 지르는 은수, 일어서며 급히 서류 덮는데 너무 서둘러서 사진 날린다.
하필 시목 발치에 제대로 떨어지는 사진.

시목 (사진 집어서 보는)
은수 (하필...) 경찰에서 조서가 넘어왔길래 제가 잠깐, 죄송합니다.
(파일 주는데)
시목 (받는다. 표지 클립에 사진 끼워서 돌려준다) 할 수 있겠어?
은수 예?.. 예!! 맡겨만 주세요!!
시목 어떻게 이길 건데. (자리에 앉으라는 손짓)
은수 (앉으려다 흥분해서) 재판도 제가 직접 나가나요?
시목 공판 검사가 공판 나가는 게 질문거린가. (다시 앉으라는 손짓)
은수 (앉는다. 파일 보며 목소리 가다듬고) 증거가 워낙 확실하네요.
용의자가 훔친 장물은 피해자 모친 걸로 확인됐고 아, 용의자 양말 혈흔도 피해자하고 일치하는 거로 나왔습니다.
시목 흉기에서 지문은?
은수 피해자 모친 지문 외엔 없습니다.
시목 용의자는 죽인 게 아니라 살인현장에 뒤늦게 들어가서 훔치기만 했다고 주장하고 있어. 서비스 접수를 정식으로 받았으니 처음부터 범죄를 목적으로 한 것도 아니고. 이건 어떻게 뒤집지?
은수 아무리 정식으로 받았어도 월담을 하거나 강제로 들어간 건 이미 범죄를 목적으로 했단 거 아닌가요?
시목 누가 강제로 들어갔대?
은수 ? (파일 뒤지는) 피해자 모친에 따르면 현장엔 피해자 혼자였고, 빚쟁이 때문에 문은 늘 잠가놨다는데 강제로 침입한 게 아니면 어떻게 들어가요?
시목 진범이 혐의를 뒤집어씌우려고 일부러 불러들였다고 하고 있어.
은수 말도 안 되죠.

시목 재판장한테도 그렇게 말할 건가?

은수 (저도 모르게 혀 날름)

시목 그 혀 좀 어떻게 하지.

은수 (순간 얼굴 빨개지는. 자존심 상했다) 죄송합니다.

시목 이 모든 걸 뒤엎을 수 있는 한 방이 뭐라고 생각해.

은수 .. 그 시간에 피해자가 살아 있었단 결정적 증거요.
그치만 그런 게 있을까요? 집 안에 CCTV를 달아논 것도 아니고.

시목 (태블릿에서 블랙박스 영상 재생시킨다)

은수 이게 뭔데요?

택시 블랙박스 영상 뜬다.

은수 이걸 어디서 (말 멈추는. 영상에 집중!)

진섭이 박무성 집 앞에서 하차하는 장면이 화면 끄트머리에 잡혔다.
대문에서 벨 누르면 거의 10초 정도 만에 금방 문 열린다. 진섭이 들어가는 모습.

은수 강제로 따고 들어간 게 아니란 건 증명됐네요?
그치만 이게 피해자가 당시 살아 있었단 반증은 아니잖아요?

시목 어째서.

은수 용의자 주장대로 진범이 혐의를 뒤집어씌우려고 문을 열어줬단
것도 충분히 설득력 있어요.

시목 말이 안 된다며.

은수 그쪽 변호산 그걸 물고 늘어지겠죠.

시목 그래. (타임 스크롤을 뒤로 돌린다. 재생 누르고) 여길 봐.

은수, 시목이 가리킨 곳 보면, 골목을 향해 난 무성 집 거실 창문이다.
진섭이 파란 소형차에서 내려 대문 벨 누르는 장면 재생되는데,
그가 대문 벨을 누르자 1~2초 후, 거실 창문에 한 남자가 어른대는 게 보인다.

커튼에 반쯤 숨어서 밖을 기웃대는 데다 멀리서 비스듬히 찍혀 명확하진 않지만, 분명 흰 티셔츠에 파란 트레이닝복 남자다.
눈 커다래지는 은수.
흰 티셔츠 남자, 창가에서 사라지고 몇 초 후, 대문 열린다.

은수 (박무성 사체 사진 들어본다. 피에 물들었어도 흰 티셔츠 차림)
시목 빚쟁이한테 시달리다 보면 누가 대문만 눌러도 일단 몰래 확인부터 하게 돼.
은수 용의자가.. 범인 맞네요. (그런데 기쁜 기색이 아니다)

시목, 그 표정 눈치채지만 언급 않는다. 영상을 USB로 옮겨 태블릿에서 빼낸다.
은수, 받아 가려고 손 내미는데, USB를 응시하는 시목.

은수 ?... (달라고 끝을 잡는데)
시목 (잡고 안 놓는)
은수 (당기는) 검사님.. 검사님?
시목 (도로 가져가 주머니에 넣는다) 퇴근해.
은수 왜요? 그게 있어야 저도 재판을 하죠, 결정탄데?
시목 내일. (책상으로 가 컴퓨터 켠다. 책상에 가득 쌓인 일 시작)
은수 내일 꼭 주세요, 네?... (대답 없자 입 나오지만... 나가면)
시목 (전화) .. 수고하십니다. 4층 형사분데, (USB 꺼낸다. 컴퓨터에 꽂는) 지금 영상 하나 보내드릴 테니까 분석 부탁드려요. (영상 클릭!)

50. 병원/영안실/복도 - 밤

반장 F 그런 덴 범인 안 잡혀서 뭐 얻어걸릴 거 없나 할 때나 가는 거야. 육개장 얻어먹으려고 그래?
여진 (영안실 확인하며 전화 중) 5분도 안 걸려요. 네. (끊는)

51. 동/영안실 - 밤

한쪽 벽에 쪼르르 앉아 찬송가 부르는 교회 아줌마들.
여진 들어온다. 무성 영정 앞에 향 꽂고 절하려다 주춤,
교회 사람들 보더니 짧은 기도로 대신한다.
유족에게도 절하자 맞절하는 무성母. 그 옆에 짧은 머리의 경완도 절한다.

여진 (힘겹게 일어나려는 무성母 잡고) 그냥 계세요.
무성母 (손잡고) 고마워요..
여진 (거칠어진 손만 문지를 뿐. 뭐라 할 말이 없다. 옆을 보는데)
경완 (생기라곤 없는 무성母완 달리 눈물은커녕 메마른 얼굴로 인사)
무성母 우리 손자요.
여진 아, 군대 가셨다는.. 많이 힘드시죠.
경완 (짧게) 네.
여진 ? (잠시 보지만 인사하고 자리 뜬다)

여진, 나오기 전에 부조금 내는데, 봉투 내놓자마자 옆에 지켜 섰던 남자가 채간다.
여진, 놀라 부조금 받는 사람 보지만, 씁쓸한 표정 할 뿐 아무 말 못한다.
봉투 채간 남자는 잔뜩 성이 나 있는 게, 빚쟁이가 분명하다.
여진이 더 민망해 유족을 돌아보면,
무성母는 체념한 건지 돈이 문제가 아닌 건지 쳐다보지 않는데,
경완은 빚쟁이를 노려본다. 조문받을 때완 달리 강렬한 눈빛이다.
여진.. 자리 뜬다.

52. 동/복도 - 밤

여진, 영안실에서 나오는데 옆 식사하는 곳 눈에 들어온다.
사람이 없어도 너무 없다. 여진, 안된 마음에 무성母 돌아보는데,

경완, 핸드폰이나 만지작대고 있다. 무성母, 경완 보지만 말 거둔다.
갸웃하는 여진.. 돌아보며 자리 뜬다.

53. 서부지검/시목의 검사실 – 낮

여자 F (전화 목소리) 예 확실해요, 99% 원본 맞는 걸로 나왔거든요?
시목 (손가락으로 USB 돌리며 전화 중) 알겠습니다. (끊는. USB 보지만...)

시목, 박무성 파일을 따로 빼서 책상 끝에 놓는다. 그 위에 탁 놓여지는 USB.

54. 동/형사부 복도 – 낮

시목 방에서 나오는 은수, 박무성 파일 옆구리에 끼고 총총 가는데,
동재, 자기 방에서 나온다. 두 사람, 일상적으로 인사하며 스치는데,

동재 (뒤늦게 생각난 척) 후암동 거 기소한다며?
하필 데뷔전이 강력이라 버겁겠어?
은수 (USB 들어 보이는) 승소는 따 놓은 당상이거든요?
동재 뭔데?
은수 용의자가 꼼짝 못할 물증이요. 증거목록에만 올리면 돼요.
동재 .. 영은수, 평생에 한 번뿐인 데뷔전인데 화려하게 치러야지?
변호사가 찍소리도 못하게 압승 거두게 해줘?
은수 ?
동재 증거목록, (USB 가져가 들어 보인다) 그딴 걸 왜 올려.
나중에 크게 쏴. (싹 웃는)

55. 서부지방법원/복도 – 낮

406호 법정에서 나오는 시목. 자막 - 〈2개월 후〉
시목, 서류 보따리 들고 가다 407호 법정 본다.
출입구 옆 '오늘의 재판 안내'에 고지된 일정 중에 '담당 검사 : 영은수'가 보인다.
시목, 잠시 보는...

56. 동/407호 법정 - 낮

진섭 재판이 한창 진행 중인데, 시목 들어온다.

여진 (증인석에서 진술 중) .. 그런 다음 피고가 훔친 장물이 피해자 모친의 소유임을 직접 확인했습니다.

시목 (눈에 안 띄게 맨 뒤에 조용히 앉는데)

변호사 물건을 훔친 게 곧 살인했다는 뜻은 아니죠?

여진 그렇지만 현장에서

변호사 네 아니요 대답해주세요, 훔쳤다, 가 곧 살인, 은 아니죠?

여진 .. 아닙니다.

변호사 감사합니다. 더 이상 질문 없습니다. (자리로 가는)

판사 증인, 자리로 돌아가도 좋습니다.

여진 (자리로 오는)

법정 문 열리고, 빠른 걸음으로 들어오는 동재.
동재, 자신에게 쏠리는 방청객 시선 의식하며 헐레벌떡 은수에게로 간다.
그러고는 은수에게 무언가를 건네고 귀엣말한다. 은수도 심각하다.
시목 역시 다른 방청객들처럼 그 둘을 바라보고 있는..

은수 (기다렸다는 듯 일어나) 재판장님, 새로 확보한 증거를 신청합니다.

시목 (새로 확보한 증거?)

변호사 사전 통보 못 받았습니다!

은수 저희도 방금 전에야 확인이 끝났습니다.
하지만 본 사건에 지대한 영향을 미칠 매우 중요한 증거입니다!

판사 양측 앞으로 나오세요.

은수와 변호사, 판사에게 간다. 자기들끼리 머리 모으고 갑론을박한다.
시목, 동재 보면 동재, 방청석에 앉아 의기양양하다.
그 근처에 무성母도 보이고.
시목, 진섭 쪽 방청석 보면, 진섭 가까이 아기 안은 아기엄마(진섭妻)도 있다.
그런데 아기엄마와 뭐라 얘기하는 남자를 본 순간 시목, 눈썹 치킨다.
남자(정본), 좀 어리바리해 보이는데,
그에게 꽂힌 시목의 시선....
정본, 시선 느꼈는지 이쪽 보지만 못 알아본 눈치, 그냥 고개 돌린다.
시목, 무심히 앞을 보면,
부산스러운 재판장. 어느새 간이 스크린을 설치했다. 프로젝터도 갖다 놓고.

은수 피고는 재판 과정 내내 살인이 일어난 후 현장에 들어갔다는 주장으로
혐의를 부인했습니다. 존경하는 재판장님, 이 영상을 봐주십쇼.
어젯밤까지의 탐문수사로 인근 차량에서 확보한 블랙박스 영상입니다

시목 (입모양) 어젯밤?

블랙박스 영상이 스크린에 선명하게 펼쳐진다.
법정 안의 모두가 주목하는데,

은수 사건 당일 현장에 도착한 피고의 모습입니다. 초인종을 누르고
안에서 문이 열리길 기다리는 동안의 바로 이곳! 여길 봐주십시오.

영상 속 거실 창에 비친 무성 주위엔 확실하게 동그라미까지 쳐놨다.
진섭은 눈이 튀어나올 듯하고, 무성母는 아들 모습에 충격받는다.

은수 여기 피고가 아직 현장에 들어가기 전에 피해자는 분명히 살아 있습니다.
만에 하나 제3자 개입의 가능성을 확인하기 위해 사망 추정 시간 전

12시간 분량의 영상을 일일이 확인했지만 피고를 제외한 어떤 인물도 현장에 출입한 모습은 잡히지 않았습니다.
이 점 확인하느라 사전 제출하지 못한 점 양해바랍니다, 재판장님.

판사 .. 변호인 추가 변론 있습니까.

진섭 (변호사에게 아니라고 간절히 고개 저어 보이지만)

변호사 없습니다.

진섭 아네요! 저건 가짜예요! 거짓말이야!!

판사 조용히 하세요!

동재와 눈빛 교환하는 은수.
동재는 엄지 세워 보이고, 승리의 미소로 화답하던 은수, 미소가 사라진다.
맨 뒤에서 일어나는 시목을 본 것이다.
시목, 비난의 눈초리는 아니지만 더 볼 가치 없다는 듯 법정 나간다.

57. 동/복도 - 낮

조용한 복도 위로 울리는 소리.

판사 E .. 명징한 증거를 부정하고 그 어떤 반성도 않는 피고에게 징역 22년형을 선고합니다.

법정 안의 소음이 잠시 들리더니 문 열린다. 재판 끝나고 사람들 몰려나온다.
무성母도 나온다. 힘없는 다리로 벽 짚으며 휘청휘청 가는데,

여진 어머님! (달려온다) 혼자 오셨어요?..

무성母 (고개만 끄덕. 어딘가 다른 데 정신 팔린 듯)

여진 손자분은요? 복귀했어요? (전화 온다) 잠시만요. (받는)
예!.. 끝났어요. (무성母 보는데, 어?)

무성母 (혼자 휘적휘적 간다. 눈빛이 뭔가 단단하다)

여진 (무성母 부르려다) 어디서요? 또?... 아뇨 제가 갈게요! (급히 가는)

그 뒤로 변호사 나오고, 어리바리 따라 나오는 정본.

58. 동/건물 앞 - 낮

정본, 뻘난 변호사 쫓아 부지런히 가다 시목을 지나치는데 흘끗 볼 뿐, 못 알아봤다. 하지만 중간에 멈추고 돌아본다.

시목 ...
정본 저기 혹시.. 혹시, 그... 아 뭐였더라..
시목 (더 기다리지 않고 명함 건넨다)
정본 (명함 보며) 그래 황시목! 맞아 시목이! 야! 반갑다 친구야!
(시목이 뭐랄 새도 없이 끌어안는) 이게 몇 년 만이냐!
시목 20년.
정본 너 그때 말도 없이 갑자기 (하다 살짝 당황. 하지만)
짜식! 검사 됐구나? 맞다, 너 공부 엄청 잘했지?
시목 너도 같은 계열인 거 같은데.
정본 같은 계열은 뭐, 난 그냥 쪼고만 데, 사무장. (명함 주려고 뒤지는데)

경적소리. 미리 차에 탄 변호사, 경적 울린다.

정본 어 나 지금
시목 가봐. 그럼. (먼저 돌아서 간다)
정본 (가는 시목 보며 그래도 데헷, 해맑다) 미안해, 전화할게, 조만간
(술 마시는 손짓. 가며) 야 진짜 반갑다!

정본, 차에 올라 자리 뜨는데 시목을 한 번 더 돌아본다.
정본 사라지면 그 뒤로, 한껏 들뜬 은수가 동재와 함께 나온다.

동재 (은수 흉내 내며) 재판장님, 새로 확보한 증거를 신청합니다!

(시원하게 웃는) 잘하던데?

은수 검사님 말씀대로 마지막에 터뜨리길 잘한 거 같아요.

동재 그런 게 노하우야. 재판도 스토리가 있어야 된다니깐.
무엇을 언제 어떻게 쾅! 터뜨리느냐.

은수 원수 꼭 갚겠습니다. (하는데 시목과 마주친다) 황검사님!..

시목 (말없이 은수 봤다가 동재 봤다가)

동재 칭찬 한마디 하면 입이 부르트냐? 자기 수습 첫 승인데

시목 (말하는 도중에 휙, 자리 뜬다)

동재 선배가 말하는데 저씨! (상욕 겨우 참는) 하여튼 저 씨..

은수 (동재에게 급히 목례하고 시목 쫓아오며)
데뷔전이 중요하다고 서검사님이 많이 케어해주셨어요,
증거가 워낙 확실하니까 어드바이스 좀 받은 거뿐이에요.

시목 그런 거부터 배우지 마.

은수 이기면 되는 거 아녜요? 날조한 것도 아니고 이겼잖아요 어쨌든?

시목 어쨌든. (간다)

자존심 상한 은수, 그 뒤로 시목 노려보는 동재.

59. 동/주차장 - 낮

교도소로 이송되는 진섭. 너무나 절망에 빠져 버스에 실린다.
커다란 돌을 움켜쥐고 오는 무성母, 진섭의 뒤통수가 멀지 않았는데,

아기엄마 오빠!

무성母 !

아기엄마, 아기 안고 달려온다.
진섭, 정은아! 부르며 가려 하지만 경찰이 두 사람을 막고,
아기는 아빠에게 오려 울며 버둥대고.
오열하는 진섭, 결국 아기 손 한 번 못 만져보고 떼밀려 버스에 실린다.

버스는 얼른 떠나고, 아기엄마는 울면서 버스 쫓아가는데,
돌 쳐든 손, 갈 곳 잃은 무성母, 몸이 무너지며 주저앉는다.
범인이 잡혔어도 아들 잃은 고통은 그대로인 데다 또 다른 부모 자식의 찢김을 목격한 무성母, 정작 본인은 울지도 못하고 그저 멍하니 주저앉았다.
그렇게 있는데 남자 다리가 앞을 지나간다. 시목이다.
시목, 무성母가 주저앉은 게 보이지만 그냥 지나치는데,

무성母　보고 싶어요..
시목　(보는)
무성母　얼마나 무서웠을까, 얼마나 아팠을까, 내 아들.. (눈물 방울방울..)
내가 옆에 있었어야 했는데... 같이 가고.. 싶어.. 같이 갔어야 했는데..
시목　... (담담히 자리 뜨는데)
시목母 E　엄마랑 죽자, 같이 가자 시복아..

60. 시목의 집/방 - 낮 (25년 전)

방 안이 엉망이다. 뻐꾸기시계를 바닥에 내려쳐 시계는 박살났고 방바닥은 찍혔다.
시계에서 뽑혀진 뻐꾸기는 죽은 새처럼 바닥에 버려졌다.
10살 시목을 잡아 앉힌 시목母, 이젠 지쳤다.

시목母　(운다. 크게도 말 못하고) 너랑 나랑 그냥 같이..
시목　(엄마 눈물 닦아주며) 잘못했어요, 엄마, 다신 안 그럴게요.
시목母　(호소도 아니고 한탄도 아닌) 하루 이틀도 아니고 나 도저히
못하겠어, 내가 널 이렇게 낳았으니까 같이 죽자..

어린 시목, 엄마한테 매달리고 울고. 하지만 시목母, 너무 지쳤다.

61. 서부지검/주차장 - 낮 (현재)

시목, 등을 구부리며 가고, 그 뒤로 홀로 남은 무성母.. 서늘한 바람이 불어온다.

62. 정본의 차 안 - 낮

정본, 운전하고 변호사, 아직 패소의 기분이 좋지 않은데.

변호사　아까 만난 사람은 친구예요?
정본　예, 중학교 때요. (계속 운전하지만 표정 묘해지는...)

63. 서부지검/차장검사실 - 낮

책상에 앉은 창준, 서서 서면보고하는 시목.

창준　(서류 보며) 부잔 망해도 3년은 간다더니, 패물을 꽉 쥐고 있었네. 이러니 도둑이 꼬이지.
시목　다 처분하고 마지막 남은 거였다고 합니다.
창준　가슴 아프네. (여전히 서류 보며, 지나가는 투로) 그날 거긴 왜 갔어?
시목　그 질문 이제야 하시네요?
창준　(서류 던지듯 놓고) 해봐.
시목　피해자는 부도를 막으려고 모든 인맥을 총동원했습니다.
창준　돈으로 쌓은 인맥이 돈과 함께 사라졌단 걸 곧 깨달았지.
시목　횡령죄만 피하면 재기할 수 있다고 자신했죠.
창준　시건방진 패착이야. 대한민국 검사를 지 뒷배로 착각하다니.
시목　착각할 만했죠.
창준　(싸늘...) 결론이 뭐야.
시목　결론은 (사건 서류 일별) 이거죠. 제3의 인물에 의한 단순 강도살인.
창준　제3의 인물이라. 이거 뭐, 제2의 인물도 있단 소리로 들리네?

시목 입만 뻥끗하면 순식간에 생매장시킬 수 있는 것.

창준 (눈썹 꿈틀)

시목 협박당한 인물이 있었죠. 뿌린 대로 거두는 데 실패한 박무성이
상납을 폭로하겠다고 협박한 인물.

창준 .. .. 그 제2의 인물을 함께 무너뜨리자고 박사장이랑 손잡았어?
부패한 동료들 싹 다 몰아내려고? 독야청청하시다는 황검사님께서?

시목 썩은 덴 도려낼 수 있죠. 하지만 아무리 도려내도 그 자리가 또다시
썩어가는 걸 8년을 매일같이 봤습니다.

창준 ....

시목 대한민국 어디에도 왼손에 쥔 칼로 제 오른팔을 자를 집단은 없습니다.
기대하던 사람들만 다치죠.

창준 박사장이 그러다 다쳤다? 협박당한 인물이 전과자 사주해서 죽였다?
황시목이도 별거 아니네, 전엔 반짝반짝하더니.

시목 남에 집 TV 고장 내고 수리기사 수배하고, 그 인물 방식이 아니죠.

창준 그 인물 방식은 뭔데.

시목 이미 죽어 있었단 말, 사실일 수 있다고 생각했습니다.
박무성을 제거하고 접대 증거를 없애려고 했겠죠.
온 집 안을 뒤졌으니 패물이 정말 바닥에 뒹굴렀을 수도 있구요.

창준 근데 그 가설을 엿 먹인 게 다름 아닌 바로 너잖아?

시목 그렇습니다.

창준 (웃음) 깔끔하게 해결했네, 믿고 쓸 만해. (만 원짜리 두 장 꺼내는)
속 쓰릴 텐데 가서 해장국이나 해. (시목 주머니에 돈 꽂는다)

시목 (돈 빼는데) ... (목례) 맛있게 먹겠습니다.

창준 (미간에 잡히는 주름)

시목 (돌아서는데)

창준 박사장이 직접 알려줬어.

시목 (멈추는)

창준 황시목이랑 손잡았다고. 찔러도 피 한 방울 안 날 인물이니까
진짜 찌르기 전에 지 문제, 해결해달라고.
시목아, 착각하지 마. 널 믿어서가 아냐. 나한테 보여주려고 한 거야.

시목 그런데도 그날 왜 거길 갔냐고 하신 건, 제가 어디까지 알고 있는지

궁금해서 아닙니까? 박무성이 차장님 협박한 거, 순식간에 생매장시킬 수 있는 거. 그걸 제가 아는지.

창준 (알고 있냐고 너무나 묻고 싶지만.. .. 결국 못 참고) 그래서?

시목 (만 원 두 장 중 한 장은 놓는다) 맛있게 먹겠습니다. (목례. 나간다)

창준 (일그러지는...)

64. 동/복도 - 낮

시목, 차장검사실에서 나와 어딘가 아래를 보며 간다. 아는지 모르는지 알 수 없다.

65. 무성의 집 앞/골목 - 저녁

양옥집 앞에 차 선다. 뒤로 (무성 옆집인) 다세대 주택이 보인다. 높이가 비슷한 무성네 집도 귀퉁이 정도 보인다.

여진 (차에서 내려 동네 보는) 이 동네 뭔 마가 씌었나...

66. 주택/뒷마당 - 저녁

마당 한구석, 파헤쳐진 흙 속엔 개 시체가 썩고 있다.

여진 (코 막았지만) 불쌍해라, 꽤 됐나 보네..

집주인 우리 해피도 불쌍하지만, 우린 도망간 줄 알았거든요. 근데 이 짓 해놓은 거 보면 개가 짖으니까 죽인 거 아닐까요? 도둑이 들었다가.

여진 도둑이요? 다치신 분은요? 뭐 없어진 건요?

집주인 아니 들었다는 게 아니고 몇 달 전에 (손짓하며) 조 뒷집 사람 죽어 나갔잖아요? 생각해보니까 우리 해피 없어진 게 그날 같아요.

여진 ! (담벼락 보면)

벽돌담 자체는 높지 않지만 위에 방범용 쇠장식이 뾰족하다.
여진, 쇠장식을 붙잡고 담벼락을 기어오른다. 고개 넘겨보면,
무성의 집 옆에 있던 다세대 주택 주차장이 코앞이다.

집주인 (뒤에서 구시렁대는 소리로) 어떤 썩을 놈인지, 요 쪼그만 게 짖으면
얼마나 짖는다고. 이렇게 된 줄도 모르고 도망쳤다고 했으니,
불쌍한 우리 해피, 세상이 참 어떻게 될라고...

여진, 아예 담을 넘어 다세대로 가보려는데 쇠장식에 신발이 걸린다.
발 거두는 여진, 그러다 문득, 발 밑 쇠장식을 자세히 들여다본다.
초록색 쇠장식에 거무튀튀한 얼룩이 묻어 있다.
담에서 점프하는 여진, 가방에서 면봉 꺼내 쇠장식에 거무튀튀한 얼룩 문지
르면,
문지를수록 뻘겋게 묻어나는 물질..

김경사 E 그래서 이걸 분석해보겠다고요?

67. 용산서/강력반 - 밤

김경사 (나갈 준비하며, 면봉 넣은 봉투 별 관심 없는 듯 흘낏)
여진 (피가 나온 쇠창살 무늬를 수첩에 그리고 있는. 피 묻은 곳도 표시)
혹시 모르니까 확실히 해두려고요.
김경사 줘요, 나 지금 국과수 가는 길이니까.
여진 괜찮아요, 내가 갈게요.
김경사 어차피 가는 길인데. (떠보듯) 손수 가시든가?
여진 (봉투 바라보다..) 부탁해요, 그럼.

봉투 받아 나가는 김경사, 미간 찌푸렸다.

68. 서부지검/시목의 검사실 - 밤

시목 혼자 일하는데, 문 밑으로 뭔가 쑥, 들어온다. 보면, 평범한 편지봉투다.
시목 얼른 문으로 가 열어젖히는데,
복도에 사람은 이미 보이지 않고 멀어지는 발소리만 울린다.
쫓아 나가는 시목.

69. 동/복도 - 밤

승강기 문 열리는 소리 난다.
시목 달려오지만 이미 닫히는 승강기. 사람은 확인할 수 없다.

70. 동/시목의 검사실 + 복도 - 밤

검사실로 돌아온 시목, 봉투 집어보면, 봉투 겉면엔 아무 글씨 없다.
뜯어서 속 안의 내용을 읽다가... 번개처럼 뛰어나간다.

시목 (뛰어가며 전화) 강진섭 신병 확보하세요, 지금 당장.
혼자 두면 안 됩니다.

71. 동/복도 + 승강기 - 밤

시목, 서둘러 승강기를 잡아타고 닫힘 버튼 누르는.

진섭 E 너무 억울합니다, 억울해서 미칠 것 같습니다, 난 안 죽였어요,
다 거짓말이고 다 사기입니다! 난 무죄예요!

72. 남부구치소/복도 - 밤

교도관 몇 명, 잠긴 복도 문 열고 서둘러 간다.

진섭 E　세상 사람 다 몰라도 나는 압니다. 난 사람 안 죽였습니다.

모퉁이로 돌아드는 교도관들, 또 다른 잠김문, 연다.

진섭 E　검사가 증거를 조작해서 저를 살인마로 둔갑시켰습니다.
목에서 피가 나게 외쳤는데도 내 말은 귓등으로도 안 들었어요!
힘없고 빽 없고 돈 없는 놈이니까!

73. 국과수/증거분석실 - 밤

국과수 직원, 혈흔이 묻은 면봉 분석하기 위해 끝을 자른다.

74. 남부구치소/마당 - 밤

마당을 향해 난 작은 철창 너머 진섭이 밖을 보고 있는 것이 보인다.
모두 잠든 밤에 홀로 멍하니 달을 보는 진섭, 모든 생기가 빠져나갔다.

진섭 E　왜 내가 짓지도 않은 죄로 평생을 감옥에서 썩어야 합니까,
왜 내 자식이 살인범 자식이 돼야 합니까, 평생 아빠도 없이 놀림받고
무시당할 내 자식을 생각하면 죽어도 눈을 감을 수가 없어요!!

진섭, 천천히 윗옷 벗다 운다.

75. 동/수감실 복도 - 밤

발소리 울리며 달려오는 교도관들.

진섭 E 날 개돼지 취급한 검사라는 인간!

교도관 (수감실 문 급히 따고 몰려 들어간다) 36085!!

76. 국과수/증거분석실 - 밤

혈흔분석기, 빠르게 돌아가고 있다.

77. 서부지검/1층 정문 입구 - 밤

1층 정문 양쪽으로 밀치며 나오는 시목, 계단을 빠르게 내려온다.
시목과 그 뒤로 펼쳐진 서부지검 위로,

진섭 E 나의 죽음으로 날 모함하고 핍박한 검사를 고발합니다!
내 죽음으로써 주장합니다, 난!!!! 안 죽였어....

화면으로 빠르게 다가오며 감정 알 수 없는 시목의 얼굴에서 엔딩.

2회

우리는 팩트를 찾는 사람들입니다.

완전히 묻혀버렸을 팩트를 경위님이 직전에 건져냈어요.

그걸 살리느냐 마느냐 결정하는 건, 지금 당장의 상황이 아녜요.

한여진이란 사람이 지금까지 어떤 사람으로 살아왔는가,

거기 달렸죠.

1. 서부지검 정문 입구 - 밤

정문 양쪽으로 밀치며 달려 나오는 시목, 계단을 빠르게 내려온다.
시목 뒤로 펼쳐진 밤의 서부지검.

2. 시목의 차 안 - 밤

분초 다투며 달려가는 차.
속도와는 다르게 메마른 표정의 시목, 블루투스로 전화 중.
계속 통화 연결음만 울린다. 끊으려는 순간 딸깍, 받는 소리.

시목 전화드린 황시목입니다. 어떻게 됐죠.

시목, 대답 듣는데 표정만으로는 상대가 뭐라는지 알 수 없다.

3. 남부구치소 정문 앞 - 밤

어둠에 싸인 구치소 건물. 이와 대치하듯 찬바람 맞으며 선 시목.
철문이 끼이익 열린다. 검은 짐승이 아가리를 벌리는 듯..
시목, 여전히 표정 없지만 꽉 다문 입가가 팽팽하다.
들어간다. 뒤에서 철컹! 닫히는 문.

4. 동/복도 - 밤

푸르딩딩한 복도. 교도관 따라가는 시목, 발소리가 유난히 울리고.
철컹철컹, 열리고 닫힐 때마다 복도 중간문 소리가 귓가를 때린다.

5. 동/의무실 - 밤

시목 들어서면, 흰 천 덮어놓은 침상 보인다.

시목 (늦었군..)
교도관 (변명조) 우리가 갔을 땐 이미 늦어서 어쩔 수 없었어요...,
시목 보죠.
교도관 아, 예. (흰 천 들추며 계속 변명조로) 점호도 끝난 후였고,
예견 징후도 없었고...
진섭 (시체로 누운. 목에 줄 자국이 시퍼렇다)
교도관 수의를 창틀에다 묶어서 목을 맨 상태로 발견했습니다.
완전히 작심했더라구요.
시목 (교도관에게서 장갑 받아 끼고 목뼈 검사한다)
진섭 E 검사가 증거를 조작해서 저를 살인마로 둔갑시켰습니다!
시목 (다른 데도 확인)
교도관 자살 맞는데요..
시목 (갈비뼈도 일일이 살핀다. 손 떼고 장갑 벗는)
교도관 받으셨단 편지요, 혹시 내용이
시목 (O.L) 편지 아닙니다. 여기에 관한 내용 없었고요.

교도관 아 예! (안도..)
시목 잘 봤습니다. (목례하고 나가면)
교도관 잘 봤습니다? (시신 덮어준다) 죽은 사람 두고 저런 소리가 나오나..?

6. 동/복도 - 밤

시목, 가는데 앞에서 소란스러운 소리 난다.
머리 산발하고 아기 안은 진섭妻, 울며불며 달려온다.
동행한 여자교도관이 오히려 뒤처져 쫓아올 정도.

진섭처 (정신없어 시목이고 뭐고 안 보인다. 그냥 내달리는데)
시목 (낚아채듯 잡는) 왜 보냈어요.
진섭妻 (달려오다 잡혀 휘청!.. 시목이 누군지도, 갑자기 뭔 말인지도 모르는)
시목 탄원서 왜 갖다 넣었어요?
진섭妻 니가 그 검사야? (잡아 쥐는) 니가 죽였어! 니가 우리 오빠 죽였어!
시목 왜 말리지 않았어요. 대답하세요.
진섭妻 우리 오빠 살려내!!
시목 (어깨 콱 잡고 엄청나게 큰 소리 지르는) 죽을 거 알았잖아!!
아기 (소리에 놀라 울고)
진섭妻 (역시 깜짝 놀라면서도 아기부터 가리는데)
시목 (다시 평소 목소리로 돌아오지만)
나 죽고 나면 아기랑 둘이 잘살게 해주겠다, 남편이 그랬어요?
둘이 먹고살 방편 마련했다, 그러니 보내라 해서 협조했습니까?
그래서 목돈 들어왔나요? 그게 남편 목숨값인 줄은 아십니까?
진섭妻 (너무 황당해 말문 막히는) 내가, 돈 받고, 편질 전했다는,
여교도관 저기요,
시목 (O.L) 대답해요, 남편 죽은 게 억울하면 대답해요.
진섭妻 (뿌리치는) 억울해! 속이 터지도록 억울하고 분해!
시목 왜 보냈습니까.
진섭妻 겁만 준다고 했단 말야, 진짜 죽는 거 아니라고 했단 말야!

(우는) 난 어떻게 살라고! 나 혼자 애랑 어떡하라고 죽어!

여교도관 (달래주며, 못마땅해서 시목에게) 애도 있는데..

시목 (잡은 손 놓고) 가보시죠. (자리 뜬다)

울던 진섭妻도 여교도관도 황당해서 쳐다본다.
그러거나 말거나, 뒤도 안 돌아보고 가는 시목, 모퉁이로 사라진다.

7. 동/복도 모퉁이 - 밤

시목, 모퉁이 돌아서자 멈춘다.
복도 저쪽에서 진섭妻 우는 소리 들린다.
시목, 1, 2초 기다리다 두 발자국 뒤로 간다. 조용히 모퉁이 넘겨보면,
여교도관이 진섭妻 달래고 부축해 의무실로 가는 뒷모습 보인다.
그 모습 유심히 보는 시목.

8. 동/앞마당 - 밤

흐트러짐 없이 마당 가로지르는 시목.

Flashback〉 - S#6. 교도소 복도. 방금 전 쓰러질 것 같던 진섭妻 뒷모습.

시목 E 연극일까, 가능성은 있다. 하지만 살인, 이어지는 자살.
사주를 받은 거라면 왜 모든 걸 안고 떠나지 않았을까.
왜 억울함을 호소했을까.

진섭 E **검사가 증거를 조작해서!**

시목 E 무엇 때문에 그렇게 확신했을까.

멈춰 서는 시목, 휴대폰 꺼내 무게라도 재듯 손에 꽉 쥐더니.. 불현듯 자리 뜬다.

9. 국과수/외경 - 밤

늦은 밤에도 불 밝혀진 국립과학수사연구원 입구. 시목의 차가 들어간다.

10. 국과수/영상분석실 - 밤

분석원 (분석실 불 끄고 나온다. 퇴근하려는데)
시목 실례합니다. (묻지도 않고 분석실로 들어간다)
분석원 아니 지금 다 끝.. (시목이 불까지 켜자 씁.. 할 수 없이 들어간다)

11. 동/영상분석실 - 밤

분석원 미드는 그야말로 미드고요, 현실에선 이게 최대치예요, 아시잖아요,

시목의 휴대폰 연결된 컴퓨터에 블랙박스 영상 떠 있다.
창가에 흰 티셔츠 인물, 확대시키는 바람에 화질은 더 안 좋아졌다.

분석원 게다가 정면 샷도 아니고 끄트머리에 요만큼 걸린 거라
더 해봤자 소용없을 거 같은데요? (그만 가고 싶은 말투)
시목 (흰 티셔츠 가리키는) 여기 합성일 가능성은요?
분석원 합성... 아닌 거 같은데? (이리저리 커서로 당겨보더니)
실물 맞아요. 합성 아녜요. 됐죠?
시목 (대답 없이 화면 보며 생각에 잠기는데)
분석원 (피곤하다) 요샌 넘쳐나는 게 CCTV에 블랙박스라, 일이 끝도 없어요.
이런 것도 쫌만 어긋났으면 안 찍혔을 텐데..
시목 (그 말에 분석원 본다. 마지막 말이 귀에 꽂히는...)

12. 동/복도 - 밤

시목, 생각에 잠겨 오는데,
저 앞에 김경사가 매우 곤란한 얼굴로 조사실 중 하나에서 나온다.

김경사 (안에서 받은 서류 보며 가는데 뭔가 일이 단단히 틀어진 모양이다. 절로 나오는 혼잣말) 미치겠네, 하필 이 여자한테 맡겨서..

시목 (김경사가 나온 곳 보면, 유전자분석실이다)

김경사 (서둘러 가며 전화한다. 상대가 받기 전부터 비밀스럽게 입 가리는데)

시목 (좀 거리 두고 따라가며 귀 기울이는데, 갑자기 시목 전화가 울린다)

김경사 (벨소리에 홱 돌아보고)

시목 (간발의 차로 얼굴 안 보이고 돌아선다. 전화 받으며 반대로 간다)

김경사 (뒷모습 보지만 누군진 모른다. 황급히 자리 뜬다)

시목 ... 예 차장님, (사이) 지금 가겠습니다.

13. 한남동 집/대문 앞 - 밤

벌써 대문가에 나와 선 창준, 휴대폰으로 인터넷 뉴스 보고 있다.
인터넷에 탄원서 뿌리고 자살 예고한 진섭에 대한 기사다.
시목 차 근처에 도착하고, 시목 내린다.

창준 (시목이 인사도 전에) 내 전화에 얼마나 불이 났는지 알아? 어디 감히 살인범 주제에 사방팔방 죽겠다고 공갈 편지질이야!

시목 죽었습니다.

창준 (정지!..) 확실해?

시목 확인하고 오는 길입니다.

창준 (머릿속 복잡한.. .. 한참 만에) 강압 수사가 있었나.

시목 아뇨.

창준 기소 절차가 부적절했나.

시목 아닙니다.

창준 증거 조작 주장은.

시목 조작 아닙니다.

창준 죽는 마당에 거짓말을 했다? 완전 확신하고 있던데?

시목 재차 확인하고 오는 길입니다. 아닙니다.

창준 .. 원래대로라면 지금 우리가 아니라 경찰이 발칵 뒤집혔어야 돼.
체포에 증거까지 니가 겁 없이 나댄 폐단이 뭔지 이제 실감 나?
박사장이 부른다고 달려가더니 날 참 여러모로 엿 먹이네.

시목 (그 말에 눈 가늘어진다. 무미건조하게) 죄송합니다.

창준 (쌍심지 켜더니 외면. 육중한 문 안으로 들어간다)

창준 E **박사장이 직접 알려줬어. 황시목이랑 손잡았다고.**

시목 (90도 인사...)

창준 E **박사장이 부른다고 달려가더니**

시목 E .. 엿 먹을 거 알았잖아. 왜 안 막았지?

그대로 서서 생각하던 시목, 차로 가 출발한다.
차바퀴 앞 도로에 고인 빗물에 가로등 불빛이 반사되다가 차가 출발하자 뭉개진다.
빗물 다시 잠잠해지면 가로등이 아닌 리조트 건물이 떠올라 비치는데.

14. 지방 리조트/주차장 - 낮 (시목의 회상)

리조트 건물이 넓게 비치는 빗물을 가르며 들어서는 차.
편한 차림의 시목, 차에서 내리면, 전면에 넓게 펼쳐진 리조트.
입구 전면에 〈歡 국제 난민법 학술 세미나 迎 - 한성 설악 리조트〉 현수막이 크다.
시목, 가방 꺼내느라 트렁크에 허리 숙이는데,
그 뒤를 스쳐 들어와, 좀 떨어진 곳에 멈추는 외제차.
시목, 트렁크 닫는데, 외제차에서 내리는 두 사람 보인다.
운전석에서 내리는 박무성과 웬 화사한 아가씨다.

무성, 아가씨에게 뭔가 열심히 당부하는 게 보이고, 아가씨는 리조트로 간다.
시목, 가방 끌고 리조트로 가는데,
아가씨 가는 걸 지켜보던 무성, 그제야 시목 발견하고 단박에 반색하지만,
시목은 아는 체 않고 곧장 리조트로 들어간다.

15. 동/프런트 데스크 - 낮 (시목의 회상)

데스크 직원 서부지검에서 오셨네요?
시목 예.
데스크 직원 한성 설악 리조트에 오신 걸 환영합니다. (키 내주며)
서부지검 분들은 10층에서 제일 뷰가 좋은 방으로 전부 드렸어요.
시목 (관심 없는) 예. (키 받아 간다)

16. 동/승강기 앞 - 낮 (시목의 회상)

시목, 가방 끌고 승강기로 오는데 아까 아가씨도 승강기 기다리고 있다.
승강기 오면, 두 사람 탄다.

17. 동/승강기 안 - 낮 (시목의 회상)

아가씨, 10층 누른다. 역시 10층 누르려던 시목, 손 거둔다.
층수가 같자 시목을 힐끗하는 아가씨 모습이 거울 같은 승강기 문에 반사된다.
시목 눈에도 들어오는 아가씨, 옷과 화장은 성숙하게 꾸몄지만 얼굴은 상당히 젊다.
시목의 시선 느낀 아가씨, 승강기 벽에 기대 옆트임이 깊숙한 치마 아래 늘씬한 다리를 요염하게 꼰다. 시목, 시선 거둔다.
10층에 멈추는 승강기. 시목이 먼저 내린다.

18. 동/10층 복도 - 낮 (시목의 회상)

막다른 복도로 같이 들어서는 두 사람. 복도 끝까지는 좌우로 두어 개 문만 남았다.
시목 앞서가고, 아가씨는 콤팩트 거울 보며 좀 느리게 걷는다.
시목, 멈춰서 방문 여는데, 그 뒤를 스치는 아가씨.
시목, 아가씨 보면, 조금 더 가다 시선 느꼈는지 복도 중간에 그대로 멈추는 아가씨.

데스크 직원 E **서부지검 분들은 10층에서 제일 뷰가 좋은 방으로 전부 드렸어요.**

시목이 계속 보자 아가씨가 고개 돌리는데, 눈이 마주치기 전, 방으로 들어가는 시목.

19. 동/시목의 방 - 낮 (시목의 회상)

들어서지만 문가에 멈추는 시목, 문고리에 손 얹는다. 열고 체크해야 하나, 잠시 생각.
하지만 그럴 필요성도 의무도 못 느끼겠다. 외면하고 방 안쪽으로 들어간다.

20. 동/세미나실 복도 - 낮 (시목의 회상)

정장으로 갈아입은 시목, 세미나실로 오는데,
파일 든 동재, 입구에서 초조하게 서성인다.

동재 (시목에게) 차장님 못 봤어?
시목 네.

동재 오프닝하셔야 하는데? 뭐하느라 전화도 안 받, 아! (달려가는) 차장님!
시목 (돌아보면)

차장, 저쪽에서 오다 제복 차림의 중년남자(용산서장. 뒷모습)를 반갑게 맞이한다.
그런데, 방금 샤워하고 나온 듯 창준의 머리가 살짝 젖었고 혈색도 붉다.
시목, 그걸 알아차리는데,

소리 E〉 (차 경적소리에 이어) 차 빼요!

21. 용산서/입구 - 밤 (현재)

시목, 현실로 돌아와 앞을 보면,
용산서에서 나오던 크고 검은 차가 비키라고 경적 울린다.

입구 보초 (시목의 차가 먼저 들어섰지만 시목에게) 차 빼요!
시목 (물러나주면)

검은 차, 용산서를 나서고, 높은 사람인지 보초가 경례하는데,
검은 차 뒷좌석에 잔뜩 찌푸린 중년남자가 시목 눈에 얼핏 스친다. 그 순간,

Flashback〉 - S#20. 리조트/세미나실 복도 - 낮
(방금 전 회상 장면에서 이어져) 창준이 중년남자와 얘기하고 있다.
동재가 창준에게 달려가면 뒷모습만 보이던 중년남자가 돌아보는데,
지금 나간 검은 차 뒤에 탄 중년남자(용산서장)다.

시목 ... (용산서로 들어간다)

22. 동/입구 - 밤

시목, 들어온다, 좌우 보더니 계단 오르는데,
계단을 뛰듯이 내려오던 여진과 거의 부딪힐 뻔.

여진　죄송합! (하다 시목인 걸 알고) 어, 또 만났네요.
시목　(보면 알겠고)
여진　(손 내밀며) 한여진 경윕니다.
시목　(계단 오르며) 증거보관실 어딥니까?
여진　에? 뜬금없이...! 재수삽니까? (쫓아 오르며) 조사 다시 하려고요?
걸리는 거 있어요? 탄원서 때문에 걱정돼서요?
시목　걱정은 일을 망친 경위님이 해야죠.
여진　그게 왜 내가 망친 겁니까! 단독 처리할 땐 언제고?
시목　아직 김경사한테 얘기 못 들었나 보네.
여진　(잡는) 무슨 얘기요?
시목　(팔을 바로 뺀다) 유전자 결과 때문에 골머릴 썩던데.
여진　무슨 유전자 (하다 놀라) 어떤 결과요?!
시목　용산서에서 의뢰하고 나한테 물어요?
여진　김경사가 뭐라고 했는데요? 정확히 뭐라고요!
시목　미치겠네, 하필 이 여자한테 맡겨서. (가버린다)
여진　!... ... (뛰어 올라간다)

23. 동/2층 복도 - 밤

시목　(증거보관실 찾는데)
여진　저기요!
시목　더는 나도 몰라요.
여진　그게 아니라! (이쪽이라는 고갯짓. 시목과는 반대로 간다)
시목　(따라간다)
여진　(보관실로 가 도어락 번호 누른다)
시목　(지켜보다 문 열리자마자 여진 제치고 먼저 들어간다)

여진　(매너 하고.. 들어가려는데)
장형사　경위님! (강력반에서 나와) 김경사님 못 봤어요?
여진　들어왔어요? 나도 그렇잖아도..
장형사　서형사가 봤다는데 코빼기도 안 보여?
껍데기집에서 (술잔 꺾는 시늉) 오실래요?
여진　난 아직. (보관실 가리켜 보이는)
장형사　(짐짓 찡그려 보이고 간다)
여진　너무 달리지 마세요! (보관실로 들어간다)

24. 동/증거보관실 - 밤

여진 뒤늦게 들어오면, 수많은 증거 상자 중 제일 구석의 박스를 내리는 시목.

시목　(무성 핸드폰 꺼낸다. 핸드폰 전원 켜고 손톱으로 잠금 푼다)
여진　어떻게 알았어요?
시목　(통화기록 연다. 손톱으로 터치)
여진　(약 올라 손으로 액정 가리고) 내 말이 껌이에요, 자꾸 씹게?
시목　(여진 손 치우고 보면)

통화기록, 1월 16일 목록이 제일 위다.
저장되지 않아 번호만 찍힌 기록, 그 바로 밑에 '황시목' 기록도 보인다.

여진　(번호만 찍힌 것 가리키고) 이건? (하다 다시 휴대폰 가리려 하자)
시목　케이블 회사. 내가 건 거요. (하나 더 내려 1월 15일 목록 본다)
여진　(1월 15일 목록에서 '황시목' 발견) 이건 만나기로 약속한 거예요?
시목　(대답 없는)
여진　두 번을 못 가네. 대답 (하는데)
시목　(굳은 얼굴. 미동도 않는 눈동자가 목록에 꽂혔다)
여진　(시선 따라 다시 목록 보면 황시목 바로 위에 선명한 이름, 'LCJ')

LCJ? LCJ?

시목 ...

여진 아는 사람이에요? (반응 없자 전화 가져가 확인)
검사님이랑 끊은 담에 박무성 쪽에서 바로 걸었네요, LCJ한테?

시목 (대답 없이 자리 뜬다)

여진 아는 사람이냐니까요!

시목 (나간다)

여진 누군 손 없나? (자기 전화로 통화목록에 뜬 LCJ 번호 누른다)
조기 종결만 안 났어도 핸드폰부터 뒤졌을 텐데.
(누가 받는지 숨죽이고 기다리는데)

신호는 가지만 안 받는다. 중간에 뚝 끊기는.
여진, 끊긴 전화 쳐다본다. 더 궁금해졌다...

25. 시목의 아파트/외경 - 밤

26. 동/거실 - 밤

살림살이 거의 없다. 색깔도 때 안 타는 무채색 일색. 커다란 통유리 창문만 빛난다,
아파트 아래로 펼쳐진 야경 저 멀리, 어둠 속에 우뚝 선 서부지검이 보인다.
현관문 열리는 소리, 사람 들어오는 소리 나더니,
시목이 창문에 다가와 서는 것이 유리에 비친다.
시목, 불도 안 켜고 저 건너 보이는 서부지검을 바라본다..

27. 용산서/강력반 - 아침

여진, 출근하는데, 그녀 온 것도 모르고 TV에 시선 꽂힌 강력반 형사들.

소리는 꺼놨지만 '억울함 호소한 재소자 목매 자살' 자막 위로,

장형사 뭐가 맨날 억울하대 쟤네들은, 어차피 다 지들 짓거리면서.
서형사 그래도 저렇게까진.. 저거 뭐 놓친 거 아냐? 누구지 한경원가?
여진 네.
서형사 (깜짝!) 오셨어요?!
여진 (설핏 웃어 보이고 TV 보면)

응급차로 옮겨지는 시신 옆에서 모자이크 처리된 아기 안고 오열하는 진섭 妻 보인다.
여진, 안쓰럽다. 작은 한숨으로 눈 돌리는데, 반장과 김경사가 출근한다.
인사하는 형사들.

반장 저것 좀 꺼. 벌써 지겹다.
서형사 (TV 끈다) 그래도 이번 욕은 검사들이 다 처먹던데요?
반장 (자리로 가며) 그럴 때도 있어야지.
여진 (김경사 자리로 가) 어제 결과 나온 거 어떻게 됐어요?
김경사 무슨 결과요?
여진 후암동 혈흔 유전자 검사요. 어떻게 됐어요?
김경사 (귀 파며 대수롭지 않게) 거요? 사람 피 아니고 개 피래요, 개 피.
여진 근데... 예. (제 자리로 가는)

김경사, 여진 기색 살피는데, 자연스럽게 하루 일과 시작하는 여진.

28. 서부지검/복도 - 낮

시목 (검사실에서 나오는데)
동재 (잔뜩 허세 낀) 자 빨리빨리들 하라고. 여기 이쪽!

두꺼운 서류뭉치 한가득 품은 어린 검사들이 줄줄이 온다. 그중에 은수도

있다.
동재 손짓에 따라 모두 동재의 검사실로 들어간다.

동재 (시목이 오자 더 들으라는 듯) 조심해서 놔,
한 장 한 장이 다 내 피와 땀이야.
시목 (검사들이 동재 책상에 서류 높게 쌓는 것 본다)
동재 (그제야 시목 본 양, 묻지도 않았는데) 어, 황프로! 이거?
어어, 성매매 특별 단속.
시목 예.

서류 내려놓은 어린 검사들 나온다. 동재와 시목에게 인사하고 가는데,

은수 (나온다. 역시 목례하는데)
시목 미디어 브리핑은?
은수 지금 갑니다.
동재 야 영은수 방송 타면 미녀검사라고 아주 난리 나겠어?
은수 (기분 나쁘지 않지만 도도하게 관심 없는 척)
동재 내가 전수해준 노하우 잘 기억해, 초점 하나만 정해서 딱 그것만 봐,
눈 흔들리면 자신 없어 봬. 손 너무 많이 쓰지 말고.
은수 (아주 살짝 비꼬는 말투) 가르쳐주신 노하우 잘 써먹고 오겠습니다.
(목례하고 간다)
동재 (다정히) 파이팅! (지켜보다..) 영은수도 내 특별 단속팀에 합류시키기
로 했어, 후밴 이렇게 키우는 거야. 뒤치다꺼리나 시키는 게 아니라.
시목 (담담) 그렇습니까.
동재 (담담해서 더 얄민) 지가 싼 똥은 지가 치우는 법을 만들어야 되는데.
(밉살스럽게 보고는 검사실로 가버린다)

시목, 닫히는 문 사이로 책상에 가득한 서류를 끝까지 주목...

29. 동/대회의실 앞 복도 - 낮

은수, 심호흡하고 대회의실 문 열면.
터지는 플래시, 이미 많은 기자들로 꽉 차 있는 게 문 안으로 보인다.
은수, 당당히 들어간다. 문 닫힌다.

30. 국과수/입구 - 낮

뛰어 들어가는 여진.

31. 서부지검/대회의실 - 낮

대회의실을 가득 메운 기자들, 카메라 앞에 당당히 선 은수.

은수 먼저 한 생명의 안타까운 희생에 조의를 표합니다.
그러나 고 강진섭씨의 주장은 어떠한 근거도 없이 날조된 것이며

회의실 제일 뒷문 열린다. 시목이 들어와 선다.

은수 저희 검찰은 법정 증거주의에 입각해 조금의 조작이나 어긋남 없이
구형과 공판을 진행했음을 국민 여러분 앞에 명백히 밝히는 바입니다.

32. 국과수/분석실 - 낮

여진, 인쇄물이 찍혀 나오는 프린터에 온 신경이 꽂혔다. 일각이 여삼추다.
마침내 다 된 프린트를 직원에게 받고서 급히 읽는 여진, 제 눈을 믿을 수 없다.

33. 식당 - 낮

은수 (식당 TV 화면) 고 강진섭씨는 수감 생활 자체를 견디지 못해 앞선 복역 중에도 이미 자살 소동을 일으킨 전력이 있었으며

칼국수 먹던 정본, 놀라서 TV에서 눈을 떼지 못한다.
품에서 생각난 듯 꺼내는 것, 시목이 줬던 명함이다.
번호 누르려다 잠깐 주저하지만 누르는데.

34. 서부지검/대회의실 - 낮

은수 고인의 죽음과 저희 서부지검을 연관시키는 것은 어불성설임을 단언합니다. (말 마친다. 얼굴에 해냈다는 자부심이 빛나는데)

시목 (전화 진동 울린다. 이름 없이 번호만 떴다. 받지 않고 끈다)

은수 말이 끝나자 여기저기 질문하려 손 드는 기자들. 시목, 조용히 나간다.

35. 법원/앞마당 - 낮

공판 카드 들고 법원으로 가는 시목. 코트 자락이 바람에 펄럭인다.

36. 국과수/분석실 복도 - 낮

프린트를 손에 꽉 쥔 여진, 하얘진 얼굴.

여진 E 박무성 피였어, 박무성 피가 전혀 엉뚱한 데서...!

여진, 전화를 꺼내 김경사 번호 누르려다 손 거두고 성큼성큼 간다.

37. 법원/407호 법정 - 저녁

재판 끝났다. 사람들 모두 퇴정하고 시목, 공판 카드가 가득한 보자기 묶는데.
상자를 쾅 누르는 손. 보면, 여진이다.

여진　(아직 나가지 않은 방청객 본다. 마침내 모두 나가고 둘만 남으면) 증거, 강진섭 재판 날 바로 여기서 본 영상, 검찰이 조작한 거죠?
시목　(뭔가 일이 터졌다는 것, 감지된다)
여진　박무성 집엔 왜 갔죠? 둘이 무슨 관계예요? 김경산 또 뭐예요?!
시목　김경사가 왜 나오죠.
여진　혈흔 결과까지 숨겨가며 범인 덮으려는 이유가 뭐냐구요!
시목　...
여진　대답해요!
시목　...
여진　내가 뭘 알아냈는지 정말 몰라도 돼요? (반응 없자 정말 가려는데)
시목　.. 박무성은, 스폰서였습니다.
여진　!
시목　돈, 여자, 가리는 거 없이. 그랬던 사람이 빈털터리가 되니까 그 많은 접대가 상납이, 무시와 경멸로 돌아왔죠. 그다음은 뭐겠어요.
여진　... 권력자들 협박하다 살해당했다고요? 그중에 용의자가 있다구요?
시목　김경사도 그거 알아요.
여진　!
시목　박무성이 날 찾은 건 비리 폭로를 위해서였어요.
그런데 김경사한텐 개인적인 친분이라고 했더니 비웃더군요.
여진　왜요?
시목　뇌물검사라 생각한 거죠. 박무성의 실체를 몰랐다면 낡은 집에서 츄리닝 바람에 죽은 50대 무직자를, 단박에 뇌물과 연결시킬 수 있었을까요?

여진 김경사도 접대를 받았다고요?

시목 김경산 급이 안 돼요. 박무성 첫인상을 말하는 걸 봐선 얼굴도 몰랐던 것 같고, 더 윗선이겠죠.

여진 우릴 뭘로 보는 거예요, 사람 죽여놓고 위에선 덮으라고 하고 아래선 덮어줬다는 거예요? 경찰을 뭘로 보고!

시목 요 전주에 특정경제 전문형사가 전공 살려서 사기 치다 잡혀 왔는데.

여진 (말 막힌다. 할 말 찾는) 그거랑 다르잖아요! (스스로도 설득력 없는)

시목 안방에 있던 박무성 노트북이 없어졌어요,

여진 현장에서 증거로 채집했으니까!

시목 어제 증거물 박스에 노트북, 있었나요?

여진 (말 막히는)

시목 경찰 증거목록엔 없어요. 윗선 지시대로 접대리스트를 찾으려 했겠죠. 나중에 돌려놓기만 하면 없어졌단 것도 모를 테니까.

여진 접대리스트도 있어요?

시목 이제 내 차례. 뭘 찾았어요?

여진 (품에서 프린트 꺼내 준다)

시목 (보는) 어디서 나온 겁니까?

여진 뒷집이요. 강진섭은 얼씬도 안 한 데. 다른 놈이 묻혀서 옮긴 거예요. 범인은 따로 있어요.

시목 ... (서류 돌려준다)

여진 놀라지도 않네? 알고 있었어요?

시목 (표정 변화 없이 서류 상자 챙겨 자리 뜬다)

여진 (쫓아 나간다)

38. 동/복도 - 저녁

시목 (법정에서 나와 승강기로 간다)

여진 (바로 쫓아오며) 검사님도 다 알고 있던 거예요? 그래서 엉뚱한 사람을.. (하다 승강기 앞에 사람들 본다. 입 다문다)

승강기 오면 시목 탄다. 여진도 거의 동시에 탄다.

39. 동/법원 앞 - 저녁

법원 건물에서 나오는 시목과 여진.

여진　증거 누가 조작한 거죠? 검사님이요? 그때 공판 검사?

시목, 법원 앞에 주차시킨 차에 오른다. 공판 보자기 옆에 놓는데,
놓칠세라 타는 여진, 보자기를 시목에게서 뺏듯이 받아 뒤에 놓고 버텨 앉는다.
하지만 시목, 여진에 관심 없다. 시동만 켠 채 초점 없이 앉아 출발은 않는다.

여진　정말 강진섭한테 뒤집어씌우려고 그런 영상까지 만들었어요?
시목　... 영상. (생각났다는 듯 바로 출발)
여진　(급히 벨트 매는) 어디 가요?!

40. 찻길 + 시목의 차 안 - 저녁

법원을 빠져나오는 시목 차.
밖을 살폈다 시목 살피는 여진. 하지만,
무념무상으로 보이는 시목. 무슨 생각인지 전혀 알 수 없다.
그런데 겉보기엔 무탈하게 운전하는 시목, 뻔한 신호를 못 봐 다른 차와 충돌할 뻔.
급정거하는 차. 다른 차들이 울려대는 날카로운 경적.

여진　검사님!..
시목　(그제야 실수 깨닫는다. 놀라진 않지만 내심은 혼란스러워하고 있다)
여진　(시목의 심리상태가 조금은 짐작된다) 괜찮겠어요? 제가 운전해요?
시목　(다시 출발) ... (언제 그랬냐는 듯 평온한 목소리)

이젠 그 영상이 사실일 수 없죠. 조작 맞습니다. 내가 당했어요.

여진 당하긴.. 그럼 조작한 게 범인이라고요? 누가 그렇게까지?

시목 왜, 그렇게까지.

여진 ...

시목 혈흔 나온 곳이 어디죠. (속력 올린다)

41. 무성의 집 앞/골목 - 밤

골목에 차 세우고 내리는 시목, 여진.

시목, 곧장 블랙박스 택시로 간다. 또 다짜고짜 택시 바퀴 차려는데,

택시기사 얌마! (소주병 든 편의점 봉투 꿰고 달려온다) 이 자식이, 어? 또?

시목 (블랙박스 칩 내민다) 잘 썼습니다.

택시기사 빨리도 주시네, 아니 근데 이 사람이 거시기 그 사람 아녜요?

감옥에서 죽었다고 계속 시끄러운 거시기?

시목 차를 왜 계속 세워만 두시죠? 항상 여기 세워두시나요?

택시기사 골목이라고 좁아터져서 이렇게 안 세우면 어떻게 세우남?

시목 언제부터 서 있던 겁니까?

택시기사 언제부텀은, 오늘 3부제예요, 며칠 만에 쉬는 날.

시목 1월 16일은 쉬는 날 아니셨죠? 블랙박스에 그 당시 내내 주차됐던

걸로 찍혔던데요.

택시기사 그건.. 어..

여진 (봉투 보고는) 음주 걸리셨구나? 그때 영업 못 나가셨죠?

택시기사 아뇨, 무슨!.. 아 어떤 놈이 내가 승차거불 했다고 신골 했잖아요,

벌금을 40만 원이나 냈다고요, 고 뽀글머리 시키, 쯧!..

시목 뽀글머리요?

택시기사 아줌마 마냥 그 꼬라질 해갖고 술이 췌서는 (혀 차는)

시목 몇 월 며칠 어딥니까? 1월 달에 신고당하신 거.

택시기사 ... 영등포역이요, 날짜는.. 그게, 암튼 정지당한 건.. 1월 13일인가?

여진 1월 13일?..

시목 알겠습니다. (바로 자리 뜬다)
택시기사 저 냥반도 참, 어딜 가나 이쁨깨나 받겠네. (들어가려는데)
여진 선생님 혹시 그때 여기 사건 난 날, 이 집(다세대) 뒤로 누가
지나가는 거 못 보셨어요? 담을 넘었다든가.
택시기사 뒤가 아니라 앞으로 지나갔어도 인제사 생각이 나겠어요?
여진 .. 혹시 뭐든 생각나시면 (명함) 연락 주세요. 감사합니다! (돌아서면)

맞은편, 다세대 주택 주차장에 센서등이 켜져 있다.
여진, 다세대로 간다. 택시기사, 다세대 쪽 넘겨다보며 집으로 들어간다.

42. 다세대 주택 주차장 - 밤

2층부터 살림집, 1층은 기둥만 세운 세대용 주차장이라 누구나 드나들 수 있다.
밝혀진 센서등 아래, 선 시목 보인다. 여진, 옆에 가 선다.

여진 저 집(대각선 뒤쪽 방향 가리키는)이에요. 혈흔 나온 데.
(1회 S#67. 경찰수첩에 그린 쇠창살 그림 찾아 보여주는데)
시목 (쓱 볼 뿐. 여진이 가리킨 뒤쪽 돌아보다 주차장을 훑는다)
여진 (왜 보는지 짐작하고 위를 가리킨다)
시목 (보면)

주차장 천장에 커다란 CCTV 보인다. 뒤에서부터 골목 쪽을 비추게 설치돼 있다.

여진 여기로 안 들어오고 개가 있는 집 담을 넘은 이유죠, 저게.
시목 깡통인데.
여진 어떻게 알았어요?!
시목 빨간 불이 들어와야 작동하는 구 모델이니까.
여진 (벌써 눈치챘구나) 범인은 작동 안 하는지 몰랐겠죠.

시목 그런 것도 몰랐으면 박무성 집으로 바로 들어갔겠죠.

여진 그랬다간 택시에 찍힐 텐데요?

시목 그건 어떻게 알았을까요.

여진 사전답사를 해서 블랙박스 택시가 계속 죽치고 있는 걸 봤겠죠.

시목 그 각도까지 계산했는데 CCTV가 깡통인 건 몰랐을까요.

여진 (글쎄.. CCTV 올려다본다) 보이는 것만 염두에 두지 않았을까?..

시목 (휙, 주차장 뒤 통로로 간다)

시목과 여진, 뒤 통로로 가면,
주차장 뒤편 좁은 통로는 확실히 골목을 향한 카메라의 사정권 밖이다.

여진 (통로 중간에 선) 저쪽(대각선 뒤) 창살 쫌 보이죠, 거기서 피가 나왔어요, 저기서 이리 넘어와서 이리(왼쪽 무성 집)로 간 거 같아요.

두 사람 통로 왼쪽 끝까지 가면, 높은 담이 시야를 가로막는다.
그 담만 넘으면 무성의 집이다.
부서진 가구 등이 버려져 있어 밟고 올라가면 넘어가는 게 불가능하진 않다.

시목 (가구 가까이 보지만)

여진 사건 후에 버려진 거예요.
범인이 밟고 올라간 건 그 주 재활용하는 날 싣고 간 거 같아요.

시목 ...

여진 내가 보강조사만 했어도 흔적을 찾았을 텐데. 코앞에 있는 걸,
탐문이라도 바로 했으면 목격자가 나왔을 수도 있고..

시목 저 택시 신고한 사람 좀 알 수 있을까요.

여진 뭐, 승차거부요? 그거 신고한 사람도 관련 있단 거예요? 1월 13일이라고 해서?
사건 3일 전에 딱 맞춰서 운행정지 먹게 했다고?

시목 그럴 수도.

여진 그럴 수도는, 그럼 그 신고자가 범인이든 최소 공범이어야 되는데?
블랙박스에 찍혀서, (쉼표마다 손가락 꼽는) 하필 그 시간에 강진섭이
범인으로 몰릴 걸 계산해서, 아니지, 그 전에 먼저 TV를 고장 내서,

수많은 택시 중에 하필 저걸 영등포 바닥에서 골라 타서,
시비를 붙여서, 신고를 해서, 그걸 또 검사가 귀신같이 알아채서
결정적 증거로 쓰게 한다고요? (손가락 7개 접힌) 이게 가능해요?

시목 확인해야죠.

여진 .... (반신반의하지만... 전화한다)

그사이, 가구 밟고 올라가는 시목, 어렵사리 무성네 담 안으로 사라진다. 쿵! 소리.

여진 (전화하며 올려다보는) 영등포서죠? 교통계 부탁합니다.

43. 무성 집/좁은 통로 - 밤

다세대 주택과 무성 집 사이 담벼락을 따라 난, 집 측면의 좁은 통로.
시목이 내려선 바로 위에, 어느 방인지 창문이 보인다.
시목, 창문 밀어보면 열린다. 안에서 주인 잃은 냉기와 어둠이 밀려나오는 듯..

44. 동/작은방 - 밤

창문으로 들어와 방에 내려서는 시목. 창문 닫으면,
굉장히 어둡고 기분 나쁠 정도로 조용하다. 빛 한 줄기 없다.
쥐 죽은 듯 가만히 선 시목, 눈이 어둠에 익숙해지길 기다리고 있다.
서서히 드러나는 윤곽, 무성이 죽은 날 봤던 학생 방이다.
시목, 문으로 간다. 손잡이에 손 올리고.. 문고리 잡아당기는 순간,
이쪽 어둠과 완전히 대비되는, 눈이 부시게 쏟아지는 빛.
그리고,

소리 E〉 (벨소리)

45. 동/마루 - 낮 (시목의 가상)

환한 낮. 그리고 울리는 대문 벨소리.
마루 창가에 흰 티셔츠 바람으로 선 남자 보인다. 무성이다.
창가 커튼 뒤에 반쯤 숨은 채, 누가 벨을 눌렀는지 보려 밖을 기웃대던 무성,
인터폰으로 가 열림 버튼 누르고 돌아서는데,

시목 E **벨이 울리고 대문이 열리기까지 11초.,**
무성 억!!

한 손엔 전화, 장갑 낀 다른 손에 장미 문양 칼 들고 나타난 시목,
시목, 무표정한 얼굴로 전화를 소파에 던짐과 동시에 칼 휘두른다.
놀라 팔 들어 막는 무성.
하지만, 가차 없이 휘두르는 칼에 팔 위로 빨간 줄이 순식간에 생긴다. 한 번.
무성, 비명 지르다 억!.. 아래 보면 옆구리에 박힌 칼. 두 번.
무성, 옆구리 움켜쥐며 무릎 꺾인다. 시목을 막으려 안간힘 쓰며 엉겨 붙지만,
새까만 눈이 반짝! 하는 시목, 무성의 목 찌른다. 뿜어져 나오는 피. 세 번.
무성, 고통과 공포만 남았던 눈에서 빛이 사라지며.. 마룻바닥에 쓰러진다.
검은빛에 가까운 진득한 피가 거품을 내며 바닥에 번진다. 그 위로 던져지는 칼.
시목, 무표정하게 내려다보다 소파로 가면, 스톱워치 설정해놓은 시계.
시계 집어 들어 스톱워치 중지시키면, 37초에서 멈췄다.

시목 E **37초... 37초면 강진섭은 이미 집에 들어와서 살해현장을 목격해야 돼.**

시목, 고개 젓는다. ... 눈 감았다가 다시 뜨면,
처음부터 다시 시작이다.
벨 울리고, 창가에서 내다보는 무성.

시목 E **문을 연 다음 죽인 게 아니라 먼저 죽이고... 범인이 열어줬다면.**

그 뒤 부엌에서 시목이 장미 문양 칼을 소리 없이 빼들고 있다.
무성, 인터폰으로 가지만 열림 버튼 누르기 전, 인기척에 돌아보고 비명 지른다.
시목, 앞 상황과 똑같이 찌른다. 한 번. 무성의 비명.
두 번. 옆구리 짚고 무릎 꺾이는 무성.
그사이 여러 번 울리는 벨.

무성 (어떡해든 못 찌르게 하려 안간힘 쓰며) 사, 살려주세요..
시목 (칼 쳐든다)

46. 동/작은방 - 밤 (현재)

어두운 방에 창문이 갑자기 열린다. 툭 올라오는 손. 손마디 꺾어 창턱을 잡는데,
여진이 올라온다. 시목처럼 창문 타고 넘어온다.
어둠 속에 선 여진, 핸드폰 플래시 비추는데,
암흑을 가르는 푸른빛, 사진에 닿는데 하필, 사진 속 무성이 푸르게 떠오른다.
여진이 짧게 숨 삼키는 소리 들린다.
사진에서 돌려진 푸른빛이 흔들리며 앞으로 움직인다.
문이 보이고, 문을 여는 여진 손이 보이고, 문이 열리면 마루가 보인다.

47. 동/마루 - 밤 (현재)

마룻바닥 비추는 플래시 불빛, 흔들리며 앞으로 나아가는데.
앞에서 인기척 들린다. 플래시, 바닥에서 위로 빠르게 올라가면,
칼을 쳐든 남자의 실루엣!
플래시 불빛에 시퍼렇게 비춰진 시목이다. 무표정한데도 이상하게 살기가 흐른다.
이렇게 강한 빛이 비추는데도 이쪽은 쳐다보지도 않고,

쳐든 칼로, 눈앞의 어둠이 철천지원수라도 되듯 사정없이 찌르는 칼 짓!
기겁하는 여진.

48. 동/마루 - 낮 (시목의 가상)

쓰러지는 무성. 땀 맺히고 숨 몰아쉬는 시목, 칼 던진다.
그사이 계속 울려대는 대문 벨.
시목, 피가 뚝뚝 떨어지는 장갑(수술용 얇은) 벗으면, 그 아래 또 한 겹의 장갑.
인터폰으로 가 열림 버튼 누르고, 다시 스톱워치 보는데,

시목 E **(고개 젓는다) 그래도 안 맞아, .. 그렇다면 남은 건 한 가지.**

스윽 고개 드는 시목, 넥타이 푼다. 바닥에 떨어지는 넥타이.
재킷도 벗는다. 흰 셔츠 차림이 된 시목, 창문으로 간다.
고개 틀어 창밖 골목 보면, 블랙박스 달린 택시가 대각선 방향에 보인다.
시목, 블랙박스 속 무성과 똑같은 포즈로 선다. 똑같은 상황인데 다만, 돌아보면, 마루엔 이미 같은 차림의 무성이 피투성이로 쓰러져 있다!

시목 E **벨이 울렸을 땐 이미 죽어 있었어..**

시목, 다시 창밖으로 시선 주는데, 밖에 보이는 블랙박스 택시.

여진 E 뭐.. 해요..

그 말과 동시에 주변, 어두워진다. 현재 시각(밤)으로 바뀐다.

49. 동/마루 - 밤 (현재)

시목을 보는 여진, 하지만 그쪽으로 쉽게 발이 안 떨어지고..

괴괴한 마루에 유령처럼 선 시목은 창문만 응시한다.
시목 실루엣이 창문에 비치는데, 묶어놓은 커튼 윗부분에 얼굴이 가려져 몸만 둥둥..

시목　(실루엣 응시.. 마음의 소리) 넌 박무성이 아니야.. 누구냐 넌.

얼굴 없는 실루엣, 대답 없다.
시목과 실루엣, 서로 다른 존재처럼 대치하는데..
여진, 한 발 한 발 숨죽여 다가오다 뭔가 발에 밟혀 소리 없는 비명 지르며 보면, 바닥에 떨어진 칼.
범행 흉기와 한 세트인 장미 문양 칼이 이젠 흔적만 남은 피웅덩이 옆에 떨어져 있다.
여진, 가뜩이나 기분 나쁜데,
시목이 스르르 돌아선다. 한 발 한 발 온다.
여진, 발밑에 칼이 의식된다. 아니나 다를까,
시목, 칼로 손 뻗는다. 여진, 주먹 꽉 쥔다. 여차하면 휘두를 태센데,
시목, 칼 옆에 놓은 재킷 집는다. 입는다.

여진　...... 뭐한 거예요?
시목　(넥타이도 집어 주머니에 넣으며) 택시 신고자는요?
여진　뽀글머리요?
시목　실재하는 사람입니까.
여진　통화했어요. 신원 확실해요.
시목　(칼 집는다)
여진　!! (즉시 테이저건 꺼내 겨누며) 내려놔!!
시목　(태연히 칼 들고 부엌으로 간다)
여진　(그래도 경계 늦추지 않는. 시목 움직임 따라 겨누며)
죽은 사람 통화내역은 왜 봤어요?
시목　(칼, 원래 자리에 꽂는 소리) 이용당할 순 없으니까.
여진　이용? (천천히 팔 내린다)
시목　만약 내가 그때 그 시간에 여기 안 왔다면...

여진 ?

시목 그래서 수사를 조기 종결시키지 않았다면, 진범 흔적을 찾았겠죠.

여진 ... (테이저건 집어넣으며) 자책하는 거예요?

시목 (부엌에서 마루로 온다) 진범에겐 내가 여기 온 게 천재일우였을까요, (스위치 켠다) 설계의 한 축이었을까요.

여진 설계면, (눈부셔하는) 그날 그 시간에 검사님이 여길 온다는 걸 진범이 미리 알아야 되는데... 가만.. 피해자가 검사님이랑 끊자마자 전화한 게 LCJ인데, 그럼 LCJ가

시목 차장검삽니다, 우리 지검.

여진 에에? ... 그럼 차장검사가 박무성 입도 막고 살인범도 빼돌리려고 했다고요?

시목 이젠 날 맘껏 칠 수 있죠. 검거가 잘못됐단 증거도 나왔으니 (하다)

창준 E **체포에 증거까지 니가 겁 없이 나댄 폐단이 뭔지 이제 실감 나?**

시목 .. 그 뜻이었나.

여진 차장검사면 검사장 바로 밑인데 왜 그렇게까지 해요? 얼마나 대단한 비리를 저질렀길래?

시목 글쎄요.

여진 검사님도 몰라요?!

시목 그쪽은 내가 모른다는 걸 모르죠.

여진 검사님이 먼저 쳐요, 살인사건 배훈데!

시목 심증일 뿐입니다. 피해자와 관련된, 수많은 용의자 중 하나일 뿐.

여진 ... (답답하다. 길게 나오는 한숨)

시목 (역시 아직은 답이 없다... 스위치로 가 불 끈다) 갑시다.

다시 캄캄해진 실내.
시목, 작은방으로 향하고 여진도 가는데,

여진 저기요. (어둠 속에서 잡는)

시목 (보면)

여진 강진섭이 그 시간에 온 게 우연이면요?

시목 (말 없다. 무슨 말 하려는지 안다)

여진 검사님일 수도 있잖아요, 범인으로 몰리는 게. 강진섭보다 몇 분만 일찍 왔으면 그럼 검사님도 똑같이 주장했을 거니까.
문 열어줘서 들어왔더니 이미 죽어 있었다고, 그랬다면?!.

시목 ...

여진 이용당했단 거 그 뜻이죠?

시목 아직은 아무것도 모릅니다. 지금 아무것도 안 보이는 것처럼.

여진 .. 불, 켜면 되죠, 알아낼 거예요. (아까 들어왔던 작은방으로 간다)

시목 (마루 돌아본다. 작은방으로 들어간다)

50. 무성 집 앞/골목 - 밤

쿵! 뛰어내리는 소리 두 번 나더니 다세대 주차상에서 나오는 두 사람.
시목은 차에 오르고 여진, 무성 집 돌아보다 차에 오른다. 출발.

51. 시목의 차 안 - 밤

여진, 경찰수첩에 뭔가를 휙휙 그리고 있는데,
칼, 칼을 쥔 손 등, 방금 시목 모습이다. 심경이 복잡해서 더 알아보기 힘든 그림.
그러다 벅벅 그어버리고는 시목 슬쩍 훑는다. 대체 이 인간 정체가 뭘까...
무표정히 운전만 하는 시목.

여진 (수첩에 끼워놨던 DNA 결과 보는) 이걸 어느 선에 보고해야 하나.

시목 (보는)

여진 서장한테 다이렉트로 가져갈 수도 없고.

시목 거기 서장하고 우리 쪽 차장, 둘이 친굽니다.

여진 (갑자기 머리 복잡해지기 시작!)

시목 강진섭이 무고하게 죽었다 해도 비난 따위가 두려운 사람들이 아녜요.

여진 ...

시목　스폰서 정체가 탄로 안 나고 종결돼서 다행이었는데 다시 발 뻗고 못 자게 된 거죠. 경위님 덕분에. 어떡해든 빨리 덮기만 바라는 사람들입니다. 완전범죈 없어도 미제는 수두룩해요. 살인범 하나 놓친 게 대수겠어요?

여진　강력반 전체가 흔들릴 거예요. 범인 잡았고, 빵에 처넣었고, 근데 죽었어요, 것도 온 천지에 다 알리고. 근데 이젠 아예 그놈이 아니다, 우리 손으로 뒤엎어야 되잖아요,

시목　그래서 김경사처럼 덮자?

여진　검사님은요? 이거 터져도 괜찮아요?

시목　나요?

여진　제일 큰 피해를 입을 텐데..

시목　(내 얘기였나?...) 우리는 팩트를 찾는 사람들입니다. 완전히 묻혀버렸을 팩트를 경위님이 직전에 건져냈어요. 그걸 살리느냐 마느냐 결정하는 건, 지금 당장의 상황이 아네요. 한여진이란 사람이 지금까지 어떤 사람으로 살아왔는가, 거기 달렸죠.

여진　(입술 깨문다. 갈등하다가...) 내려주세요.

시목　(바로 세운다)

여진　... (내린다)

52. 어느 길 - 밤

여진, 내려서고, 시목, 묵묵히 지켜본다.
시목 돌아보는 여진, 웃어 보이며 손 흔든다.
시목, 간다. 여진, 좀 더 서 있다가 전화 꺼낸다.

53. 한남동 집/다이닝룸 - 이른 아침

창준, 식탁에 앉는다. 밥 한술 넣는 동시에 신문 펼치는데,
눈을 찌르는 굵디굵은 헤드라인 - 〈자살 재소자 무죄로 밝혀져〉

사진엔 당당히 미디어 브리핑하던 은수 얼굴이 커다랗다.
아줌마, 막 끓인 찌개 갖다 놓는데,
펼쳐진 신문 뒤에 완전히 가려진 창준, 움직임이 없다.

창준 .. (신문 접는다) 이 사람 오면 저 오늘 늦는다고 하세요.

54. 찜질방 - 아침

이른 시간에도 여기저기 사람이 많은데, 대형 TV에서 뉴스 흐른다.

앵커 (뉴스) 후암동 박모씨 살인사건의 범인으로 수감 중 자살한 강모씨를
기억하십니까, 그 충격이 가시기도 전에 강씨가 범인이 아닐 가능성이
새로이 제기돼 파문이 일고 있습니다.

손님들 거의 다 뉴스에 집중했고 자기들끼리 웅성댄다. 주로 경찰 욕하는 소리.
저 제일 구석에서 몸을 말은 할머니만 굳이 TV를 등지고 움직이지 않는다.
할머니 얼굴 보여주면, 무성母다.
그런데 머리는 그새 다 세고 20년은 한꺼번에 늙은 듯...
등 뒤에서 울리는 TV 소리, 무성母에게도 들린다.

앵커 사망 전 강씨가 자신은 박모씨를 살해하지 않았다고 한 주장이
사실로 밝혀지면서 담당 검사가 증거를 조작했다는 탄원서의 내용
역시 사실일 가능성이 제기되고 있습니다.
무성母 (눈 감는다)

이제는 거의 말라, 깊게 패인 눈가 주름을 다 적시지도 못하고 힘없이 번지는 눈물..

55. 용산서/강력반 - 낮

TV 보는 형사들.

앵커 강씨 사망 후에야 검거가 잘못됐음을 인정한 검경의 총체적 부실수사에 비난이 쏟아지는 한편, 초동수사 실패로 박모씨 살인사건은 다시 미궁에 빠졌습니다.

장형사와 서형사, 걱정스런 얼굴로 강력반 안쪽에 회의실 쳐다본다.

56. 동/회의실 - 낮

김경사 우릴 위해서였어요, 동료들을 위해서! 가뜩이나 대한민국 경찰 개판이다, 초동수사 지랄이다 난린데 이거까지 나가면 여러 사람 모가지 일까 봐! 잡고 나서 공개하면 될 걸 고걸 못 참아요!

여진 그렇게 동료들을 아끼면 다 공개하고 같이 수사를 했어야지, 사람 피를 개 피라고 속여요? 말이 돼요?!

반장 닥쳐!!

입 다무는 두 사람.

반장 니(여진) 눈엔 선배들이 다 개똥대가리야! 한창 파고 있는 걸 보고도 않고 언론에다 나불대? 넌(김경사) 미쳤어? 이 중요한 걸 혼자 깔아뭉개고 뭘 어쩌겠다는 거야? 혼자 범인 잡고 영웅 되고 싶었냐!

김경사 형님까지 진짜 왜 이래요! 강진섭이만 멀쩡했음 나도 이렇게까지 안 해요, 근데 애지녁에 죽었지, 알고 보니 그놈 아니래지, 어떡해요 그럼!

여진 그래서 어차피 죽은 사람 살인범으로 계속 찍혀 있으란 거예요?

김경사 안 찍히면 살아나요? 누명 벗으면 부활하나?!

여진 억울해서 죽었어요, 사람이 얼마나 억울하면 제 목을 졸라 죽어요! 핏덩어리 자식까지 딸린 사람이!

김경사 지만 억울한가! 빵에 억울한 사람 깔렸어요! 죽은 놈만 빙신이지!

반장 야!

여진 (너무 기막혀 쳐다보기도 싫다...) 그게 경찰이란 사람이 할 소립니까.

김경사 (노려보지만 할 말 없는)

반장 어디서 똑같은 것들이, 니들 둘 다 근신이야.
아무것도 하지 마, 내 눈에 띄지도 마. 나가!

여진과 김경사, 목례하고 물러난다.
김경사가 먼저 나가는데 여진, 나가기 전, 반장 돌아본다.

반장 왜?

여진 (정말 내막을 모르는 걸까, 모르는 척하는 걸까?) 반장님은,

반장 나 뭐? 왜?

여진 .. 아닙니다. (나간다)

57. 동/강력반 - 낮

김경사, 입이 댓 발 나와 자리로 온다. 다른 형사들, 모른 척하는데,
여진이 바로 앞으로 와 우뚝 선다.

여진 현장에서 가져온 노트북, 주시죠.

김경사 에?!

여진 박무성 집에서 가져온 노트북! 왜 개인적으로 꿍쳐둡니까?!

김경사 꿍쳐두긴 내가 뭘

여진 현장 다시 가서 집어 왔잖아요! 다 아니까 줘요, 얼른!

김경사 ! ... 내가 무슨 (서랍 여는. 무성 집 안방에 있던 노트북 꺼낸다)
욕심이 나서 그런 게 아니고

여진 (두말 않고 가져가 자리로 간다)

김경사 (뒤에서 계속 구시렁) 등록한다는 게 바빠서 그만 깜빡한 거지,
나도 노트북 여 있는데, .. 아무것도 없더만..

여진, 자리로 와 노트북 켜면서 전화하는데,
화면 켜지면 커다란 일본 만화 여자 캐릭터가 바탕을 차지했다.

여진 코하네짱??
시목 F (그 순간 받으며) 네?
여진 아, 아뇨, 찾았어요, 박무성 노트북. 근데 이거.. 아들 건가 봐요.
시목 F 아들 방에 컴퓨터가 없었으니까요.
여진 (노트북 여기저기 뒤지며) 에?
시목 F 요즘 애들 방에 컴퓨터 한 대가 없단 건 말이 안 되죠.
아들 군대 간 새에 박무성이 갖다 쓴 겁니다.
여진 (알았냐..) 암튼 사이버팀에 맡길게요. (김경사 들으란 듯)
삭제한 거까지 싹싹.
시목 F 범인이 놓고 갈 정도면 별거 없을 겁니다. (뚝 끊는)
여진 하여튼 괜찮냐 소리 한마디가 없네. 어떨지 뻔히 알면서.
(파일 뒤지는) 절대 증거 때문이었으면 왜 노트북은 안 가져갔을까?
집 안은 발칵 뒤집어놓고.. 죽이고 나서 열어봤나?

58. 서부지검/입구 - 낮

취재 전쟁 벌이는 기자들한테 온통 에워싸인 은수.

기자1 (핸드폰 들이대고) 증거 조작한 게 사실인가요?
은수 (입 앙다물고 안 쳐다본다)
기자2 새로운 혈흔은 언제 나온 겁니까? 원래 알고 있었나요!
기자3 살인검사로 불리는 거 알고 계세요?

기자들 애써 무시하던 은수, 그 말에 기자3을 쏘아보는데,
그때 저쪽에서 출근하던 시목과 눈이 마주친다.
시목, 그냥 볼 뿐 아무 일 없다는 듯 건물 안으로 들어간다.

일그러지는 은수, 하필 이때 얼굴 앞에서 터지는 카메라 플래시.

기자1　영일재 전 장관이 부친이시죠? 부친께서도 조작 아세요?
은수　(이성의 끈 끊어지며 팔 휘두른다. 핸드폰 치는) 비켜요!

핸드폰 놓치는 기자1, 이 그림 놓칠세라, 일제히 들이대는 카메라.
그 위를 비추면, 차장검사실에서 이 소동을 내려다보고 있는 창준 보인다.

59. 동/형사3부 복도 - 낮

시목 오는데, 동재가 웬 늘씬한 아가씨들을 대거 몰고 검사실에서 나온다.
청원경찰 따라가는 각양각색 아가씨들, 화장기 없는 얼굴 가리느라 애쓴다.
복도 사람들은 돌아보는데,

동재　(시목이 오자 스치며) 후배는 사지로 몰아넣고 참 당당하다?
시목　(까딱 목례. 그러다 문득 한 아가씨 옆을 스치는데)
아가씨　(모자 쓰고 고개 숙였는데)

Flashback〉 - S#17. 리조트 승강기에서 본 아가씨.

시목, 다시 본다. 매우 비슷하다. 하지만 모자 쓴 아가씨가 고개 트는데, 아니다.
시목, 자기 방으로 들어갈 듯하다.. 동재 가는 것 돌아보는.

60. 동/동재의 검사실 - 낮

동재 방의 계장1과 실무관1 일하는데, 시목이 들어온다.

계장1　(반쯤 일어나는) 예?
시목　(안쪽 집무실 가리키며) 서검사님?

계장1 지금 안 계신데요.

시목 제가 서류를 잘못 갖다 놓은 게 있는데,
도로 가져갔다고 좀 전해주세요. (집무실로 가는)

계장1 예에..

61. 동/동재의 집무실 - 낮

시목 들어오면, 요 전날 어린 검사들이 잔뜩 날라다 놓은 서류가 바닥부터 쌓였다.
시목, 그 서류들에 시선 주지만 쓱 훑어보더니 곧장 서랍장으로 간다.
첫 칸 열고 파일 빨리 훑더니 둘째 칸 연다.
둘째 칸에 빼곡히 세워진 파일들. 맨 처음 것 들여다보면,
성매매 단속에 걸린 아가씨 사진이 클립에 끼워졌다.
사진 짧게 보고 다음 파일 넘긴 시목, 그 파일의 아가씨 사진 보더니, 생각.
분위기는 비슷하지만 다른 사람이다. 다음 파일 넘기는데,
세로로 세워진 파일들 아래로, 서랍 바닥에 딱 눕혀서 놔둔 파일이 포착된다.
위에 세워진 파일들 맨 밑에 깔려서, 일부러 안 보면 안 보인다.
시목, 누운 파일에 손 뻗는데,

실무관1 E 황검사님 오셨는데요.

동재 E 뭐?

시목 (소리 들리는데도 파일 꺼낸다. 열려는 순간)

동재 (바람처럼 들어옴과 동시에 파일 쳐내는)

바닥에 흩어지는 파일. 사진이 뒷면만 보이게 뒤집혀 떨어진다.
시목, 사진 집으려는데 동재가 낚아채 파일에 쑤셔 넣고 닫는다.

동재 무슨 짓이야!!

시목 제 게 아니네요, 섞여 들어온 줄 알았는데.

동재 니 게 여기 왜 있어? 훔쳐보다 걸린 주제에 무슨 헛소리야?

시목 훔쳐볼 정도로 중요한 거였나요? 몰랐습니다.

동재 이게 진짜.. 이럴 정신 있으면 나가서 사실대로 밝혀!
누구 설레발로 영은수가 곤욕을 치르는지 남자답게 밝히라고!

시목 (너무나 간단히) 그러죠. (목례, 나간다)

동재 저 또라이.. (시목이 만졌던 파일이 뭔지부터 급히 확인하다 놀란다)

62. 동/형사3부 복도 - 낮

시목, 동재 방에서 나오는데, 뒤에서 쫓아 나온 동재가 다짜고짜 멱살 잡는다.

동재 너 내 방 왜 뒤졌어? 뭘 염탐하려고 뒤진 거야? 어!

창준 E (O.L) 뭣들 하는 짓이야!

동재 (급히 멱살 풀고)

창준 (복도에 나타났다. 두 사람에게 성큼 온다)
왜 여기서 힘 빼? 기자들 잔뜩 몰렸는데 나가서 해.
그래야 형사3부 전부 개판이라고 소문날 거 아냐!

동재 죄송합니다.

시목 죄송합니다.

창준 (눈 부라리며 보더니 가버리면)

시목과 동재, 목례하고 각자 검사실로 들어가지만,
동재, 시목이 먼저 들어가길 기다렸다 얼른 창준 따라간다.

63. 동/차장검사실 - 낮

창준 (놀라 돌아보는) 그래서 봤어?!

동재 제가 그렇게 하게 뒀겠습니까, 보진 못한 거 같아요.

창준 같아요?

동재 (얼른) 못 봤습니다.

창준 … …

동재 그치만 저 보는 앞에서 대놓고 계속 뒤졌어요. 이건 선전포곱니다.
지금 우리 지검이 누구 때문에 이 난리로 욕먹는데요?
당장 파면시키세요. 지가 지 무덤 팠으니 할 말 없잖습니까?.

창준 .. 내부감사 일정이 잡혔어. 증거 조작, 은닉, 부실, 강압 조사,
전부 추궁할 거야.

동재 손 안 대고 코 풀 수 있겠네요?!

창준 걸 말이라고 해! 황시목이 입만 뻥끗하면 전부 끝장이라고!

동재 !...

창준 강진섭으로 끝났어야 했는데!...

동재 내부감사를 피할 방법은 없을까요?

창준 검사장 지금 떨어지는 낙엽도 피할 판인데 우리가 빅엿을 날렸어.
해줄 것 같애?

동재 그럼 내사는 어떻게..

창준 ... 성동격서.

동재 ?

창준 황시목일 곧장 겨냥하면 반격할 거야. 공판 주임 영은수, 미디어
브리핑으로 얼굴도 팔렸겠다, 안됐지만 영은수가 안고 가야겠어.

동재 남에 잘못을 영은수가 왜요? 그럼 황시목인요? 그냥 두시게요?

창준 (... 꼬았던 발 바꾸며) 그건 어찌 돼가나. 흔적이라도 잡은 거야?

동재 (앗..) 최선을 다해 찾고 있습니다만,

창준 손바닥만 한 나라에서 대체 몇 명을 잡아들여야 냄새라도 맡겠어?
여자들이나 몰고 다니면서 거들먹대라고 시켜준 줄 알아?!

동재 죄송합니다, 직업여성이 아니면 더 찾기가 힘들어서

창준 박사장이 대놓고 들이민 애야. 직업 맞아.

동재 조금만 더 기다려주십시오, 곧 찾을 겁니다.

창준 (못마땅..) 황시목 들어오라고 해.

동재 예. (고개 숙인 밑으로 치켜뜨는 눈, 불만과 의혹이 스친다)

64. 동/은수의 집무실 - 낮

손톱 물어뜯으며 인터넷 보는 은수.
방금 전 기자1을 친 장면만 편집돼서 벌써 동영상으로 떠돈다.
하필 제일 폭발했을 때라 눈은 허옇고 입은 험악하게 벌어져 마귀할멈 같은 은수,
'살인검사 구속 청원' 글씨가 굵은 아래, 청원 서명 그래프가 8만이 넘는다.
달린 댓글은 온통 입에 담을 수 없는 상욕이다. 은수, 미칠 지경인데,

은수　(전화 울린다. 받는) 엄마?.. 엄마 왜 그래?!

65. 동/형사3부 복도 – 낮

시목, 제 방에서 나오는데 그 앞으로 전화 받으며 뛰어가는 은수.

은수　(울어서 눈과 코가 빨갛다) 엄마까지 왜 그래, 아빠가 죽긴 왜 죽어.
시목　(그 말에 멈춰서 보는데)
은수　내가 금방 가, 응? (승강기 쪽 모퉁이로 사라진다)
시목　... (전화 울린다) 예, 부장님.
3부장 F　태화원으로 와. (뚝 끊는다)
시목　(발길 돌린다)

66. 중국집 – 낮

지검 근처 건물 2층 정도에 있는 평범한 식당. 시목 문 밀고 들어간다.

67. 동/룸 – 낮

룸이라곤 하지만 흔한 중국집 내실 수준.

시목, 들어와 깍듯이 인사하고 허리 펴면,
식탁에 둘러앉아 일제히 이쪽 보는 남자 셋, 형사1부장, 3부장, 사건과 윤과장이다.
룸까지 들어와서 부장들은 짜장면, 윤과장만 볶음밥 먹는다.
깐깐해 뵈는 3부장, 앉으란 손짓.

3부장 (묻지도 않고 종업원에게) 짜장면이요.

종업원 대답하고 나가고 시목, 자리에 앉는다.

3부장 1부장이야 모를 리 없고, 이쪽은 사건과 윤과장. 얼굴은 봤지?
윤과장 (인사)
시목 (인사)
3부장 (먹으며 툭) 너 내부감사 났어.
시목 (담담) 예.
1부장 알고 있었어? 방금 나온 건데?
시목 아뇨.
3부장 (피식, 1부장에게) 좀 더 봐. 나름 적응돼.
1부장 (이놈 뭐야, 시목 훑는...) 말이 내사지 징계위원회가 될걸.
3부장 억울하냐?
시목 아뇨.
3부장 탕수육이라도 시켜줄까? 마지막일지 모르는데?
1부장 마지막이라면서 수준 하고, 팔보채라도 쏴라.
3부장 팔보채 같은 소리 하고 있네. 뭐가 이쁘다고.
(혼자 다 먹고 젓가락 놓는다. 인상답게 입 싹싹 닦더니) 할 말 있지?
시목 뭘요?
3부장 뭘 나한테 물어, 알면서.
시목 몰라서요.

1부장과 3부장, 시선 교환한다.
눈 내리깐 윤과장이란 사람은 안경 너머로 대화에만 집중하고 있다.

누구도 먼저 입 열지 않는데,

종업원 (노크도 안 하고 불쑥) 식사요. (짜장면 놓고 나가는)

3부장 .. 먹어.

시목 잘 먹겠습니다. (비비는)

1부장 (짜증나는) 눈치가 없는 거야, 위아래가 없는 거야?

3부장 (손 들어서 막는다) 애 밥은 먹이고.

시목 (막 한 젓가락 뜨는데 전화 진동 울린다) 실례합니다. (받는) 네... 예. (끊는) 죄송합니다만 들어가봐야 할 거 같은데요.

1부장 (쌍심지 켜고 3부장 본다)

3부장 ... .. (가라는 턱짓)

시목 (일어나 인사하고 나간다)

1부장 이거 뭐 아니 꺼낸만 못하잖아?

3부장 (손도 못 댄 시목 짜장면 가져오며) 줘?

1부장 드셔!

윤과장 ....

68. 서부지검/차장검사실 - 낮

창준, 창가에 서서 각종 신문 훑는다.
〈무능의 끝을 보여준 대한민국 검경〉
〈무고한 희생, 담당검사 책임은 어디까지〉
〈증거 조작, 사실일 가능성 높다!〉 등 헤드라인이 선명하다.

시목 (노크소리에 이어 인사) 부르셨습니까.

창준 (소파 가리켜 보인다. 본인은 계속 신문 뒤적인다) 밖에 있었나 봐?

시목 예. (가서 앉는데)

창준 황검사.

시목 예 차장님.

창준 내부감사 일정이 잡혔어.

시목 예.

창준 여론 무마용으로 최소 한 명은 옷 벗을 거야.
(신문 들고 소파로 와 테이블에 보란 듯 내려놓는다. 앉으며)
파면이나 해임된 공무원은 로펌에 취업은커녕 변호사 개업도 못해.
어쩌냐, 아파트 산 지도 얼마 안 됐는데, 대출 잔뜩 꼈을 거고.

시목 ...

창준 검사장, 금뱃지 달려고 하는 거 알지? 발표만 남았어,
그 공석에 내가 갈 거야. 99% 확정.

시목 축하드립니다.

창준 황검사도 축하해.

시목 ?

창준 황검사 직속인 내가, 차기 검사장인 내가 널,
형사3부 부장 자리에 앉힐 거니까.

시목 !.. .. 최소 한 명은 그만둬야 한다고 하셨는데요.

창준 그랬지.

시목 영은수인가요.

창준 서동재 어때.

시목 ?

창준 8년 전인가? 서동재가 지 버릇 개 못 주고 중요한 증거를 재판 끝까지
숨겼다가 개박살난 적 있었지. 그때 나한테 뭐라고 했는지 알아?
자기 수습이 그랬다는 거야. 애가 뭔 말을 해도 반응이 없더래.
머리가 잘못된 녀석을 뽑았나 했다는 거지. 나야 그 말 믿었지.
그런데 말야, 머리가 잘못됐다던 수습이 알고 보니 우리 지검 최고의
브레인이더라고. (시목 가리킨다. 바로 너라는 뜻)

시목 ...

창준 재판 기록에 재미있는 게 있던데?
블랙박스 동영상을 공판 도중에 건넨 게 어떻게 또 서동재야?
(갑자기 낮아진 목소리) 자.. 재룐 준비됐어. 요리해보겠나.

시목 (아득한 눈길, 검찰에 대한 비난을 쏟아낸 신문 위를 헤맨다)

창준 (그 눈길 눈치챈다. 얼핏 만족한 미소. 일어난다)

시목 (따라서 바로 일어난다)

창준 (천천히 창가로 가며)
넌 달라야지. 누구랑은 달리 자기 수습은 지켜야 하지 않겠어?
시목 (창준이 멈추자 정확히 한 발 뒤, 옆으로 와 딱 선다) 그 말씀은.
창준 (창밖 내다보며 서서) 어쨌거나 이름 내건 건 영은수야.
고집 부리면 도리 있나, 영은수랑 나란히 목에 칼 차야지.

창준, 고개를 반만 돌려 눈 끝으로 시목 본다.
시목, 정자세로 서서 그 시선 받는데.
시목에게로 몸 돌리는 창준, 시목 어깨에 천천히 양손을 올린다.

창준 나는, (누르는) 박사장을, 몰라. (계속 누르는)

뿌리치지 않는 시목, 누르는 힘에 몸이 밀려나듯, 창가에 있는 창준 의자에 앉게 된다. 엄밀하게 말하면 창준이 누르는 동작에 앉혀진 것.

창준 (여전히 누른) 알겠나?
시목 .... 한성 설악 리조트 1018호.
창준 !!!!
시목 이것도 모르는 걸로 해드릴까요.
창준 (평정 유지하려 하지만....) 알아들은 걸로 하지.
시목 형사부장은 너무 작은데...... (의자, 책상, 보는) 여기 좋네요.
창준 ?!
시목 (창준의 손 걷어낸다. 구부정했던 등이 갑자기 공기가 들어가는 것처럼 꼿꼿이 펴진다) 이 자릴 주십쇼.
창준 !!

창준, 실망인지 노여움인지 모를 팽팽해진 얼굴.
시목, 일어선다. 정확히 마주 선다.

창준 너도 결국 이거였니? 출세에 목매는 그런 놈?
시목 차장님 가시는 길을 따르겠습니다. 앞서가시죠.

창준 그다음은.

시목 끌어주십시오.

창준 ...

시목 ....

조금의 물러섬 없이 마주 선 두 남자에서 엔딩.

3회

이럴 거면 범인 잡아서 뭐해요!

죽은 사람만 희생자가 아녜요.

범죄로 상처받은 사람이 다 희생자라구요.

1. 서부지검/차장검사실 - 낮

조금의 물러섬 없이 마주 선 시목, 창준.

시목　차장님 가시는 길을 따르겠습니다. 앞서가시죠.
창준　그다음은.
시목　끌어주십쇼.
창준　... 니 인사고과론 좌천만 안 돼도 감지덕진 걸 몰라?
시목　검사장님께서 제 빽인데 인사고과가 문젠가요?
창준　... (웃는) 우리 황검사 언제부터 이렇게 수줍어하셨나?
시목　(보면)
창준　내사 자체를 무산시켜달란 거잖아? 부부장, 부장, 다 건너뛰고 일개 평검을 이 자리에 올리라는 건! .. 뭘 그렇게 돌려 말해 어렵게?
시목　내사가 시작되면 저도 제 살 길 찾아야죠. 이건 쉬우시죠?
창준　날 찌르면 너도 그 피 뒤집어써야 돼.
　　　겪어봤잖아, 내부고발자가 어떻게 되는지.
시목　내부고발로 죽나 내사로 잘리나 전 이 사건에서 밀려나겠죠.
　　　범인 잡을 때까진 외부인이 되지 않겠습니다.
창준　... 니가 시작한 거야. 니가 무산시켜.

시목　...
창준　힘은 실어줄게.
시목　(가만 서 있으면)
창준　뭐해? 나가서 살 길 찾아와.
시목　(목례. 나간다)

잠깐 그대로인 창준, 시목이 앉았던 의자를 밀어버린다.
그 뒤로 창문, 창준 기분만큼 희뿌연 회색빛이다. 창문에 빗방울이 얼룩진다.

2. 마포서 뒷골목 - 밤

어깨엔 배 잔뜩 부른 배낭, 한 손엔 사건 피일 가득한 보사기.
다른 손엔 우산 손잡이 걸친 시목, 내렸던 비에 젖은 골목을 구부정히 들어온다.
큰길에서 하나 안으로 들어왔을 뿐인데 멀리 차소리만 빼면 한적하다.
가게도 없는 골목에 유일하게 자리한 포장마차 옆을 지나는데,
딱 한 자리 앉은 손님, 은수다.

Flashback〉 - 2회 S#65. 서부지검/형사3부 복도 - 낮

은수　**(전화 받으며 뛰어가는) 엄마까지 왜 그래, 아빠가 죽긴 왜 죽어.**

시목　(은수 보지만 손에 든 일감 보는. 그냥 가려는데)
은수 E　(이미 좀 취한) 아줌마 여기 소주잔 하나 더요.
시목　...

3. 포장마차 - 밤

은수, 소주 따라주지만 시목, 그냥 보기만. 잔이라도 맞잡아주는 매너는 없다.

은수　(막막하게 보다 술 원샷 하고) 나한테 왜 그랬어요?
시목　?
은수　박무성 거, 갑자기 왜 줬어요? 차장이 시켰어요?
어차피 독박 씌울 거, 블랙박스도 보여주래요?
시목　(쳐다볼 뿐)
은수　선밴 다를 줄 알았는데..
껄끄러운 애 내쫓아주겠다니까 차장이 선배 이쁘대요?
시목　알려줘?
은수　(정말 뭐가 있나? 살짝 풀렸던 눈이 긴장하는데)
시목　수습 끝나면 어차피 지방 발령이야. 차장이 일개 수습을 껄끄러워해?
피해의식에다 과대망상이 복합 중증이네.
은수　허, 근거 없는 착각이다? 나 혼자 김칫국 들이키다 사레들렸다?
시목　니 말은 차장이 날 내세워서 널 함정에 빠뜨렸단 거잖아. .. 아냐.
은수　그럼 선배 실수라구요? 선밴 실수 안 하잖아요.
시목　(바라보다) 여전히 사건 파악이 안 되는데도?
은수　(예상치 못한 말이다... 소주잔 만지작대는..)
우리 아버지, 빠져나오지 못했어요, 그때 충격에서.
몇 년을 안방에서 나오질 않았죠, 아무도 들이지도 않고..

Insert〉 - 은수의 집/영일재의 방 - 낮
찢어진 벽지, 뜻 모를 낙서. 일재의 분노와 억울함을 고스란히 담은 흔적들.

은수 E　**내가 임관됐다고 했을 때가 처음이었어요, 아빠 방에 들어간 게..**
그래서.. 서부지검 다닌단 소릴 못했어요, 아버지한텐 서부지검 하면
그건 이창준이니까. 아직도 이름만 들어도 피가 치솟으니까.
시목　이젠 딸이 어디 다니는지 아시겠네.
은수　(냉정한 소리에 술이 다 확 깬다. 정말 들이받고 싶지만 겨우 누르고)
애들은 날 장관 딸이라고 부러워했지만 엄마한테 버스비 달란 소리도
못하고 살았어요. 황검사님, 저 여기서 쫓겨날 순 없어요,
억울한 게 문제가 아니라 우리 세 식구 먹고살아야 된단 말예요!
시목　(피곤한 눈 비빈다) 그래서 나더러 뭘 또 어쩌라고.

은수　또라뇨? 내가 뭘 또요?

시목　.. 아냐.

은수　(두 손에 얼굴 묻는다) 범인을 잡아야 구제라도 기대할 텐데...
(한숨.. 눈 뜨는데)

시목이 앞에 없다. 둘러보면, 이미 짐 챙겨 포장마차 나가고 있는 시목.

은수　(기막히다. 그래 가라, 헛웃음. 술잔에다 대고)
차라리 완전범죄로 가지, 개새낀 왜 죽여서.. 씨..

술잔 꺾는 은수 뒤로 그 말에 잠깐 멈추는 시목. 그러다... 포장마차 나간다.

4. 마포서 뒷골목 - 밤

시목 뒤로 포장마차 안 은수가 팔에 고개 묻는 것 보인다. 잠든 건지 우는 건지.
이를 돌아보지 않고, 어두운 길로 무거운 가방 메고 사라지는 시목.
저 앞 언덕에 세워진 아파트 단지 불빛이 아스라하다.

5. 시목의 아파트/거실 - 깊은 밤

어두운 실내. 조용하다 못해 적막이 흐르는 거실에 시목, 그린 듯 가만 앉았다.

창준 E　**니가 시작한 거야. 니가 무산시켜.**

조붓이 모은 두 손에 턱을 괴는 시목, 깊은 생각에 빠진다.
창문 너머엔 점점이 빛나는 불빛들...

6. 방송국/복도 - 아침

특집 시사 프로 준비하느라 분주한 사람들의 발걸음.
그중에 유난히 서두르는 스탭 따라 어느 스튜디오로 들어선다.

7. 동/스튜디오 - 아침

아직 방송 시작 전 스튜디오. 사전 연습이 한창이다.

진행자 (무대에서 동선 체크 중) 모시겠습니다, 하고 (좀 옆으로 물러나는)
FD (마이크에 대고) 내보내주세요.

뒤에서 게스트 나오는데, 시목이다.
방송이라 해도 평소와 똑같이 그냥 감고 턴 머리, 평범한 양복 차림.
터벅터벅, 진행자 옆에 선다.

진행자 나오시면 2, 3초간 박수 있고요, 검사님 소개 끝나면 저 따라서 이쪽에 앉으시면 되고, (탁자로 가 게스트 자리 짚어준다)
시목 (따라가 앉는다)
분장사 (분첩 가져와 얼굴 두드려주려는데)
시목 (말 대신 얼굴 피한다)
진행자 이따가는 조명 때문에 맨얼굴은 너무 번쩍거려서요.
시목 아 예. (하지만 여전히 분첩 피한다)
분장사 (어깨 으쓱. 그냥 가고)
진행자 (예의상 웃고 큐카드 맞춰본다) 제가 먼저 사건에 대해 언급하면, 저 뒤에 비디오로 후암동 사건 개요가 나올 겁니다. 비디오 같이 보시고 제가 이 질문 드리면 검사님이 그때부터 말씀하시면 돼요. (큐카드 읽는다) 억울한 누명을 쓴 강진섭씨는 감옥에서 이렇게 호소했습니다. 검사가 증거를 조작해서 저를 살인마로 둔갑시켰습니다. 목에서 피가 나게 외쳤는데도 내 말은 귓등으로도 안 들었어요!

힘없고 빽 없고 돈 없는 놈이니까!
황시목 검사님, 검사님이 이 탄원서에 지목된, 고 강진섭씨의 무죄 주장에 귀 막은 바로 그 검사입니까?

시목 예, 접니다. (화면 똑바로 본다) 제가 (조명 탁 밝아진다) 탄원서에서 지목한 사람입니다.

단체로, 그러나 낮게 우.. 하는 소리.
시목에게서 180도 돌면, 이미 시작된 방송. 조명 다 켜졌다.
분주하던 스탭들은 사라졌고, 비었던 방청석 꽉 찼다. 심각히 듣고 있는 남녀노소.

진행자 저희는 다른 분으로 알고 있는데요.
시목 공판을 맡은 동료가 따로 있습니다.
진행자 잠시만요, 이게 흔한 일인가요? 처음 담당과 재판 담당이 따로따로인 게? 그러니까 수사 검사와 공판 검사를 분리하는 게?

8. 병원/영일재 입원실 – 아침

TV로 방송 보고 있는 영일재 부부와 은수.

〈TV 화면〉

시목 **둘 다 겸하기도 하지만 재판에 가느라 수사가 도중에 중단되는 걸 막기 위해서 공판 담당을 따로 두는 경우가 있습니다.**
진행자 **그런 거군요? 계속 해주시죠.**
시목 **방금 언급한 수사 검사 그러니까, 강진섭씨를 조사하고 구속시킨 건 접니다. 탄원서가 향한 사람은 공판 담당이 아닌 저였습니다.**
진행자 **황시목 검사님, 인터뷰를 자청하셨죠?**
시목 **예.**

은수母, 안도하며 은수 손을 꽉 쥔다.

침상 위 영일재, 다행이다 여기지만 담담하게 딸 바라본다.
은수, 클로즈업된 시목을 눈 하나 깜빡 않고 본다.

9. 방송국/스튜디오 - 아침

진행자 저희도 덕분에 긴급 편성을 하느라 새벽부터 소동을 치렀지만,
검사님은 가족들한테도 그렇고 쉽지 않은 결정이었을 텐데
인터뷰 목적이, 탄원서에 지목된 게 본인이다, 밝히기 위해서였나요?

시목 지목된 게 누구냐는 본질이 아닙니다.

진행자 어째서죠?

시목 수사당국의 책임이 뭐라고 생각하십니까? 살인사건에서.

진행자 범인 잡는 거죠. (강조) 진범이요.

시목 (그렇기 때문에, 라고 말하려는데)

진행자 하지만, 법을 집행하는 분들껜 누가 범인이냐가 중요하겠지만,
집행당하는 저희 보통사람들한테 더 큰 분노를 일으키는 건,
무고한 서민이 억울하게 옥살이하다 스스로 목숨까지 끊었단 겁니다.
이게 당장 나와 내 가족 일이 안 되리란 법 없잖습니까?
죄 안 짓고 살아도 언제 어떻게 될지 모른단 얘긴데요?

시목 강진섭씨는 이렇게 진술했습니다. 본인이 현장에 갔을 땐 이미 사건이
벌어진 뒤였다고. 그런데 이 진술이 유죄 판결을 받는 데 결정타가 됐죠.

진행자 거짓말을 했나요?

시목, 일어나 비디오로 간다.
비디오 화면에, 블랙박스 영상 스틸 컷이 나온다.
강진섭이 대문 밖에, 창문 커튼 뒤 흰 티셔츠 남자가 내다보는 장면이다.

시목 집 안엔 희생자뿐이었습니다. 흰색 상의에 파란 트레이닝복 차림으로.

진행자 (카메라 향해) 희생자와 영상 속 인물의 복장 일치 여부는 제작진에서
확인했습니다. 여러분께 시신 사진을 보여드릴 수 없는 점, 양해 바랍
니다. (시목에게) 상당히 결정적인 장면인데 어떻게 입수하셨죠?

시목　현장 골목에 주차됐던 차량 블랙박스에요.
사람은 안 죽였고 패물만 훔쳐 나왔단 주장이 너무나 신빙성 없던 차에, 이 영상을 입수한 겁니다. 희생자는 여기 버젓이 살아 있습니다. 그리고 용의자는 여기, 아직 대문 밖이죠.

진행자　저도 이 장면은 처음 보는데요, 거짓말한 게 맞네요?

시목　아닙니다. 희생자 혈흔이 강진섭씨하곤 완전 떨어진 데서 나왔어요. 진실을 말한 겁니다.

진행자　어떻게 된 건지?..

시목　결론은 하나입니다. 이 자가 (비디오 속 커튼 뒤 남자 가리키는) 범인입니다.

진행자도, 방청객도, 심지어 무대 옆 스탭들도 놀란다.

10. 한남동 집/거실 - 아침

막 출근하려던 창준, 현관으로 향하다 뒤로 돌린 시선은 거실 TV에 꽂혔다.

〈TV 화면〉

진행자　**희생자인 동시에 범인이라고요?**

시목　**희생자가 아녜요. 살인을 저지르고 나서 연극을 하고 있는 겁니다.**

창준　(거실로 되돌아온다. TV 앞에 선다)

〈TV 화면〉

시목　**희생자인 척 블랙박스를 향해.. 서 있었던 거죠. (자리로 와 앉는) 강진섭씨는 공판 중에 이 영상을 봤으니 증거가 조작됐다고 믿을 수밖에 없었고요.**

진행자　**(비디오 바라보다.. 몸 돌린다) 증거 조작은 없었네요?**

시목　**없었습니다. (진행자 똑바로 보고) 부실수사였습니다.**

창준 저게 미쳤나!!

11. 방송국/스튜디오 - 아침

진행자 (놀라) 인정하시는 겁니까?

시목 영상을 맹신했고 당사자 주장을 안 믿었습니다.
결과적으로 무고한 희생을 낳았고 초동수사는 실패했죠, 저 때문에.

진행자 .. 방송에서 밝히는 이유가 뭡니까?
증거 조작은 범죄니까 대신 부실수사를 떠안자, 이건가요?

시목 범인을 잡아야 합니다. 시나리오를 짜고 사람을 죽이고 카메라 앞에
일부러 섰어요. (비디오 돌아본다) 범인에겐 게임입니다.
언제 또 플레이를 누를지 몰라요.

진행자 ... 공개 수배입니까?

시목 아뇨. 공개 수배를 하기엔 지금은 용의선상에 누굴 올려야 할지조차
모릅니다. 하지만 반드시 잡겠습니다. 두 달 안에.

진행자 어떻게요? 용의자도 모르는데.

시목 실패하면 물러나겠습니다. 파면당하겠습니다.
그 안에 제 모든 걸 걸고 범인을 반드시 검거할 겁니다.

진행자 ... 황시목 검사님?

시목 예.

진행자 꼭 잡아주세요. 그리고 그 후에 다시 한 번 나와주세요.

시목 ... 예.

잠시 침묵이 흐르는 스튜디오. 그러다 방청석 어디선가부터 박수가 울린다.
환호와 열광의 박수가 아니라 조용조용한 응원의 박수다.
진행자, 이제 숨을 한껏 들이켜고 시목 보지만, 시목, 여전히 담담하다.

12. 서부지검/로비 - 아침

형사3부장, 붉으락푸르락 간다.

13. 동/시목의 검사실 - 아침

실무관과 계장, 휴대폰에 머리 모으고 시목 방송 밑에 달린 댓글 훑는다.

실무관 황시목 검사님의 소신 있는 행동을 지지합니다, 화이팅,
(다음 댓글) 잘릴 거 같으니까 괜히 나와서, 에이! (패스하고)
꼭 잡아주세요, 박수 보냅니다, 어머 어머, 악플이 거의 없어요.

계장 화면발도 죽이두만, 우리 검사님 됐네, 됐어.

문 쾅! 열리고 3부장이 들이온다.
벌떡 일어나는 계장, 놀란 실무관은 휴대폰 놓치고.

3부장 (화 머리끝까지 났지만 꾹 참고) 여긴 분위기들 좋네?
(자리에 시목 없자 안쪽 집무실도 보는)

계장 아직 안 나오셨는데요..

3부장 지금 몇 신데! 시간이 아주 남아돌지? 응, 알았어. 고대로만 해.
(쾅! 나간다)

계장 뭘 고대로 하라는 거야?

실무관 화면발도 죽이고 우리도 죽는 거 아녜요?

계장 아 우리야 올라온 거 본 죄밖에 더 있나요..

14. 용산서/강력반 - 낮

박순경 (볼이 빨간 앳된 얼굴) 박순창 순경입니다!

형사들, 박수 치면서도 여진과 김경사 눈치 본다.
여진도 박수 치지만 얼굴 밝지 않다. 수첩에 낙서.

(순창고추장이라 쓴 고추장통 그림)
김경사는 아예 노골적으로 싫은 눈치다.

반장 조회하자. (박순경에게) 너도 와.

모두들 조회하러 나가자, 김경사 성질부리며 다른 곳으로 가버린다.

장형사 (지나가며 혼잣말처럼 툭) 딸랑 순경 하나 온 거 보면 누구 후임은
아니고 근신으로 끝날랑가 보네?
여진 (괜히 밝게 웃으며) 선물요. (방금 그린 그림 부욱 찢어서 주는)
장형사 에이 매번 진짜, (가며) 휴지에다 그려줘요. 코라도 풀게.
여진 (가는 등에다) 4B연필로 그릴 테다, 코 시커매져라!

장형사까지 나가면 텅 빈 강력반 보는 여진, 씁쓸하다.
하릴없어 인터넷이나 켜보는데, 검색어 1순위에 올라 있는 '황시목 검사'.
관련 기사 클릭하는데 누군가 앞에 선다. 올려다보면,

시목 (책상 앞에 선. 텅 빈 강력반 봤다 여진 본다)
여진 와, 실시간 검색 1위가 강림하셨다! (일부러 더 밝게 웃는)

진동 울리는 시목 전화. 액정 보면 '부장검사'다. 무시하고 넣는 시목.

시목 박무성씨 모친, 어디 있습니까.
여진 .. 약속한 두 달 중에 첫날이네요, 오늘이? (일어나 재킷 입는)
찜질방에 계세요. (책상에서 나오는)
시목 찜질방 이름이나 말해요.
여진 가까워도 가는 길이 엄청 복잡하다니까요?
시목 (가며) 요즘 세상엔 내비게이션이란 게 있습니다.
여진 여자탈의실에 계실 텐데? 거기도 내비 켜고 들어가시게?

두 사람 나가는데, 반대편 문에서 들어오던 서장, 두 사람 보고 멈춘다.

여진 (시목 어깨 살짝 치며) TV까지 나온 사람 치한으로 몰리면 안 되지.

뒤에서 보면 마치 친해 보이는 두 사람, 유심히 보는 서장.

15. 차 안 - 낮

시목, 말없이 달리는데 오늘따라 수다인 여진.

여진 (시목 흉내) 결론은 하나입니다. 이자가 (가리키는 동작 흉내) 범인입니다. (웃는) 진짜 사나이 찍는 줄 알았네. (반응 없자) 몰라요, 진짜 사나이?

시목 사나이로 태어나서

여진 아아!.. 뭔 냉동인간인가? 그러니까 말투가 아직 제5공화국이죠.

시목 내가 무슨 말투가 있습니까?

여진 (헐... 관두자. 아예 창밖 보는데, 일부러 짓던 미소 사라진다) ... .. TV까지 나와야 했던 거 보면 거기도 달달 볶이는 거죠.

시목 이슈든 여론이든, 중단 없이 수사하려면 뭐든 이용해야죠.

여진 그냥 다 터트리죠? 박무성이 누군지, 그게 더 빠를 텐데?

시목 김경사가 증거물 덮으려고 한 건 왜 발표 안 했죠?

여진 김경사... 기러기 아빠예요.

시목 (가볍게) 흠.

여진 애가, 여기서 적응을 못했나 봐요. 본인도 보내고 싶어 보냈겠어요..

시목 ... 몇 년 전에 청주지검에서 검사장하고 부장판사가 내부고발된 적 있었어요.

여진 (그래서?)

시목 혐의 입증돼서 파면됐죠.

여진 웬일로 제대로 됐네요?

시목 잠잠해지니까 둘 다 행정소송 걸어서 파면 취소 받아내던데요.

여진 헛! 그래서요?

시목 검사장은 연수원장으로 복귀해서 정년퇴임까지 했고,
부장판산 변호사 개업해서 잘 먹고 잘 사는 중입니다.

여진 허.. 하긴, 나 교통계 있을 땐 성매매로 잘린 선배가 소청심사
받아서 복직하더라고요. 대가성이 없다나, 별..

시목 ...

여진 안 그런 사람도 많겠죠? 있겠죠?

시목 ... 박무성이 그런 말을 했죠. 자기가 무수히 많은 접대를 7년 동안
각계각층에 했는데 거절한 사람이 딱 둘이었다고. 7년 동안.

여진 그중 하나가 (너라고? 보는)

시목 (보는 거 알지만 운전만)

여진 .. (주머니 뒤지더니 사탕 몇 개 꺼낸다. 시목 차 대시보드에 놔주며)
꼭 잡읍시다, 그놈. 그 두 명 중에 한 명 안 잘리게.

시목 (짧게 보는) ...

16. 이면도로/상가건물 앞 - 낮

상가건물이 쭉 늘어선 이면도로. 상가 앞에 시목 차 선다.
내리는 시목과 여진. 여진, 위를 가리켜 보이면, 찜질방 간판 커다랗다.
두 사람 들어가는데, 길 가던 여자 둘, 시목 알아보고 수선스럽게 수군댄다.

17. 찜질방 건물/옥상 - 낮

무성母, 굽은 다리를 해서는 끝도 없이 많은 수건을 빨랫줄에 건다.
뒤에서 옥상 철문 여는 소리 나지만 돌아보지 않는데,

여진 E 어머님?..

무성母 (돌아보는)

여진, 무성母 봤다가 엄청난 빨래거리 봤다가.. 속상하다.

그 뒤로 시목이 철문으로 들어서는데,
무성母, 시목 보자 얼굴에 그늘진다. 고개 돌린다.

18. 동/옥상 계단 - 낮

무성母 어딜, 시켜서 하남, 내가 소일거리 삼아 하는 거지.
빨래야 기계가 다 해주는데..

옥상 철문 안 계단 맨 위 칸에 나란히 앉은 여진과 무성母.
손 난간에 기대선 시목. 주머니 속 핸드폰 또다시 진동한다. 꺼내 보면
또 '부장검사'다. 덤덤한 표정으로 다시 주머니에 넣는 시목.

여진 전환 왜 안 받으세요, 해지하셨어요?
무성母 아녀요, 자꾸 쓸데없는 게 와서, 우리 손자 거만 받을라고.
시목 1월 16일 날, 남동생 잔칫집에 갔다고 진술하셨는데,
원래 예정돼 있었나요?
여진 (배려심이 안 느껴져 쳐다보는)
무성母 (시목 잘 안 쳐다보는) 예..
시목 그날 외출하시는 걸 아는 사람이 또 누가 있었죠?
무성母 우리 애랑, 잔칫집 사람들이랑, 뭐 그 정도..
시목 박무성씨가 집에서 항상 같은 차림이었어요? 티셔츠에 파란 츄리닝?
무성母 그게 원래 지 아들 건데, 나갈 일도 없고,
먼저 지 집에서 몸만 빠져나오느라 갖고 나온 옷도 없고 해서.
시목 사건 전날 특이한 일은 없었나요.
무성母 (기억하기 괴롭지만) .. 어떤 사람이랑 싸웠어요.
여진 누구요?!
무성母 (죄책감 스며드는..)

19. 박무성의 집/마루 + 부엌 - 밤 (무성母의 회상)

무성母는 나물 다듬고, 무성은 소파에 길게 누워 TV 보고 있다.
무성母는 그래도 간간이 웃는데, 무성은 눈만 TV에 있을 뿐, 때때로 한숨 내뱉는다.

무성母 (불쌍해서) 굴품하지 않어? 미숫가루 타주랴?
무성 다 밤중에 뭔.
무성母 왜에. (일어나 나물 그릇 들고 부엌으로 가는)
무성 얼음 팍팍 넣어서 (하는데 전화 울린다. 번호 보더니 갸웃, 꺼버린다)

전화 바로 또 온다. 무성, 다시 끈다.
무성母, 또 빚쟁이구나 싶어 아무 말 안 하는데, 다시 오는 전화.

무성 에잇! (전화를 꼬나보다 받는다) 누구쇼!.. 뭐요?.. 내가 어떻게 알아?
(무성母 힐끗 보더니 안방으로 문 닫고 들어간다)
무성母 (돌아보지 않는다. 부엌에서 미숫가루 타고 얼음 넣는)
속에서 얼마나 천불이 나면.. 야차보다 무서운 게 빚쟁인데..
무성 E 너야말로 콩밥 먹여줘? 얻다 대고 협박이야! 이런 씨!
시목 E 협박이요? 협박이라고 했습니까?

무성母, 얼음 젓는 손, 빨라진다. 수저와 컵, 얼음이 부딪히는 소리가 커질수록, 무성의 욕과 고함이 묻힌다. 뭐라 소리는 지르는데 내용은 안 들린다.

무성母 E 듣지 않았어.. 들었어야 했는데, 들었어야..

20. 찜질방 건물/옥상 계단 - 낮

무성母 싸우고 욕하고 허구헌 날.. 그래도 들었어야 했는데..
여진 (어깨라도 어루만져주는)
시목 상대가 누군진 모르세요?

무성母 (고개 젓는) 그치만, 빚쟁이는 아녔던 거 같아요.
여진 왜요 어머님?
무성母 만나러 나가더라고요.
여진 그날 밤에요? 전화 끊고 바로요?

21. 무성의 집/현관 - 밤 (무성母의 회상)

무성母, 미숫가루 들고 현관에 서성인다.
무성, 코트에 면바지로 갈아입고 대충 구두 꿴다. 머리는 빗어 넘겼다.

무성母 (미숫가루 내미는) 이거
무성 (됐다는 손사래) 기다리지 말고 주무세요. (나간다)
무성母 껌껌해, 일찍 와!

무성母, 얼음 물방울 송송 맺힌 미숫가루 본다.
자기가 먹을까 입으로 가져가다 안방으로 들어간다. 금방 다시 나오는데, 빈 손이다.

무성母 E 금방 왔어요, 오래 안 있었어.. 와선 기분이 안 좋은지..

22. 찜질방 건물/옥상 계단 - 낮

무성母 바로 지 방으로 가선.. 내가 담 날 일찍 나오느라 애를 못 봤어.
밥만 차려놓고 ... 그게 끝이었어.. 국이 식었을 텐데..
여진 (조심스런) 전화 온 게 몇 시쯤이었는지..
무성母 (이젠 까마득한..)
여진 TV 보셨다고 했죠? 무슨 프로였는데요? 드라마? 오락?
무성母 드라마는 끝났었고..
여진 예. (전화하며 일어난다) 어 김순경, 잘 있었어?

나 통화내역 좀 추적해줄래? (계단 올라가 옥상 철문으로 나간다)

시목　1월 16일 전에 집에 들어온 사람 없었나요? 택배나 검침, 잠깐이든?

무성母　아뇨, (무의식중에 고개 들어 시목 보지만 곧 외면)
혹시나 쳐들어올까 봐 속 끓이던 때였는데요.

시목　박무성씬 빚더미만 남기고 갔는데 정말 그렇게 절절하세요?

무성母　(퀭해서 쳐다본다)

시목　그런 분이 사망 당일 바로 상속 포기를 합니까?

여진　검사님! (어느새 들어와 선. 얼른 내려온다) 무슨 소릴 하는 거예요?

시목　빚 변제받을 궁리부터 했잖아요? 본인 집은 지키고?

여진　아니, 진짜!

시목　동생분께선 그날 잔치 같은 건 없었다던데요.
사건 발생 시각에 어디 계셨죠?

여진　같이 계셨잖아요! 집에 오는 길에 만났다면서요!

무성母　동생이 아니라... 남에 잔치였어요. 일해주러 가서..

시목　거기 연락처 주시죠.

여진　검사님!

시목　연락처, 주시죠.

23. 동/이면도로 - 낮

시목 건물에서 나와 차로 오고, 여진 쫓아온다.

여진　미쳤어요? 이 세상엔 할 말 못할 말이란 게 따로 있는 거예요!

시목　부모가 자식 죽이고 자식이 부모 찌르는 세상이죠. 지금은.

여진　제대로 걷지도 못하는 노인이 자식 옷 주워 입고 블랙박스 피하려고
담을 타 넘어요? 이럴 거면 범인 잡아서 뭐해요!

시목　범인은 잡는 겁니다. 잡아서 뭘 하는 게 아니라.

여진　죽은 사람만 희생자가 아녜요. 범죄로 상처받은 사람이 다 희생자라구요,
뺑소니 당해서 쓰러진 사람을 그 뺑소니 잡겠다고 또 치고 지나간 거라고요,
검사님은. 모르겠어요?

시목 　친족살인 43% 증가, 친족 간 폭행 1300% 증가, 지난 20년의 수치입니다. 가족이 죽었다고 누구나 다 상처 입진 않아요. (차 탄다. 출발)

여진 　뭘 먹고 자라면 사람이 저렇게 되지?!.. (쏴보다 건물로 다시 간다)

24. 찜질방 - 낮

무성母 　(사람 득실득실한 구석에 쪼그라져 있는데)

여진 E 　어머님!

무성母 　(놀랄 힘도 없는) 아 깜짝이야..

여진 　(방긋 웃는다. 어느새 찜질방 옷으로 갈아입은)

25. 동/식당 - 낮

함께 밥 먹는 여진과 무성母. 무성母, 밥술을 잘 못 넘긴다.

여진 　... (밥 그릇 미는) 아 사 먹는 음식 못 먹겠다, 질려.

무성母 　어쩌나, (이 와중에 자기 밥 내미는) 이거라도..

여진 　어머니 저 집밥 좀 먹게 해주세요, 네? 네?

무성母 　(웅?) 여기서?

26. 여진의 집/옥상 - 낮

여진 E 　아이고 도리어 민폐네, 죄송해요, 제가 이러고 살아요!

옥상 계단으로 무성母 엉덩이 밀고 올라오는 여진.
다리 안 좋은 무성母, 올라오는 건 큰일이지만 일단 올라오니 시야는 뻥 뚫렸다.

여진 (옥탑방 문 연다) 들어오세요.

27. 동/옥탑방 - 낮

마루와 부엌에 단칸방 구조. 방은 미닫이문으로 구분돼 있지만 훤히 다 보인다.
여진, 무성母 짐 가방을 아예 방 안 옷장에 깊숙이 넣는다.
틀 없이 매트만 깔아 놓은 침대에 이불도 바로 누울 수 있게 젖혀놓는다.
가뜩이나 좁은 방 안을 큼지막한 책장들이 차지했다.
책장 안에는 커버를 씌운 만화책들이 빼곡하게 진열되어 있고,
벽에는 여진이 직접 그린 만화 관련 일러스트가 몇 장 붙었다.
여진, 다시 마루로 나와서는,

무성母 (어정쩡히 섰다가 만화며 삐뚤빼뚤 일러스트 보고) 애가 있나 봐요?...
여진 에? 어떻게 아셨어요? 얘들(만화)이 제 애들인데.
무성母 (무슨 말인지 모르는)
여진 저녁거리 이 안에 (냉장고) 있구요,
저 오늘 늦으니까 제 밥은 하지 마세요.
무성母 저기
여진 (무성母 어깨 눌러 앉히고) 쉬세요. 여벌 열쇠 여기요!
(열쇠 놓고 뭐라 하기 전에 바로 나가는)

28. 동/옥상 - 낮

여진 (신발 꿰차고 나가며 창문 안 넘겨보는데)
무성母 (구부정히 앉은 뒷모습이 너무 작다)
여진 ... (일부러 더 기운 내서 계단 내려간다)

29. 서부지검/로비 - 낮

시목, 로비 가로지른다. 지나가는 사람들, 열에 아홉은 돌아본다. 다시 울리는 시목의 핸드폰. 시목 걸음 멈추고 받자마자,

3부장 F　당장 튀어와!!

30. 동/3부장 검사실 - 낮

시목　(열중셧 자세로 선)

3부장　어디서 함부로 수사 중인 사건을 방송 나가 떠들어 떠들긴! 정신머릴 얻다 팔아먹었어!

시목　죄송합니다.

3부장　이게 죄송하단 태도냐? 니 눈엔 동료들이 다 개똥으로 보이니? 싸잡아 빙신 만든 소감이 어때? 기수열외 한번 시켜줘!

시목　죄송합니다.

3부장　일 벌여놓고 죄송하면 다야? 경위서 써!

시목　네. (목례하고 나가려면)

3부장　어딜 가? 여기서 써!

시목　네. (돌아온다. 부장의 볼펜, 종이 가져가 부장 책상 귀퉁이에 종이 대고 몸 구부리고 쓴다)

부장　(바로 앞에 텅 빈 소파, 탁자 봤다가 시목 본다. 뭐 이런 놈이?)

31. 동/복도 - 낮

시목, 3부장실에서 나오면 계장, 호들갑스럽게 뛰어온다.

계장　거거검사님!

시목　차장님이요?

계장　예.. 어떡해요, 화 많이 나신 거 같던데..

시목　까라면 까야죠.

32. 동/차장검사실 밖 비서실 - 낮

시목, 밖에 앉아 대기한다. 시간 흐르는데 차장검사실 문 열릴 줄 모른다.
무료하지만 묵묵히 기다리는 시목 위로,
복사하고 업무 보고 바삐 움직이는 비서. 흐르는 시간. 그렇게 한참 후,

비서　(받던 전화 끊는. 시목에게) 오후에 다시 오시라는데요.
시목　... (일어난다)

33. 동/시목의 검사실 - 낮

꽃바구니와 난 화분이 은수가 쓰던 빈 책상에 놓였다.
'국민의 한 사람 - 응원하고 지지합니다' '힘내세요 화이팅!' 등의 리본 달렸다.

시목　(들어오면)
실무관　(제 것인 양 뿌듯해서) 꽃집 차려도 되겠죠, 검사님?
시목　(꽃은 안 보고 책상 본다. 파일이 오늘따라 엄청나게 산더미다)
실무관　옆방 휴가 갔다고, 나눴다는데도 이러네요, 나누기나 한 건지.
시목　(재킷 벗고 일 시작한다)
실무관　식사하러 안 가세요?
시목　(메신저 보는) 아직 공지가 안 왔네요. 먼저 가요.
실무관　맛있게 드세요. (나간다)
시목　(일하다 메신저 보는데 아무것도 없다. 시계 본다. 12시 좀 넘었다)

34. 인근 밥집 - 낮

점심시간에 몰린 넥타이 부대로 와글와글한 식당.
시목, 혼자 들어온다. 입구 바로 옆 딱 하나 빈 4인용 테이블에 앉아 주문하려는데,
신발 벗고 들어가는 안쪽 자리에 3부장, 동재를 비롯한 형사3부 검사들이 쫙 앉았다.

시목 .. 동태찌개 하나요.

동료들도 시목 봤다. 하지만 하나같이 모른 척한다.
맨 끝자리 은수만 좌불안석이다.

종업원 (여자손님들 데려와 붇기도 전에 앉히며) 손님 죄송한데 같이 좀요.

같이 온 여자 둘이 앞에 앉아 수다 떨기 시작하자 시목이 꿔다 놓은 보릿자루 꼴이다.
이 모습 흘끔흘끔 돌아보는 형사부 동료들.

검사1 (부장 안 들리게) 왜 내가 더 불편하냐.
검사2 그러게요, 저 같으면 나가겠어요...
은수 (듣고도 못 듣는 척해야 하는 입장, 너무 곤란한데)
동재 (검사1에게, 그러나 부장 들으라는) 이따 다른 채널에서도 또 한다메?
검사1 예? 예, TV에서 후암동 특집 한다고...
동재 국물도 안 남게 생겼네. 불난 데 석유를 질러놨으니.
3부장 (입 닥치라는 듯 국그릇 탁 내려놓으며) 어, 국물 시원하다.
검사1 끝내주네요, 부장님. (얼른 입 다문다)

시목, 찌개가 나와서 먹는데,
안쪽에서 식사 끝내고 우르르 일어나는 동료들.
시목 자리가 하필 입구 옆이라 모두 그 옆을 지나는데 완전 무시한다.
막내 은수가 법인카드 결제하느라 제일 뒤다.

은수 (우물쭈물하는데)
시목 여기 나물 좀 더 주세요.
은수 (눈치 보다 그냥 간다)
시목 (담담히 먹는다. 찌개 국물에 밥도 말고...)

35. 서부지검/복도 - 낮

시목, 자판기에서 커피 뽑는데 동전이 부족하다. 주머니 뒤지는데, 뒤에서 대신 동전 넣어주는 손, 은수다.

시목 (무표정하게 눈인사)
은수 죄송해요. 제가 공지 담당인데 못 돌렸어요.
시목 나한테 말 걸면 안 돼. (커피 꺼내서 혼자 창가로 간다)
은수 상관없어요, 너무 유치해서 돌아버릴 지경이니까. (따라와 옆에 서는) 누가 믿겠어요, 이 안에 사람들이 이러고 노는지.
시목 ...
은수 감사합니다.
시목 너 보라고 한 거 아냐.
은수 그래도 감사해요.
시목 (안 보고 그냥 끄덕)
은수 황검사님 면접, 저희 아버지가 보셨다면서요? 빵점을 줘야 할지, 만점을 줘야 할지 헷갈리는 연수생으로 기억하시더라구요.
시목 만점이었어.
은수 어떻게 알아요?
시목 내가 면접관한테 드린 점수.
은수 (헛!) 어쩜 좋은 말도 그렇게 본인 위주로 해요? 그러니까 따돌림당하죠.
시목 난 계속 빼줘. 점심 한 낀 내 맘대로 먹자고.
은수 (이젠 이런 반응 놀랍지도 않다) 공지 보내드릴게요, 식당 안 겹치게.

시목 (전화 진동 울린다) 좋을 대로. (받는) 네.

여진 F 3270-4575, 많이 들어봤죠?

시목 네?

여진 F 박무성씨가 죽기 전날 받았다는 전화, 11시 07분, 서부지검 민원실에서 건 거예요.

시목 여기 민원실에서 박무성한테?

은수 ?!

여진 F 친족살인 의심하기 전에 본인 직장부터 챙겨보시죠?

시목 (전화 끊는다. 바로 뛰어간다)

은수 왜요? (잡는) 박무성이 뭐요?

시목 (손 치우고 가며) 박무성이 죽기 전날 전화로 협박을 받았어.

은수 그 전화가 우리 민원실이란 거예요?!

시목과 은수, 걸음 빨라진다.

36. 동/총무과 - 낮

민원실 직원 이게 4575번인데요.

시목과 은수에게 구내전화 보여주는 민원실 직원.
민원인으로 붐비는 책상 한가운데 있는 전화.

은수 검사님. (위를 보고 있다. 가까운 곳에 CCTV 카메라 있다)

시목과 은수, 누가 먼저랄 것 없이 간다.

37. 동/관리실 앞 복도 - 낮

관리실 직원 원칙상 보관 기간이 60일이라 폐기됐는데요..

은수　60일에서 겨우 며칠 지났을 뿐이잖아요, 남은 게 있을 거예요.

관리실 직원　그게 원칙은 60일인데.. 민원실이 사건 사고가 나는 데도 아니고 해서

시목　(O.L) 원칙은 60일인데 그래서요?

관리실 직원　그동안 문제 된 적도 없고 해서

시목　그래서요?

관리실 직원　보통.. 15일이요. (얼른) 근데 진짜 문제 된 적은 한 번도 없었어요!

은수　(시목 본다)

시목　.. 사고라는 게 원래 1분 1초마다 매번 계속 발생하지 않습니다.
문제없다고 괜찮다고 원칙 무시하다가 어느 날 쾅!
배가 가라앉고 건물이 무너지는 겁니다.
(관리실 직원 일별하고 자리 뜬다)

관리실 직원　(뒤에서 궁얼) 원칙대로 했어도 지났구만, 인제 와서...

은수　(따라가는) 사건 직후에만 왔었어도 아, 검사님 때문이란 게 아니고..

시목　...

은수　(따라오다 멈춘다) 어딘가엔 남은 게 있을 거예요.
민원실로 순간이동 한 게 아니면 가다가 근처 복도에서 찍힌 거라도.
찾아볼게요! (도로 관리실로 간다)

시목　.. (가는데)

은수　검사님!

시목　(보면)

은수　그 사람이 정말 범인이라고 생각하세요?
박무성이 마지막으로 만난 사람이?

시목　범인이 아니라 용의자야. 자기 번호 감추려고 구내전화를 이용한
용의자, 살아 있는 박무성을 마지막으로 본 용의자. (간다)

은수　(잠시 지켜보다 관리실로 들어간다)

38. 동/지하주차장 - 낮

차 안에서 뭔가를 집중해서 들여다보고 있는 시목 보인다.

39. 동/시목의 차 안 - 낮

시목, 태블릿으로 동영상 파일 보는 중.
익숙한 화면, 블랙박스에 찍힌 무성 집 앞 골목이다.
시목, 이리저리 시간대 스크롤바를 옮긴다. 특정 시간대를 찾고 있다.
그러다가 동작 멈추고 집중한다.

〈동영상 화면〉
무성 집 앞 골목. 택시 블랙박스에 찍힌 각도는 똑같은데, (사건 전날)밤이다.
화면 속에서 무성이 집에서 나오고 있다.
S#21의 무성母 회상과 같은 재킷에 면바지, 구두 차림이다.
무성, 블랙박스 댁시 옆을 지나 화면에서 벗어난다.
시목, 무성이 집에서 나온 시간 체크하면, 11시 16분.
시목, 동영상을 32배속 재생한다.
빠르게 흘러가는 영상, 그러다 다시 무성이 나타나자 재빨리 멈춘다.
시간 확인하면 11시 48분이다. 다시 재생하면,
무성, 집으로 들어가는데 그 직전, 뭔가를 길에 버린다.
시목, 버리기 직전으로 돌려서 멈춰놓고 확대하면, 아이스 음료용 플라스틱 컵이다.
그 전후로 계속 영상을 돌려보면,
커피 빨아먹던 무성이 어쩌다 손을 돌리자 컵 표면에 찍힌 로고가 잡힌다.
그런데 흔한 프랜차이즈 커피점 로고가 아니라 처음 보는, 토끼 모양 로고다.
인터넷 검색창에 '커피, 토끼, 용산구' 치고 검색하는 시목.

시목 (혼잣말) 토끼..... 토끼.....

이리저리 뒤지지만 좀처럼 정보를 얻지 못하고....
태블릿에서 눈을 떼고 피곤한 눈을 손가락으로 꾹 누른다.

시목 .. 16분에 나가서 48분에 귀가, 왕복 32분.. 이 밤에 나가서 32분..

(시동 켠다. 주차장 빠져나간다)

40. 무성의 집 앞/골목 - 낮

시목 차 와서 선다. 무성 집 대문으로 와 서는 시목, 전화 꺼내 스톱워치 켜고, S#39의 영상 재생시킨다. 영상 속 무성이 대문에서 나와 내딛는 걸음과 같은 속도로, 화면에 맞춰서 한 걸음 한 걸음 내딛는 시목의 발.

시목 E　왕복 32분이면 집에서부터는 16분 거리...

화면 속 무성과 현재의 시목, 같은 걸음, 모양, 속도로 걷기 시작한다.
택시가 섰던 곳을 지나 무성이 영상에서 사라지면, 영상 내리고 걷는 시목.

41. 인근 골목 - 낮

블랙박스 영상 속 무성처럼 느리지도 빠르지도 않게 가는 시목, 간혹 스톱워치 본다.
갈림길 나오자 둘 중 좀 더 넓은 길로 들어서는 시목.
(그 뒤로, 영상과 같은 차림의 무성이 시목과 비슷한 속도로 길에 들어선다. 현실의 시목과 가상의 무성이 마치 앞뒤로 함께 가는 듯)
가게 앞을 스치고 어린이놀이터를 지나고 오르막길, 내리막길을 오르내리고..

42. 동네 일각 - 낮

시목, 스톱워치 보며 걷는다. 스톱워치가 16분이 되자 딱 멈춘다.

시목 E　여기까지가 박무성의 보폭으로 16분 안에 올 수 있는 최대 거리.

주위 둘러보면, 옆에 작은 교회가 보인다.
태블릿 꺼내 포털 사이트에서 지도 켜더니,

1. 교회를 기준으로 현재 위치에 출발 표시를 갖다 놓는다.
2. 후암동 75-3을 입력해 무성 집을 찾는다.
3. 지도를 축소하면 한 화면에 현재 위치와 무성 집이 모두 나온다.
4. 메뉴에서 〈반경〉 아이콘 클릭. 무성 집에서 시작해 현재 위치까지 쭉 이으면, 무성 집을 중심으로, 현재 위치까지를 반지름으로 하는 큰 보라색 원이 그려진다.
지도상 반경 표시에는 도보로 13분이라고 표시된다.
무성 집에서 도보로 반경 13분 안에 있는 전 지역이 보라색 원으로 표시된 것이다.

시목, '커피'라고 치고 '화면 내 장소 검색' 누르면,
보라색 원 안에 수십 개의 카페가 뜬다.

43. 동네 골목 + 카페. 몽타주 - 낮

- 시목, 골목마다 있는 여러 카페를 하나하나 들락거린다.
- 여러 카페 안. 아이스커피 컵에 로고 확인하는 시목.

44. 인근 골목 - 낮

시목, 지도 보고 또 다른 카페를 찾아오는데,
카페에서 나오는 여자 손에, 블랙박스 영상에서 본 토끼 모양 로고 컵이 들렸다.

주인 E 1월 15일이요?

45. 토끼 카페 - 낮

주인 (카운터에 선) 1월 15일이면 (핸드폰 캘린더 보려는)

시목 64일 전이죠.

주인 아, 그렇게 오래전은.. (고개 젓는다)

시목 여기 CCTV 보관 기간은,

주인 보름이요. 턱도 없죠? (웃는)

시목 (어딜 가나 죄다..)

주인 자정 무렵이면 그때 알바하던 애가..

카페 손님 중, 시목 보며 수군대는 이들이 있다.
'아침 TV에' '맞아 맞지?' 하더니 자기들 사진 찍는 척하면서 시목 사진을 찍는다.

주인 (그 소리 들리지만 무슨 소리인지 모르는) 민성이었나, 그때 알바가?

시목 연락처 알 수 있을까요.

주인 잠시만요. (번호 검색해 전화하는데 안 받는다. 끊고 문자하며)
제가 먼저 얘기해보고 (시목 명함 보는) 연락드릴게요.

시목 급한 일이라서요.

주인 그러신 거 같긴 한데, 함부로 남에 전화 가르쳐드리긴 좀.
톡도 남겼으니까 금방 연락 올 거예요. 바로 전화드릴게요.

시목 (카드 낸다) 아이스 아메리카노 하나요.

주인 예? 예.

시목 (주인 바로 앞 테이블에 턱 받치고 앉는다)

주인 (커피 만들며) 근데 아무리 젊은 애라도 두 달 전 손님을 기억할까?..

시목, 빤히 보고 있으면 주인, 한 손으로 다시 전화해본다. 역시 안 받는다.
카운터에 쌓인 컵에 토끼 보는 시목, 실내 둘러본다.
여기 어디에 무성이 누구랑 앉았을까..

〈시목의 상상〉
카페 구석진 자리에 나타나는 무성. 그 앞에 얼굴 안 보이는 어떤 남자의 뒷모습.
얘기가 틀어져 남자에게 화내는 무성,
뒷모습의 남자를 뚫어져라 보는 시목...

시목 E 누구를 만났을까..

46. 한조그룹 사옥/외경 - 저녁

최첨단 빌딩 앞에 태극기와 그룹 깃발이 펄럭인다.

47. 동/회장실 - 저녁

책상에 〈회장 이윤범〉 명패를 둔 윤범, 소파에 잔뜩 기대앉았고,
그 옆에 앉은 이, 창준이다.
TV 화면엔 아침 방송에 나온 시목이 보인다.

윤범 얼굴이며 키며 저노마는 우리 사위한테 한참 못 미치는데 말야.
창준 ...
윤범 하나 넘치는 게 바로 머리네 머리. 새까만 부하한테 선수를 뺏겼지만 뭐 어쩌겠어. 부하보다 딸리는 상관도 있는 법이니.
창준 (자존심 누르고) 죄송합니다, 아버님.
윤범 죄송이야 본인한테 죄송해야지. 전국구 스타가 될 수 있는 길을 스스로 차버렸으니. 서부지검이 지금처럼 흔들릴 때 이서방이 먼저 전국 방송에 치고 나갔어봐, 내가 다 젊어진다, 허나 반드시 잡는다, 서부지검 차기 검사장 이창준일 믿어달라!...
청와대 부름을 받아도 벌써 받았어!
창준 죄송합니다. (TV 속 시목 쏘아본다) 제가 신속히 처리하겠습니다.

윤범 무슨 처리? (TV 끈다) 복안은 있고?

창준 감사를 받아야 될 사항으로 항명했으니 중징계가 마땅합니다.

윤범 (묘한 표정이 되는) 이서방, 내 뭐 하나 물을라니까 너 확실히 대답해라, 박사장, 니 작품이야?

창준 아버님!

윤범 니 작품이야?!

창준 아닙니다!

윤범 ... 선전포고를 했으니 누굴 잡나 보자고.
이건 뭐라도 잡아야 끝날 게임이야. 내버려둬.

창준 하지만 아버님,

윤범 이 판국에 저노마를 치는 건 제 살 물어뜯기야. 저놈도 그걸 아니까 치고 나간 거고. 졸로 전락했다고 아예 졸로 움직일 테야?

창준 (말하려는데)

윤범 판을 뒤집을 길은 하나야. 분칠할 놈 섭외해.

창준 !

윤범 범인 만들어, 증거를 흘려, 황검사란 놈이 냄새 맡게 하고 막바지에 몰린 범인은 투신, 그걸로 극장 끝. 진범이 누구든 이 바닥 놈이면 생포는 안 돼. 살아서 잡히면 박사장이랑 연관된 인간들 다 나불댈 거야. 사위 잘못 얻어서 아무 상관없는 나까지 치욕당하는 일이 생기면 그땐 내가 먼저 자네 목을 칠 테니까!

창준 그럴 일 절대 없습니다, 믿어주십쇼, 아버님!

윤범 만에 하나 우리가 분칠시킨 놈이 진범 아닌 걸로 들통나도,
TV 나와서 호언장담한 검사가 눈 뻘게서 한 짓으로 해.
엉뚱한 사람 잡고서 한 번은 몰라도 두 번은 못 빠져나가.
스타 검사? 국민쌍놈 되는 거 한순간이야.

창준 .. .. 섭외, 하겠습니다.

윤범 이번엔 실수 없이 해.

창준 이번이라뇨?

윤범 (갑자기 딴소리) 영일재 쓰러진 거 알고 있나? 누가 사진 올렸두만, 난 못 알아볼 뻔했네, 사람이 어떻게 3년 새 그렇게 늙나?

창준 (조용히 분노 삭이는..)

윤범　장관 하다 끌어내려지는 사람 한둘이야? 다른 사람은 다 극복하는데, 영일재 혼자 지지리 궁상, 그릇이 그것뿐인 거야. 작아, 사람이.

창준　그릇이, 작습니다..

윤범　(일별하는데, 믿는지 안 믿는지 알 수 없는 눈빛)

창준　...

48. 동/비서실 - 밤

창준, 회장실에서 나온다. 비서인 우실장, 공손히 인사. 차장은 보지도 않고 나간다.

49. 병원/4인실 - 밤

머리가 하얀 영일재 누웠고, 사건 파일 보면서 간병도 하는 은수가 옆에 앉았다.

일재　좀 줘봐. 심심해서 그래.

은수　그냥 잡범이에요,

일재　세상에 그냥 잡범은 없어.

은수　피곤하게, 쉬시지. (하면서도 파일 주고 안경까지 씌워준다)

일재　(읽는) 음 요즘 조서는 이렇구나.

은수　옛날 조서랑 달라요?

일재　똑같애.

은수　핏. (그런 아빠를 좀 측은하게 보는데)

50. 동/복도 - 밤

병실 앞. 열린 문으로 보이는 일재와 은수의 모습, 파일 짚으며 얘기도 하고.

정답다.
그 모습을 지켜보고 있는 창준.

Insert〉 - 법대 정문 위에 걸린 현수막 - 〈영일재 교수, 법무부 장관 취임〉
그 밑에서 꽃다발 들고 감동 어린 표정으로 플래카드 올려다보고 서 있는
4년 전 창준. 마치 제가 장관이 된 양 뿌듯하다. 법대로 들어간다.

... 창준, 목례하고 자리 뜬다.

51. 동/4인실 - 밤

은수 뭔가를 본 듯해 고개 돌리면, 이미 사라진 창준.
은수, 일어나려 하다가, 설마.. 도로 앉는다.

52. 선술집 - 밤

창준 혼자 술 마시는데, 용산서장이 들어선다.
서장이 와 앉으면, 창준이 술 따라준다.

서장　여기도 간만이다? (바로 마시고) 장인한테 깨졌구나?
창준　(콧방귀)
서장　그러게 인마 나같이 그냥 고향 여자랑 살지.
창준　나도 따지고 보면 고향 여자야.
서장　어이구, 이젠 처가 따라서 고향까지 조작하냐?
창준　.. 사람도 만들어낼 판에 고향 정도야.
서장　(창준 눈빛에 목소리 낮아진다) 아침에 방송 나간 애 땜에?
창준　...
서장　결론이 뭔데.
창준　.. 피할 수 없으면 즐겨라, 막을 수 없으면 올라타라.

서장　?... 황검사란 애? 올라타서 잡아먹으라고?
창준　음, 어떻게 올라타냔데...
서장　뭐 어려워, 앉은 방석만 들쳐도 먼지 수북일 텐데.
창준　그놈은 깔고 앉은 방석 자체가 없어.
서장　내 평생 그런 놈은 없던데? 뭐든 꼭 하난 있어.
잘 찾아봐. 귀신 아니고서야 한 방에 보낼 수 있는 게 반드시 있어.
창준　.. (눈빛 짙어진다)

Insert〉 - 한성 설악 리조트 객실. 창준이 문 열면, 복도에 서 있는 미모의 여자.

창준　(그 순간이 저주스럽다) .. 코밑에 사람을 심어놔도 건지는 게 없으니..
서장　(생각하다) 걔랑 친한 거 같던데. 거 있잖아 우리 서에 여자형사.
창준　여자형사?
서장　걔, 경대 나온 애. 긁어 부스럼 만든. 둘이 공조수사를 하는지.
창준　황시목이 공조를? 없는 일인데?

창준, 서장 쳐다본다. 서장도 쳐다본다. 말 안 해도 통하는 눈빛.

53. 시목의 집/거실 - 밤

시목, 거실 탁자에 일거리 벌여놓고 한참 일하는데, 전화 온다.

시목　(발신자 보더니 바로 받는다) 알바생 연락됐습니까?
카페 주인 F　아 예, 얘가 자고 있었다고, 내일 카페로 5시까지 오기로 했거든요?
시목　감사합니다, 내일 뵙죠. (끊는다)

시목, 다시 일하는데 10초도 안 지나 또 오는 전화. 발신자, 은수다.

시목　... (받는) 네.
은수 F　검사님, 댁이세요?

시목 음.

은수 F 저기 낮에, CCTV 확인한 건 아무것도 못 건졌구요.. (말끝 흐리는)

시목 알았어. (끊을 태세)

은수 F 저기! TV에서 후암동 특집 하는데 안 보세요?

시목 음.

은수 F 보셔야 할 거 같은데요..

시목 ... (전화 끊고 TV 켠다. 채널 찾는다)

〈TV 화면〉

진행자 **담당 검사가 직접 대국민 방송을 하는 초유의 사태에 저희 제작진도 이미 예정돼 있던 본 방송의 방향성을 고민하지 않을 수 없었습니다. 그런데 말입니다, 검사가 직접 검거 의지를 밝혔던 방송이 끝난 뒤**

시목 (새로울 것 없다. 끄려는데)

진행자 **저희 제작진은 게시판에서 상당히 흥미로운 글 하나를 발견했습니다.**

시목 ?

TV 화면 **(게시판 보여줬다가 다시 진행자 나오는)**

진행자 **오늘 타 방송사의 특집 방송으로 실시간 검색 1위에 오른 서부지검 황시목 검사와 중학교 때 동창이었다는 제보자가 올린 글입니다. 이 글은 그가 기억하는 황검사가 학창 시절 매우 폭력적이고 이유도 없이 급우들을 공격했으며, 그로 인해 퇴학 조치를 당했다는 충격적인 내용이었습니다. 제보자는 처음엔 제작진의 인터뷰를 거부했지만, 진실을 알려야 한다며 감사하게도 인터뷰에 응해주셨습니다.**

시목 ....

TV 화면 **(야구모자 눌러쓴 남자, 모자이크 처리돼 나타난다)**

남자 **(목소리 변조) 완전 싸이코였죠, 애들 그냥 막 때리고, 아직도 기억나는 게, 교실에 샌가? 뭐가 들어왔는데 옆에 여자애가 놀라서 소릴 질렀나? 그랬더니 갑자기 걜 때려서, 여자애를요, 뭐 성공했다니까 다행인데 그런 사람이 검사라는 게 전 지금 굉장히 황당하고요, 씁쓸하죠. 역시 우리나란 공부만 잘하면 되는구나 싶고.**

54. 용산서/당직실 - 밤

컵라면과 김밥 놓고 서류 정리하던 여진, 라면 든 채로 얼음. TV에 꽂힌 시선.

TV 화면 **(목소리 변조남 계속) 선생님 보는 앞에서 반 애 손가락을 분지른 적도 있다니까요? 오죽하면 다들 싸이코라고 했겠어요?**

여진 !!

진행자 E **저희는 사실 여부 확인을 위해 담당 검사의 모교를 찾아갔습니다.**

55. 시목의 아파트/거실 - 밤

TV 화면 **(뿌옇게 모자이크 처리된 중학교 건물)**

진행자 E **학교 측은 인터뷰를 거부했으나, 황시목 검사가 중학교 2학년 당시 학업을 중단한 것은 사실이었으며 다만 퇴학이 아닌 자퇴가 사유임을 확인할 수 있었습니다. 또한 초등학교 시절부터 많은 학교를 거치며 수시로 전학을 다닌 기록도 확인할 수 있었습니다.**

진행자 **(화면에 나타난) 흥미로운 건 이 시기 전학은 가도 집의 주소지는 안 바뀐 경우도 있었다는 겁니다. 이사를 안 했는데 전학은 갔다, 이는 황검사가 폭력 문제로 여러 학교를 전전해야 했다는 반증이 아닐까요? 물론 사람은 노력 여하에 따라 변할 수 있습니다. .. 하지만,**

TV 화면 **(시목이 나온 아침 방송 화면/시목 얼굴 모자이크)**

진행자 E **제보 내용으로 보아, 분노조절장애가 아닐까 의심해보지 않을 수 없는 사람이 집행관이 되어 무고한 서민을 자살케 했음에도 단 한 번의 방송 출연으로 정의구현의 표상처럼 떠오른 이 현상을 어찌 해석해야 할까요. 저희 제작진은 좀 더 확실한 검증을 위해 황검사의 가족에게 문의를 시도했습니다.**

시목 !

TV 화면 **(아파트 현관 입구가 몰카로 찍은 것처럼 비스듬히 잡혔다)**

남자(계부) F **(인터폰 소리) 돌아가라니까요! 걔는 글쎄 치료가 다 됐어요!**

진행자 **들으셨습니까? 왜 치료라는 표현을 썼을까요? 가족은 만날 수 없었지만 저희는 이 점에 주목하지 않을 수 없었습니다. 혹시 무슨 질병**

시목 (TV 끈다. 일어난다)

56. 아파트 입구/시목의 차 안 - 밤

아파트 주차장을 빠르게 빠져나가는 시목의 차.

57. 다른 아파트 단지 - 밤

시목, 벤치에 앉아 있으면, 시목母가 내려온다. 평상복 차림임에도 도도한 느낌.
시목, 일어난다. 시목母가 앉으면 그제야 앉는다.

시목母 올라오지 않고.

시목 왜 말씀 안 하셨어요. 댁에까지 찾아온 거.

시목母 나까지 호들갑 떨 일 있니.

시목 시끄러우셨겠네요. 죄송합니다.

시목母 내가 없을 때였어. 그 바람에 안 해도 될 말을, (혀를 찬다)

시목 (아파트 입구에 계부가 이쪽을 감시하듯 살피는 것 포착한다)

시목母 악의적으로 나왔던데 괜찮겠니?

시목 허위사실은 아니니까요.

시목母 그걸 말이라고 해? 해고되면 어쩌려고? 보통 직장도 아니고, (생각할수록 분한) 어떤 쫌팽이가 20년이나 지난 걸! 누군지 몰라? 그러게 왜 TV 같은 델 나와선, 제발 좀 조용히 살라고 했잖아!

시목 ...

아파트 주민이 옆을 지나간다.
순간 움찔하는 시목母, 무의식중에 얼굴 가린다.

시목 .. (일어난다) 또 오면 저 모른다고 하시고 신고하세요.
전 상관없으니까.

시목母 (일어나는.. 뭔가 말은 해야겠는데..) 귀 아픈 건, 여전해?

시목 괜찮아요, 이제. (목례, 자리 뜨는데)

시목母 .. 얘!

시목 (보면)

시목母 느이 아버지는 뭐래니?

시목 언제 들어오셨어요?

시목母 너도 몰라? 허, 어쩜 평생 나한테만 맡겨놓고, 저는 잘못 없어?!
책임감이라곤 약에 쓸래도 없는 인간!...

시목 ... 들어가세요. (계부 쪽 눈짓하는) 아까부터 기다리시는데.

시목母 (그제야 보고) 어머 저이가 왜, (당황해서 시목 보면)

시목 (이미 뒷모습 남기고 떠나는)

시목母 .. 생일 때 와!

시목, 그냥 가고, 시목母, 안타까워 지켜보는데, 계부 온다.

시목母 왜 나와 있어요?

계부 어떻게 당신만 내보내, 가뜩이나 방송 땜에 눈 뒤집혀서 왔을 텐데.

시목母 당신까지 왜 이래요!

계부 싸이코라며 저런 애들은 피붙이고 애미고 없어.

시목母 그런 거 아니라고!

시목, 뒤에서 하는 두 사람 대화 들린다. 구부정히 간다.

58. 시목의 아파트/거실 - 밤

일하던 것 그대로 펼쳐진 어두운 거실. 시계, 1시가 넘었다.
현관 열리는 소리. 시목 들어온다.
지친 걸음. 불도 안 켜고 그대로 소파에 내려앉아 눈 감는다.

그러다 목말라 눈 뜨는데, 냉장고 보지만 천릿길처럼 느껴지는 거리.
방법 없다. 일어나 냉장고로 가 물병 꺼내는데, 갑자기 귓속에서 울리는 삐이! 소리.
뭘 어쩌기도 전에 순식간에 커지는 소리. 시목, 물병 놓치며 머리 감싼다.
칠판을 쇠로 긁는 소리가 최고조에 달해 시목이 소리 없는 비명 지르는 순간, 눈앞이 하얘진다... 화이트아웃.

59. 여진의 집/옥상 - 밤

배낭 메고 옥상 올라오는 여진, 평상에 내려앉는다.

여진 (뻐근한 목 주무르다 대자로 눕는다. 하늘 보는..)
사촌이 유명해지니까 배 아픈 거지 싸이코는 무슨.. (눈 감는데) ...

Flashback〉 - 2회 S#47. 무성의 집/마루 - 밤
시퍼런 플래시 빛 속에 칼 쳐든 시목.
눈앞의 어둠이 철천지원수라도 되듯 사정없이 찌르고 또 찌르는 칼!
거친 숨소리, 살기로 번뜩이는 시목의 눈!

여진, 살벌한 기억에 눈 뜨는데 시커먼 게 바로 위에서 내려다보고 있다.

여진 악!!
무성母 (더 놀란) 왜요?!
여진 아, 어머님...
무성母 나 땜에 여서 자는 거예요?
여진 아뇨, 여기서 자긴요, 입 돌아가게, 아 어머님,
(배낭에서 소주와 과자 꺼낸다) 한잔? (꺾는 시늉)
무성母 아이고.. 잠깐만요. (들어간다)
여진 (소주 따고 과자 풀다가 멈춰지는 손... 생각 떨치려 고개 턴다) 에이!
무성母 (컵과 반찬을 쟁반 받쳐 나온다) 나물을 좀 했는데,

부엌을 내 맘대로 써서 어쩌나..

여진 (물개박수) 오! 나물! (바로 집어먹더니 무성母 덥석 잡고)
어머니 저랑 나물집 해요, 어머니 2 나 8.

무성母 (설핏, 이지만 처음으로 웃는다)

여진 자, (술 따라서) 제 첫 잔 받으시고, 한여진입니다, 잘 부탁드립니다.

무성母 ... 고마워요.

여진, 밝은 웃음으로 대신하고 잔 부딪힌다. 마시는 두 여자. 동시에 크!...
두 여자를 내려다보는 환한 달빛. 점점 커지더니,

60. 시목의 집/거실 - 밤

흰 화면. 아직도 찌잉 울리는 소리. 하지만 많이 작아졌다.
소리가 작아질수록 점점 시야가 확보된다. 엎드린 상태에서 본 거실이다.
시목 보여주면, 외출했던 차림 그대로 바닥에 엎드렸다.
물에 젖은 머리. 눈을 들면,
머리 위에, 바닥에 떨어진 물병이 똑똑 물방울을 떨구고 있다. 거의 다 쏟아진 물.
소리 완전히 사라지고.. 시목, 일어선다.
물을 내려다보다 키친타월로 닦는다. 젖은 옷도 벗으며 시계 보면 2시에 가깝다.
키친타월로 모자라 포장도 안 뜯은 행주를 찾아 묵묵히 닦는 시목.

61. PC방 - 밤

수많은 모니터. 그중 한 모니터에 빠르게 입력되어지는 내용이란,
'황시목군에게 폭력을 당한 장본인으로서 가만있을 수만은 없어 글을 올립니다.'
썼다 지웠다 하며 컴퓨터 앞에 앉은 남자, 정본이다.

'전학 후 왕따가 되어 괴롭힘에 시달리던 중 황시목군으로부터...'
라는 내용이 모니터에 새롭게 입력된다.

62. 시목의 집/계단 복도 - 아침

시목, 출근하려 집에서 나오는데,
아이 데리고 승강기 기다리던 옆집 여자, 흠칫한다.
시목, 무표정하게 앞만 보는데,
옆집 여자, 슬금슬금 아이 끌고 집으로 도로 들어간다.
아이가 안에서 '엄마 왜?' 하는 소리 들리지만 쾅! 문 닫아버리는 옆집 여자.
시목.... 혼자 승강기 탄다.

63. 서부지검/로비 - 아침

출근하는 인파. 그중에 시목도 있는데, 그가 오자 인파가 홍해 바다처럼 갈라진다.

64. 동/차장검사실 - 아침

창준은 창가 책상에 앉았고, 옆에 동재가 섰다.
(통유리창 아래 미들창, 열어놨다)

동재 이건 울고 싶은데 뺨 쳐준 정도가 아네요, 완전 절벽에서 차준 거죠.
이대로 밀어붙여 끝장내겠습니다.
창준 상상이 안 가... 황검사, 폭력, 자퇴..
동재 제가 먼저 캐냈어야 했는데, 그랬으면
창준 그랬으면, 까까머리 적 싸움 좀 한 것 갖고 협박이라도 하게?
동재 싸움 좀 수준이 아니잖습니까? 제가 늘 말씀드렸잖아요.

황프로 아주 기분 나쁜 데가 있다고요, 폭력 성향도 누가 압니까?
낮엔 기가 막히게 감추고 밤엔 뭔 짓을 하고 다니는지.

창준 어떻게 기가 막히게 감출까, 어떻게 사람이 180° 바뀔 수 있을까.
과거 얘기가 사실이면 이건 다시 태어난 거나 마찬가진데.

동재 중요한 건 안팎에서 비난이 쇄도한다는 겁니다.
이제 문책 내리실 일만 남았어요, 차장님.

창준 .. 새까만 부하한테 선수를 두 번이나 뺏길 순 없지.

동재 예?

창준 어떻게 포장하느냐에 따라 황시목이한테 엄청난 플러스야.
검사가 된 조폭, 법관이 된 문제아, 대중은 이런 스토리에 열광해.
노이즈마케팅 뒤에 대단한 콘텐츠를 품은 인물이 돼버렸어.
(차갑게 뱉는) 절벽에서 밀었는데 하필 떨어진 데가 금광이라니.

동재 조폭 출신이랑 싸이코랑은 완전 다른 차원이죠!
조폭한텐 개과천선이란 게 있지만 싸이코는 아예 그 개념이 없어요!

창준 전직은 화려할수록 좋아.

동재 대체!.. 어떻게 하실 건데요?

창준 .. ... 성매매 특별 단속이 생각보다 부진해?

동재 (왜 갑자기 그런 소린?)

창준 홍보는 당장에 뿌리 뽑을 거같이 대대적으로 하더니.
오늘부터 내가 직접 해야겠어.

동재 아닙니다, 제가 충분히 커버할 수 있습니다.

창준 파일 올려 보내.

동재 !... 차장님 왜 갑자기

노크소리. 창준이 대답하자 시목이 들어온다. 목례.

동재 (왜 지금 저놈을??)

창준 (동재에게) 15분 후에 강부장 오라고 해.

동재 ... 예. (일어난다. 목례하고 시목과 교대하듯 스치며 나간다)

65. 동/복도 - 아침

석연치 않은 얼굴로 차장실에서 나오는 동재, 복도 살피며 차장실 옆방으로 들어간다.

66. 동/차장검사실 - 아침

창준 하루 새 천국과 지옥을 오간 감상이 어때?
시목 집과 사무실을 오간 감상입니다.
창준 ... 사실인가, 전부?
시목 예.
창준 지킬이 되기 위해서 하이드는 어떻게 했어, 죽였어?
시목 ...
창준 흠, 매우 극적인 교정 사례가 될 텐데, 굳이 비밀로 하겠다면야.
시목 수술했습니다.
창준 (너무나 가릴 것 없는 대답에 도리어 당황) 수술?
시목 예.
창준 (수술이란 말에 반사적으로 몸통 보지만 곧 시목 머리로 향하는 시선)
그런 것도.. 수술이 돼?
시목 그런 게 뭔지에 따라 다르죠.
창준 .. .. 두 달 기한, 무슨 근거야?
시목 저 때문에 버린 시간이 두 달입니다.
창준 아무리 오래 걸려도 나 황시목인 지금까지 두 달 넘긴 적 없다 이거겠지,
좋아, 해보자, 잡자, 뭐가 필요해? 기수열외? 그것부터 치워줘?
시목 이미 말씀드렸습니다. 차장님 자리를 이을 수 있게 해주십쇼.
창준 지위에 이렇게까지 절절매는 인물인 줄 몰랐네.
시목 내사에서 차장님 시키신 대로 하면 됩니까?
서동재 검사를 대신 밀어내라는?
창준 내사는 무산될 거야. 내가 그렇게 만들 거니까.
시목 왜 오른팔을 잘라내려 하셨죠.

창준　잘라내야 또 신선한 팔이 자라지. 서부지검이 텅텅 비지 않는 한 내 오른팔은 무한증식이야.

시목　서검사가 차장님의 뭔가를 쥐고 있고, 직접 손댔다간 시끄러워질 것 같고, 그래서 접니까?

창준　작작하지. 네가 예뻐서 이러는 게 아니란 거 알 텐데.

시목　해보자고, 잡자고 하지 않으셨습니까.

창준　두 달, 60일, 허송세월이네. 엉뚱한 데나 찔러대고 있으니. 가서 제대로 찔러. (말 끝났다. 서류 펼친다)

시목　... (목례. 나가면)

창준　(시목 나간 쪽 쏘아보는)

67. 동/복도 - 아침

시목　(차장실에서 나오는데, 전화 진동 온다. 받는) 네. (상대 얘기 길게 듣는데)

차장실 바로 옆방에서 동재가 나오는데, 얼굴이 벌겋게 상기됐다.
동재, 시목이 아직 복도에 있자 당황도 하지만 그보다 몹시 분노했다. 가버린다.

시목　(전화) 지금 바로 가죠. (끊고 동재가 나온 차장실 옆방 본다)

68. 동/차장실 옆방 - 아침

시목, 들어온다. 중간 사이즈 정도의 회의실인데 텅 비었다.
여기서 혼자 뭘 한 걸까? 생각하는 시목이 큰 의도 없이 창가로 오는데, 전화벨 소리 들린다. 곧이어,

창준 E　예, 이창준입니다. 아 예, 오셨습니까.

시목 ! (창문 보면)

빈 회의실이라 다른 미들창은 다 닫혔는데, 차장실과 가장 가까운 창만 열렸다.
창에 가까이 서면, 더 잘 들리는 창준 목소리.

창준 E 예 올라오시죠.
시목 ...
시목 E **내사에서 차장님 시키신 대로 하면 됩니까?**
서동재 검사를 대신 밀어내라는?
창준 E **잘라내야 또 신선한 팔이 자라지.**
시목 (마음의 소리) 서동재가, 다 들었어...

69. 동/서동재 검사 집무실 - 아침

노여움에 휩싸인 동재, 캐비닛 뒤져 파일 꺼낸다.
2회 S#61. 시목이 동재 몰래 보려고 했던 그 파일이다.
파일 맨 위에 놓인 사진, 시목이 리조트에서 봤던 여자다.
동재, 사진 와락 빼내 급히 나간다.

70. 토끼 카페 - 낮

알바생 민성과 마주 앉은 시목, 블랙박스 영상 속 박무성 보여주고 있다.

민성 (가까이 들여다보다) 아, 생각나요, 싸웠어요, 금방 나가긴 했는데,
막 흥분해갖고, 그래서 생각나요!
시목 (휴대폰 속의 사진 보여준다. 세미나 후 찍은 검사들 단체사진인데)
같이 있던 사람, 이 사람입니까? (사진 확대해서 보여주면, 창준이다)
민성 에? 이게 아니라
시목 이 사람은요? (사진 스크롤해서 다른 자리에 선 동재 보여주는데)

민성　그게 아니고요. (하다 시목이 스크롤할 때) 어? 이 사람이다!

시목　?

민성　(시목의 핸드폰 잠시 가져가선 단체사진을 확대해 보여준다)
이 사람이요!

시목　!

사진 속 여자, 은수다.
은수가 웃고 있다.

시목　(사진 보는) ... ...

사진 속 은수 보는 시목에게서 카메라, 방향 조금 틀면,
시목에게 가려져 안 보이던 몇 테이블 건너 뒷자리에, 은수가 앉아 있다.
(상상 속) 은수, 시목 쪽을 향해 앉은. 그러나 시목을 보진 않는다.
시목, 사진에서 고개 든다.
같은 방향을 보며 앞뒤로 앉은 시목과 은수, 한 화면에 잡히며 엔딩.

4 회

나의 자랑스러운 동지 여러분, 고개를 드세요.

당당하세요, 여기 모인 한 명 한 명 여러분 모두는!

대한민국 최고의 브레인이며, 시대의 빛나는 양심입니다!

1. 토끼 카페 - 낮

시목 뒤, 몇 테이블 건너 뒤에 앉은 (상상 속) 은수.

민성 이 여자도 참 만만치 않았거든요? 그래서 기억나요.

시목 싸웠나요? 내용 들었어요?

민성 그게 너무 오래돼서.. 개수작 말라 그랬나?
암튼 주로 아저씨가 화를 냈던 거 같아요.

은수 E **민원실로 순간이동 한 게 아니면 가다가 근처 복도에서 찍힌 거라도.**
찾아볼게요!

시목 그리고요.

민성 음.. 커피가 나왔는데도 자기들끼리 싸우느라 안 가져가더라고요.
조용히 하랄 겸 제가 가져갔는데..
근데 그때 아저씨가 나가면서 커피만 싹 채갔어요.

은수 E **그 사람이 정말 범인이라고 생각하세요?**
박무성이 마지막으로 만난 사람?

시목 여자는요? 바로 쫓아갔나요?

민성 그랬던가? 것까진... 더는 모르겠는데요.

다시 정면으로 시목 비추면 사라지는 은수. 사람 들고 날 때 나는 풍경소리만 울린다.

시목　... 이 근처에 문구점 있습니까?
민성　에? 에..

2. 용산서/서장실 앞 복도

서장실에서 나오는 강력반장, 문 닫으면서도 인사.
닫히는 문 사이로 이쪽을 보고 앉은 서장 보인다.
돌아서는 반장, 곤혹스럽고도 의문스러운 얼굴. 자리 뜬다.

3. 동/강력반 - 낮

반장　(들어오는데)
서형사　(전화 끊으며 반장에게) 소아추행범이요!

반장과 서형사, 즉시 출동 준비하고,
여진, 같이 나가고 싶어 엉덩이가 들썩이는데,

반장　뭐해? 안 잡아?!
여진　예? 예! (튀어나가는)
반장　김경산 어딨어? 다 불러!

4. 용산/산동네 길 - 낮

몰려오는 발소리, 사이렌소리, 고함소리, 개 짖는 소리가 마구 뒤섞였다.
좁은 산동네 길을 위에서 비추면,

내리막길을 무서운 속도로 내달리는 자전거.
저 뒤로 여진을 비롯한 강력반 형사들이 달려오고 있다.
자전거는 거침없고, 거리는 계속 벌어지고, 곧 놓칠 듯!

cut to. 자전거 놓치게 생기자 여진, 비명 같은 기합 지르며 내달린다.
맨 앞으로 튀어나오는 여진, 숨이 턱까지 찬 동료들을 뒤로하고 달리는데,
여진 바로 옆으로 치고 나오는 이, 박순경이다.
옆을 힐끔 본 여진 더 이 악물고, 박순경도 만만치 않다. 죽어라 달린다.
하지만 아무리 달려도 상대는 바퀴 달린 자전거, 완전 놓치게 생겼는데,
그때 길이 갑자기 끊기며 자전거 앞을 가로막는 축대!
축대 펜스에 부딪힐 뻔한 범인, 가까스로 쓰러지며 멈춘다.
범인, 자전거 버리고 축대 뛰어넘는다.
어느새 턱밑까지 쫓아온 여진과 박순경, 동시에 축대 뛰어넘는다. 하지만,

박순경 아! (발목 잡는)
여진 괜찮아? (박순경 돌아보지만 그대로 달린다)
박순경 (바로 일어나 쫓아온다)

이제 여진 시야에 범인이 바로 코앞이다.
마지막 죽을힘으로 전력 질주하는 여진, 야!! 소리와 함께 범인 덮치고,
쓰러진 범인을 누르며 수갑 꺼내려는 찰나,
범인, 마지막 발악하며 팔꿈치 휘두른다.
정면으로 얼굴 가격당하는 여진, 나가떨어지지만 바로 다시 튀어올라 잡으려는 순간,
철컥! 범인의 한쪽 손목에 채워지는 수갑, 박순경이다.

박순경 (다른 손까지 당차게 수갑 채우고, 거친 숨 몰아쉬며) 경위님, 피요!
여진 권리 고지나 해. (범인에게 맞은 입 거칠게 닦는)

발소리 난다. 뒤늦게 쫓아온 형사들.
그들이 보는 건 당당히 범인 누르고 우뚝 선 박순경과 입술 터진 여진이다.

5. 동/언덕 아랫길 - 낮

경찰차 모인 사이로 응급차 떠난다.
동네 사람들, 모여서 혀를 차고 두려워하고 안타까워한다.
길 귀퉁이에 앉아 상처 닦는 여진, 입술이 터지고 부어올랐다.
저쪽에 형사들로부터 칭찬받는 박순경 보인다.
김경사, 박순경 어깨 두드려준다.
누군가의 다리가 여진 앞에 와 선다. 올려다보면, 반장이다.

6. 봉고차 안 - 낮

차창 밖으로 범인 태우고 떠나는 김경사와 서형사 차량 보인다.

반장 (여진 입술 터진 거 보는) 안젤리나 졸리 났네.
여진 (웃지 않는. 심각하다)
반장 왜?
여진 술 냄새가 많이 났어요. 조두순이 새끼처럼 술 핑계 대고
기억이 안 나네 심신이 미약하네 씨부리면 어쩌죠?
반장 또 잡아야지 어째, 젠장..
여진 (진심으로 내뱉는) 또 금방 풀려나봐, 씨, 내 손으로 죽여버릴 거야...
반장 근신으론 성이 안 차냐? 빨간 줄까지 치려고?
여진 (쓥...) 근데 풀린 겁니까?
반장 나 같으면 국물도 없어!
여진 그럼 누가, 왜요?
반장 왜, 싫어? 다시 책상에 본드 붙여줘?
여진 아뇨, 아닙니다!
반장 내가 서장한테 얼마나 옴팡 깨졌는 줄 알아?
여진 저 땜에요?

반장 검찰이 망쳐놓은 거 경찰이 바로잡아 놓고도 왜 꼬붕 노릇이냐, 국민이 우릴 뭘로 보겠냐, 결정적으로 뒤집은 건 우린데, (질렸다는 손사래) 아주 난리도 아녔어.

여진 ... (묘해지는 표정)

반장 암튼 결론은 우리가 거 TV 나온 검사보다 빨리 잡아야 돼. 재주도 경찰 몫 박수도 경찰 몫으로. 알았어?

여진 (대답 않는)

시목 E **김경산 급이 안 돼요. 윗선의 명령을 받은 겁니다.**

반장 뭘 멍 때리고 있어? 남은 중요한 얘기하는데.

여진 죄송합니다.

반장 온 나라의 이목이 집중돼 있다고. 그니까 그 검사가, (알면서도) 이름이 뭐더라?.. (기색 살피는)

여진 황시목 검사요?

반장 맞다, 앞으로 그쪽에서 뭘 알아내는지 너도 뽑아내. 이건 뭔 정보라는 게 쌍방 공유가 돼야지, 니 껀 족족 넘겨주고 씨, 거긴 받아만 처먹고, 뭐야?

여진 서장님이 그러래요?

반장 얘가 뭐래? 전체한테, 전체한테! 서장은 니가 있는지도 모를걸?

여진 ... ..

반장 정보 공유해서 나한테 다이렉트로 보고해. 알았어?

여진 그럼 저 범인 잡음 계속 형사과 있는 겁니다? 후임 오고 그런 거 없습니다, 네?

반장 그거야 (하다 새삼 쳐다보는)

여진 아 왜 멍 때리세요, 남 중요한 얘기하는데?

반장 왜? 경대 출신이라 갈 데 많잖아? 진급 느려, 돈 쪼들려, 결혼 힘들어, 애 못 키워, 왜 형사관데?

여진 으, 뭐 그렇게까지야... 그래도 축구선수는 골맛을 보고 형사는 손맛을 봐야죠.

반장 ...

여진 교통계도 필요하고 행정반도 좋지만 필드에선 뭐니 뭐니 해도 스트라이커잖아요, 오늘만 봐도 (손가락 튕기며) 한 골 넣었잖아요!

(하지만 웃음기 가시는) 애가 다쳤는데.. (자책의 찡그림)

반장 그래서 봤냐? 손맛.

여진 네! (하다) 뇨.. 수갑은 채워봤는데 그게 하필, 강진섭이었네요.

반장 (음...)

여진 반장님 저 오래오래 손맛 보면서 연금 타먹을 겁니다. 두고 보세요.

반장 그러자, 일단 후암동부터 먼저 잡고!

여진 검거필시! (경례하고 의욕적으로 차에서 내리는)

반장, 여진 가는 것 길게 본다.
여진, 기분 좋게 박순경 어깨 쳐주고 가는 것 보인다.
볼이 빨개서는 환히 웃는 박순경.
반장, 저도 모르게 따라 웃으며 전화 집다가 멈칫. 전화에 비치는 제 모습 본다.
잠시 까무룩하게 제 모습 비라보다 남의 시선인 양 피하고 전화한다.
누르는 통화 대상자, '서장'이다.

7. 서부지검/차장실 - 낮

서장 F 붙여놨다. 황시목이 뭔 냄샐 맡고 다니는지 빠짐없이 보고하라고 했어.
근데 그놈 약점 없는 거 맞냐?
언제부터 검사가 싸이코인 게 약점 축에도 못 끼게 된 거야?

창준 (전화 중) 으음.

서장 F 누구 있구나? 나중에 하자.

창준 그래. (끊고 맞은편 본다. 형사3부장이 앉았다) 어디까지 했더라?

3부장 (고분고분하지 않은 기색) 검사장님 말씀이, 까지요.

창준 음, 검사장님 말씀이 지금 내사가 과연 어떤 의미가 있겠느냐.
두 달이 길지도 않지 않느냐, 결론은 이거였어요.

3부장 검사장님 의견이 그러시다면.. 전달하겠습니다.

창준 강부장 의견은 다르단 걸로 들리는데?

3부장 앞으로 다들 황프로처럼 튀어도 입 닥쳐야겠네요.

창준 검사장님께 그렇게 말씀드려요?

3부장 ... 두 달이 길진 않죠.

창준 .. 우리 지검 부장들이 단합이 잘 된다면서요? 자주 사모임도 갖고.

3부장 소통이 잘 되고 있습니다.

창준 (웃음기 없이 끄덕...)

책상 위 구내전화 울린다. 창준 몇 번 울리게 둔 뒤에야 가서 수화기 든다.
말하기 전, 3부장 보는. 자리 비키라는 무언의 표시.
3부장, 인사하고 나간다.

창준 (전화) 음.

비서 F 보도국 담당자 도착했습니다.

창준 올려 보내.

비서 F 저 그리고, 인터넷에 새로운 글이 올라왔는데 뽑아드릴까요?

창준 .. 내가 봐. (끊는다. 바로 휴대폰 검색한다. 그러다 손 멈추는)
... (기사 읽는) 제가 바로 황시목군에게 공격당한 장본인으로서..?
이 자식은 또 뭐야 정말.. (빠르게 읽는 눈)

8. 동/시목의 검사실 - 낮

계장 (모니터의 기사 읽는) 황시목군에게 공격당한 장본인으로서
본 방송을 보고 가만히 있을 수 없어 글을 올립니다.

실무관 (전화 중) 글쎄 인터뷰 안 한다니까요. 죄송합니다! (전화 끊는)

계장 .. 저는 중학 1학년 때 전학 온 뒤 왕따가 되어 괴롭힘을 당하던 중,
황시목군으로부터 (시목 살핀다) 이른바, 린치를 당했습니다.
방송에서 익명의 제보자가 황시목군 때문에 손가락이 부러졌다고
언급했던 사람이 바로 접니다.

실무관 ! (시목 살피면)

시목, 서류 보는 중. 얼핏 보면 귀 기울이고 있는 것 같은데,
그가 보고 있는 서류, 은수의 이력서다.

가족란 부모 이름 밑엔 은수만 있다. 딱 세 식구다.

계장 그런데 놀랍게도 이 사건 이후에 아이들 타겟이 저에게서 황시목군으로 옮겨갔습니다. 저를 왕따에서 벗어나게 해주려 일부러 그랬단

실무관 (또 전화 온다. 받지만 조심스레) 네.. (듣다가) 아녜요! (끊는) 인젠 별 찌라시들까지 난리야.

계장 .. (계속하는) 일부러 그랬단 뜻은 아닙니다. 다만 반 전체가 절 괴롭히고 놀릴 때, 유일하게 가담 안 했던 친구가 시목이었습니다.
(어? 하는 얼굴. 좀 더 크게 읽는다)
그에게 폭력적 성향이 있을지 모릅니다. 하지만 그는 잔인하진 않았습니다. 익명의 제보자는 그를 싸이코라 비난했지만 그 시절 진짜 싸이코는 약자를 물어뜯고 희열을 느끼는 아이들이었습니다. 제가 기억하는 황시목군은 절대, 그중에 하나가 아닙니다.
(얼굴 밝아진) 그럼 그렇지! 짜식들 알지도 못하면서!

실무관 (계장과는 달리 얼굴 찌푸린) 이 친구 누군지 아세요 검사님?

계장 (빠르게 스크롤 내리며 모니터 읽는) 누군진 몰라도 참 고마운, 어..
(얼굴 점점 안 좋아지는)

시목 ... ..

실무관 검사님?..

9. 영은수의 집/거실 - 낮 (3년 전. 시목의 회상)

평범한 중산층 아파트 현관에 선 형사3부장, 그 뒤엔 좀 더 젊었던 시목이 섰다.
수사관들은 들어오지도 못하고 복도에 쭉 선 게 열린 현관문 밖으로 보인다.

시목 E 3년 전, 8억의 뇌물을 받은 걸로 고발당한 영일재 전 장관.

집 안엔 영일재 전 장관이 분연히 섰고, 그 뒤론 은수母가 떨고 있다.
자기도 떨면서도 엄마 손을 꼭 잡아준 은수, 수사관들을 새파랗게 노려본다.

3부장 죄송합니다, 장관님..

일재 (근엄함 잃지 않고) 내 집엔 아무것도 없어, 이건 모함이야.

3부장 저도 (말 삼킨다) .. 철저한 수사로 진실을 밝혀드리겠습니다.
(괴롭게, 뒤에 수사관들 보면)

압수용 박스 든 수사관들, 조용히 그러나 일사분란하게 집 안으로 들어온다.
시목도 서재에서 노트북 등을 압수하는 현장을 말없이 감독한다.

일재 나한테, 나한테 이 꼴을 보이려고, 내 손으로 키운 니들한테!..

3부장 (죄인처럼 고개 숙인)

일재 눈 똑바로 뜨고.... 꼼꼼히 살펴라.
(돌아서 방으로 향하다가 순간 멈칫! 미끄러지듯 쓰러진다)

3부장 장관님!

은수 아빠!!

놀란 3부장은 응급차 부르라 소리치고, 수사관들은 우왕좌왕하고,
은수는 일재를 붙들고 아빠! 우는 혼돈의 현장에서,
홀로 무심히 119 누르며, 일재와 은수 바라보는 시목.

10. 서부지검/시목의 검사실 - 낮 (현재)

시목 (생각에 빠진.. 마음의 소리)
박무성이 죽은 시각에 영은수는 어디서 뭘 했을까.

실무관 (계장에게만 들리게) 그게 고마운 거예요? 멕인 거지?
어차피 터진 거 가만히나 있지,

계장 (여전히 풀죽은 표정으로 모니터 보는) 그게 문제가 아니라

실무관 (작게) 뭐 또 있어요??

시목 (돌연) 강진섭 전과 조회해달라고 한 전화, 누가 받았었죠?

계장 전화요? 언제요?

시목　　박무성씨 죽은 당일, 사건현장에서 내가 한 전화였는데요.
(떠보듯) 아, 영은수 검사가 받았던가?

실무관　그날이면.. (생각하다) 영검사님 아닐걸요? 그날..
세 분 다 안 계셨던 날 아닌가? 점심 먹고 와서 쭉 저 혼자였는데?

계장　　내가 없었나? 암튼 전 아네요. 그런 전화 받은 적 없어요.

실무관　저도 아닌 거 같은데, 전화하신 건 맞아요? 생각 안 나는데?

시목　　영검사 점심때부터 없었던 거 확실해요? 난 영검사로 기억하는데.

실무관　어머 검사님 기억도 틀릴 때가 다 있나 봐요.

시목　　...

노크소리. 실무관이 대답하자 은수가 작은 소포와 파일을 들고 들어온다.

계장　　어이쿠, 호랑이시네.

은수　　네?

계장　　혹시 박무성 죽은 날

시목　　(말 자르며) 뭐야?

계장　　?

은수　　?.. 이게 여기로 돼 있길래. (시목 눈치 살피는 기색)

실무관　어머 또 선물인가 보다. (일어나 바로 열어보는데 표정 이상해진다)

시목　　(일어선 실무관과 은수가 나란히 선 것 본다. 은수 키가 훨씬 크다)

계장　　(들여다보면, 상자 가득한 엿. 빨건 글씨로 '싸이코야 이거나 먹어라'
라고 쓴 종이가 턱 올려졌다. 종이를 얼른 주머니에 쑤셔 넣는다)

은수　　(파일 들고 시목 자리로 오는, 작게) 방금 전에 부서회의가 있었어요.
내용 정리한 거예요.

시목　　(담담히 받는) 회의... (동시에 은수 신발 보면, 굽 없다)

은수　　점심은 오늘은 각자예요. 부장님 약속 있으셔서.
(지나가는 척) 어제 전화 건은, 뭐 새로운 거 있어요?

시목　　전화 건?

은수　　민원실 거요.

시목　　(고개 흔든다) 영검산?

은수　　(웃는) 저도요. 아무래도 너무 시간이 지났나 봐요. 그럼.

(인사하고 서둘러 나간다)

실무관　(엿 치우는데)

시목　(실무관 신발 본다. 꽤 하이힐이다. 일어나 재킷 윗도리 입으며)
실무관님 키가 몇이죠?

실무관　저요?.. 170이요.

계장　에히, 170 아녜요, 나랑 비슷하던데?

실무관　진짜에요, 저녁엔 170 안 돼요.

시목　(나가는데)

실무관　이따 전체회의 공지 온 거 보셨죠?

시목　그 전에 옵니다. (나간다)

실무관　진짜 170 맞거든요?

계장　그게 문제가 아니라 이것 좀 봐요, (모니터 돌리는)
옛날에 우리 검사님한테 자기도 맞았다는 댓글이 수십 개예요.

실무관　!

계장, 건너편 책상 보면, 바로 어제 들어온 '응원하고 지지합니다' 리본 달린 화분들.
이쪽 책상 보면, 엿 먹으라는 상자.

계장　어느 쪽이 진짜야?..

실무관　... 모르겠어요..

11. 동/복도 - 낮

뒷모습 보이며 가는 은수, 이를 보고 선 시목. 머리끝부터 발끝까지 훑는다.

Insert〉 - 무성의 집/거실. (토끼 카페에서 나오고 난 후의 상황)
시목, 줄자 포장 뜯어 창문 바닥부터 커튼 묶은 곳 위까지 길이 잰다.
블랙박스 영상 속 남자의 머리가 닿았을 만한 곳까지 재는 것이다.
길이 확인하면, 174cm다.

시선 느낀 은수, 돌아보면 이미 등 보이며 자리 뜨는 시목.
은수, 불안한 눈빛으로 변한다. 그래서 더 날카로워지는 눈빛...

12. 병원/4인실 - 낮

은수母, 은수父 일재의 머리 빗겨주는데,

일재 이게 누군가?

어느새 침대 가에 나타난 시목, 인사한다.

cut to. 잠시 후. 동 장소.

은수母 (시목 손에 음료수 들려주는. 다정히) 와줘서 고마워요.
(뭔가 더 할 말 있는 눈치지만, 그냥 반대쪽에 앉아 뜨개질한다)
시목 (음료수는 그냥 놓고 묵묵... 실은 일재의 상태를 살피고 있다)
일재 .. 자주 찾아뵙지 못해 죄송하다고 해.
시목 ?
일재 그러곤 좋아 보여 다행이다, 너도 좋고 나도 나쁠 거 없는 덕담
좀 나누다 본론으로 들어가. 보통 어른들은 그렇게 해.
시목 현직이실 때도 제가 자주 찾아뵀던 건 아닌데요.
일재 (픗)
시목 생각보다 훨씬 좋아 보이시는 건 사실입니다.
일재 (은수母에게) 이 친구가 그렇다면 그런 거예요.
은수母 많이 좋아졌죠, 얼마 전부터 술도 끊고 운동도 다시 하던 중이었는데.
(말끝 흐려지는..)
시목 워낙 풍채가 좋으셨죠. 덕분에 늘 올려다뵈었거든요.
(이불 속에 가려진 일재의 하반신 길이 가늠한다)
일재 그럴 리가, 자네가 나보다 큰데.

올려다본 게 아니라 날 우러러본 게야.

은수母 아이 당신도. (계면쩍은 미소 보내는데)

시목 영검사 남자친군 자주 와 뵙나요?

은수母 (당황, 대답 대신 일재 보는)

일재 갑자기 그 얘기가 왜 나오나?

시목 와병 중이신데 찾아뵙는 게 당연한 도리죠.

일재 언제부터 그렇게 도리 찾는 사람이 됐어?

은수母 (살짝 말리며) 은수가 그래요, 저 남자친구 있다고?

시목 제가 실언이라도?..

은수母 아뇨 그런 게 아니라, (얼른 딴소리) 저기, 고마웠어요.
TV 나가서 우리 애 책임 아니라고 대신 말아줘서.

시목 대신이 아니라 사실입니다.

은수母 예, 그게 그래도, 이이도 말을 안 해서 그렇지 많이 고마워했어요.
우리 세 식구 얼마나 가슴 졸였는지 몰라요.

일재 .. 범인 윤곽은 나왔나?

시목 장관님께선 어떻게 보십니까.

일재 보긴 뭘 보겠어. 나 같은 제3자가.

시목 제3자라뇨, 영검사야말로 용의자와 직접적으로 관련된 사람인데요.

일재 (바로 살얼음 깔리는 눈빛. 낮게) 우리 애가 용의자랑 관련됐다니?

시목 (전혀 피하지 않고 그대로 바라보며) 공판 담당이잖습니까.

일재 (시목의 의도를 간파하려는 눈길..)

시목 제 표현이 적절치 못했나 봅니다. 부녀지간이시니 사건에 관해
의견을 나누지 않았을까, 짐작에 드린 말씀이었습니다.

일재 별로.

시목 이번 사건은 좀 특이해서요.
희생자가, 저희 회사 윗분들과 매우 친밀했던 사람이었거든요.

일재 (반응 보이지 않는)

시목 특히 곧 검사장님 되실 분과.

일재 (고개 자연스럽게 돌린다. 누우려는 태세)

시목 (은수母보다 재빨리 일재를 잡아주며 어깨며 팔 힘을 가늠해보는데)

일재 (시목 손 잡아 뿌리치는데, 아귀힘이 상당하다) 됐어.

시목 (잡혔던 손 보면 순간적으로 손자국이 허옇게 찍혔다 사라진다)

은수母 (매정히 밀어내는 게 민망하고 미안한)

일재 너무 오래 앉아 있었나. (눈 감는다)

시목 쉬십쇼. (인사. 나가는데)

일재 다 헛소리야. TV에서 떠드는 소리, 싸이코니 뭐니.

시목 (보면)

일재 (눈 감고) 내가 통과시킨 사람이야, 자네. 내가 못 알아봤을 리 없어.

시목 .. (나간다)

은수母 아니 저, (종종 따라 나간다)

일재 (눈 뜬다) ....

13. 동/복도 – 낮

은수母 고마워요, 바쁠 텐데.

시목 (목례만 남기고 가려는데)

은수母 (급히) 은수 잘 부탁해요, 공부만 해서 아직 어린애예요.

시목 영검사.. 잘 하고 있습니다.

은수母 아유 좋게 봐주시니 마음이 놓이네, 내가 참, 그런 거 같더라니,
우리 애 잘못 아니라고 말해줄 때부터.

시목 (부정하려는데)

은수母 저기 저이 말은, 마음 쓰지 말아요, 현철이 얘기가 나오니까
옛날 생각이 나서 그러신가 봐.

시목 현철이요?

은수母 어머나, (입 가리고 망설이다) 은수 옛날, 친구.
(얼른) 헤어졌대요, 헤어졌어요,

시목 장관님께서 그분을 아끼셨나 보죠?

은수母 아꼈다기보단 가끔 집에 와서 컴퓨터도 고쳐주고 그래서 얼굴도
익고 그랬는데, 아니 은수가 남자를 집에 맨날 데려왔단 건 아녜요.

시목 기계를 잘 만졌나 보네요, TV 같은 것도 고쳐주고요?

은수母 TV요?

시목　키도 컸겠죠?

은수母　아유 남자 키 큰 거 다 소용없어요, 늙어 지 몸 건사하기만 버겁지.
(큰 정보 주듯 속삭이는) 걘 마마보이예요,
은수하고도 저이 저렇게 됐다고 걔 부모가 반대하고 나서는 바람에..
(됐다는 손사래) 헤어졌어요, 우리도 더는 생각 안 하고,
(시목 소매 은근히 잡는) 나는 그저 같은 일 하는 사람이 딱 좋아요.

시목　아 예. (손 빼고 인사. 자리 뜬다)

은수母　또 와요!...

14. 동/4인실 - 낮

일재　(뭔가 골똘히 생각하는데)

은수母　(들어오는데 화색) 저 사람, 암만 해도 은수한테 관심 있는 거 같죠?

일재　무슨?!

은수母　현철이가 어떠네 신경 쓰는 거 하며 딱 봐도 은수한테 직접은
못하고 우리한테 찔러보러 온 눈치잖아요.

일재　얼척없는 소리, 재가 어떤 놈인데, 관심 있어도 내가 안 돼요!

은수母　으응? 이상한 사람 아니라고 방금 당신 입으로 말해놓곤?
나는 보기만 좋구만? (희망에 부풀어 시목 간 쪽 돌아보는)

15. 동/복도 - 낮

시목　(복도 중간쯤 멈춰 생각에 잠긴, 마음의 소리) 영일재는 처음부터
알고 있었다. 누가 자길 밀어냈는지. 8억이란 거금의 유혹이 누구
손에서 시작됐는지.

Insert〉 - 법무부 앞. 영일재 법무장관, 곤혹스런 표정으로 기자들에 둘러싸였는데,
좀 떨어진 곳에 와 서는 고급차의 행렬. 많은 수행원들이 먼저 내려 길을

만들면 개선장군처럼 내리는 이윤범. 그리고 그 옆 약간 뒤에 서는 창준.
윤범과 창준, 영일재 본다. 허공에서 부딪치는 시선.

시목 E **본인들 돈을 썼을 리 없는 차장 일가 대신 박무성이 현찰을 댔단 것도 종국엔 눈치챘을 것이다. 그런데도 반응이 없다. 왜.**

Insert〉 - 피식, 비웃음 날려주고 수행원들이 내어준 길 따라 건물로 들어가는 윤범.
따르는 창준. 기자들에 싸여서도 끝까지 이 둘을 바라보는 영일재....

시목 E **평생의 오욕을 뒤집어씌운 철천지원수가 모두 관련됐는데.**
사건과 연관이 없다면 모른 척해야 할 이유가 오히려 없지 않을까?
간호사 비켜주세요!

병실에서 침대 밀며 의료진이 뛰어나온다.
의식 없는 여자 환자 위에 의사가 아예 올라타 심장 마사지를 하는데,
그들의 뒤를 따르듯 승강기로 가는 시목.

시목 (마음의 소리) 차장을 언급해도 놀라지 않은 건 영은수한테 미리 들었기 때문이다. 하지만 영은수는 어떻게 알았을까.

의료진 급히 승강기에 오른다.
문 닫히기 직전, 심장 마사지하던 의사가 고개 흔드는 것 보인다.
그 옆에 시목, 승강기 하강 버튼 누른다.

시목 (마음의 소리) 3년 전엔 고시생에 불과했던 영은수가 제 아버지 실각에 박무성이 자금줄 역할을 했는지 어찌 알았을까. 부녀가 서로가 알고 있는 걸 공유했을까, 만약 그랬다면,

한 남자가 물 받아 오던 그대로 달려와 허둥지둥 두리번댄다.

남자 여보! (주위에 묻는) 이 사람 어디 갔어요?

시목 (마음의 소리) 부녀가 다른 일도 함께 실행에 옮긴 걸까.

남자 (시목에게) 혹시 여기 병실에서 나온 사람 못 봤어요?

승강기 온다.

시목 사망했습니다. (문 열리자 타며, 마음의 소리)
결혼이 좌절된 남자의 원한이란 어디까지 사무치는 걸까.

승강기 문 닫힌다.
놀라는 남자, 그대로 굳어버린.

16. 서부지검/은수의 집무실 - 낮

은수 (일하는데 전화 온다) 네 아버지, .. 누가 와요?.. 왜요.. (창백해지는...)

17. 유흥가 - 저녁 무렵

아직 이른 시간인데 도처에 깔린 경찰차.
정복경찰들이 여기저기 업소에서 아가씨들을 데리고 나오거나 신분증 검사를 한다.
그중에 동재 검사실의 계장1이 마담을 데리고 봉고로 간다.
봉고 문 열면, 비슷한 마담들이 서넛 잡혀 와 앉았고 그들 향해 앉은 이, 동재다.

18. 동/봉고 안 - 저녁 무렵

계장1이 데려온 마담까지 차에 오르면,

동재 (마담들 앞에 사진 내민다. 파일에서 꺼내 간 리조트 여자 사진이다)

마담들 (아는 척할 리 없는)

동재 이름 권민아. 3개월 전까지 강남역 바빌론에 있던 애야.
지금부터 얠 나한테 제일 먼저 제보한 사람만 오늘 밤 가게 문을
열 수 있다. 나머진 유치장에서 보자고.

마담1 갑자기 아무나 잡아다

동재 누가 아무나야? 니들이? 뭐부터 때려줘? 세금? 만취 손님 삥뜯기?

마담들 (불만스럽지만 말들 못하고)

동재 입들 싸게 놀려서 얘 도망가면 그날로 이 골목 간판 싹 다 꺼질 줄
알아. (을러보고) 첫 번째 제보자란 소리 못 들었어? 장사하기 싫어?

마담들 (얼른 내리는)

동재 (마담들 놀라 내리는 엉덩이에 대고) 고 고 고!

마담 다 내리면 웃음기 싹 사라지는 동재.

동재 .. 니가 나한테 그러면 안 되지, 누굴 핫바지로 보고 있어..

19. 서부지검/시목의 집무실 - 저녁

시목 E 손님이요? (들어오면)

소파에 앉은 여진 뒷머리 보인다.
시목, 그 앞으로 가 앉으려는데,
그런데 여진, 많이 피곤했는지 몸을 동그랗게 말고 새근새근 잠들었다.
시목, 바로 책상으로 가 재킷 벗고 일 시작한다.
점점 어두워지는 창밖. 시간이 얼마나 흘렀을까,

여진 (웅크리다 깨는. 기지개 켜다 시목 보고 그대로 뚝, 멈춘다)

시목 (소파로 오는데, 자는 동안엔 안 보였던 여진 입술, 멍이 퍼렇다)

여진　(시목 시선이 입술에 닿는 게 느껴져 좀 민망한데)

시목　.. 남자친구 있습니까.

여진　? (혹시나, 옷매무새 잡아 여미며) 왜요?

시목　결혼을 약속한 사인데 어떤 사람이.. 경위님 집안을 망하게 해서 결혼이 깨졌어요. 남자친군 그 사람을 어느 정도까지 미워하게 될까요.

여진　(그럼 그렇지) 치정사건 맡았어요? 우리 집은 망할 게 없는데?

시목　살인도 가능할까요,
엄밀히 따지면 그 사람이 남자친구한테 직접 위해를 가한 건 아닌데?

여진　(생각하다) 직접 위해를 끼쳐도 보통 끼친 게 아닌데 이건?

시목　?

여진　집안 망했다고 왜 깨져요, 그럴수록 꼭 붙어 있어야지.
근데 남자가 못 그랬네. 뭔 변명을 갖다 붙이든 결론은 개털 된 애인 버리고 도망친 거잖아요? 그냥 깨지게 만든 것보다 더 싫죠, 밉죠,
남자 입장에선 내가 것밖에 안 되는 속물이란 걸 들춰낸 놈인데.

시목　.. 내가 속물이 아니려면 상대가 세상 둘도 없는 나쁜 놈이어야 하고,
그 정도로 나쁜 놈이니까 우리 같이 해치우자... 할까요?

여진　(갸웃..) 진짜 사랑하는 사람이라면 그런 일에 끌어들이려나?
나 같으면, 그럴 린 없겠지만, 해도 나 혼자 할 거 같은데?

시목　결론은 사랑이란 감정이 대신 살인도 가능하게 만든다 이건데.

여진　뭘 나한테 물어요, 검사님이면 사랑하는 여잘 위해 그럴 수 있어요?

시목　(텅 빈 눈으로 쳐다볼 뿐)

여진　사랑해본 적 있을 거 아녜요? 만났던 여자들?

시목　...

여진　(설마, 싶어) 첫사랑, 있죠?

여진, 시목 응시하는데, 그 눈이 너무 텅 비었다. 아무 감정도 없다.
숨기려고도 않고 공허히 쳐다보는 시목 때문에,
여진은 되레 이쪽이 뭘 잘못한 기분마저 든다. 시선 돌리게 된다.

여진　민원실은 찾았어요? 거기서 전화한 사람?

시목　글쎄요.

여진　여기 사람이죠? 외부인이 여기까지 와서 할 리도 없고.
전과 조회도 마음대로 할 수 있는 조건하고도 딱 맞고.
용의자, 서부지검 사람이죠?

시목　전화 한 통 걸었다고 용의자는 아니죠.

여진　(뭔가 알아냈구나, 감이 온다. 살피듯 쳐다보다.. 먼저 던지는)
집에 TV 고장 난 적 있어요?

시목　킨 적이 별로 없어서.

여진　며칠 전에 우리 집 게 안 나와서 사람을 불렀는데 막상 보니까
엄청 간단한 거더라고요. 구형 셋탑박스엔 수신카드라는 게 있는데
그걸 뺐다 끼기만 하면 되는 거였어요.

시목　현장도 그랬겠네.

20. 박무성의 집/마루 - 낮 (몇 시간 전. 여진의 회상)

비운 지 오래돼 먼지 보얀 집 안.
TV 화면엔 여전히 no signal 신호가 떴다.

여진 E　내가 방금 전에 박무성 집에 갔다 왔는데요...

장갑 낀 여진, TV 옆 위성 셋탑박스 커버 열면 카드가 보인다.
그걸 뺐다 낀 뒤 다시 TV를 켜니 제대로 나온다.

여진 E　어머님 말이 사건 당일 외출 직전에 아침 드라마를 보셨대요.

여진, 카드 빼내 지문 채취용 가루 묻히는데 지문이라곤 비슷한 것도 없다.

여진 E　범인 거든 뭐든 지문 자체가 없어요. 더 이상하지 않아요?
만든 사람이 있고 조립한 사람이 있을 텐데 어떻게 하나도 없어?

여진, 일어선다. 작은방으로 간다.

여진 E　카드로 장난치고는 손자국을 지운 거죠.

시목 E　박무성은 그즈음 밤에 잠을 못 자서 대신 낮까지 길게 잤으니 그 시간대가 더 쉬웠을 겁니다.

여진 E　박무성은 자고 있는 걸 알고 기다린 거죠.

21. 동/작은방 - 낮 (몇 시간 전. 여진의 회상)

군대 간 무성 아들의 방. 한쪽에 붙박이장이 있다.

여진 E　숨을 덴 거기뿐이에요. 그 안에서 끈질기게 기다리고 기다리다,

박무성 E　(마루에서 들리는) 제가 아까 고장 신고한 사람인데요, 아 근처예요? 예 오세요.

여진 E　강진섭이 올 시간에 맞춰서 나온 거죠.

1초, 2초.. 붙박이장 문, 안에서부터 끼이익.. 열린다.

여진 E　이해가 안 가요.

여진, 붙박이장 문을 확 잡아 젖힌다.
그저 평범한 옷장을 노려보더니 안에 들어가 범인이 섰을 만한 곳에 서보기도 하고, 그 공간을 중심으로 플래시 비추며 혹시나 놓쳤을지 모를 단서를 샅샅이 훑는다.

22. 서부지검/시목의 집무실 - 저녁

S#20~21에서 설명한 범인의 동선(마루-작은방-옷장)을 수첩에 그려 설명하느라 여진이 대충 그린 무성 집 평면도에 이리저리 그은 자국이 짙다.

여진　(볼펜 던지는) 암것도 없어요, 사건 종결 후에 현장 청소업체가
쓸고 가긴 했지만 그 방은 안 건드렸다는데 털끝 하나가 없어요.
귀신이 아니고서야 뭐라도 남기는 법인데! (일어나 서성인다)

시목　남에 차 블랙박스 각도까지 계산한 사람인 거 몰라요?

여진　그러니까 이해가 안 간다고요. 이 사건은 이상한 거투성이에요.
제일 납득이 안 가는 게 뭔지 알아요? 범행 목적이요.
박무성 제거? 어차피 집 안에 아무도 없는데 그냥 해치우지 뭐하러
그 긴긴 시간 벽장 같은 덴 숨어 있어요?
찌르고 그냥 튀었어도 됐잖아요?

시목　(미간에 주름이 잡힌다. 관자놀이 누른다)

여진　TV는 뭐하러 복잡스럽게 손대서 강진섭을 불러들여요?
확실한 덤터기가 필요해서? 그럼 중국집 철가방이 더 쉽지?

시목　전과자가 필요했겠죠. 누가 봐도 딱, 범인인 사람.
현장에서 나온 DNA만으로도 즉시 용의자로 걸려질 테니까.

여진　그니까 싹 다 조사했단 거잖아요, 희생자 주변에 전과자 어딨나,
완전 전수조사. 이게 가능해요?
전과 기록을 마음대로 볼 수 있는 쪽이에요. 여기, 아니면 우리.

시목　...

여진　근데 할 수 있다 해도 너무 집요하잖아요.
박무성만 없애려고 했다면 왜 굳이 이렇게까지 해요?
하다못해 이런 생각도 해봤어요, 만약에,

시목　(보면)

여진　누군가 강진섭까지, 일석이조로 노린 거라면?
박무성과 강진섭, 둘 다 없애야 돼서?

시목　(그럴 가능성은, 이라고 말하려는데)

여진　(먼저 답하는) 확률이 너무 떨어져요. 없애고 싶은 사람이 둘인데
하난 동네 주민이고 또 하난 그 동네 알바일 확률은, 그런 건,
(고개 흔드는) 게다가 강진섭이 안성맞춤 감옥에서 자살해주리란 건
또 어떻게 알고요?

시목　(고개 드는)

Flashback〉 - 서부지검/대회의실

강진섭 자살에 대해 브리핑 중인 은수.

은수 **강진섭씨는 앞선 복역 중에도 이미 자살 소동을 일으킨 전력이 있으며**

여진 사실 이게 전부 강진섭 자살로 시작된 거잖아요.
사방팔방 억울하다고 탄원서 보내는 바람에.
범인은 지금쯤 자기 발등을 찍고 있을 거예요.
괜히 전과자는 끌어들여서 오히려 더 핫이슈가 됐으니.

시목 (허공 응시. 중얼) 기뻐하고 있을지도.

여진 뭐라고요?

시목 .. .. 핏자국. 시작은 옆집에서 나온 핏자국이죠.

여진 근데 기뻐한단 건..

시목 (독백 같은) 실수가 아니라면.

여진 .. 진범이 따로 있다는 확증을 일부러 흘린 거라면?
(자리에 앉는다) 왜요.

시목 박무성도, 강진섭도, 소모품에 불과하니까.

여진 사람 목숨까지 소모해서, 뭘 만드는데요?

서로 쳐다보는 두 사람. 질문한 여진도 들은 시목도, 아무도 답이 없다.
막막한 침묵.... 침묵을 깨는 노크소리.

실무관 (고개 반쯤 디밀고) 죄송한데 지금 강당으로 전부 모이라는데요.

시목 ...

여진 ...

실무관, 둘이 뭐하나? 해서 쳐다보는. 마침내 두 사람, 시선 거두고 일어선다.

23. 동/형사3부 복도 - 저녁

계장과 실무관, 문가에서 기다리고 있다.
시목과 여진, 집무실에서 나오는데,
인파에 섞인 은수가 지나가고 있다.

시목 (은수가 지나가는 걸 보더니 돌연 여진에게)
여자가 한을 품으면 오뉴월에도 서리가 내린다. (간다)
여진 뭐, 나요? 내가 뭔 한을 품었 (하다 깨달은. 시목 등에 대고)
여자죠, 민원실? 남자친구 얘기 그래서 한 거죠!

시목, 이 소리에 앞서가던 은수가 돌연 뚝 멈추는 것 분명히 본다.
뒷모습만 보이는 은수, 미동 없다. 여진이나 시목 쪽을 돌아볼 만도 한데..
시목이 바로 뒤에 서는 순간 은수, 발걸음 뗀다. 흔들림 없이 간다.
몰려가는 형사3부 사람들.
멀어져가는 시목 지켜보던 여진, 자리 뜬다.

24. 동/대강당 - 저녁

무대 조명이 눈부시다. 기자들과 방송국 카메라도 여러 대다.
꼬리를 물고 들어오는 서부지검 사람들도 무슨 일인가, 하는 얼굴들.
형사3부장과 1부장도 보이고, 전체 직원이 다 모인 듯.
시목이 들어서자, 인파 속에서도 그를 포착한 카메라 몇 대가 재빨리 그를 향한다.
시목, 뒤에 적당히 앉고, 은수는 시목을 쳐다보며 불안한 표정 짓는다.

Flashback〉 - S#23. 서부지검/형사3부 복도 - 저녁

시목 **여자가 한을 품으면 오뉴월에도 서리가 내린다.**
여진 **뭐, 나요? 내가 뭔 한을 품었 (하다 깨달은) 여자죠, 민원실?**

이 말에 놀라 복도 중간에 멈추는 은수 위로,

은수 E　**그래서 아빠 병실까지 간 거야,**

다시 강당으로 와서 초조한 생각에 빠진 은수 얼굴 위로,

은수 E　**날 의심해서.**

자리가 모자라 미처 못 앉은 이들은 뒤에 웅성웅성 선다.
커다란 강당이 빠르게 채워지자, 드디어 무대로 누군가 올라오는데, 창준이다.
일거에 침묵에 휩싸이는 강당.
날선 정장 차림으로 성큼 올라선 창준, 무대 중앙에 선다.
좌중을 쫙 훑는다. 그 누구도 움직이지도, 소리 내지도 않는다.

창준　... 존경하는 동료, 후배, 서부지방검찰청 가족 여러분.
우리는 요 며칠 전례 없는 홍역을 치러야 했습니다.
무능과 불신의 대명사로 손가락질당했으며, 제 밥그릇 챙기기에 급급한
이기적 집단으로 각인됐습니다. 무엇보다, 돌출행동으로 인해 법조인에게
가장 기본이 돼야 할 도덕성에마저 타격을 입고 자격 시비에 휘말리는
치욕에 맞닥뜨려야 했습니다.

좌중, 약속이나 한 듯 시목 돌아본다.
시목 방의 실무관과 계장은 얼굴이 화끈대 고개를 들 수 없는데,
정작 시목 본인은 빤히 앞을 본다.
모두 질린다는 표정을 숨기지 않지만,
저쪽에 선 사건과 윤과장, 시목과 시선 닿자 다른 이들과 달리 보일 듯 말 듯
눈인사.
시목, 역시 보일 듯 안 보일 듯 답례한다. 의외다.

창준　그러나 서부지검 가족 여러분, 저는 누구 앞에서든 당당히 고할 수
있습니다. 우리는 오로지 법과 원칙을 따르며! 공정하고 불편부당한
법 집행을 향해 피땀 흘리는 천리마처럼 달려왔음을!

그 누구보다 바로 나와 여러분 앞에서, 한 점 부끄러움 없이
외치겠습니다. 나의 자랑스러운 동지 여러분, 고개를 드세요.
당당하세요, 여기 모인 한 명 한 명 여러분 모두는! 대한민국 최고의
브레인이며, 시대의 빛나는 양심입니다!

처음엔 덤덤하던 좌중, 창준의 힘찬 사자후에 자부심이 상승하는 게 눈에 보인다.
다만 유일하게 창준 말이 귀에 안 들어오는 은수,
맨 뒤 문가에 서서 시종 불안해 보이더니 결국 몰래 빠져나간다.
하지만 워낙 창준에게 집중된 터라 아무도 신경 쓰지 않는데,
시목만이 민감하게 고개 돌리다 문가에 선 동재에게 시선이 닿는데,
창준을 이글이글 노려보는 동재, 불꽃 튀는 적의가 여기까지 느껴진다.
창준과 동재를, 번갈아 보는 시목.

Insert〉 - 3회 S#66. 창준과 시목이 대화하던 당시에 차장실 옆방(빈 회의실)
열린 창문에 가까이 선 동재. 창준과 시목의 대화가 간간이 들린다.

시목 E　**서동재 검사를 대신 밀어내라는**
동재　**!! (더 바짝 창에 귀 기울인다)**
창준 E　**내 오른팔은 무한증식이야.**
동재　**(일그러진다)**

시목, 쏟아지는 박수소리에 다시 앞을 본다.

창준　우리는 동지입니다. 한마음 한 몸입니다. 책임 소재와 원인은
철저히 가리되 동지를 향한 불평, 시류에 야합하는 비난은 신성한
동일체 안에 존재해서도, 용납돼서도 안 됩니다.

그 말에 다시 한 번 시목에게 쏠리는 좌중의 시선.
하지만 시목의 관심은 동재에게 쏠려 있다. 동재, 막 전화 받는 중.
누구 전화인지 표정 급변하는데, 들리진 않지만 찾았어?! 하는 입모양,

시목 눈에 확실히 캐치된다.

창준 나는 감히 여러분을 대표하여 나라와 국민 앞에 선서합니다.
(오른손 들며) 공익의 대표자로서 정의와 인권을 바로 세우고

검사들, 마치 누가 시킨 듯 일제히 일어난다.
동재, 잠깐 부산스러워진 틈을 타 급히 허리 숙여 강당 빠져나간다.
시목도 일어서지만 눈은 동재를 쫓는다.

창준 어둠을 걷어내는
검사 일동 (오른손 들고 함께 복창) 용기 있는 검사, 힘없고 소외된 사람들을
시목 돌보는 따뜻한 (동재 나간 문을 따라 보는) 검사..
(결국 복창 중간에 좌석을 뜬다)

부동자세로 비장하던 와중, 시목의 돌발행동은 단박에 분위기를 흐린다.
적대적 반응이 쏟아지고, 3부장도 자리로 돌아가라고 눈 부라리지만,
시목, 자리 뜬다.
백여 명 가까운 이들이 한소리를 모으는 장관을 담던 카메라도 시목을 향하고.
무대 위 창준에게도 시목의 움직임이 안 보일 리 없다.

창준 (무섭게 보는) 오로지 진실만을 따라가는 공평한 검사로서..

창준과 검사들의 선서를 뒤로하고 강당을 나가는 시목. 그의 뒤로 문이 쿵, 닫힌다.

25. 동/시목의 검사실 - 저녁

열쇠소리, 이어 문손잡이 돌아가더니 은수가 초조히 들어온다.
수습시절 쓰던 열쇠 들린 손. 시목 책상을 되는 대로 들추고 허둥댄다.
스스로도 뭘 찾아야 할지 몰라 답답하다.

은수 뭘 찾아냈길래, 어떻게 안 거야!..

여기저기 뒤지다 시계 보는 은수, 안 되겠다. 서둘러 나간다.

26. 동/계단 + 홀 - 저녁

은수, 얼른 강당으로 돌아가려고 계단을 급히 내려가는데,
저 아래 홀에 시목이 주변 둘러보며 가는 게 눈에 들어온다.
그러다 찾던 것을 발견했는지 걸음 빨라지는 시목.
은수, 시목 시선 따라 앞을 보면, 동재가 홀을 가로질러 나간다.
동재 뒤를 밟는 게 역력한 시목도 나간다.
이 광경을 바라보는 은수, 의혹이 차오르는...

27. 찻길 - 밤

동재의 차를 미행하는 시목의 차. 일부러 거리를 좀 띄웠는데,
그 틈 노리고 옆 차선에서 커다란 탱크로리가 끼어들기를 시도한다.
시목, 비켜주지 않자 탱크로리, 차 모서리 들이밀며 계속 빵빵댄다.
빵빵 소리에 돌아보는 동재. 이러다 들키게 생겼다.
시목, 탱크로리를 끼워준다. 순서대로 달리는 동재, 탱크로리, 시목.
동재 차, 좌회전하는데, 탱크로리까지 좌회전되고 시목 앞에서 신호가
딱 끊긴다.
시목, 고개 빼고 보지만 동재 차는 왼쪽 골목으로 사라진다.

시목 (내비게이터 켠다. 현재 위치에서 왼쪽 골목을 살피는..)

28. 유흥가 - 밤

여기저기 룸살롱 술집 네온사인에 불이 들어온다. 불야성이 시작되는데,
곳곳을 살피는 시목의 차. 한참을 그렇게 여기저기 돌아보는데,
한 편의점 파라솔에 낯익은 얼굴 보인다. 동재 검사실의 계장1이다.
편의점 스쳐 차 세우는 시목, 계장1 살피면, △△룸살롱 입구에 꽂힌 시선.
△△룸살롱 보는 시목, 들어가지 않고 기다린다.

29. △△룸살롱/룸 - 밤

동재, 마담 안내받아 들어온다.

마담　저희 집 처음이신가 봐요?
동재　처음은. (마담 엉덩이 툭 치며 앉는. 자연스레) 민아 있지?
마담　어머 이렇게 핸섬한 오빤 내가 안 잊어먹는데?
　　　근데 민아 아직인데, 걔보다 끝내주는 아가씨 왔는데 함 보실래요?
동재　민아부터.
마담　아항 민아 오빠셨구나, 빨리 오라고 할게요. (일어나는데)
동재　(꽉 잡는. 저도 모르게 힘 들어간 손) 여기서 하지?
마담　(그 힘 느낀다. 그래도 눈웃음) 폰 없는데?
　　　(깊게 파인 가슴 라인 톡톡 치며) 여긴 신사임당밖에 안 들어가서.
동재　(보면, 정말 전화 넣을 주머니 하나 없이 완전 붙는 옷. 손 놓는다)
마담　서비스 먼저 드릴게요! (나간다)
동재　(드디어 잡겠구나!)

30. 동/입구 카운터 - 밤

룸 쪽으로 짧게나마 눈초리 보내는 마담, 눈치로 먹고사는지라 뭔가 이상하
지만, 입구 데스크 밑에서 전화 꺼내 전화 건다.

마담　어디니? (사이) 다 왔어?

31. 유흥가 - 밤

골목 초입에서 한 여자가 걸어오는데, 시목이 리조트에서 봤던 여자(민아)다.
전화(형광색 동물 모양 케이스 씌운) 받으며 룸살롱으로 온다.

민아　단골? 내가 거기 벌써 무슨 단골이 있다고
(하다) 어떻게 생겼어요? 어디서 나온 사람 같아요?!

32. 시목의 차 인 - 밤

시목, 간간이 계장1도 체크하며 룸살롱 입구 살피는데,
계장1, 문자 체크하더니 일어나 길 중간에 나선다. 행인 살핀다.
그 모습에 신경 세우는 시목, 아니나 다를까,
계장1 뒤로 전화하며 오는 민아가 보인다.
시목이 리조트에서 봤을 때보다 머리도 더 길고 옷도 훨씬 현란하다.
시목, 재빨리 계장1 살피면, 아직 민아 못 봤다.
시목, 차 시동 켜고 서서히 나아가는데,

33. 유흥가 - 밤

민아　왜 날 찾는대요!?
마담 F　너 뭐 죄졌니? 너 땜에 불똥 튀면 (하다) 어맛! (멀어진 소리)
왜 이래요, 내놔요!

그 소리에 기겁하는 민아, 번개같이 반대방향으로 튄다.
시목, 차 속력 올려 민아 쫓는데, 갑자기 룸살롱에서 튀어나오는 동재.

바로 그 앞을 달리던 시목 차에 부딪힐 뻔!
급정지하는 시목. 겨우 피했지만 범퍼 짚으며 휘청하는 동재. 그런데 이때,
저 앞에 민아가 택시로 뛰어드는 게 동재 눈에 포착된다.

동재 (민아에 정신 팔려 바로 뒤 시목을 못 본다) 야!!!!
계장1 검사님! (어느새 차 끌고 달려온)

동재가 차에 뛰어들면, 바로 내달리는 계장1.
시목도 뒤이어 급출발하지만,
그사이 이미 골목 끝에 다다른 민아 택시, 방향 꺾어 큰길로 접어든다.

34. 택시 안 - 밤

민아가 돌아보면, 택시 유리 너머 동재가 차로 뛰어드는 게 보인다.
동재 알아본 민아, 기겁한다.

민아 아저씨 빨리요!!

택시기사, 다급한 외침에 놀라 속력 내고,
행여나 뒤에서 보일까 뒷좌석에 눕듯이 숨은 민아, 잔뜩 겁먹은 얼굴.

35. 큰길 - 밤

큰길로 내달려 들어선 동재 일행.
하지만 이미 사라진 택시, 온데간데없다.

동재 (차에서 뛰어내려 길 살피지만) 젠장!!

36. △△룸살롱/카운터 - 밤

마담　개 여기 출근도장 찍은 지 딱 3일 됐어요. 어디 사는지 정말 몰라요.

동재　모르면 문 닫아야지.

마담　(발 동동, 뒤에 선 종업원들에게) 니들 민아 집 몰라? 빨리 말씀드려!

종업원들　(옆 사람들 보지만 서로 마찬가지)

동재　망하고 싶어서 환장들을 했구나?

37. 동/문 밖 계단 - 밤

계단 맨 아래, 룸살롱으로 들어가는 문 밖에 서서 안에 얘기를 듣는 시목.

마담 E　민아 개가 뭐라고 검사님한테 거짓말을 해요!
속을 까보일 수도 없고 정말 미치겠네!

시목　...

아가씨1　(계단 위에서 문 열리는 소리에 이어) 아이 왜 또 추워지고 지랄이야.

시목　(위 보더니 계단 올라간다)

아가씨1　(헐벗고 내려오다 시목 보고) 어마 오빠 어디 가요, 나랑 들어

시목　(O.L) 여긴 콜 어디 씁니까.

아가씨1　네??

시목　(지갑 꺼내는) 콜 좀 불러줘요.

아가씨1　(뜨악해서) 보자마자 2차?

시목　(무표정하게 아가씨 볼 뿐)

38. 길 - 밤

춥게 입은 아가씨1, 발 동동대며 인도 끝에 섰고,
좀 뒤에서 지켜보는 시목.
곧 아가씨1 앞에 와 서는 차. 택시 아닌 일반 중형차다.

콜 운전사 (앞유리 내리고) 벌써 퇴근? 어디 아파요?

아가씨1 내가 아니라 (하는데)

시목 감사합니다. (아가씨1 밀어내고 앞좌석에 탄다)

콜 운전사 아, (아가씨1에게) 땡큐!

아가씨1 (어깨 으쓱. 총총 간다)

콜 운전사 손님, 초저녁부터 달리셨나 봐요? 어디로 모실까요?

시목 민아 집 어딥니까.

콜 운전사 ... 민아가 누군데요?

시목 그쪽이 하루에도 몇 번씩 픽업해서 미용실에 업소에 퇴근까지
시켜주는 △△룸살롱 종업원. 시간 낭비 맙시다.

콜 운전사 (살피는) 경찰?..

시목 영업 면허 없는 콜 뛰기 불법인 거 아시죠.
민아 집 주소, 전화번호 불러요.

기색 살피던 콜 운전사, 돌연 차에서 내려 조수석으로 와 시목 끌어내린다.

콜 운전사 너 경찰 아니지? 민아 좋아하냐? 집 찾아가서 뭐하게, 자빠뜨리게?
술집 년이 좋으면 돈 내고 처만나 쉐꺄! 뒤꽁무니나 쫓아다니는
변태 쉐끼가 얻다 대고 협박질이야?! 그래 나 불법이다, 어쩔래!!

시목, 돌연 구부정했던 몸을 쭉 펴고 콜 운전사의 목을 움켜쥔다.
강한 아귀힘에 잡힌 콜 운전사, 얼굴 뻘게져 때리고 걷어차지만,
섬뜩할 정도로 텅 빈 얼굴의 시목, 더욱 세게 목을 조른다. 불거지는 손마디.

시목 (나직한) 주소, 전화번호.

콜 운전사 어, 억!

시목 주소, 번호..

39. 민아의 반지하 자취방 - 밤

어두운 반지하방. 화장대와 옷장만 덩그러니. 아무렇게나 쌓인 이불.
불 켜지며 민아, 뛰어 들어온다. 황급히 가방 싼다.
화장대 위 화장품을 대충 쓸어 담고, 방해되는 긴 머리도 서둘러 묶는데,
현관에서 무슨 소리 난다. 흠칫 놀라 돌아보는 민아, 불안한 눈길.

40. 골목 - 밤

모자에 운동화 차림으로 바뀐 민아, 자취방이 있는 다세대 빌라에서 나온다.
가방 메고 바삐 가지만, 아까보단 한숨 돌린 모습. 그런데,
누군가 뒤를 쫓듯이, 흔들리며 그녀에게 가까워지는 화면.
작지만 축축한 숨소리도 들리는 듯하고.
민아도 뭔가 느꼈는지 돌연 돌아보는데,
아무도 없는 골목.
민아, 다시 간다. 좀 다급해진 걸음.
마침, 골목 저 앞에 택시 한 대가 골목 교차로를 가로지르는 게 보인다.

민아 택시!
택시 (그냥 가버린다)
민아 택시!

그때, 뒤에서 확실히 들리는 인기척. 발소린가?!
민아 놀라 돌아본다. 바람도 안 부는데 나뭇잎이 흔들리고 있다.
겁이 덜컥 난 민아, 가방 부여잡고 내달리는데,
또 흔들리며 그녀에게 다가가는 화면.
화면 밖에서 들려오는 거친 숨소리, 점점 커진다.
비명 지르며 돌아보는 민아, 그런데 또 없다.
민아, 두려움 속에 이리저리 보는 순간, 돌연,
옆 골목에서 튀어나와 민아를 낚아채는 손!
우악스런 손에 입이 틀어막힌 민아가 옆 골목으로 끌려간다.

발버둥 치는 다리만 보이는데, 그나마 그것도 잠시, 갑자기 축 처진다.
옆 골목으로 질질 끌려 들어가는 다리.
곧 무슨 일 있었냐는 듯 괴괴한 달빛만 남은 골목.
민아가 사라진 자리에 떨어진 그녀 전화만 덩그러니...

시간 경과. 동 장소.
민아가 사라진 곳에서 몇 미터 뒤 빌라에 와 서는 시목의 차.
시목, 내려서 보면, 길 왼쪽은 일반 주택, 오른쪽은 다세대 빌라다.
시목, 빌라로 발 옮긴다.

41. 빌라 출입문 안 - 밤

시목, 101호 우편함에서 우편물 거둬서 보면, 수신인 이름 권민아다.
1층 문에 달린 호수 확인하면 201호다.
반지하로 내려가는 시목, 101호 문 앞에 선다.
벨 누르려다 문에 가만히 귀 대보는 시목.
눈 감고 안에 인기척이 있나 집중하지만 쥐 죽은 듯....
문고리 돌려보고 벨 눌러도 반응 없자 시목, 자리 뜬다.

42. 다세대 빌라 골목 - 밤

연립주택을 따라 도는 시목, 길로 반지하 창문이 나 있지만 방범 창살을 해 놓았다.
더 따라 돌면, 창살은 없지만 아주 작은 불투명창이 보인다.
시목, 창에 손대려다 창 밀어보면, 열린다.
어두운 집 안으로 휴대전화 불 비추면, 화장실이다.
창문 바로 아래 변기가 있어 딛고 내려가기 안성맞춤이다.
인적 없는 골목 살피고 좁은 창문으로 다리부터 들어가는 시목.

43. 민아의 자취방/화장실 - 밤

어두운 공간에 부스럭대는 소리만 들리다, 휴대전화 불빛 켜진다.
내려선 시목, 화장실 가로질러 나간다.

44. 동/방 겸 마루 - 밤

시목, 화장실 문 옆 스위치 켜면, 화장실 불 켜지고 그 빛에 드러나는 마루 겸 방.
대충 지저분하고 볼 것 없는데, 작은 화장대에 화장품 몇 개가 쓰러져 있다.
시목, 화장대로 가 살피면, 민아 사진이 많다. 화장기 없는 청순한 미소도 보인다.
로션 등은 없이 향수, 텀블러, 커다란 브러시 같은 것만 뒹군다.
옷장으로 눈 돌리는 시목.
옷장 앞에 아까 민아가 입었던 화려한 옷이 바닥에 마구 뒹군다. 급히 벗은 모양.
살림 규모에 비해 옷장은 매우 크다. 시목, 옷장 여는데,
역시 급히 몇 벌만 꺼내 갔는지, 쭉 걸린 옷들 중간에 빈자리가 휑하다.
옷에 관심 없는 시목, 돌아서는데 뭘 봤는지 그대로 멈춘다.
걸린 옷들에 손을 뻗어 앞으로 쭉 밀면, 맨 끝에 드러나는 옷, 교복이다!

시목 E　(마음의 소리) 교복.. 고등학생..

Flashback〉 - 2회 S#17. 리조트 승강기에서 요염하게 다리 꼬던 민아.

옷장에 걸린 교복.

〈시목의 상상 장면〉 - 2회 S#18. 리조트 복도. 문 앞에 선 민아.
문 열리더니 창준 나타난다. 그 위로 울리는 소리.

민아 들어가고, 창준, 문 닫는다.

시목 (마음의 소리) 박무성이 쥐고 있던 차장의 약점이...

교복과 대치라도 하듯 섰던 시목, 교복 사진을 찍는다. 섬광처럼 터지는 플래시.
옷장 문 닫고 살림살이 더 살피지만 더는 특이한 게 없다.
불 끄는 시목. 일거에 캄캄해진 실내.
화장실로 가는 발소리, 작은 창문으로 다시 빠져나가는 소리.
무덤처럼 조용해진 민아의 집...

45. 빌라 앞 골목 + 차 안 - 밤

차에 오르는 시목, 품에서 명함 꺼낸다.
제 명함에 '권민아 010-xxxx-####'라고 갈겨썼다.
번호 누르면, 요란한 통화 연결음. 받지 않는다.
끊으려는 시목, 그런데 그 순간, 연결음 멈추고 전화 받는 소리.
시목, 수신이 되자 집중하는데, 아무 소리 안 난다.
전화 속 침묵에 귀 기울이던 시목, 입 열려는데,
전화 너머에서 들리는 희미한, 걸그룹 노랫소리.
그러곤 바로 끊어지는 전화.
시목, 곧바로 다시 하지만, 전화가 꺼져 있다는 메시지가 나온다.
전화 들여다보는 시목...

46. 차 안 - 밤

달리는 차 안 뒷좌석에 깊숙이 앉은 창준, 폰으로 기사 검색 중.
강당에서의 일에 대해 온통 호평 일색의 헤드라인들.

창준 (만족해하는데 전화 울린다. 발신자 보더니 받는다) 음, (표정 굳는) 여자?

용산서장 F　나도 의외다, 전혀 몰랐냐?

창준　확실해? 황(앞자리 기사 의식) 직접 그렇게 말했대?

서장 F　박사장이 마지막으로 만난 여자라는 거까지 안 모양이더라,
너네 쪽에 짚이는 사람 없어?

창준　... 가서 얘기하자.

서장 F　그래, 나 좀 있음 도착.

창준　나도. (끊는다) 하필..

47. BAR/룸 - 밤

홀과는 유리로 구분된 룸 비슷한 공간.
전화하면서 들어서는 창준. 서장은 이미 와 있다.

창준　(전화 안 받는다. 끊고 넣자)

서장　좋겠다? 포용력에 카리스마까지 겸비한 지도자라고 칭찬 글로 아주
도배가 됐던데?

창준　그러라고 한 거니까.

서장　그럼 만사여의구만, 얼굴이 왜 그래?

창준　(골치 아프다)

서장　박사장이 만났다는 여자, 설마 개라고 생각하는 거야?

창준　(손깍지 껴 목 뒤로 하고 서장 본다. 눈빛만 봐도 서로 다 안다)

서장　어떻게 알고, 3년 전엔 암것도 모르는 애송이였는데.

창준　지 아버지가 말해줬겠지.

서장　... 한 가지만 묻자. 내가 진즉부터 아아주 궁금했던 거.

창준　(당연히 물으라는 끄덕임)

서장　(듣는 이 없어도 소리 낮춰) 그때 그 8억, 진짜 어떻게 된 거냐,
정말 중간에 배달 사고야, 영장관 오리발이야?

창준　... ... ..

서장　정 곤란하면 됐고.

창준　영장관 쪽에서 돈이란 걸 알고 상자째 바로 돌려보낸 건 사실이야.

문제는 그날 오후에 그걸 다시 가져간 사람이 있었단 거지.

서장　그니까 거까진 다 알려진 거고, 다시 가져간 게 어느 쪽이냐고.

창준　(고개 젓는)

서장　네가 모르면 누가 알아? 공작금을 꿀꺽한 거 보면 보통 인물은 아닐 거 아냐?

창준　모르고 살아.

서장　모르는 거야, 모른 척이야?

창준　(못 들은 척)

서장　영장관이 십 원 한 장 안 받았다고 한 게 사실이라면,
그런 분을 썩을 대로 썩은 데다 오리발까지 내민 철면피로 몰았으니..
영장관, 자식 또 있나, 아들?

창준　딸 하날걸. 영은수 하나로 알고 있어.

서장　그건 이상한데? 만약 내 아버지가 전 국민 앞에 8억짜리 떡장관으로 낙인찍히고 인격사살을 당했다, 절대 용서 못하지. 칼부림 나지.
근데 여자 솜씨가 아니잖아? 블랙박스에 그 츄리닝이, 여자일 순 없잖아?..

창준　... ..

서장　근데 창준아, 만일 그쪽에서 복수하려고 정말 공범까지 써가며 칼부림해댄 거면 너는 가만 놔둘 거란 보장 있냐?
이거 체포를 하든지 빨리 손써야 되는 거 아냐?!

창준　안 돼.

서장　(보면)

창준　그게 사실이어도, 사실이라면 더더욱, 체포는 안 돼.

서장　야 너 니 장인 덮어주고 있을 때가 아냐 지금,
여자가 한을 품으면 오뉴월에도 뭐 어떻게 된단 거, 거 너 진짜야!

창준　...

윤범 E　**생포는 안 돼. 살아서 잡히면 혼자 안 죽겠다고 다 불어댈 거야.**

서장　공범은 어디서 구했지? 어디 숨겨놓은 아들 있었나?

창준　...,,

48. 강변북로/창준의 차 안 - 밤

창준 (뒷좌석 깊숙이 파묻힌..)

윤범 E **범인을 만들어, 증거를 흘려, 황검사란 놈이 냄새 맡게 하고 막바지에 몰린 범인은 투신, 그걸로 극장 끝!**

창준, 창밖 본다. 강물에 드리운 달이 크고 손에 잡힐 듯하다.

49. 마포서 옆 골목 - 밤

골목으로 들어오는 시목, 긴 하루 끝에 옷도 후줄근해졌고 지친 발걸음.
시목, 포장마차에 별 눈길 안 주고 지나치다 멈춘다.
정본이 축 처져서 홀로 자작 중이다. 벌써 많이 취한 양태.
시목, 정본 알아보고도 그냥 가는데,
뒤에서 어? 하는 소리 나더니 뭔가 발치로 날아온다.
구두에 맞고 튕기는 것, 소주 뚜껑이다.
돌아보면, 정본이 웃고 있다.

50. 포장마차 - 밤

정본 (술 따라주며) 여기 살어?

시목 (잔, 잡지도 않는다) 음.

정본 직장 가까워 좋네? (건배하자고 술잔 드는데)

시목 안 해.

정본 어? 어.. (그래도 웃는) 놓고만 있어, 그럼.

시목 너도 이 근처?

정본 난.. 여 마포서 인사 왔다가.. 야 그러지 말고 딱 한 잔만, 응?

시목 술 안 해.

정본 (감정 상하는.. 취한 눈으로 쳐다보다..) 사람 무시하지 마.

나 유일하게 니 편 들어준 사람이야, 딴사람은 몰라도 넌 알잖아?

시목 (아무 감정 없이) 고맙다.

정본 .. 안하무인에, 재수 없고, 요만큼도 안 변했어, 고대로야, 20년 만에 만나서 내 전화 씹깔 때부터 알아봤어, 내가.

시목 모르는 번호를 어떻게 까지?

정본 어? 내가 번호 안 줬던가? (명함 꺼내주려다 뭔가 생각난 듯 멈추는)

시목 (어색하게 멈춘 손길 눈치채지만 언급 않는다)

정본 (더 기가 죽은.. 갑자기) 너 그때 나한테 왜 그랬어. 그때 왜 내 손

시목 (O.L) 시끄러워서.

정본 !... 시끄러워서?

시목 니가 시끄럽게 했어.

정본 .. 인마 너 뭐가 그렇게 잘났냐? 뭘 그렇게 중뿔나게 잘나서 사람 무시해! 검사면 뭐해? 평생 옆에 사람 하나 없이 늙어죽을 주제에!

시목 (일어난다)

정본 아 내가 잘못했네, 또 시끄럽게 했어. 시끄러우면 안 되는 분인데!

시목 (담담히) 시끄럽지 않아.

정본 (여전히 감정 격해 쏘아보는데)

시목 시끄럽지 않아. 사라졌어. 다른 것들이랑 같이. (자리 뜨는데)

정본 다른 거 뭐!

시목 네 말이 맞아. 평생, 옆에 사람이라곤 없을 거야. (간다)

정본 (입 벌리는) 아니, 저기..

멍하니 쳐다보는 정본을 뒤로하고 어두운 골목길로 천천히 사라져가는 시목.

51. 시목의 아파트/거실 - 밤

시목을 닮아 메마른 집 안에 오직 클릭소리만 들린다.
시목, 교복 사이트 들어가 쭉 훑어본다.
수백 벌의 교복이 나열돼 있지만 핸드폰 사진 속 민아 교복과 똑같은 건 없다.

다시 고등학교 홈페이지마다 들어가보지만 역시 마찬가지.
학교 리스트는 끝도 없는데 검색하고 또 검색한다.

52. 한남동 집/거실 - 밤

창준　(퇴근해 들어오는데)
창준妻　(남편 처음 보는 사람처럼 생글생글 쳐다본다)
창준　왜 그래, 사람 불안하게?
창준妻　우리 남편 멋있네? TV 나오는데 딴사람인 줄 알았어?
창준　나 참.
창준妻　(안듯이 다독여주는) 오늘 하루도 수고했어요. 집에 잘 왔어요.
창준　... (안는다. 얼굴 묻는다)

53. 은수의 집/안방 - 밤

일재, 작은 스탠드 불빛 아래 자고 있다.
지금 막 퇴근한 은수와 은수母, 일재가 잠든 모습 본다.
무사히 퇴원하고 집에 와 다행이다, 하는 얼굴의 모녀.
은수, 은수母 누우면 부모님 이불 덮어주고 다독인다.

54. 옥탑방 - 밤

여진, 무성母 얼굴에 마스크팩을 해주겠다고 성화다.
안 하겠다고 버둥대는 무성母와, 유통기한 다 돼서 빨리 써야 한다고 투닥대는 여진.
늘 슬퍼 보이던 무성母, 여진이 이불에 메치듯 눕히자 저도 모르게 웃음 터진다.
벽에는 새롭게 그려 붙인 무성母 그림도 붙었는데, 누군지 알아보는 게 용타...

55. 시목의 아파트/거실 - 밤

검색하다 홀로 엎드려 잠든 시목...

56. 서부지검/시목의 집무실 - 낮

바쁜 손길로 공판 준비하는 시목, 프린터에서 방금 나온 인쇄물을 낚아채면, 민아 교복 사진이다. 그 뒤에 콜 기사에게서 알아낸 민아 전화번호를 갈겨쓴다. 사진을 윗주머니에 넣고 집무실을 나선다.

57. 동/형사3부 복도 - 낮

시목 나오는데, 복도 끝에 계장이 보인다.

시목 (윗주머니에 사진 꺼내며) 계 (멈춘다)

계장 앞에 선 남자, 동재다. 흰 봉투 내민다.
계장, 곤란해하면서도 받는 모양새.
시목, 사진 도로 넣는다. 자리 뜬다.

58. 동/건물 앞 계단 - 낮

시목, 계단 내려오는데 저 앞 법원 쪽에 정본이 터덜터덜 오고 있다.

정본 어.. (어색) 자주 보네. 아침부터 재판인가 봐?

시목　　(빤히 보는)
정본　　(찔려서) 야 내가 어제, 기억은 잘 안 나는데 혹시 너한테
시목　　(O.L) 넌 어떻게 강진섭을 알아서 변론을 맡았어?
정본　　왜 내가 알았다고 생각하는데?
시목　　변호사가 재판에 졌는데 네가 미안해했어.
정본　　뭘 그런 걸 또 보고 그래.. 성당 사람이 소개시켜줬어.
　　　　돈이 안 되는 건데 내가 밀어붙였거든. 확실하다고, 승소한다고.
시목　　확신한 이유는.
정본　　이유라.. 믿었어, 어린 아버지를. 나랑 봤을 때 애를 데리고 있었는데,
　　　　걜 이렇게 꼭 안고 자긴 아니라고, 자기 애한테 맹세코 절대 안
　　　　죽였다는데 진짜지 그럼, 어느 애비가 애를 걸고 거짓말해, .. 믿었어.
시목　　(또 빤히 본다)
정본　　왜에? 뭐? .. 야 그래 어제 내가 죽을죄를 졌다.
시목　　네가 법원 경비나 청소를 할 것도 아니고,
　　　　여긴 공무원 차진데 일자릴 찾으려면 변호사 사무소 도는 게 안 낫나.
정본　　!!.. 티, 나냐..
시목　　명함 못 쓴다는 거 빼곤 별론.
정본　　.. .. 요즘 개인 사무실들이 다 어려워서, 그렇게 됐다.
　　　　아 혹시 니 일 중에서 따로 조사하거나 사람 쓸 일 있으면
　　　　(전화 꺼내 시목 전화 누른다) 저장해둬.
시목　　(전화 진동 울려도 받지 않고 손이 윗주머니로 가다가.. 도로 내린다)
정본　　(저장하기를 기다렸지만..) 바쁘지? 그럼, 나중에.
시목　　나중에. (법원으로 간다)
정본　　(잠시 보다가 터덜터덜 간다)

59. 동/동재의 집무실 - 낮

동재, 파일을 파쇄기에 갈아 넣고 있다. 서둘러 파쇄하느라 욱여넣다시피 하는데,

계장1 (노크 동시에 들어오는) 검ㅅ

동재 (종이 숨기고) 어딜 함부로 들어와!

계장1 죄송합니다, 피의자 도착해서

동재 나가!

계장1 (계면쩍어하며 나가면)

동재, 숨겼던 종이 보면,
민아의 주민등록증 복사본이다. 시커멓게 복사된 사진이지만 알아볼 수 있다.
동재, 마저 급히 갈아버린다.

60. 무성 집 앞/골목 - 밤

너덜너덜한 폴리스 라인이 무성 집 대문에 붙어 있다. 그래도 아직 출입금지인데,
무성 집 안에서 흘러나오는 불빛. 희미하지만 쿵쿵대는 소리도 들리고.

61. 무성 집/화장실 - 밤

어둡다. 창문에 비친 외등 빛만 어렴풋한데,
차 헤드라이트 불빛이 창문으로 쏟아져 들어오자 드러나는 윤곽.
세면대, 욕실 거울, 휴지가 잔뜩 떨어진 바닥.
이상할 정도로 지저분하지만, 평범한 가정집 화장실이다.
잠시 비쳤던 헤드라이트 빛 멀어지면 또 어둠에 휩싸이고,
그 어둠 타고 카메라 포커스가 화장실 안을 흐르면...
욕조 샤워기에 축 늘어져 매달린 것, 사람이다.
고개 툭 떨어져 얼굴 안 보이고 온통 엉겨 붙은 머리카락.
그 속의 얼굴 클로즈업하면, 민아다.
드문드문 머리카락 사이로 드러난 얼굴에 번진 화장. 검은 눈물, 뭉개진 립스틱.
샤워기에 묶인 손목, 피멍 든 손, 깨져나간 손톱.. 위에서 아래로 쭉 타고 내려

오면,
앙상하게 드러난 다리 타고 여러 가닥으로 흐르는 피.
긁히고 상처 난 맨발, 그리고 욕조 안에서 섬뜩한 빛을 발하는 것, 장미 문양 칼이다.
욕조에 고인 피는 뱀처럼 흐르며 수채구멍으로 고여가는데.
밖에선 들리는 목소리, 남자 여자 목소리. 그보다 큰 음악소리.
갑자기 열리는 화장실, 시끄러운 음악이 밀려 들어오며 웬 앳된 여학생이 들어오는데,
여학생 아무 생각 없이 화장실로 발 내딛다 시커먼 형상에 고개 든다.
민아 발견한 여학생, 찰나의 무지. 그러나 곧,
귀를 찢는 비명. 온 집 안을 울린다....

62. 서부지검/시목의 검사실 - 밤

새벽 2시가 다 돼가는 시각. 시목, 아직도 일하는 중. 그래도 서류는 산더미인데,
전화 온다. 정본이다. 시계 보는 시목. 범상치 않은 예감.. 받는다.

소리 E〉 쾅쾅! (문 두드리는 소리)

63. 옥탑방 - 밤

장형사 E 경위님! 일어나요! 경위님!

깜짝 놀라 잠에서 깨는 여진과 무성母. 밖에선 문 두드리는 소리.
반사적으로 무성母 돌아보는 여진.

한쪽엔 전화 쥔 채 말이 없는 시목,
한쪽엔 불길한 예감에 휩싸인 여진에서 엔딩.

5회

살아. 그런 놈한테 지지 마,

무서웠잖아, 끔찍했잖아,

그딴 걸 이 세상 마지막 기억으로 가져가지 마, 살아!...

1. 무성의 집/대문 앞 - 밤

요란한 사이렌 소리, 눈이 멀 듯한 카메라 조명.
이곳은 벌써, 아수라장이다.
골목 초입에 응급차는 사이렌 울리며 비키라고 방송하고,
정복경찰들은 길을 트려고 호루라기 불어대지만,
가뜩이나 좁은 골목에 방송 차량이 얽혀 제자리걸음이다.
대문 앞을 가득 메운 기자들은 자리싸움 벌인다.
무등, 사다리, 뭐든 타고 올라가 담 너머 집 안 찍는 대포 카메라들.
옆집 다세대 주택 담 위에도 진을 친 카메라가 이미 새카맣다.
골목 여기저기에 쭈그리고 노트북으로 기사 전송하는 기자들에,
불안해서 서성이는 동네 사람들. 택시기사도, 죽은 개 해피 주인도 겁에 질렸다.

기자4　뒤에 보이는 이곳이 바로 지난 1월 박모씨가 살해된 현장인데요!
방금 전 이곳에서 끔찍한 범행이 또다시 벌어졌습니다!

기자5　현장을 목격한 한 학생이 SNS에 피해자 사진을 올리면서 알려진
이 사건은, 박모씨 죽음 뒤 빈집이 된 현장을 제집처럼 드나들던
청소년들이 피해자를 발견하고도 경찰에 신고는커녕 SNS에 사진을

올린 것으로 드러나 더욱 충격을 주고 있습니다.

누군가 '애들 나온다!' 소리치자 화면, 그쪽으로 급히 이동.
얼굴에 죄다 점퍼를 뒤집어쓴 대여섯의 학생들이 서형사를 따라 줄줄이 나온다.
동네 사람들 뭐라 소리 지르고, 카메라는 달려오고, 그야말로 난리가 나는데,

2. 동/골목 - 밤

골목으로 오는 시목의 차. 사람과 차로 길이 엉켜 더는 갈 수 없다.
시목, 차에서 내리며 신분증 차는데, 시목 발견한 기자들이 달려든다.
휴대폰과 카메라가 화면에 마구 디밀어진다.

기자4 피해자가 먼젓번하고 관계있나요? 모방인가요?
기자5 검거를 장담했는데 또 희생자가 나온 걸 어떻게 생각하세요!
기자6 연쇄가요? 연쇄 맞죠!
시목 (휴대폰 들이미는 기자들 묵묵히 헤치고 집으로 향한다)

3. 동/마루 - 밤

나뒹구는 술병, 컵라면 등 쓰레기로 엉망인 집 안.
마루 한복판엔 집 안에서 캠프파이어라도 했는지 커다란 불탄 자국까지.
여기에 경찰들(현장 훼손방지용 덧신 신은)과 감식반이 뒤섞여 더 혼잡하다.
화장실 문 앞엔 강력반 형사들이 모여서 곤혹스러워하고 있는데,
유독 곤혹이 아닌 분노에 휩싸여 보이는 여진,
어느새 뒤에 와 선 시목(역시 덧신 신은)에게 부딪힌다.
부딪혀도 반응 없는 시목. 그의 까만 눈동자에 반사되는, 샤워기에 묶여 늘어진 민아.

김경사　죽겠네.. (장형사에게) 여자 유류품 찾아봐. 가방이든 뭐든.
집주인은 집이 이 꼴이 되도록 어디 박혀 있는 거야?

시목　(민아에 시선 고정한 채) 저 차림에 옷가지 하나 떨어진 게 없는데요.

김경사　(그제야 시목 본, 전혀 안 반가운) 네?

시목　가방이든 뭐든, 없어요,

김경사　(속옷 차림 민아 흘끗 보는. 입 삐죽하지만 반박할 말 없다)

여진　집주인은 내가 알아요. (핸드폰 꺼내는데)

화장실 안에서 팍! 터지는 카메라 플래시.

4. 동/화장실 - 밤

감식반, 민아 사진을 찍고 있다.
〈감식반이 찍는 사진 대로 잡히는 스틸 컷〉
- 엉겨 붙은 머리칼. 군데군데 드러난 백지장 같은 얼굴, 재갈 물렸던 자국 짙은 입가.
- 톱니처럼 군데군데 부러진 손톱과 묶인 자국이 검게 변한 손목.
감식반, 조심스레 몸을 기울여 손 묶은 끈 살피는데, 어디에나 흔한 노끈.
시목, 화장실 문가에 서서 이를 지켜보는데,
화장실 욕조 안에 또 다른 시목(상상. 반투명) 나타난다.

상상의 시목, 완전무장했다. 장갑, 머리카락을 감싼 모자, 족적방지용 덧신까지.
(감식반이 현장조사를 하는 현실의 장면과 겹쳐서 보이는)
상상 속 시목, 축 처진 민아(반투명)를 욕조 샤워기에 묶는데, 절대 쉽지 않다.

시목　(마음의 소리) 기절한 상태였다 해도 매달기 쉽지 않았을 텐데..

한 손으론 민아 두 손을 고정시키고 한 손으론 끈 묶느라 힘을 들이는 상상 속 시목,

다 묶고 이제 칼 잡는다. 휘두르면 벽에 튀는 피!!

시목 E　벽에 피가 없어..

현재의 시목, 깨끗한 벽을 본다.
상상 속 시목, 칼을 멈추고 욕조에서 나온다. 욕조 밖에 서서 안에 묶인 민아 찌른다.
휘두르는 게 아니라 칼을 민아 몸에 바짝 댄 뒤 힘을 가해 칼날을 밀어 넣는다.
피가 거의 튀지 않는다. 한 번, 두 번.
이제 완전히 끝내려 마지막으로 심장에 칼날을 대는데,
그 순간 갑자기 푸드덕!! 경기 일으키는 (현실의) 민아.

감식반　악!!!

상상 속 시목, 거의 선만 남을 정도로 매우 흐려진다.

5. 동/마루 - 밤

온 집 안에 울리는 비명. 다들 놀라 돌아보면 묶인 몸으로 경련하는 민아.

여진　(가장 먼저 정신 차리고 화장실로 뛰어드는) 내려요!

그 소리에 정신 차린 사람들도 화장실로 몰려가는데,
문가의 시목, 사람들과 부딪히기 전에 빠르게 비켜나는데, 의문이 일어나는 얼굴.

6. 동/화장실 - 밤

민아, 엉겨 붙은 머리카락 사이로 번쩍 치켜뜬 눈.

다시 한 번 몸을 떨며 경기 일으킨다. 흡사 죽어가는 새의 마지막 같은 몸부림.
아직 얼어붙은 감식반을 밀어제친 여진, 민아를 받치듯 안고 끈 풀려는데 안 풀린다.
뒤늦게 달라붙는 장형사와 감식반도 끈을 풀려 애쓴다.
장형사, 급한 마음에 욕이 절로 튀어나오고 감식반, 결국 커터로 끈을 끊어 낸다.
그 바람에 엉망으로 뭉개지는 현장을 싸늘히 지켜보는 시목.
여진과 경찰들, 민아를 감싸 급히 화장실 밖으로 옮기고,
시목, 옆을 스치는 민아를 내려다볼 뿐인데. 그때,
스쳐가는 민아 목에서 검은 점 모양의 상처 네 개를 순간적으로 포착한다.
두 개는 짙고 두 개는 좀 더 옅다.
화장실에서 마루로 옮겨지는 민아를 따라 밖으로 나가는 모두와는 반대로 시목, 홀로 화장실로 들어선다. 뭉개진 현장을 돌아보다 고개 돌리면,
칼을 쥐고 욕조를 향해 선 상상 속 시목이 다시 반투명으로 짙어져 바로 옆에 섰다.

시목　(상상 속 시목에게, 마음의 소리) 왜 완전히 끝내지 않았지?
이 수고를 치르고서? 왜 굳이 여기야? 얻어지는 게 뭔데?

상상 속 시목, 스르르 눈을 돌려 욕조 안을 본다.
현재의 시목, 그 시선 따라 욕조 안을 보면,
피 웅덩이 안에 떨어진, 욕조 안에 있어 밖에선 안 보이던 흉기, 장미 문양 칼이다.

Flashback〉 - 2회 S#49. 시목, 바닥에 떨어져 있는 장미 무늬 칼 집는.

흉기를 꼼짝 않고 쳐다보던 현실의 시목, 제 손을 내려다본다.
그사이 상상 속 시목, 이미 없어졌다.

7. 동/마루 - 밤

실려 나온 민아, 일단 마룻바닥에 눕혀졌는데,

김경사	내 말 들려요?! 이봐요! 범인 봤어요? 정신 차려!
민아	(초점 없는 눈. 가누지 못해 스프링 인형처럼 흔들리는 목)
김경사	(민아 얼굴 잡고) 범인!
여진	(김경사 손 콱 잡아 치워버리는) 살려고 눈 뜬 거예요, 범인 잡아주려고가 아니라! (겉옷 확 벗는)

여진, 속옷 차림으로 널브러진 민아를 겉옷으로 덮어주는데,
그때, 몸에서 영혼이 빠져나가는 듯 고개 툭 떨궈지는 민아. 정신 잃었다.

여진	앰뷸런스! 빨리요!

응급대원 달려 들어와 민아를 들것에 실어 옮기는데,
여진, 민아 덮은 천을 잡아당겨 죽은 사람처럼 얼굴까지 가린다.

여진	어디로 가요?
응급대원	남산병원이요.

여진, 현관문 연다.
그와 동시에 밖에서 터지는 카메라 빛이 집 안까지 밀고 들어온다.
여진, 그 빛이 민아에게 떨어지는 걸 최대한 막으며 민아와 함께 나가면,

8. 동/대문 앞 길 - 밤

민아가 실려 나오자 사방 카메라에서 불이 난다.
'죽었나요?!' '어느 병원이에요?!' 질문이 난무하는데,
기자들 제지하던 경찰과 부딪힌 응급대원, 들것을 놓칠 뻔한다.
다른 대원이 민아 감싸며 '조심해!' 외치자,

누군가 '살았나 봐!' 소리친다. 이어지는 '여자 살았대!' 외침.
여진, 낭패다. 들것이 응급차에 실리면 전화 걸면서 급히 제 차로 달려간다.
이에 뒤질세라 부리나케 차에 오르는 기자들.

9. 여진의 차 안 - 밤

여진 (안전벨트하며 전화) 여자 살았어요! 남산병원이요!
기자들 쫙 깔려서 범인도 금방 알 거예요, 지원 보내주세요 지금!

사이렌 울린다. 복잡한 골목을 빠져나가는 응급차.
여진도 전화 집어던지고 출발한다.

10. 길 - 밤

새벽길을 달리는 응급차. 여진, 속도 올려 응급차를 호위하듯 달린다.
그 뒤 누구 하나 뒤질세라 쫓아오는 방송 차량들.

11. 무성의 집/마루 - 밤

감식반은 장미 문양 칼을 증거 봉투에 넣고 있는데,
시목, 부엌 본다.

Flashback〉 - 2회 S#49. 시목, 장미 무늬 칼을 수저통에 꽂는.

설거지통에 장미 문양 칼이 없다.

장형사 (소리 안 들어가게 가리고) 서장님이요,
김경사 (작게) 아씨, 아직 암것도 모르는데 자꾸 전화질이야.

시목 이름 권민아. 나이 25세, 추정이라고 보고하세요.
김경사 누가, 피해자가요? 아는 사람이에요?!
시목 사람은 모르고 집은 압니다.
김경사 에에?

12. 길 + 경찰차 안 - 밤

무성 집에서 나오는 김경사와 시목, 기자들 물리치며 차에 탄다.
차 문 닫으려던 시목, 문득 돌아본다. 사람들 사이로 얼핏 정본을 본 것 같은데?
하지만 카메라 플래시가 시목 얼굴에 대놓고 터지자 문 닫는다.

김경사 (바로 출발) 어떻게 사람은 모르는데 집은 압니까?
시목 성매매 특별 단속에 걸렸던 단란주점 종업원이에요.
김경사 술집 여자라고요?
시목 어젯밤 룸살롱 단속 중에 다시 걸렸고, 거주지를 알아냈을 땐 이미 도주한 뒤였습니다. (잠깐) 이젠 그제 밤이네요.
김경사 술집 여자가 왜 저 집에서 나와요?
시목 저도 그게 알고 싶습니다. 뭘 의미하는 건지.
김경사 (짐작도 안 가는..) 범인을 봤을 텐데, 꼭 살아야 되는데!

13. 병원/응급실 - 밤

수혈 팩이 급히 연결되고, 칼에 찔린 곳 살피고, 바이탈 연결하는 분주한 손길들.

의사2 흉관 삽입합니다!
의사1 되면 바로 옮겨! 6팩 더 가져와요. 수액도! (여진에게) 쇼크 왔나요?
여진 예 왔어요!

의사2　　됐어요!

소리 떨어지자마자 급히 옮겨지는 침대.

여진　　(쫓아가며) 살 수 있겠죠?

의사1　　(가며) 저혈액성 쇼크에요. 저산소증에 저혈압까지.

여진　　살 수 있죠?!

14. 동/복도 - 밤

의사1　　폐가 찔리면서 출혈과 공기 유출이 돼서 좀만 늦었어도 위험했어요.

여진　　연쇄살인범을 봤어요, 유일한 목격자예요, 꼭 살려주세요, 선생님.

의사1　　최선을 다해야죠, 목격자든 아니든. (수술실로 들어간다)

여진　　.. .. 목격자든 아니든, (수술실 문 닫힌다. 마음의 소리)
살아. 그런 놈한테 지지 마, 무서웠잖아, 끔찍했잖아,
그딴 걸 이 세상 마지막 기억으로 가져가지 마, 살아!...

그녀 뒤, 복도 끝에 나타나는 동재, 수술실 쪽으로 점점 다가온다.
여진 뒤까지 거의 다 왔는데, 뒤에서 나는 발소리.

팀장　　한경위!

팀장과 박순경 달려온다.
동재, 경위 소리에 여진 보지만 그대로 지나쳐 복도 모퉁이 꺾어 사라진다.

팀장　　어떻게 됐어?

여진　　수술 들어갔어요, 의사도 장담 못하겠나 봐요.

cut to. 모퉁이를 끼고 돌자마자 멈추는 동재, 벽에 몸을 붙이고 엿듣는다.

팀장 E　신원 나왔어, 검사가 여자 집을 안대서 지금 김경사랑 가고 있어.
여진 E　에? 황시목 검사 말씀이세요?!
동재　(뭐?!)
여진 E　황검사가 어떻게 여자 집을 알아요?!

cut to. 수술실 앞

팀장　지검에서 전부터 성매매로 쫓던 여자래.
여진　(그럴 리가...) 박순경 여기 맡아줘! (뛰어가는) 절대 눈 떼지 마!
팀장　한경위, 한여진!

15. 동/정문 앞 - 밤

여진이 병원에서 나와 뛰어가면,
그 뒤로 나오는 동재, 전화 걸려다.. 그만둔다. 얼굴이 흙빛이다.

16. 한남동 집/서재 - 밤

불도 안 켜고 노트북 앞에 앉은 창준, 모니터 빛 반사된 안색이 파랗다.
모니터에 SNS 화면이 떴는데, 욕조에 묶인 민아 사진이다.
'아 ㅆㅂ 개놀람'이란 제목 아래, 'ㄷㄷ 뭐임?' '존트 무서' 등, 멘트가 끝이 없다.
사진 보는 창준. 어두운 데서 찍힌 데다 머리카락에 덮여서 알아보기 힘들지만...

Insert〉 - 한성 설악 리조트. 창준의 방문 앞에 선 민아.

창준　(이젠 아름다움을 잃고 시체처럼 변한 얼굴을 보는...)
창준妻　여보?.. (들어오는) 또 무슨
창준　(즉시 노트북 닫고) 아냐. (아내 안는) 또 아냐, 아무 일 아냐..

(아내를 안은 손, 목소리는 낮고 부드럽지만 불안에 잠식된 눈동자...)

17. 민아의 집/화장실 + 마루 - 밤

괴괴한 집 안. 매우 조용한데 갑자기 현관문 흔들린다.
문 잡아당기는 소리. 곧 조용해지고 잠시 후, 화장실 창문 열리는 소리.
어젯밤 시목이 했던 것처럼 김경사가 화장실 쪽창을 열고 낑낑 들어온다.
김경사, 불부터 켜면, 시목도 어렵사리 쪽창으로 들어오고 있다.

김경사　(황당) 내가 금방 현관 열어줄 텐데 뭘 검사님까지 결루 들어옵니까?
시목　... 그러네요.
김경사　(한심해하는 표정 스친다. 마루로 나가고)
시목　(쪽창 일별한다. 마루로 나가는)

18. 동/방 - 밤

불 켜진다. 김경사 들어와 살피면 어지러운 화장대, 삐뚤빼뚤 서랍, 헝클어진 옷가지.
모두 어젯밤 시목이 본 그대로인데,

김경사　몸싸움이 있었나? 범인이 뒤졌나?
시목　(옷장에 손대는)
김경사　만지지 말아요! 납치현장인지도 몰라요! (당장 전화하는)
시목　... (화장대 보며) 텀블러, 향수, (큰 브러시에서 막힌) 붓?..
김경사　(전화) 난데! 감식반 좀 이리 보내. 그니까 거기 끝나면!
시목　.. (소매로 손 감싸서 옷장 연다)
김경사　검사님 여기 주소가

열린 옷장에 떡하니 나타난 교복.

김경사　(전화 내려지는...) 룸살롱이라면서요?

긍정의 침묵을 보이는 시목. 시목 봤다가 다시 교복 보는 김경사.

19. 동/집 앞 골목 - 밤

아깐 없던 경찰차가 와 있고 반지하 계단에 이젠 폴리스 라인도 쳐졌다.
차에서 내리는 여진, 다세대 건물로 들어간다.

20. 동/마루 - 밤

여진, 활짝 열어놓은 현관으로 들어오면,
화장실에 장형사가, 방에는 김경사가 있다. 집이 작아 양쪽이 다 보인다.

장형사　(변기 딛고 서서 화장실 쪽창의 지문 뜨다가) 왔어요? 여자는요?
여진　수술 중. 박순경이 지키고 있어요. (방 본다) 감식반은 뭐하고요?
김경사　(족적 뜨고 있는) 후암동이 하두 개판이라 여기까지 못 오신답니다.
더럽게 많네, 납치현장인지도 모르고 황검사랑 잔뜩 밟아댔으니.
여진　(열린 옷장에 걸린 교복이 눈에 띈다. 착잡해지는..) 황검사는요?
장형사　갔어요, 방금.
김경사　아참! 야 검사 지문 받아놨지? 우리 둘 다 걸로 들어와서 창문에
우리 거 왕창 찍혔을 거야!
장형사　(일하던 손 멈춘다. 여진 돌아보는 표정이 뭐야? 라고 하고 있다)
여진　(역시 이상한) 왜 창문으로 들어왔는데요?
김경사　왜는? 깨부수고 들어와요 그럼?
여진　납치현장이라면서요? 현관문 잠겨 있었어요 그럼?
장형사　(김경사한테는 안 보이는 그 얼굴, 이미 짜증났다)
여진　납치해 가면서 친절하게 문 잠가놓고 가진 않았을 거 아네요.

도어락도 아닌데 저절로 잠겼을 리도 없고.

김경사 (엇! 깨닫지만) 문은 눈에 띄니까 (창문 보지만 방범창이다. 출입 불가)
어쨌거나 이 난리를 쳐놓은 건 뭔 위협을 느꼈다는 거 아녜요!

여진 ... (자리 뜬다. 나가면서 보면)

장형사 (입이 댓 발 나와서 중얼중얼)

21. 동/집 앞 골목 - 밤

여진, 반지하 계단 올라와 골목으로 나와 선다. 전화 꺼내 황검사 누르려는데, 멀지 않은 저 앞, 어두운 골목 끝에 내려앉은 형상이 보인다. 시목이다.

cut to. 골목 끝.
시목, 골목에 내려앉아 내려다보는 것, 깨진 손톱 조각이다.
그 옆으로 와 내려앉는 여진도 네일아트가 남은 손톱 조각 본다. 민아 것과 같다.

시목 .. 로션이 없었어요.

여진 (보는)

시목 화장대에 매일 쓰는 건 하나도 없었어요.
사고를 당한 게 아니라 짐을 싸서 제 발로 잠적했다고 생각했는데.

여진 (손톱 본다) 그런데 여기였군요. 몇 발짝도 못 나오고 여기서.

시목 (혼잣말처럼) 또 눈앞에서 놓쳤어요.

여진 검사님 탓 아녜요. 이런 데서 납치될지 누가 알았겠어요?

시목 노린 거예요.

여진 네?

Flashback〉 - 1회 S#10. 박무성 집/안방
다 헤집어놓은 와중에 오도카니, 낡은 밥상 위에 놓인 최신형 노트북.

시목 두고 간 노트북.

Flashback〉 - 1회 S#66. 주택(해피네 집)/뒷마당
초록색 쇠장식에 거무튀튀한 얼룩이 묻어 있다.
담을 타고 아래로 내려오면 파헤쳐진 흙 속에 개 사체.

시목 E **일부러 묻힌 피. 그 밑에 묻은 개.**

시목 처음부터 노렸어요. (일어난다) 나한테 보내는 거였을까.
여진 (따라 일어서는) 일부러 흘린단 느낌이야 받았지만,
그게 왜 검사님한테 보내는 거예요?
시목 또 한발 늦었어요, 박무성처럼 간발의 차로 또. 왜?
여진 검사님 여기 오는 거 누가 알았는데요?
시목 (고개 젓는)
여진 .. 누가 검사님 직전에 사람들을 계속 해친다면,
그런 건 원한이 있거나 아님 뒤집어씌우려는 건데?
시목 ...

Flashback〉 - 2회 S#49. 박무성 집/마루
박무성이 죽던 당시를 재현한 뒤, 통에 장미 문양 칼을 꽂는 시목.
칼에서 손을 떼면 손잡이에 고스란히 드러나는 그의 지문.

Flashback〉 - 5회 S#6. 욕조 안에 떨어져 있던 장미 문양 칼.

여진 검사님 혹시!
시목 (보면)
여진 여자랑 얽혔어요? 아까 피해자, 전에 말한 그거 맞죠?
박무성은 권력의 스폰서였다. 돈 여자 안 가렸다, 그랬잖아요,
박무성이 그 목적으로 쓴 여자죠? 검사님도 스폰, 그걸로?
시목 (대꾸 않는)
여진 범인이 만약에 피해자를 사랑한 남자라면 그럼 검사님한테 원한
있을 수 있죠? 박무성한텐 말할 것도 없고. 왜 대답 안 해요?

진짜 뭐 있는 거 아녜요?

시목 (O.L) 없습니다, (민아 교복 사진 꺼내서 주며) 뭐.

여진 (받아서 보는) 봤어요, 집 안에서.

시목 통신회사 기록엔 93년생으로 돼 있습니다.
이런(교복 사진) 걸 좋아하는 남자들도 있으니까 93이 맞을 수도 있고.

여진 근데 절대 의상이 아니라, 교복 주인이 맞다면,

시목 걸어 다니는 시한폭탄이었겠죠, 어떤 남자들한텐.

여진 근데 아니잖아요? 입 막고 싶었음 조용히 처리해야지,
이건 동네방네 광골 못해서 안달이잖아요? 왜 하필 거기다 묶어놔?

서로 쳐다보는 두 사람. 잠시 말이 없다.

여진 ... 아 닥치고 잡읍시다! 나 이 새끼 낯짝이 어떤지 되게 궁금해지기
시작했으니까. 이건 (교복 사진) 내가 알아볼게요.

여진, 다시 앉아 손톱 사진 찍는다. 골목도 찍고 수첩에 기록한다. 그러면서
보면,
시목, 구부정한 등 보이며 자리를 뜨고 있다.

여진 왜 검사님을 향했을까요!

시목 (돌아보지 않고, 여진에게 안 들리는) 왜. 누가.

여진 .. (전화하는) 납치현장 찾았습니다!

22. 용산서/수사본부 - 아침

수사본부가 꾸려지고 있다.
순경들, 관련 서류와 컴퓨터 등을 책상마다 놓고 화이트보드에 사진을 붙이고.
민아뿐 아니라 박무성 관련 사진도 망라되는 그 위로,

앵커 E 무서운 10대의 끝을 모르는 일탈도 큰 충격입니다만,

몇 달째 미궁에 빠진 사건현장에 외부인이 맘대로 드나들었다는 사실만으로도 경찰의 관리 능력을 의심하지 않을 수 없습니다. 또한,

23. 병원/중환자실 - 아침

수술 마친 민아가 중환자실로 옮겨진다.
바로 옆에서 따라가는 박순경.

앵커 E 계속되는 희생에도 불구하고 전혀 진전 없는 사태에 경찰은 과연 검거의 의지가 있는가, 다시 한 번 묻고 싶습니다.

24. 용산서/과학수사실 - 아침

고깃덩어리에 대고 전자충격기를 실험하는 감식반, 민아 목에 상처 사진과 비교한다.

앵커 E 언제쯤 변죽만 울리는 뒷북 수사에서 벗어날 수 있을까요, 얼마나 더 많은 희생이 있어야 대한민국이 안전한 나라가 될까요.

25. 동/조사실 - 아침

장형사, 무성母에게 민아 사진 내보인다. 충격 속에 고개 젓는 무성母.

앵커 E 언제쯤 눈만 뜨면 밤새 누군가 죽어나간 인재공화국에서 탈출할까요. 이상으로 뉴스 특보를 마칩니다. 국민 여러분 부디 평안한 하루 되십쇼.

26. 동/강력반 - 아침

현장에서 줄줄이 끌려온 학생들 중 여학생 하나, 서형사에게 조사받는다.

서형사 니들이지? 여자 납치했다가 수습 못하게 되니까 연쇄인 척 꾸몄지?
여학생 아니거든요?
서형사 너는 아냐? 그럼 누가 주도했는데? 딴 애들 다 지금 방마다 들어가 있어, 걔들이 불기 전에 니가 먼저 불어야 그나마 선처받아.
여학생 우리가 안 죽였다니까요? 그랬으면 미쳤다고 짤을 올려요?
서형사 그거 핑계 삼으려고 선수 쳤잖아! 어디서 역으로 대가릴 굴려!
여학생 치, 아저씨, 나 열네 살 안 돼서 벌 안 받거든요?
서형사 이게 뚫린 입이라고, 주워들으려면 제대로 주워들어, 형사법은 피해도 가정법은 못 피해! 이마에 피도 안 마른 게 벌써부터 이따위로 굴러먹어서 뭐가 되려고!
여학생 아저씨 이마에 피 마르면 사람 죽어요.
서형사 (너무 열 받아 한 대 치고 싶지만 그럴 수도 없고!)
김경사 (뒤에서 나타나 인정사정없이 여학생 손 낚아챈다)
여학생 아!
김경사 시끄러!!

무서운 얼굴의 김경사, 여학생 손에 루미놀 뿌리는데 반응 없다.
시선 교환하는 서형사와 김경사.

소리 E〉 (현관 벨소리)

27. 아파트/복도 - 아침

현관에 얼굴만 내민 중년여성과 문 앞에 선 여진.

여진 (경찰 신분증 보여주고) 권민아씨 어머님 되세요?
중년여성 (벌써 불안한) 민아 없는데 왜요?..

여진　저, 따님이 지금 병원에 있습니다.
중년여성　예? (확 열고 나오는) 병원, 병원이요? 일본에 있는 애가 왜요!
여진　일본이요? (민아 방에서 가져온 민아 사진 내미는) 아닙니까?
중년여성　(가슴 쓸어내리는!) 뭐야, 아녜요 우리 딸!..
여진　!...

cut to. 빠르게 계단 내려가는 여진. 그 뒤로 중년여성이 놀란 마음에 흘긴다.

28. 용산서/수사본부 - 아침

팀장　(화이트보드에서 학생들 사진 떼어내는데)
동재 E　아닌가요?

언제 왔는지 들어와 다가오는 동재, 가볍게 목례.

팀장　(목례) 혈흔이 안 나와서요, 이 자식들이면 차라리 가뿐한데.
동재　결국 연쇄로 가는 건가?.. (전자충격기 상처 사진 본다.
6만 볼트라고 갈겨썼다) 6만 볼트? 소지 허가가 필요한 거네요?
팀장　그쪽도 지금 뒤지는 중인데 (전화 온다) 잠시만요. (받는)
응, .. 아냐? 권민아는 누군데 그럼? .. 아씨, 벌써 발표 다 나갔는데,
알았어. (끊으려다) 단체방에 올려! (끊는다)
동재　피해자 신원이 틀렸나요?
팀장　아니 방 계약이랑 통신사도 다 이 주민번호로 했는데 아니라네요?
동재　바로 그겁니다. (화이트보드 민아 사진 보며) 저희가 이 여자한테
주목했던 이유가. (경찰이 찍어 온 민아 교복 사진 두드린다)
미성년자한테 위조 주민증을 공급하는 놈들과의 연계성.
그런데 이렇게 얽히는 바람에 나도 지금 이걸 어떻게 해석해야 할지
참.... 아 병원엔 지금 누가?
팀장　순경 한 명을 배치했습니다. 한 명이어도 절대 눈 안 뗍니다.

동재　　.. 손이 항상, 모자라니까요...

29. 서부지검/구내식당 - 낮

밥, 반찬이 소복이 쌓인 식판 내려놓고 자리에 앉는 시목, 충혈된 눈 비빈다.

시목　　(크게 한 술 뜨려는데 전화 온다. 받으면)
은수 F　어디 계세요? 긴급회의요, 지금 부장님실.
시목　　지금? ... 알았어. (끊는다. 앞에 밥 보지만 일어나 자리 뜬다)

한 입 넣지도 못하고 고스란히 남은 밥, 국.

30. 동/형사3부 부장실 - 낮

동재를 제외한 3부 소속 검사들, 회의에 착석 중이다.

3부장　시국이 하 수상하여 할 게 많아요, 빨리 시작하지.
은수　　서검사님 아직 안 오셨는데요.
3부장　용산서 들러 올 거야.
은수　　오늘 새벽 후암동 거, 서검사님한테 갔나요? (시목 본다)
시목　　(역시 금시초문) 어떤 기준입니까?
3부장　어떤 기준? 사건 배분에 기준을 들먹이는 건 어떤 기준이냐?
다들 똑똑히 들어! 이번 건은 친한 기자고 뭐고 없어,
아예 자물쇠들 채워. 범인 쉐끼가 우릴 아주 엿 먹이자고 작정한
마당에 더 이상 구설수 만들지 말라고, 알아들었어?
검사들　예!
3부장　황시목.
시목　　예 부장님.
3부장　강진섭이 유가족 소송 결정했어. 국가, 교도소, 우리 상대로.

형사보상금이랑 손해배상 청구니까 직접 공방 벌일 일은 없다 해도 내 탓이오 하고 조신하게 있어. 또 TV 뛰쳐나갈 거야?

시목 아뇨.

3부장 대답은 넙죽넙죽. (소리 나게 서류 넘기면)

눈치 보며 서류 넘기는 검사들. 은수, 시목 살피지만 시목, 메모할 뿐.

31. 동/복도 - 낮

회의 끝나고 나오는 검사들. 시목도 나오는데,

은수 (옆에 와 걷는) 부녀자 상해치사는 원래 서검사님 담당이죠, 사건도 커졌으니 평검사보단 부부장으로 격을 올린 거 아닐까요?

시목 ...

은수 누가 가장 먼저 현장에 달려갔는지, 누가 가장 사건을 꿰뚫고 있는지가 무슨 상관이겠어요.

시목 위로든 비꼬기든 상관없지만,

은수 상처에 소금 뿌리기는 먼저 상처를 입어야 가능하죠. 타격, 안 받으시잖아요?

시목 ...

은수 정말 조신하게 계실 건가 봐요? (목례하고 자기 방으로 들어간다)

시목 (자기 방으로 들어가려다.. 방향 튼다. 승강기로 간다)

32. 동/6층 복도 - 낮

6층에 서는 승강기. 시목 내린다. 차장실로 가는데, 차장실로 막 들어가는 동재 뒷모습. 시목, 걸음 멈춘다.

33. 동/차장실 - 낮

동재 저쪽에서도 권민아가 권민아가 아니란 걸 알게 됐습니다.

창준 (쳐다보기만)

동재 (흔들리는 눈빛) .. ..

창준 왜,

동재 예?

창준 왜 어제였을까. 지금껏 잠잠하다 네가 여자를 쫓은 바로 당일 밤, 하필 그때 새로운 피가 흘려진 걸까.

동재 그걸 왜 저한테 물으세요?

창준 ...

동재 절 의심하시는 건가요 지금?

창준 왜 혼자 지레짐작이야? 찔리는 거 있어?

동재 (입 다물지만 가슴이 들썩대는)

창준 룸살롱까지 가면서 이상한 점 못 느꼈나? 누구 쫓아온 사람 없었어?

동재 그게.. 그런 줄 알았는데.

창준 (신경질적인 주름이 확 잡히는)

동재 황시목이요. 경찰한테 권민아 정보를 넘긴 게 황시목입니다.

창준 !

동재 그놈이 절 미행하다가 권민아까지 쫓아간 겁니다, 차장님, 이상하지 않으세요? 박사장도 황시목 앞에서 죽었고 이번도요, 이건 절대 우연이 아닙니다, 차장님!

창준 미행을 한 사람이 미행당한 사람도 못 알아낸 집을 어떻게 알았을까. 넌 룸살롱까지만 갔는데.

동재 (말 막힌)

창준 ... (일어난다. 창가로 간다)

창준, 동재에게 등을 보이고 섰는데 그 아래 미들창, 열려 있다.
화면, 열린 미들창 너머 벽을 타고 옆방을 보여주면,

34. 동/회의실 - 낮

차장실 바로 옆에 붙은 회의실. 미들창을 열어놓은 시목이 창가에 기대섰다.

동재 E　전 왜 지금이냐보단, 왜 여자를 겨냥했는지가 이상합니다.
시목　...
동재 E　박사장 일이 터졌을 때야 워낙 얽힌 사람이 많으니 그중 하날 거라 생각했어요. 그런데 이번은, 여자는, 이건 마치 차장님께서 곤란할 때마다 보이지 않는 손이 나타나선
창준 E　(O.L) 그애 별명이 뭔지 잊었나?
시목　?

35. 동/차장실 - 낮

창준　박사장이 걜 뭐라고 불렀는지 잊었냔 말야.
박사장 때와 다를 바가 없다고!
동재　그렇, 죠.
창준　(밉살스럽게 보지만 다시 창밖으로 고개 돌리는)
동재　... 왜 거기다 매달아놨을까요.
창준　어째서 끝장을 보지 않았을까.
동재　그렇게 빨리 발견될지 몰랐겠죠. 설마 살인현장을 아지트로 들락대는 애들이 있을 줄 상상이나 하겠어요? 걔들 아녔음 과다출혈로 벌써 죽었을 텐데.
창준　그래 아지트였어. 레귤러란 뜻이지. 한두 번 드나든 게 아닌, 1차 때도 현장을 철저히 이용해먹은 범인이 모를 리가 없는.
동재　... 동일범이 아니거나,
창준　(가볍게 콧방귀 뀌는데)
동재　더 큰 벌을 내리고 싶었거나, (공손한 말투와 달리 창준 쏘아본다) 깨어나도 인간 구실 못하도록.. 그걸 바랐을지도요.
창준　... ... (책상으로 와 일 펼친다)

동재　(기다리다 더 말없자 목례한다)

동재, 나가기 직전 창준 쏘아본다. 시선 느낀 창준이 고개 드는 동시에 나가는 동재.

36. 동/회의실 - 낮

문 열렸다 닫히는 소리, 희미하게 들린다. 더 이상 아무 소리 들리지 않는다.

시목　...
창준 E　왜 어제였을까. 지금껏 잠잠하다가 니가 여자를 쫓은 바로 당일 밤
하필 그때 새로운 피가 흘려진 걸까.
시목　(마음의 소리) 우연일까...? 서동재가 여자를 쫓은 날이라는 게.
창준 E　룸살롱까지 가면서 뭐 이상한 점 없었어? 누구 쫓아온 사람 없었어?
시목　(마음의 소리) 날 쫓아온 건가? 내가 이끌었나...?

회의실 어두워진다. 주변이 네온사인으로 빛나기 시작한다.
△△룸살롱이 있는 유흥가 골목으로 바뀌는 회의실.

37. 유흥가 골목 - 밤 (시목의 상상)

이틀 전, 시목이 동재를 쫓아왔을 때의 상황.
룸살롱에서 좀 떨어진 곳에 차를 세우고 지켜보는 과거의 시목.
현재의 시목이 길 중간에 서서 이를 바라보고 있다.
저 앞에 전화 받으며 오는 민아가 나타나고 곧, 룸살롱에서 튀어나오는 동재.
과거의 시목이 동재를 칠 뻔하며 달려나가는 것까지 현재의 시목, 다 지켜본다.

38. 길 - 밤 (시목의 상상)

시목 (콜 운전사의 목을 움켜쥔)
콜 운전사 어, 억!
현재의 시목 (과거의 시목 뒤에 귀신처럼 서서 다 보고 있는. 마음의 소리)
범인이 이쯤에서 들었다면?
시목 주소, 전화번호.
콜 운전사 갈월동 수월초등학교, 뒤, 재원빌라요.

여기까지 들은 현재의 시목, 쓱 사라진다.
과거의 시목이 콜 운전사에게 전화번호까지 받아낼 때,
이미 차를 몰고 그 옆을 스치는 현재의 시목.

시목 (마음의 소리) 나보다 범인이 먼저 출발했을 거고...

39. 민아의 집/앞 골목 - 밤 (시목의 상상)

민아 손톱이 발견된 모퉁이 위치에서 민아네 빌라를 보는 시점의 화면.
민아가 가방을 메고 허둥지둥 집에서 나오는 것 보인다.
이쪽으로 오는 민아에 맞춰 점점 숨소리가 거칠어지는 시선의 주인공은,
전자충격기를 손에 쥔 현재의 시목이다.
마침내 민아가 손만 뻗으면 닿을 거리에 들어서고,
현재의 시목이 전자충격기를 쳐드는 순간,

시목 E 아니야. 아냐.

40. 유흥가 골목/시목의 차 안 - 밤 (시목의 회상)

다시, 룸살롱에서 좀 떨어진 곳에 차를 세우고 지켜보던 때의 시목.
전화하며 다가오던 민아가 갑자기 방향을 바꿔 도망치며 택시로 뛰어든다.

이때 시목 차 안의 시계가 포커스 아웃 돼 보이는데,
유리창 상황 흐려지고 시계에 초점 맞춰지면, 8시 16분이다.

41. 길/차 안 - 밤 (시목의 회상)

시목, 차로 오고 있다.
저 뒤로는 시목에게서 풀려난 콜 운전사가 얼른 자기 차에 올라 내빼는 것 보인다.
차에 탄 시목, 민아 번호가 적힌 명함을 놓고 시동 걸면 켜지는 시계, 9시 2분이다.

시목 E 46분.

42. 민아의 집/방 - 밤 (시목의 상상)

민아, 허둥지둥 짐 싼다. 화장대에서 당장 필요한 것만 쓸어 담는 바람에 쓰러지는 텀블러, 향수 등. 옷도 옷장에서 마구 꺼내 쑤셔 넣는다.
낮에 김경사와 함께 봤던 것과 같은 상태로 엉망이 되는 방 안.

시목 E 나를 미행해서 집을 알아냈다면 범인은 여자보다 약 40분,
필연적으로 뒤처진다. 여자가 도망치는 데 40분이나 걸렸을까.
서동재가 쫓아오는 걸 보고도 40분을 집에서 지체했을까.

민아, 바로 방을 뛰쳐나간다.

43. 민아의 집/앞 골목 - 밤 (시목의 상상)

민아가 집을 떠나는 것을 골목에서 지켜보는 현재의 시목.

시목을 지나치는 민아, 하지만 몇 미터도 못 가 습격당한다.

시목 E 10m도 안 떨어졌어. 먼저 기다리고 있었던 거야.
40분을 뒤처져선 불가능해. 내가 아니라 다른 루트를 통한 거야.

현재의 시목 (골목에서 지켜보면서 질문한다) 여자와 범인이 아는 사이라면?
여자가 도움을 청해서 만나기로 미리 약속한 거라면?

시목 E 여자가 범인한테 속아 만날 약속까지 할 사이라면 전자충격기를 쓰지 않아. 언제 누가 목격할지 모를 골목에서. 먼저 차에 태워 떠났겠지.

44. 서부지검/회의실 - 낮 (현재)

시목 (마음의 소리) 미리 알고 있었어. 서동재에게 쫓긴 여자가 어디로 갈지. 어디 사는지 알고 진을 치고 있었어. ... 하지만,

시목, 문으로 가 소리 없이 열면 복도에 아무도 없다. 빠져나가는 시목.

45. 동/복도 - 낮

시목, 미끄러지듯 가며 차장검사실을 일별한다.

시목 (마음의 소리) 하지만 우리가 여자를 찾아낸 것도 알고 있었어,
놈은 여자가 우리 눈에 띄길 기다렸던 거야. 그리곤 무대에 올렸어.
직전의 살인현장이란 무대에. 어떻게 우리가 찾은 걸 알았을까?

시목, 승강기에 오른다. 내려가는 승강기 숫자.

관리실 직원 E 이틀 전이요?

46. 동/관리실 - 낮

관리실 직원 E (화면 틀며) 이틀 전.. 저녁이면 이건데. (시간대 찾는다)

모니터에 로비를 찍은 CCTV 화면 나온다.

시목 (마음의 소리) 내부인. 여자 주변에 서부지검 사람이 나타난 걸 알았던 건 범인도 관련이 있기 때문. 24시간 여자 주변을 맴돌다 우릴 본 게 아니라 서부지검 사람이거나, 관련이 있는 자.

관리실 직원 E (그 시간대 찾았는데, 화면에 사람이 거의 없다) 왜 이렇게 한산하지? 원랜, 아 이틀 전 이때면 차장님께서 강당에서 연설했던 때네요, 왜 꼭 퇴근 시간에 저러냐고 (입 막는. 눈치 보는데)

시목, 어차피 듣지도 않는다. 화면에 동재 나타났다. 홀을 가로지른다. 그 뒤에 동재 뒤를 밟는 시목도 등장한다.

시목 (마음의 소리) 서동재, 그 방의 수사관, 보고받았을 차장. 그리고 나. 이 건물 안에서 이 넷이 알고 있

화면에 은수가 나타난다. 시목을 따라 나가진 않지만 지켜보는 게 역력하다. 그러다 다른 곳으로 급히 가는 은수, 화면에서 사라진다.

시목 ... 다섯.

47. 교복 공장 - 낮

옷걸이에 끝도 없이 매달린 갖가지 교복.
천 먼지가 날리고 재봉 소리 시끄러운 속에 여진이 직원에게 교복 사진 보여 준다.

직원　아, 이거요. 이거 양강고등학교 교복이었어요.
작년부터 바뀌어서 인젠 안 나오는 디자인인데 왜 찾으세요?
여진　(찾았다!) 양강고등학교요?

48. 양강고등학교/정문 앞 - 낮

차에서 내리는 여진, 철문 열고 들어간다.

49. 동/운동장 - 낮

여진, 운동장 가로질러 가는데, 쉬는 시간이라 아이들이 많다.
재그락대며 뛰어가는 아이들.
흔한 광경이지만 이를 보는 여진, 쓰린 얼굴이 된다.

여진　너도 저랬어야 했는데.. (건물로 들어가고)
소리 E〉　(수업시간 알리는 종)

50. 동/복도 - 낮

복도에 선 여진. 수업 중이던 담임이 교실에서 나온다.
창문 안 교실 아이들, 호기심에 여진을 쳐다본다.

여진　수업 중에 죄송합니다. 이 학생(민아 사진) 담임이셨다고요.
담임　어머 가영이, 얘 어디서 찾으셨어요? 지금 어딨어요?
여진　가출했었나요, 가영이가?
담임　신고도 했는데? 그래서 오신 거 아녜요?
여진　오늘 새벽에 후암동에서 의식불명 상태로 발견됐습니다.
담임　!!!

여진 언제 가출했나요? 그때 몇 살이었죠?

담임 (얼얼..) 후암동이면 뉴스에, 그 경완이네서 그랬다는 그, 그거예요?

여진 경완이요? 경완이가 누 (하다)

Flashback〉 - 1회 S#52. 무성 장례식 때 떨떠름한 얼굴로 전화나 들여다보던 경완.

여진 (이건 또 무슨 소린가?? 싶은데, 톡 울린다) 잠시만요.
(문자 보면, 수사본부 단체방에 올라온 장형사 톡이다)

장형사 E 박무성 작년 말까지 권민아 계좌로 매달 4~5백씩 송금.

여진 (담임 보며) 권민아, 아니 김가영, 몇 년생입니까.

담임 작년에 고3이었으니까, 그러니까 작년 애들이.. 98이죠?

여진 .. .. 예.

51. 병원/중환자실 - 낮

침상이 길게 이어진 중환자실 군데군데 커튼 쳐진 침상들이 있는데,
화면, 마치 누군가의 시선이 움직이는 것처럼 조금씩 흔들린다.
커튼이 쳐진 침상으로 다가가는 시점의 화면, 커튼 안으로 들어가면,
커튼 안 침상에 의식 없이 누운 가영... (이하, 지문에 민아 이름 가영으로 통일).

52. 동/중환자실 밖 복도- 낮

의사1 장기 손상은 막았지만 문제는 뇌 안에 출혈인데요,
머리를 심하게 찧었거나 폭행 때문인지 뇌에 피가 고였어요.
지금 제거하려면 머리뼈를 열어야 해서 몸이 버틸 수가 없고
나중에 관만 연결해서 빼는 게 낫긴 한데..

박순경 낫긴 한데요?

의사1 최악의 경우엔.. 뇌가 제 기능을 못할 수도 있어요.
박순경 .. 저기 그.. 다른 폭행은,
의사1 그건 없습니다, 다른 건.
박순경 아 감사합니다. (얼른 중환자실로 들어간다)

53. 동/중환자실 - 낮

박순경, 가영 침상으로 오는데, 커튼 안에 사람 그림자 어른댄다. 놀라 커튼 확 치면,

간호사 어멋!
박순경 아 죄송합니다.
간호사 (샐쭉, 돌아서다 눈 커진다)

혈관주사 병에 꽂혀 있어야 할 호스가 안 보인다.
간호사, 뒤에 박순경 눈치 보며 얼른 호스 찾아 혈관주사 병에 꽂는다.
박순경, 눈치 못 챈다. 얼른 마무리하고 커튼 밖으로 나오는 간호사.

간호사 저게 왜 빠져 있지? 클 날 뻔했네 또!
(하다 수간호사가 쳐다보자 시치미 떼고 가는데)

면회용 마스크 쓸 정신도 없어 대충 입만 가린 가영母를 여진이 데려온다.
가영에게 달려간 가영母, 가슴이 턱 막혀 아무 말도 못한다.
박순경과 여진, 이럴 땐 정말 어떻게 해야 할지...

54. 용산서/조사실 - 낮

△△룸살롱 마담, 조사받는 중. 커다란 색안경 꼈다.

마담　몰랐어요, 지 93이라고 민증까지 보여줬는데 미성년잔지 알았겠어요?

김경사　마지막으로 본 게 언제야.

마담　3일 전이요, 일할 때.

김경사　어제 그젠 왜 안 나왔어.

마담　검사가 그 난리를 치는데 오겠어요? 그날 애들 반은 안 왔어요.

김경사　난리 쳐서 집 가르쳐줬어? 다른 사람 또 누구한테 흘렸어?

마담　글쎄, 내가 민아 집을 몰라요, 모르는데 어떻게 흘려요?
설사 안다 한들 상식적으로 걔들 집을 왜 알려주겠어요,
밖에서 따로 만나면 우리 매출만 떨어지는데?

김경사　알지? (박무성 사진)

마담　첨 봐요.

김경사　(색안경 잡아당겨 벗긴다) 맨눈깔로 봐!

마담　(눈이 울어서 부었다) 모른다니깐요! 첨 봐요!

김경사　(책상 위 종이와 펜을 치며) 권민아가 전에 있던 업소 전부 다 써.

마담　온 지 며칠밖에 안 된 애라

김경사　슷!

마담　(흘기는. 억지로 쓰기 시작)

김경사　(쓰느라 고개 숙인 마담 가슴께를 흘끔흘끔)

55. 동/수사본부 - 낮

텅 빈 본부에 전화만 혼자 울린다.

김경사　(들어오며) 전화 좀 받! (아무도 없자 전화 받는다) 네 용산섭니다.
.. 여보세요? ... 여보세요?

숨소리만 훅훅 들린다.

김경사　(촉이 이상한) 괜찮으니까 말씀하세요, 어디시죠?

전화 뚝 끊긴다.

김경사　(끊지만 찜찜한데)
서형사　(서류 한 장 들고 뛰어 들어온다) 경사님 큰일 났어요.
김경사　또 누구 죽었어?!
서형사　(서류 펼쳐놓는) 흉기에서 뭐가 나왔는지 좀 보세요.
김경사　(읽다 뜨악한) 뭐 잘못된 거 아냐?
서형사　경사님이 지문 받아 왔잖아요, 확실해요.

그때 다시 울리는 전화.

김경사　쉿! (전화 받는다) 여보세요...

역시 숨소리만.

김경사　괜찮습니다, 뭐든 말씀하세요, 비밀 보장해드리니까.. (귀 기울이면)
콜 운전사 F　.. 제가.. 범인을 봤나 봐요..
김경사　!
서형사　뭐예요?
김경사　(쉿! 녹음 버튼 누른다) 범인을 보셨다고요. 계속 말씀하세요..
서형사　!!

56. 서부지검/차장실 - 낮

서장 F　(전화) 야 창준아 어떡하냐, 방금 회장님한테 전화 왔는데,
창준　(통화 중) 너한테 직접? 근데 뭘 어떡해?
서장 F　후암동 어떻게 된 거냐고 물으시길래 얼결에 말해버렸다?
용의자 하나 특정 못했다곤 할 수 없잖아.
창준　뭘 말했는데?
서장 F　나도 방금 보고를 들어서, 너한테 먼저 말하려고 했는데,

창준　뭔데 뜸을 들여? .. 뭐? .. 뭐가 어째?!

57. 동/시목의 검사실 - 낮

은수　이걸 다요?

커다란 보자기에 싼 사건 서류, 웬만한 아이 키는 돼 보이는데,

시목　기록실에 갖다 줘.
실무관　(일어나며) 제가
시목　(앉으라는 단호한 눈길)
실무관　(엉거주춤, 도로 앉는)

이상하지만 대놓고 싫다 할 순 없는 은수, 어쩔 수 없이 옮기는데,
아무리 낑낑대도 안 들어진다. 자세 바꿔 잡아끌지만 끄는 것도 버겁다.
시목, 은수를 관찰한다. 그녀의 가는 팔, 가는 다리, 힘들어 붉어진 뺨에 가 닿는 시선.
은수, 시선 느껴진다. 왜 훑는 걸까? 불편하고 불안하다.

시목　됐어. (더 이상 보지 않고 일한다)
은수　(서류가 목적이 아니란 걸 눈치챈) 뭐하신 거예요?..

쾅! 소리. 문을 걷어차다시피 하며 눈빛 이글이글하는 창준이 폭풍처럼 들어온다.
은수, 실무관, 놀라 인사도 제대로 못하는데,

시목　오셨습니까.
창준　(붉으락푸르락... 시목을 겨눠 보는)
은수　(눈치 빠르게 나간다)
실무관　저는 우체국에 (우편 들고 서둘러 나가는)

거침없이 집무실로 들어가는 창준, 시목이 뒤따르면 문 쾅 닫는다.

58. 동/복도 - 낮

실무관 맨날 살얼음판이야.. (문 꽉 닫아걸고 간다)

그녀가 가면 다시 오는 은수, 복도에 보는 눈 없는 것 확인하고 문에 귀 대지만, 하나도 안 들린다. 짜증난다.

59. 동/시목의 집무실 - 낮

창준 칼 니가 휘둘렀니? 니가 여자 찔렀어?
시목 아닙니다.
창준 범행 흉기에서 현직 검사 지문이 나온 건 어떻게 해명할 건데!
시목 만졌습니다.
창준 (갑자기 엄청 짜증난 얼굴이 되더니 상관이 아닌 사적인 톤으로)
너 나 날개 다는 거 막으려고 뒤로 동맹 맺었니?
시목 .. 저랑 동맹을 원하는 상대를 본 적 없습니다만,
창준 누구 앞이라고 말장난이야! 흉기엔 니 지문에다 희생자 집엔 니 흔적 천진데! 것도 모자라서 니가 범인이라고 지목한 증인까지 나왔어!
TV에 상판은 왜 디밀어서, 우리 지검이 너 땜에 바람 잘 날이 없어!
시목 모든 증거가 완벽히 저네요. 왜 절 의심하지 않으시죠?
창준 이게 진짜
시목 한때 싸이코라 불렸던 데다 증거까지 완벽한데.
창준 (믿지 않으면서도 설마, 하는 미묘한 변화가 이는데)
시목 조금도 의심 않으시는 이유, 진범을 알아서일까요?
창준 이 새끼가!
시목 권민아, 차장님입니까.

창준 !.. .. .. 사람이, 아무리 막장에 몰려도, 똥오줌은 구분해야지.

시목 작년 10월, 박무성은 차장님께 미성년자를 보냈습니다.
청탁을 들어주지 않자 폭로하겠다고 차장님을 협박했습니다.
그러다 영원히 침묵당했죠. 그리고 오늘 그 미성년자가 발견됐습니다.
차장님께서 그토록 찾으시던 여자가 죽음 직전에야.
모두 우연입니까?

창준 ...

시목 제게 팩트를 주십시오.

창준 아무 일 없었어.

시목 ...

창준 아무 일도 없었어. 누구처럼 취향 의심받을 정도로 내가 결벽증이라서가
아니라 박사장은 그때 이미 망조였어. 거기까지 쫓아왔는데 문전박대하면
시끄러워질까 봐 열어줬더니 박사장이 아니라 여자였어.

Insert〉 - 한성 설악 리조트 10층 창준의 방.
창준, 옷 갈아입는데 노크소리. 바로 인상 구겨지는 창준,
누군지 알겠다. 무시할까 하다 문으로 간다. 여는데,
문밖에 선 김가영. 처음 아닌 듯 친숙하게 웃는다.
가영 들어오고, 미간에 주름 잡고 어찌할까 잠시 생각하는 창준.

창준 그 얼굴 보고 누가 어린앨 거라고 상상이나 해? 넘어갈 뻔도 했지.
그치만 내보냈어. 왜? 함정이란 걸 알았으니까. 진창길로 빠질 걸
알았으니까! 니가 혼자 잘난 맛에 사는 건 아는데 황시목,
난 너보다 위야.

시목 박무성 죽음으로 수입원이 끊긴 권민아가 차장님을 다이렉트로
협박했겠죠. 여자가 터뜨리면 아무리 남자가 결백을 주장해도 세상은
안 믿어줄 거라고.

창준 박사장은 그 앨 벨이라고 불렀어.

시목 .. 라 벨 팜므, 아름다운 여인입니까?

창준 (비웃음) 누르면 나온다고, 부르면 불려지는 초인종이라고.
박사장이 그 벨을 과연 날 위해서만 울렸을까?

시목 ...

창준 우린 검사야. 뇌물을 받기도 하고 접대가 문제가 되기도 하지. 전관예우도 바라고 사건 밀어주기도 해. 죽도록 책만 파다 갑자기 권력을 쥐고 명예를 얻고 물불 못 가리고 날뛰기도 하지만 우린 검사야. 법을 수호하려고 이 자리에 왔어. 정의를 지키려고. 나는 믿음이 있어. 이 건물엔 두 부류의 인간이 있다는 믿음. 수호자와 범죄자, 법복과 수인복, 우린 그 어떤 경우에도 우리가 단죄 내려야 할 부류들과는 다르다는 믿음! 아무리 느슨해져도 타인을 해치지 않는단 믿음! 그런데 나더러 뭐가 어쩌고 어째!

시목 답이 아닙니다.

시목, 휘청한다. 창준이 후려쳤다.

창준 (파르르..) 안. 죽. 였. 어.

시목 실례 범했습니다. 사죄드립니다.

창준 (더 이상 밉살스러울 수가 없는데)

김경사 E (검사실 누군가에게) 검사님 계십니까?

시목 (문을 보는데)

김경사 E 뭐야?

창준 네 차례야.

시목 .. (문 열면)

이미 검사실에 들어와 있는 김경사.

60. 동/시목의 검사실 - 낮

시목 (집무실에서 나와) 무슨 일이십니까.

김경사 내가 할 말이네요, 대체 무슨, 어이구 차장님! (꾸벅!)

시목 뒤로 나오는 창준, 인사받고는 문가(집무실)에 기댄다. 지켜보겠단 무언의 표명.

김경사, 창준 배석이 불편하다. 방금 전 시목만 봤을 때완 달리 공손하게 변한다.

김경사 (창준이 불편한) 몇 가지 물어볼 말이.... 수사에 필요할 거라서요.
황검사님, 어젯밤 11시에서 1시경에 어디 계셨습니까?

시목 (자기 책상 가리킨다)

김경사 직원들도 있었겠죠?

시목 퇴근 후였습니다.

김경사 혼자셨다고요? 어쩌나? 우리도 이런 경운 처음이라

시목 (O.L) 열흘 전에, 권민아씨 살인미수 흉기를 맨손으로 만졌습니다.

김경사 (말 끊어먹자 기분 나쁘지만 일부러 숭글숭글) 어쩌시다가?

시목 강진섭 진술이 사실일 수 있을지 현장에서 사건 당시를 재현했어요,
진짜 흉기 대신 부엌에 남아 있던 같은 종류의 칼로.

김경사 증명이 가능할까요? 검사님 주장 외에?

시목 흉기에서 역시 범인 지문은 안 나왔나요.

김경사 예 검사님 꺼만 (하다 웃는) 그런 식으로 훅 들어오시니까 꼭
검사님 지문은 범인 거랑 별개다, 뭐 그런 말로 들리네요?
저희도 말이죠, 여기까지 왔을 땐 여간 곤란한 게 아니어서,
지문뿐이 아니라 황검사님이 범인이라고 제보한 사람도 있습니다.

시목 불법 콜 운전자 말씀이죠?

창준 ?

김경사 !

시목 권민아씨 소재지, 콜 운전자한테서 알아냈습니다.

창준 (한심해서, 혼잣말) 서동재...

김경사 전 검사님 아닌 줄 알았죠? 제보자 말이, 엄청 폭력적이었다던데요?
자긴 아가씨들한테 의리 지킬라고 절대 안 갈쳐줄라 했는데 이러다
죽겠다 싶었다고요. 아 물론 안 믿었죠, 무덤도 핑계가 있는 마당이니

시목 콜 기사 입장에서 보면 하필 집을 알려준 날 변고가 났으니 그 남자가
당연히 범인 같겠죠. 하지만 그다음은 피해자 집으로 안내할 때
드린 말씀과 같습니다. 집은 알아냈지만 여잔 이미 떠난 후였다고.

창준 　안내? 피해자 파악에 우리 쪽 도움이 있었단 건가?
서장은 언급 없던데?

김경사 　(우물쭈물)

창준 　본인들 공으로 돌렸어. 뭐, 있는 일이지.
(아예 팔짱 낀다. 계속해, 라고 말하는 듯)

김경사 　.. 그래서 저도 생각이란 걸 했죠,
검사님이 켕기는 게 있다면 우릴 거기 데려갔겠느냐,
그런데? 이런 생각도 드는 겁니다? 못 만났단 게 사실이 아니라면?
실은 어젯밤 여자를 쫓아 집 안까지 들어갔다면?
집 안 곳곳에 남았을 본인 흔적을 어쩌면 좋겠느냐..
(손가락 튕긴다) 다시 한 번 가는 거죠, 경찰을 대동하고.
(시목이 했던 것처럼 가구 만지는 시늉)

창준 　... (시목 본다)

김경사 　지문 검출, 목격자 제보, 피해자를 마지막으로 만났을 인물.
검사님께선 이런 용의자를 만나신다면 어떻게 하실까요?

시목 　제가 드릴 설명은 다 드렸습니다.

김경사 　얼마 전에도 누가 죽어도 자긴 아니라 했죠. 근데 어떻게 하셨더라?

시목 　구속기소했습니다.

계장 E 　여기서들 뭐하세요?

그 소리에 문을 보는 세 남자. 김경사가 들어올 때 반쯤 열린 문으로 들린 소리다.

창준 　(문 쪽으로 가며) 더 확실한 카드를 가져와. 내 사람 데려가려면!

창준, 그 즉시 문을 확 열면,
문밖에서 엿듣다 깜짝 놀라는 사람들.
동료 검사가 살인 혐의로 추궁받는 초유의 사태에 귀 기울이던 동재와 은수는 물론, 같이 엿듣던 3부장에 실무관까지, 갑자기 창준이 나타나자 놀란다.
그 맨 뒤엔 지금 막 와서 영문 모르는 계장.
무서운 눈으로 을러메는 창준, 나간다.

김경사　지문보다 확실한 게 있을라나? (의미심장하게 시목 보며 씨익, 웃는)

61. 동/형사부 복도 - 낮

밖에 모였던 사람들 창준이 나오자 일제히 인사.
창준, 동재를 강하게 일별하고 가버린다.
그 뒤로 김경사가 나와서 가면, 사람들 얼굴에 호기심과 괘씸함이 혼재된다.

3부장　(김경사 가는 뒷모습 보는) 여기가 어디라고...

62. 동/승강기 안 - 낮

김경사　(승강기에 올라 닫힘 버튼 치는) 개가 처웃을 소리 하고 자빠졌네, 지들한테 걸렸으면 두 번도 안 보고 빵에 처넣을 것들이.

다시 열리는 문. 동재가 바로 앞에 섰다. 김경사 흠칫하는데,

동재　(올라타더니) 예, 바로 처넣었겠죠.
김경사　아니 제 말씀은
동재　(닫힘 버튼 누른다) 그러니까 아주 확실해야 할 겁니다.
김경사　!.. .. 당연하죠.

63. 동/시목의 검사실 - 낮

실무관, 말론 못하고 계장에게 필담으로 방금 전 일을 알려주느라 바쁘다.
시목, 일은 안 하고 허공을 향한 눈길.

실무관	(작게) 어떡해요, 충격받으셨나 봐.
계장	쉿! (걱정돼서 쳐다보는)
시목	(언뜻 보면 넋 놓은 것처럼도 보인다. 허공 보면서 생각...)
창준 E	나는 믿음이 있어. 수호자와 범죄자, 법복과 수인복, 우리가 단죄 내려야 할 부류들과는 다르다는 믿음! 타인을 해치지 않는단 믿음!
시목	(일어나 집무실로 들어간다)

계장과 실무관은 저거 보라고, 오죽하면 일도 손에 안 잡히겠냐고 난리 났다.

64. 동/집무실 - 낮

시목 (한성 설악 리조트 검색해 전화한다) 수고하십니다.
서울 서부지검 황시목 검사입니다. CCTV 보관 기간이 얼마나 되죠?
(듣다가) 대외적으론 그렇지만 백업이나 컴퓨터 내부용이 따로 있죠?
(컴퓨터 파일 뒤진다, 모니터에 협조 요청 공문 양식 뜬다)
.. 작년 10월 27일 오후 2시, 10층 서쪽 복도 거면 됩니다.
예, 작년이요. 꼭 좀 찾아봐주세요. 공문 지금 보내드립니다.

65. 한남동 집/1층 거실 - 밤

창준, 서둘러 들어온다. 창준妻가 현관에서 맞아준다.
윤범이 소파에 앉았다.

창준 다녀왔습니다.
(찻잔 두 개 본다. 방금까지 창준妻와 윤범, 마주 앉아 얘기한 형상)
윤범 늦네? 이러다 나라에서 내 딸 열녀문 세워준다고 오겠어.
창준妻 그러기로 말하면 엄마 거부터 세웠게요? (탁자에 찻잔 치운다)

윤범　니 남편만 감싸. 나까지 까지 말고. (다이닝룸으로 가는) 배고파!

창준妻　(창준에게) 손 씻고 와요. (몸 돌리는데)

창준　(살짝 잡는) 부녀간에 내 흉 봤지? 좋아?

창준妻　피, 우리 할 얘기가 당신밖에 없을까? (짐짓 웃고 주방으로 간다)

창준　.. (안방으로 간다)

66. 동/다이닝룸 - 밤

주방과 반 정도 분리된 다이닝룸. 식탁에 앉으면 주방이 어느 정도는 보인다. 창준이 자리에 와 앉으면 창준妻, 주방에서 직접 전골 가져온다. 아줌마는 없다.

윤범　(창준 앉자마자) 기막힌 놈 하나 나왔대?

창준　예?

윤범　친구끼리 얘기 안 해? 분칠할 배우, 지 발로 무대 올랐던데?

창준妻　(전골 나눠서 담아주는)

창준　(아내가 의식되지만) 황시목 말씀이십니까?

윤범　첨에 서장한테 들었을 땐 내 하도 기가 막혀서, 또 얼마나 시끄러울까 말야, 그런데, 운때가 맞아도 이렇게 절묘하게 맞을 수가 없어.

창준妻　(주방으로 가 다른 음식 준비)

윤범　내가 잡겠소 TV 나와서 공표한 바로 그 인간이 범인이라니.
충격파가 하도 커서 다른 이슈는 다 묻힐 거야.

창준　황검사가... 범인으로 밝혀지면 전부 놀라 나자빠지긴 하겠죠.
박사장 때도 현장에 있었고 이번에도

윤범　그러니까! 희생자가 나올 때마다 항상 그놈이야,
조작 소리가 나오도록 강진섭일 무리해서 구속한 것도 다 지가 싼 걸
덮기 위해서였다, 불즈아이!

창준　하지만, (주방의 아내가 의식된다)

창준妻　(분명 다 들릴 텐데 전혀 흔들림 없는)

윤범　(왜?)

창준 (더 낮게) 여자가 나온 형태가 범상치 않습니다.

윤범 (무의식중에 주방 흘끗) 흠.. 나도 그게..

창준 박무성을 죽인 자가 여자도 해쳤다면 단순한 연쇄가 아닙니다.
분명한 의도가 있어요, 살인만이 목적이 아닙니다. 황시목이든
누구든 범인으로 만들었다가 3번째, 4번째 희생이 이어지면 오히려

윤범 (O.L) 우린 박가 놈하고만 자르면 돼. 3번째 4번째 더 나오라고 해.
그놈하고만 연관 없음 되는 거야. 설마 그 집구석에서 또 뭐가 나오겠어?
설사 나온다 쳐. 모방범죄란 말이 왜 있어? 죽이고 싶은 인간
죽여놓고 혐의 피하려고 그 집에 또 갖다 놨다고 하면 돼.
잔걱정에 발목 잡히면 끝이 없어. 대검도 아냐 특수부도 아냐,
내동 형사부에 처박혔으면 행동력이라도 있어야지,
내가 말한 게 언젠데 여태 그 걱정만 한 게야?

창준 죄송합니다.

윤범 박가놈이 뭐하다 죽었는지 새어나가는 건 시간문제야. 움직여.

창준 알겠습니다.

창준妻 (말 끝나자마자 다른 음식 가져온다) 아이 참, 딱 알맞게 데워놨더니.

윤범 알았어, 먹자고.

창준妻 (자리 앉으며) 아빠, 이이 한 번 결정하면 빨라요.

창준, 멈칫 아내 본다. 창준妻, 눈을 착 깔고 앉아 수저 든다.
윤범, 딸 보는 눈은 은근하지만 멈칫한 창준은 비록 찰나지만 한심하게 본다.
아무 일 없다는 듯 식사 시작하는 세 사람.

67 용산서/수사본부 - 밤

여진, 수사본부로 들어서는데 형사들이 잔뜩 모였다.
그런데도 쥐 죽은 듯이 조용.
앞에는 팀장, 김경사, 동재도 머리 맞대고 섰다.
모두 침묵을 지킨 채 귀 기울이는 것, 콜 운전자 제보 녹음이다.

콜 운전사 F　막 날 죽이겠다고 지랄하고 목을 졸라서 진짜 할 수 없이 가르쳐는 줬는데 그놈 차 번호를 적어놨거든요. 그래도 이렇게까지 될 줄은 몰랐는데, 그 미친놈이 범인이에요.

여진　! (바짝 듣는)

세 남자, 여진 보지만 녹음에 집중한다.

김경사 F　(녹음 속 목소리) 그래서 권민아씨한테 알렸어요? 위험한 남자가 니 집으로 가고 있다, 피해라, 경고했어요?

콜 운전사 F　그랬다간 내가 입 털었단 게 들통나게요? 그럼 어느 년이 내 차를 타겠어요?

김경사 F　차요?

콜 운전사 F　(희미하게 헉, 하는 소리. 뚝 끊는다)

팀장　(녹음 끄는) 다시 들어도 나쁜 새끼네, 전화 한 통만 해줬어도 됐을걸, 지 밥줄 끊어질까 봐 혼자 사는 여자앨 내깔겨둬?

여진　차 번호 적어놨으면 나왔겠네요? 누굽니까, 이 미친놈?

팀장　(일순 동재 봤다가) 황시목 검사.

여진　네에?!

김경사　진짜 손 놓고 있어야 돼요? 이게 지금 같은 식구 운운할 사항이에요?

형사들　(대체로 김경사에 동조하는 분위기다)

팀장　서장님이 있어보라시잖아.

여진　황검사는.. 룸살롱에서부터 집을 역추적했다고 이미 말했잖아요?

김경사　거짓말이에요. 자기 입으론 집만 알아냈다고 했지만 그게 아녜요. 분명히 그날 밤에 여잘 만났고 그래서 우릴 데려간 거예요. 사방에 자기 흔적이니까, 흔적 겹치게 하려고.

여진　그걸 (하다 돌연 말이 막힌다. 화이트보드에 꽂힌 시선)

동재　? (여진 보는)

여진, 화이트보드에서 경찰이 찍어서 붙인 민아 교복 사진 뗀다. 들여다보다 스르르 주머니에서 시목이 준 교복 사진 꺼내는데, 한 손에 경찰이 찍은 사진, 다른 손에 시목이 준 사진, 거의 비슷하다.

방향 정도만 조금 다를 뿐 그 사진이 그 사진인데.

Flashback〉 - S#21. 가영의 집/앞 골목 - 밤

여진에게 교복 사진을 건네주는 시목

여진 (마음의 소리) 이걸.. 언제 프린트할 시간이 있었지?..
김경사랑 들어가서 찍은 게 아냐, 미리 갖고 있었어.
오늘 전에 이미, 그 집엘 들어가서... 김가영도 만났을까?

68. 서부지검/시목의 검사실 - 밤

직원들 퇴근하고 시목 혼자 일하는데 노크소리. 대답도 전에 은수가 들어온다.

시목 (쳐다보기만)

은수 .... 예, 저예요. 박무성, 제가 만났어요. 죽기 전날 밤.
나 혼자 한 일이에요.

시목 ....

69. 용산서/수사본부 - 밤

거의 비슷한 교복 사진 두 장 들고 들여다보는 여진.

김경사 (팀장에게) 집엘 드나든 거라니까요,
검사랑 이 여자애랑 아는 사이 분명해요.

동재가 유심히 보는 줄도 모르고 생각에 빠진 여진, 믿을 수 없으면서도,

시목 E **걸어 다니는 시한폭탄이었겠죠, 어떤 남자들한텐.**

여진 (마음의 소리) 설마, 자기 얘기였던 거야?...

- 의혹이 고개를 쳐드는 여진, 그녀 뒤엔 곁눈으로 살피는 동재. 여기에,
- 은수를 바라보는 시목, 그 앞에 선 은수, 네 사람에서 엔딩.

6 회

영검사는 어른의 가이드가 필요한 어린아이도,

남자의 보호가 요구되는 연약한 여성도 아닙니다.

눈앞으로 날아오는 칼을 대신 맞으라시면 그럴 수는 있겠지요.

사람을 통제하는 건 불가능합니다.

1. 서부지검/시목의 검사실 - 밤

은수 박무성, 제가 만났어요. 죽기 전날 밤. 나 혼자 한 일이에요.
민원실에서 전화한 것도 저예요.

시목 ...

은수 부탁했어요. 내 아버지 누명 씌운 거 밝혀달라고.
뇌물 같은 건 없었다고.

시목 ..

은수 박무성이 돈을 댔는데 전달한 놈만 잡혔죠,
돈 주인이 누군지 알아냈을 땐 박무성은 이미 빚더미였어요.

시목 어차피 잃을 거 없으니까 부탁하면 들어줄 거다?

은수 근데 날 비웃었어요, 인간 말종 주제에 날, 말끝마다 여자 검사가
여자 검사가 하면서! (분한 눈물 솟구치는) 내가 얼마나 별렀는데,
우리 집에 나밖에 없는데 그 새끼가 날.. 비웃었어..

시목 ...

은수 (갑자기 달겨들듯) 나 아녜요! 선배가 왜 갑자기 아빨 찾아갔는지,
왜 남자친굴 묻고 경찰한테 내 얘길 했는지 아는데! 난 안 죽였어요!
내가 왜 박무성을 죽여요, 우리 아빠가 결백하단 걸 받아내야지?

시목 살아서 도움이 안 된다면 죽여야 이슈가 되니까. 지금처럼.

은수　이슈 되라고 사람을 죽여요?
시목　그럼 왜 엿들었어?
은수　!
시목　용산서에서 왔을 때, 너지.

Insert〉 - 5회 S#59. 시목의 집무실에서 창준과 시목이 설전을 벌이는 그때, 밖(검사실) 상황. 은수, 집무실 문에 기대 몰래 엿듣고 있는데,

김경사　**(검사실 안으로 들어온다) 검사님 계십니까?**
은수　**(깜짝 놀라 튀어나간다)**
김경사　**뭐야?..**

은수　!... .. 검사님이야말로 다 알면서 왜 숨겨요?
시목　내가 뭘 다 아는데.
은수　차장이 범인이잖아요! 박무성한테 협박당했다면서요.
그렇게 동기가 강력한데 왜 날 떠봐요?
시목　넌 무시당했잖아, 거절당했고, 그 동기는 약한가?
넌 박무성이 죽기 전 마지막으로 본 사람이야.
어차피 나한테 들킨 거, 고백을 가장해서 자연스럽게 차장으로
몰아가자, 그런 생각이었어?
은수　내가 범인이면 여자는요? 알지도 못하는 여자를 내가 왜 찔러요!
시목　모른다는 건 네 주장이고, 박무성한테 거절당하고 독이 오른 네 눈에
여자가 걸려들었다면? 차장이랑 무슨 관곈지 밝혀달랬더니 나이도
어린 게 단칼에 거절하던가? 그래서 수법을 바꾸기로 했어?
여자를 이용해서 차장을 벌주자, 경고를 내리자, 그쪽으로?
은수　그렇게 악독한 인간인 주제에 제가 약한 척해버렸네요?
기절한 여자를 이고 지고 매달아까지 놓고는 (서류 보자기 가리키며)
저까짓 것도 못 들었으니 실망시켜서 죄송하네요!
시목　그래 매달아 놨어. 온 세상 다 보라고. 차장이 범인이면 왜?
은수　그건, (모른다)
시목　... (나가는)

은수 어딜 가세요?
시목 식당.
은수 뭐라고요? 어떻게 지금!
시목 지금 안 가면 끝나. (사람이 있건 말건 불 끄고 나가는)

2. 동/복도 - 밤

은수 (얼른 따라 나와) 의심을 지우려고요, 보세요, 지금도 왜라고 하시잖아요. (시목이 쳐다보자 자신 없어지는 목소리) 그걸 노리고..
시목 (그냥 구부정히 간다)
은수 (스스로도 설득력 없는 걸 안다. 안타까워 발 구른다)

3. 용산서/수사본부 - 밤

장미 문양 칼 사진이 커다랗다. 이를 화이트보드에서 떼어내는 손, 여진이다. 응급실 쫓아가느라 못 본 흉기 사진을 들여다본다. 미간에 서는 주름. 그녀 등 뒤에선 김경사가 열변을 토하고 있다.

김경사 아니 검사님, 현장서 나온 흉기에서 경찰 지문이 나왔다, 그럼 검찰에선 기다려줍니까? 용의자가 경찰이란 이유로 걍 냅둬요?
동재 (고민하는 척하지만) 말도 안 되죠.
김경사 보세요, 근데 왜 우리만 알아서 기어야 돼요? 솔직히 사건 재현하느라 만졌단 게 말이 돼요? 그걸 믿으라고? 본 사람도 없는데?
여진 (본 사람 없단 말에 돌아본다)
팀장 좋아, 가서 잡아와. 서장님한테 내가 다시 보고할 테니까.
김경사 네!
형사들 (서형사, 박순경을 비롯한 몇이 나가는데)
여진 (젠장, 하지만) 제가 봤습니다.

일제히 돌아보는 형사들.

여진 제가 봤습니다. 박무성씨 집에서 황시목 검사가 사건 재현하는 거.

팀장 언제?

여진 강진섭이 범인이 아니란 걸 알게 된 날이요. 그때 만졌습니다.
황검사가 범행을 재현했고 그래서 알게 됐어요.
범인이 박무성 흉내를 내고 블랙박스에 일부러 찍혔단 걸.

김경사 정말이에요?

장형사 봤으니까 봤다고 하지, 못 믿겠음 지금 가서 체포해요? 에?

김경사 (장형사 째려보는)

서형사 근데 왜 봤단 얘길 안 했을까, 그 검산?

김경사 그날 바로 황검사 찾아갔던 거예요? 그래서 둘이 같이?

여진 황검사 찾아간 게 아니라 현장을 다시 찾은 겁니다.
둘이 같이 있던 게 아니라 재수사를 한 거구요.
(김경사 똑바로 보고) 그때 경사님은 어디 있었습니까?

김경사 (흘기지만 입 다무는)

동재 (실망이 짜증으로) 그럼 그렇지, 목격자를 코앞에 두고 이 난리를 친 거야?
동료끼리 소통 좀 하지?

팀장과 형사들, 골치 아플 뻔했다가 은근 안도하는 중에 이 말은 기분 나쁜데,

여진 그러게요, 검사님도 동료랑 소통 좀 하시지, 그럼 헛걸음 안 했을걸.

동재 (어딜 감히.. 더 볼 것 없어 나가버리는데)

여진 (잘못한 것도 없이 배신자가 된 이 기분...) 저, 박무성하고 김가영,
룸살롱에서 처음 만난 게 아닐 수도 있습니다.

동재 (수사본부를 막 나서려다 입구에서 돌아본다)

팀장 이건 또 뭔 소리야?

팀장은 동재를 등지고 있지만, 여진 눈엔 멈춰 선 동재가 보인다.
여진이 쳐다보자 동재, 관심 없는 척 나간다.

여진　박무성 아들이요, 군대 간 박경완이.
그 박경완하고 김가영하고 같은 고등학교 1년 선후배예요.

팀장　1년? 1년이면 서로 알겠네?

여진　하교 시간에 다시 가서 애들한테 둘 사이를 물어봤는데,
박경완의 경우는 졸업한 지 2년이나 돼서 아는 애들이 없지만
김가영은 얼짱으로 유명했답니다. 고3 초에 가출하고 학교는 쭉
안 나왔다는데도 기억하는 애들이 많았어요.

팀장　그러면, 그러니까 아들 친구를 애비가 룸살롱엘 데려갔다고?

장형사　그러고 달마다 4, 5백씩 쥐어줘요? 이게 뭔 듣던 중 막장이야?

서형사　오 주여, (절레절레)

여진　아직 아는 사이였는지 아닌지도 몰라요, 내일 군부대로 가서

갑자기 시끄러운 걸그룹 노래 울린다. 문밖에서 나는 소리.
여진, 동재가 얼른 핸드폰 끄며 가는 것 얼핏 본다.
아까 나갔는데 문밖에서 여태껏 얘기 엿들은 모양새다.

팀장　어느 부대였지? (서류 찾는) 내일 날 밝는 대로 가.

여진　네!

4. 동/복도 - 밤

동재　묘하게 돌아가네... (생각에 잠겨 간다)

5. 서부지검/식당 - 밤

시목, 배식 받고 있는데,
떨어진 곳에서 사건과 윤과장과 둘러앉은 3부장, 시목 보는 얼굴이 심각하다.

윤과장　설마요. 용산서에서 함 던져본 거겠죠,

3부장 ... 접때 내사 준비하다 중단한 거 있지. 더 가보자.

윤과장 에? 진짜 범인일 수도 있다고 보시는 거예요?

3부장 (대답 없는)

윤과장 혹시 저희 과에서 모르는 게 있나요?
황검사님은 박사장하고 그런.. 교류가 없던 걸로 저흰 파악했는데.

3부장 요즘엔 동기 없이 움직이는 놈들 많아.

윤과장 (뒤를 보며 기침한다)

시목 (식판 들고 온다. 좀 떨어진 곳에 앉는)

3부장 일만 잘한다고 다가 아냐. 확실히 뭔가 다른 놈이란 건 인정해야 돼.
낭중지추인지 못돼 처먹은 송아지 뿔인지, 우리가 먼저 알자.

윤과장 혹시 이상 성격일 가능성 말씀이세요? 전에 TV에서 떠든 거처럼?

3부장 ... (시목 보면)

밥을 단숨에 국에 마는 시목, 멈춘다. 문자 확인하는 듯. 수저 놓고 클릭하는데,

cut to. 시목, 대용량 파일을 다운로드받고 있다. 그런데 용량 부족하다는 메시지.
시목, 빨리 먹고 갈 생각에 크게 한 술 뜨지만... 수저 놓는다.
시목, 잠시 식판 보지만 일어난다. 성큼성큼 나가며 3부장 테이블을 스쳐갈 때 목례.

3부장 (태연히 인사받는) 뒤져봐. 전문이잖아.

윤과장 네.

6. 동/형사부 복도 - 밤

시목, 빠른 걸음으로 오는데, 승강기 열리고 동재가 내린다.
내리려던 동재, 바로 앞에 시목이 있자 순간적으로 주춤한다.
인사하는 시목. 이 짧은 순간에 시목, 동재 콧등에 난 안경 코받침 자국을 본다.
동재는 인사도 안 받고 간다. 뭔가 다른 것에 정신 팔린 눈치.

그가 스칠 때 시목, 숨을 천천히 끝까지 마신다.

시목 (고개 드는, 마음의 소리) 여자 향수.
(약간 거리를 두고 동재 따라간다)

Flashback〉 - 5회 S#18. 가영 방 화장대에 넘어져 뒹굴던 긴 향수병.

같은 향수인가? 시목도 알 수 없다.

Flashback〉 - 방금 동재 콧등에 난 안경 코받침 자국.

시목 (창을 보면 어둡다. 마음의 소리) 선글라스. 밤. 향수.
얼굴을 가리고 만난 여자.

동재와 시목, 각각 제 방으로 들어간다.

7. 동/시목의 집무실 - 밤

노트북에 파일이 다운로드 되고 있다. 98, 99, 100%.
시목, 즉시 재생하면, 〈동영상〉 2회 S#18. 리조트 복도.
복도 초입에서 안쪽을 향해 찍힌 화면. 움직임 없다.
시목, 화면을 건너뛰면 드디어 나타나는 사람, 먼저 시목 뒤이어 가영이다.
카메라 각도상 뒤통수부터 보인다.
시목이 먼저 방에 들어가고 가영이 복도 맨 끝 방에 멈추지만 너무 멀어 어둡다.
끝 방 문 열린다. 안에 사람은 안 보인다. 가영이 들어가고 다시 복도만 남는다.
시목, 가영이 들어간 시간 확인하고 몇십 초씩 건너뛰면,
한동안 복도 화면 그대로다가 끝 방에서 가영이 드디어 나온다.

시목 (멈추고 시간 보는) 13분... (마음의 소리) 들어가서 나오기까지 13분.

애매하다. 차장님 말이 사실일까.

시목, 천장을 보고 생각에 잠기고 화면 속엔 카메라 쪽으로 걸어오는 가영.
점점 확실히 보인다. 성숙한 자태, 요염한 캣워크. 그러다 갑자기 번지는 빨간 미소.
웃고 있다. 혼자?
동영상 속 가영, 멈춘다. 입술이 움직인다. 얘기를 하고 있는 것이다.
이제야 알아챈 시목, 뭐지? 화면 가까이 보는.. ...
잠시 후, 의자에 깊숙이 기대는 시목, 뒷목에 손깍지 끼고 모니터 바라본다.

시목 .. 벨. ... ..

8. 한남동 집/1층 거실 - 밤

창준, 2층에서 내려오는데 다이닝룸에서 달그닥대는 소리만 들린다.
넘겨보면, 뒷정리 중인 창준妻.

창준 아버님 주무셔?
창준妻 (돌아보지 않고) 거기 가셨어.
창준 그새?...

Flashback〉 - 5회 #66. 한남동 집/다이닝룸 - 밤

창준 **여자가 나온 형태가 범상치 않습니다.**

창준이 여자란 단어를 꺼내자 무의식중에 딸을 보는 윤범. 창준妻를 살피는 그 눈길.

창준 (마음의 소리) 이미 나와 여자를 연관시키고 있었다 이거지..
창준妻 여보.

창준　(흠칫) 응?

창준妻　(뒷모습) 당신, 내가 누구 딸 아녔으면 아직도 내 옆에 있어?

창준　무슨 소리야 갑자기?

창준妻　있냐고.

창준　(왜...) 떠났지, 예전에.

창준妻　(다른 반응 없이 낮게 흐응, 소리만 내는)

창준　당신이 당신 아버지 딸이 아니었으면 내가 당신 아버지 예전에 떠났다고.

창준妻　(이번엔 기분 좋은 건지 비웃는 건지, 흐응)

창준　물에만 담가 놔. 내일 아줌마 오잖아. (2층으로 가려는데)

창준妻　젊고 예쁘다며?

창준　뭐가?

창준妻　뉴스에서 떠드는 여자. 당신 마음이 많이 안 좋겠어?

창준　(그대로 정지)

창준, 아내를 쳐다본다. 뒤돌아서 뒷모습만 보이는 창준妻.
대체 저 너머 어떤 얼굴로 한 말일까..

9. 마포대로/여진의 차 안 - 밤

여진, 운전 중. 서부지검까지 다 왔는데 길가를 보다 어? 한다.
창밖 길가에 커다란 배낭에 서류 보자기까지 든 시목이 드럭스토어로 들어가고 있다.

10. 드럭스토어 - 밤

한쪽 벽을 전부 차지한 향수 진열대. 가영 화장대에서 본 향수가 있다.

Flashback〉 - 5회 S#18. 가영 방 화장대에 넘어져 뒹굴던 긴 향수병.

그 향수를 집는 시목, 냄새 맡지만 도로 놓는다. 다른 것도 맡아보는데,
여진, 뒤에 나타난다. 다가오지만 아는 척 않고 쳐다보는..

콜 운전사 F　막 날 죽이겠다고 지랄을 하고, 그 미친놈이 범인이에요.

Flashback〉 - 3회 S#54. 시목에 대한 시사 프로 TV 화면.

남자　**(모자 쓰고 목소리 변조) 선생님 보는 앞에서 반 애 손가락을 분지른 적도 있다니까요? 오죽하면 다들 싸이코라고 했겠어요?**

여진, 시목을 다시 본다. 이 사람은 대체 어떤 사람일까?.. 그때, 꾸르르륵 소리.
여진, 자기 배 보지만 아니다. 또 소리 난다.
시목 배에서 나는 소리임을 알아채는 여진, 시목 보면,
여진 온 줄 모르는 시목, 충혈된 눈 비빈다. 피곤해 보인다.
찾는 게 없는 시목, 바닥에 내려놓은 무거운 배낭 도로 멘다. 서류 보자기도 드는데,

여진　(보자기 가져간다)
시목　(있는 줄 몰랐다가 보는)
여진　밥은 먹고 다닙시다.

11. 밥집 - 밤

늦은 시각에도 술국 손님으로 시끌시끌하다.
귀퉁이 테이블에서 국밥 먹는 여진과 시목.

여진　(별 식욕 없다) 밥심이 없으니까 말도 제대로 못했죠?
시목　(무슨 말인지 아는)
여진　효과야 직빵이겠죠, 본인 입으로 하면 변명이지만 내가 다이렉트로

황검사 칼 만진 거 봤소, 해주면 반박도 의심도 한 방에 날릴 테니까.
동료들 다 모인 앞에서 잘못한 것도 없이 배신자가 되는 내 기분
같은 건 안중에도 없었으니까. 근데 어쩌나? 난 입증해줄 맘 없는데,
대신 국밥은 시켜드리죠, 유치장에서. 용의자 검사님.

시목 (그릇째 국물 마시고 내려놓는다. 한 방울도 안 남겼다)

여진 강진섭이 알면 지하에서 땅을 치겠네. 이런 유전무죄가 어딨냐고!

시목 나도 무전입니다.

여진 (수저 던지듯 놓는다) 김가영 검사님도 알았어요? 둘이, 그랬어요?!

시목 (물끄러미 보다... 배낭에서 태블릿 꺼내서 켠다)

주변 보는 시목, 귀퉁이 자리라 남이 볼 위험은 없다.
눈치채고 옆자리로 오는 여진.
리조트에서 보낸 CCTV 화면 나온다.
빈 복도에 곧 사람이 들어서자 여진, 뚫어져라 보는데,
시목이 앞서고 뒤따르는 가영, 영락없이 호텔로 함께 들어선 남녀의 모습.

여진 (믿을 수 없어 시목 본다) 둘이 진짜!

그런데, 먼저 방에 들어가는 화면 속 시목. 가영은 계속 간다.
여진, 저도 모르게 안도한다.
끝 방으로 들어가 사라지는 가영.
여진, 문 여는 사람 보려고 화면 가까이 보지만 너무 멀고 어둡다.
건너뛰는 시목, 가영이 방에서 나와 카메라로 오는 부분에서부터 정확히 재생시킨다.
걸음 멈추고 보이지 않는 누군가와 얘기하는 가영.
아니나 다를까, 곧 한 남자가 화면 안에 들어오는데 카메라 밑이라 정수리만 보인다.
가영, 남자를 흘기기도 하고 살짝 때리기도 하고. 남자가 뭐라고 나무란 걸까?
가영, 남자 팔짱을 낀다. 그러자 이에 맞춰 몸을 돌리는 남자,
그 순간 얼굴 일부분이 잠깐 드러나는데,
숨이 콱 막히는 여진.

남자, 용산서장이다.

팔짱 낀 가영과 웃는 눈매의 서장, 화면 밖으로 사라진다.

여진 .. .. (원래 자리로 간다)

시목 (담담히 태블릿 넣는)

여진 끝 방은,

시목 서장님 친구요.

술국 손님 왁자지껄한 식당 한 귀퉁이서 유일하게 말을 잃은 두 사람...

12. 먹자골목 - 밤

늦은 저녁 하는 회사원들로 불 밝힌 골목을 나란히 오는 여진과 시목.

시목 (구부정히 땅 보며) 경위님이 범인이죠?

여진 에에?

시목 범인이 나한테 원한이 있어서 뒤집어씌우는 거라면서요.

여진 허 정말! 뜨신 밥 잘 먹고 이렇게 뺨을 치나?
그래 내가 무슨 원한을 그렇게 품었답니까?

시목 그건 모르겠고 뒤집어씌우려면 내가 칼을 만진 건 알아야 되는데,
아무리 생각해도 경위님뿐이네요. 그걸 아는 건.

여진 ! 그때 우리 말고 거기 또 누가.. (생각하니 좀 섬뜩한) 설마?..

시목 강진섭도 안 불렀겠죠? 날 살인자로 몰자는 거면?

여진 그럼 혐의를 덮어씌우잔 게 아니라..

시목 날 놀리거나 끌어당기고 있거나.

여진 왜요? 어디로?

시목 닥치고 잡아서 물어봅시다. 나야말로 낯짝을 봐야겠으니까.

여진 (풋, 웃지만) 넘 깊이 끌려가진 말아요, 어떻게든 빼내기야 하겠지만.

시목 (여진 쳐다보는)

여진 왜요?

시목 .. 아뇨. (고개 돌리다 돌연 여진 뒤를 넘겨보는)

여진 뒤에 가게 스피커에서 걸그룹 노래가 나오고 있다.

여진 (따라서 보다) 설마 이 와중에 삼촌팬?
시목 .. 여자한테 전화했을 때 저 소릴 들었어요.
이미 납치된 후였는데, 그땐 몰랐지만.
여진 (어라?...)

Flashback〉 - S#3. 용산서/수사본부 - 밤
갑자기 시끄러운 걸그룹 노래 울린다. 문밖에서 나는 소리.
여진, 동재가 얼른 핸드폰 끄며 가는 것 얼핏 본다.

여진 어디서부터요, 그냥 처음부터? 아님 후렴구부터?
시목 그게 의미가 있습니까?
여진 어디서부터요!
시목 ... (들었던 음을 허밍으로 읊조리는데)
여진 같은 노래 맞나?
시목 (입 다무는)
여진 ... 아까 리조트 끝 방에 있던 남자, 진짜 김가영 주임 검사 아녜요?
시목 서동재? 아뇨. 왜요?
여진 (서둘러 가는) 그거 그 사람 벨소리예요. 맨날 보는 사인데 몰랐어요?
시목 .. 일할 땐 항상 진동이라.
여진 이젠 알겠죠.

13. 서부지검/입구 계단 - 밤

여진과 시목, 서둘러 계단 오르는데 동재 내려온다.
이것저것 든 시목과 달리 동재 옆에는 그의 방 계장1이 캐리어를 들고 따른다.

동재　(두 사람이 함께 오자 눈썹 치킨다. 스치며 놀리듯) 둘이 또?
시목　(목례. 전화 꺼내 동재 번호 누른다)

동재한테서 걸그룹 노래가 울린다. 후렴구에서 바로 시작되는 벨소리,

시목　(동재가 전화 꺼내려 멈추는 것 보는)

Flashback〉 - 4회 S#45. 가영 집에서 나온 시목이 차 안에서 가영에게 전화했을 때 전화 너머로 들리는 희미한 노랫소리. (후렴구에서 바로 시작)

동재　(발신자 확인하더니 시목에게) 황시목 뭐야?
여진　(낮게) 저기부터?
시목　(낮게) 저기부터.

동재 쳐다보는 시목과 여진.

14. 가상의 공간 (시목의 상상)

낮인지 밤인지, 어딘지도 알 수 없는 어두운 실내.
형광색 케이스 씌운 가영 전화가 울린다. 그 옆엔 전자충격기가 놓였다.
발신자 이름 없이 번호만 뜬 전화 집는 손.
잠시 번호 보다 통화 누르고 귀에 대는 이, 동재다.
그의 뒤로 희끄무레 보이는 저것은 손발을 묶인 김가영인가?
동재, 대답 않고 가만히 귀에 대고만 있는데, 갑자기 동재 본인 전화가 울린다.
동재, 즉시 가영 전화부터 끈다.

15. 서부지검/입구 계단 - 밤 (현실)

시목　(동재를 뚫어져라 보는데)
동재　뭐야? 둘이 뭐하자는 거야?
여진　잘못 눌렀어요?
시목　(전화 보는) 그랬네요. 죄송합니다.
동재　(별... 꼬나보다 간다)

계장1, 차 뒷좌석에 캐리어 실어주고, 동재는 차에 오른다.

여진　(캐리어에 꽂히는 시선) 저 안에 들었으면?? (바로 달리지만 동재 차는 떠나고) 아씨! 놓고 다니진 않을 텐데! 버리면 어쩌지?
시목　(성큼 간다) 출발점으로 가봅시다.
여진　? (더 묻지 않고 얼른 가는)

16. △△룸살롱/입구 - 밤

시목과 여진, 유리문 밀고 들어온다.

마담　어서 오세요. 어머, 커플이 오셨네?
시목　(순간 숨 들이쉬는)
마담　일행 있으세요? 아니면
시목　향수. 서동재 검사한테서 진동을 한 게 아가씨 향수였군요. 만난 지 불과 두세 시간. 그제 만나고 왜 또 만났습니까, 권민아 집 알려준 걸 비밀로 하자고?

하릴없어 하던 종업원 아가씨들, 대번에 뭐야? 하는 얼굴로 마담을 주시한다. 여진, 이들 반응을 눈치챈다.

마담　(역시 종업원들 의식하고) 만나긴 누굴요? 아녜요!
여진　.. 이거 그 향수 아닌데? 완전 딴 건데요?
시목　(보는)

여진 룸 있죠? (마담 스쳐 안으로 들어가며, 귓가에 낮게) 들어와요.
마담 !... (별일 아닌 척) 기본이시죠?

여진과 시목, 가게 안쪽으로 들어간다.

17. 동/룸 - 밤

시목과 여진, 룸에 들어와 앉는다.
마담, 곧 기본 술을 가지고 들어온다.

시목 진술에선 권민아씨 거주지를 모른다고 했습니다. 왜 거짓말했죠?
마담 누가 거짓말이래요?
여진 검사가 와서 닦달을 해대니 방법 없었겠죠.
잘못 보였다간 무슨 꼬투리를 잡힐지 모르니까.
시목 그래서 앞에선 모른다 하고 뒤에선 찔러줬다?
여진 아가씨들은 마담이 함부로 지들 집 떠벌리는 영업장에
붙어 있을 리 만무하고, 그래서 거짓말했다 쳐도!
시목 입이 무거우신가 봅니다. 칼부림이 벌어졌는데도 꼭 다무신 걸 보면.
마담 남 장사하는 데 와서, (나가려는데)
여진 (막는) 그렇게 처참한 형태로 발견됐는데 같은 여자면서,
같이 고생하는 처지면서 나 살잔 궁리만 나던가요?
시목 낯선 남자한테 집을 알려줬더니 온몸에 칼을 맞고 남에 집
화장실에 버려졌는데 본인한테 돌아올 피해만 걱정됐습니까.
마담 아녜요! 알려준 건 사실이지만, 놓치고 와선 하도 지랄을 떨길래 몰래
찔러주긴 했지만 그치만 그 검사가 그런 거 아녜요.
시목 어떻게 압니까.
마담 민아 집을 일러줬는데 한두 시간 후에 다시 왔어요,
애가 벌써 튀었다고. 그러고 우리 집에서 술까지 먹고 갔다고요.
여진 왜 이래요, 아마추어같이, 산전수전 다 겪은 사람이 그 말을 믿었다고?
나중에 문제 될 거 뻔하니까 다시 와서 못 찾았네 벌써 튀었네,

판 짜고 있단 생각부터 했을 거 아냐!

마담　검사잖아요!

시목　(보는)

마담　검사를 못 믿으면 세상에 누굴 믿어요?

시목　믿어야죠. 그래야 권민아가 찔린 게 본인 잘못이 아닌 게 되니까.

마담　!!

시목　주소를 흘린 당사자니까 그 검사가 범인이면 안 되는 거죠.

마담　그런 게 아니라

시목　여자 집을 알려준 건 몇 시쯤이었습니까. 권민아를 눈앞에서 놓치고 다시 와서 난리 쳤다고 했죠, 그러고 바로였나요.

마담　(눈길 피하는)

시목　몇 분도 못 버텼겠죠. 오늘 만나선 무슨 얘길 했죠.
어차피 이렇게 된 거 넌 나한테 말 안 했고 난 그 집에 안 갔다,
누이 좋고 매부 좋기로 했어요?

마담　.. 만만한 게 우리죠. 다들 누가 찔렀냐만 떠들지 찔린 사람한텐 관심도 없잖아요. 오죽하겠어요, 술집 년인데! 이 바닥 여자들 개 패듯 패는 새끼들은 다 놔두고 이제 와서 나만 쌍년을 만드실까?

시목　그래서 댁도 때리고 찌르는 쪽에 동참하겠다고요?

마담　(흘기고 외면하지만 마음 안 좋은..)

여진　두려워서 그래요? 서검사가 협박했어요?

마담　술 마실 거면 있고 아님 가요!
가뜩이나 칼 맞은 애 집이라고 소문나서 장사도 안 돼 죽겠는데!

시목과 여진, 서로 보다 둘 다 일어난다. 문으로 가 나가기 전,

여진　권민아 집, 혼자만 흘린 게 아니라고 하면 위로가 될까요?
콜 뛰기도 한몫했어요. 지 입으로 미친놈이라고 한 남자한테 여자 혼자 사는 델 일러주고도 입 딱 씻었죠. 지 손님 끊길까 봐.

마담　콜 새끼가!

여진　그래도 그쪽은 제보라도 했죠. 댁은 뭘 했습니까? (나간다)

마담　... (술을 병째 확 들이켠다)

18. 동/입구 홀 - 밤

시목이 먼저 나가고 여진도 나가는데,
시목이 가영을 찾아왔을 때 콜을 불러준 아가씨1이 다른 룸에서 나오다 시목 본다.

아가씨1 어? 자주 오네?

막 나가려던 여진만 그 소릴 듣는다. 돌아보는. .. 나간다.

19. 동/지하 계단 - 밤

계단 오르는 시목. 밑에서 보는 여진, 그러다 두어 계단씩 오른다.
여진, 시목 옆을 지나칠 때 시목을 쓱 보고 먼저 올라간다.

20. 유흥가 길 - 밤

여진 (차로 가며) 여길 찾아낸 것도 서검사고, 여자를 노리고 있었고,
충분히 의심했을 텐데 왜 나한테도 서검사 얘길 숨겼어요?
시목 숨긴 게 아니라 (약간 혼돈이 온) 나도 똑같았나 봅니다.
여진 뭐가요?
시목 회사 사람들하고요. 서검사는 학연이 전혀 없어요.
여진 지금 S대 출신이 아니란 소릴 하는 거예요 서검사가? 그래서요?
시목 지금은 차장한테 딱 붙어 있지만 부서 내 평가는 좀 뒷전이랄까요.
여진 그래서, 여자 사는 델 못 알아낼 거다,
나는 찾아내도 저 사람은 못한다, 우월감을 가졌다고요?
시목 우월감. (남 말하듯) 나한테도 그런 게 있었나.

여진 서검사도 사법시험 통과한 사람인데 쉽게 보지 말았어야죠.
그게 우월감 아님 뭐예요.

시목 그러네요. 기껏 있는 감정이란 게, 고작..

여진 기껏 있는.. 게, 라니까 다른 건 없단 소리처럼 들리네?

시목 (묵묵)

여진 ... (손바닥만 한 메모용 수첩에 뭔가 쓱쓱 그리더니 보여준다)

시목 (보면, 뇌 구조 그림이다) 뇌는 왜 해부했습니까?

여진 해부라뇨, 뇌 구조요. 검사님 뇌 구조. (하나씩 가리키며) 이만큼은
사건 해결의 의지, 요 작은 점이 우월감, 요 점은 국밥에 대한 사랑.

시목 여기는요. (가장 크게 비어 있는 공간)

여진 다른 마음이요. 잘 안 보여줄 뿐, 있겠죠, 좋은 것도 나쁜 것도.

시목 글쎄요.

여진 외계인이 있다고 믿어요?

시목 예.

여진 왜요?

시목 공간 낭비니까.

여진 그러니까. (시목 머리 가리키는) 여기도.
(그림을 반씩 딱딱 접어 시목 외투 주머니에 쏙 떨어뜨린다) 선물.

시목 (무표정하게 시선 거두는)

두 사람, 차에 탄다.

21. 여진의 차 안 - 밤

여진 (운전 중) 가만있어봐, 이다음에 서검사 동선은 어떻게 밝혀내나..

시목 알리바이가 무의미한 사람들도 있습니다.

여진 설마 청부업자라도 썼겠어요? 홍콩영화도 아니고.

시목 서검사는 인맥이 있어요. 사건을 통해서 알게 된 잡범부터 기업 회장까지.

여진 .. 서검사 말고 또 누군데요?

시목 (보는)

여진 사람들이라고 했잖아요, 알리바이가 무의미한 사람들.
직접 손에 피 안 묻히고 처리할 수 있는 사람이 또 있나요?
시목 아까 리조트 CCTV에서 본 사람이라면 직접 하겠습니까?
여진 아 우리 서장님, 거기도 용의자네, (시목 보더니) 여기도.
시목 (담담히 아무 말 않는)
여진 (살짝 미안한) 우리끼리도 못 믿게 하고 범죄가 이래서 참 그래요?
시목 (혼잣말 같은) 우리끼리?
여진 예. 왜요?
시목 ... (아주 실낱같은 미소가 살짝 감돌았다 사라진다)

22. 마포서 옆 골목/차 안 - 밤

마포대로를 달려온 여진의 차, 골목 입구에 시목 내려준다.
간단히 목례한 시목, 무거운 가방과 서류 보자기 들고 골목으로 들어간다.
여진, 수첩 꺼내 페이지 넘기면 메모가 나오는데, 가영을 중심으로 경완, 박무성, 황검사라고 쓰고 가영으로부터 뻗어 나온 가지 쳐놓은 메모다.
여진, 새로 '서장' 쓰고 가영과 연결선을 긋는다.
시목이라 쓴 걸 지울까 말까 하다.. 벅벅 지우는.

여진 (창밖 보면 멀어지는 시목, 구부정하다. 창문 열고)
등 좀 펴고 다니세요!
시목 (어둠 속으로 작아질 뿐)
여진 왜 맨날 저러고 다닌대, 안 어울리게 주눅 든 사람처럼.
(고개 거두고 출발)

23. 복도식 아파트/1층 입구 - 밤

은수, 지친 몸 끌고 들어오는데 우편함에 뭔가 있다. 꺼내는데 딱 봐도 청첩장이다.

뜯어보면 신랑 이름에 '오현철' 적혀 있고 그 안에 나오는 메모.
'우리 애 결혼해요, 다신 불러내지 말아요. 양가 인연 여기서 끝냅시다.'라고 적혔다.
기가 막히고 분하고 속상하고.. 하지만 무엇보다 청첩장을 믿을 수 없는 은수.
'신랑' 자리에 인쇄된 이름 석 자를 짚어보는 손끝이 떨린다.

24. 은수의 집/거실 - 밤

은수 (한참 울고 들어와 부은 눈, 최대한 소리 없이 들어오는데)
은수母 (안방에서 벌컥 나오는) 아까 지하철역이라더니 왜 인제 와?
은수 어, 편의점.. (피곤한 척 눈 비비는)
은수母 편의점? 배고프면 와서 먹지 뭘 사 먹어?
은수 그게 아니라
은수母 (벌써 주방으로 가는) 고모가 인절미를 줬는데 여간 맛있어.
은수 됐다니까?
일재 E 먹어.
은수 (안방 보면)
일재 (이불 위에 앉은) 여태 너 뼈만 남았다고 궁시렁댔어, 니 엄마.
은수 (연민과 원망이 뒤섞여 쳐다보는)
일재 ?..
은수 (안방으로 들어간다. 그 뒤로 꽉 닫히는 문)

25. 동/안방 - 밤

은수 (일재 앞에 털썩 앉자마자) 왜 더 악착같이 못했어요?
일재 뭐?
은수 이창준이 날 끌어내리려고 꾸민 짓이다, 배후엔 그놈 장인이 있다,
목에서 피가 나게 외쳤어야죠, 왜 잘못 없다고만 했어요?
일재 !.. 다 밤중에 웬 옛날 얘기야.

은수 왜 감옥까지 가면서도 그놈들을 놔뒀어요?

일재 잊어버려.

은수 아빠도 못 잊으면서 나더런 잊으래요!

일재 쉿! (밖을 본다) .. 정말 이윤범이 배후라고 생각하니?

은수 그럼 또 누가 있는데요?

일재 .. 회사에서 무슨 일 있었어?

은수 누군데요!

일재 엄마 들어!

은수 상관없어요, 아빤 계속 피하세요, 내가 알아낼 거예요. (일어나는데)

일재 은수야! (잡는) ... 난, 역대 정권하고 가장 사이가 안 좋은 수장이었어.

은수 !

일재 중립인사라고 날 세워놓고 말을 안 들으니까, 이윤범인 공범이야, 앞잡이야. 은수야, 네가 감당할 수 있는 게 아냐, 그놈들을 부수려면 돌보다, 이 세상 뭣보다 더 단단한 물증이 있어야 돼.

은수 그런 게 있으면, 이윤범 일가가 부정하다는 증거만 있으면

일재 없어, 그런 건 없어! 은수야, 너까지 거기 매달리면 안 돼, 너도 다쳐. 난 이미 옛날 사람이지만 넌 아냐. 제발 예쁘게 살아.

은수母, 접시 갖고 들어오면 일재 입 다물고 은수, 바로 나가버린다.
은수母, '응?' 하다 따라 나간다.
일재, 괴롭고 무엇보다 걱정된다.

26. 동/은수 방 - 밤

은수母 (따라 들어와 접시 놓는. 기색 살핀다) 일이 힘들어?

은수 나 잘래.

은수母 그 사람이 잘 안 해줘?

은수 누구?

은수母 그 왜, 너 수석 검사였던 사람.

은수 엄마 왜 자꾸 그래. 그 사람은 옆에 누가 오는 거 자첼 싫어한다니까.

은수母　싫은 사람이 오니까 싫지, 너같이 고운 앨 누가 싫대? 그럴수록 더 외롭고 사람 그리운 법이야. 니가 좀만 잘 해줘봐, 금방 달라지지.

은수　(먹먹히 보는)

은수母　왜, 넌 싫어?... (대답 없자 실망.. 나간다) 먹어. 놔두면 딱딱해져.

은수, 그대로 주저앉는다. 멍하니 기댄 얼굴에서 흐르는 눈물.
하지만 눈물 다부지게 닦고 가방 속 청첩장을 꺼내 휴지통에 처박으려다 밖을 보는.
버리지 않고 그대로 머리 감싼다.

Insert〉 - 시목의 검사실. 시목과 창준이 나누는 5회 S#59의 대화 엿듣는 은수.

시목 E　**(집무실 안에서 들리는) 작년 10월, 박무성은 차장님께 미성년자를 보냈습니다.**

은수　**(놀라 입 틀어막는)**

시목 E　**차장님께서 그토록 찾으시던 여자가 죽음 직전에야. 모두 우연입니까?**

은수　작년 10월.. (마음의 소리) 어떻게 날짜까지 알지? 얼마나 확실한 걸 쥐고 있길래? 왜 써먹지 않는데!

은수 손안에서 뒤틀리는 청첩장, 은수 손톱이 봉투에 상처를 남긴다.

27. 여진의 집 앞/골목 - 밤

여진 차에서 내린다. 집으로 오는데, 대문 앞에 웬 남자가 서 있다.
여진, '누구..' 하는데 돌아보는 머리 짧은 남자, 경완이다.

28. 여진의 옥탑방/마루 - 밤

제대한 손자 경완과 할머니 무성母, 반가워하고 서로 애틋해하고.

무성母　(연신 만지고 들여다보며) 진짜로 온 거야? 완전히 온 거야?

경완　예, 인제 안 가요, 일찍 나왔어요.

무성母　아이고 고마우셔라, 이렇게 보내주시고, 감사합니다, 군대 선생님들, 감사합니다. 고생했어, 고생했어.

경완　어떻게 지내셨어요, 할머니 혼자..

무성母　(괜찮다 고개 흔들고 손 내젓지만, 떨린다)

경완　할머니 인제 내가 있을게. 인제 어디 안 갈게.

무성母　(아들 죽고 돌아온 손자를 부둥켜안는다. 말로 할 수 없는 이 심정..)

여진　(화장실에서 나온다. 옷 갈아입은)

감동적인 가족의 재회지만 여진, 경완을 주시하나 TV 켠다.
후암동 보도가 나오는 뉴스 채널에서 멈춘 여진, 경완 반응 살핀다.

〈TV 화면 : 병원 전경〉

기자4 E　.. 신원이 밝혀졌지만 피해자는 여전히 혼수상태입니다. 먼저 25세의 권모양으로 알려졌던 피해자는 유흥업소 종사자인 스무 살 김모양으로 밝혀지면서

경완　(다소 멍하니 쳐다보는)

기자 E　경찰은 고 박무성씨와의 관계를 파악하는 데 주력하고 있습니다.

무성母　(본인이 더 괴로울 텐데 경완 귀를 막아주는)

경완　(할머니 손을 내리는) 저기, 죄송한데 좀 돌려주시면.,

여진　(끄고 뭔가 물으려는데)

무성母　(보물 보듯 한없이 손주 바라보고 있는)

여진　(... 다른 소리) 짐이 하나도 없네요?

경완　아 친구네 좀, 어떻게 될지 몰라서 맡겼어요.

여진　갈아입을 옷은 있어야죠? 가지러 같이 갑시다.

경완　괜찮은데,

여진　같이 가요. 어차피 난 또 나가야 되니까 가는 길에 데려다줄게요.

무성母 이 시간에 어딜 또? 쉬지도 못하고?

여진 그쵸 어머님? 근데 비상이라. 갑시다.

경완 지금 가면 올 때 차 끊길 거 같은데..

무성母 친구네가 어딘데?

경완 용인이요.

무성母 아이고 차도 차지만 남에 집에 너무 늦게 가는 거 아니지.
내일 가. 가서 꼭 고맙다고 하고.

경완 네. (여진에게) 제가 내일 갈게요.

여진 ... (할 수 없이 혼자 나가는) 그럼 쉬세요. (현관에서 신발 꿰는)

무성母 눈도 못 붙이고 가서 어쩌나. 겨우 옷만 갈아입었네.

경완 (쭈뼛, 어색하게 인사)

여진 (경완 보지만 입 다문다. 나간다)

29. 동/옥상 - 밤

여진 (나온다. 계단으로 가며 전화 꺼내는데)

경완 저기요. (쫓아 나오는)

여진 (재빨리 전화 넣고 돌아서는) 네?

경완 저희 저기, 언제쯤 집에 가도 되나요?

여진 그 집으로 가게요?

경완 딴 데 갈 데가.. 할머니 집이고요..

여진 그렇긴 하죠, 다행히 빨리 상속 포기를 하셔서 집을 지키셨어요.

경완 제가 하자고 했어요, 그거.

여진 (너였구나..) 김가영 기억하죠?

경완 (조금 놀라지만) 에, 에..

여진 뉴스에서 말하는 거, 김가영인 거 알았어요?

경완 네..

여진 어떻게요?

경완 SNS에 사진 올라온 거 본 애들이 김가영 같다고 해서,
첨엔 모르겠더니 애들 톡 온 것도 그렇고, 맞는 거 같더라구요.

여진　둘이 친했어요?

경완　아뇨 말도 못 해봤는데요? 걔는 딴 학교 남자애들이 보러 올 정도로 유명했고 전, ... 근데 걔가 왜 할머니 집에서, 어떻게 된 거예요?

여진　아직 조사 중이고요, 아 내일 경찰서로 와요.

경완　네? 제가 왜요?

여진　간단한 참고인 조사예요, 할머니도 받으셨는데? 짐 가지러 간다고 해요, 할머니한텐.

경완　에... 감사합니다. 할머니랑 다, 감사합니다.

여진　뭘, 들어가요. (계단 내려간다)

경완　(들어가다 계단 살피더니 핸드폰 꺼내 파일 여는데, 가영 사진 뜬다)

교복 입은 가영이 웃는 모습, 길에서 찍은 사복 사진도 있다.
사진 전부 지우는 경완. 친구들과의 채팅창도 나가기 해서 삭제하는데,
계단 끝에 눈만 나타나는 여진, 경완을 보고 있다.
여진 시점에서 보면 경완 뒷모습이 그냥 핸드폰 들여다보는 것 같다.
다 지운 경완이 집으로 들어가면 여진, 올라온다.
소리 없이 창문으로 와 벽에 몸을 밀착시키고 창을 조심스레 여는데.
조용... 아무 소리 안 난다. 엿듣는 거 눈치챘나? 안을 들여다보려는 그때,

무성母 E　뭐 먹고 싶은 거 없어?

경완 E　다 먹고 싶지! (급히 바꾸는) 없어요. 별로 뭐.

무성母 E　왜 없어, 말해봐.

경완 E　할머닌 뭐 먹고 싶은데? 내가 제대 기념으로 사줄게. .. 할머니? 왜 울어, 울지 마..

여진　.. (조용히 창문 닫는다. 왠지 미안한.. 자리 뜬다)

30. 시목의 집/안방 - 밤

시목, 잠자리에 들 차림으로 화장실에서 씻고 나온다.
침대에 걸쳐놓은 재킷을 붙박이장에 거는데 부스럭. 꺼내보면 여진이 준 그

림이다.
그냥 붙박이장 중간에 있는 거울 밑 공간에 종이 놓다가 손 멈추고 다른 생각한다.

창준 E　왜 완전히 끝내지 않았을까.
시목　...
동재 E　벌을 내리고 싶었거나 깨어나도 인간 구실 못하도록...
창준 E　너 나 날개 다는 거 막으려고 뒤로 동맹 맺었니?
시목　동맹... 누구와..
창준 E　안. 죽. 였. 어.
시목　... .. 여자를
창준 E　안. 죽. 였. 어.
시목　여자를.
시목　(마음의 소리) 경고, 벌. 차장을 벌할 수 있는 사람...

시목, 여진이 준 종이 뒤에 이윤범이라 적는다.
이어서 차장, 서동재, 영은수, 영일재, 서장까지 빠르게 적는다.

시목　(마음의 소리) 박무성이 죽기를 바라는 사람.

모두의 이름을 전부 포함하는 커다란 동그라미 친다.

시목　(마음의 소리) 김가영이 사라지길 원하는 사람.

영일재를 제외한 모두의 이름에 하나씩 동그라미.

시목　(마음의 소리) 차장에게 벌을 내리고자 할 사람.

이윤범, 서동재, 영은수, 영일재에 다시 동그라미.
시목, 이름들을 바라보는데, 전화 온다.
시목, 발신자 없이 번호만 뜬 전화 본다.

시목 네. 안녕하셨습니까. .. 예.. 예, 내일 뵙죠.

31. 공원 - 아침

아침 운동하는 사람들 사이 벤치에 오도카니 앉은 시목. 주변에 관심 없다.
지팡이 짚은 일재가 온다. 시목, 일어나 인사.

일재 미안하이, 아침부터. (벤치에 앉는 게 자연스럽지 않다)
시목 (대답 않고 부축도 않는다. 자리에 앉는)
일재 병원서 보고 처음이네, 어떻게 지내?
시목 제 안부가 궁금해서 만나자신 건가요?
일재 .. 황시목군, 은수를, 내 딸을 지켜주게, 부탁이야.
시목 (보기만 하는)
일재 아직 어린애야, 스스론 다 안다 싶겠지만 공부 말고 뭘 했겠어?
세상이 얼마나 교활한지를 알겠어, 인간 본성을 알겠어?
하룻강아지야, 지식과 타이틀로 무장돼서 더 헷갈리는 햇병아리.
시목 교수님께선 제게 그냥 월급 검사가 되지 말라고 가르쳐주신 분입니다.
일재 그것이 여기저기 쑤시다 행여 남들 눈에라도 떠봐,
난도질당한 여자애도 지 몸 지가 지킬 수 있다 생각했겠지,
그 나이에 벌써 사내들을 쥐락펴락할 수 있다 자신했겠지,
난, 난 그 기사를 읽을 수조차 없어.
시목 진범이 누굽니까?
일재 그걸 왜 나한테 물어?
시목 영검사가 본분을 다해 범인 검거에 매진할까 봐 걱정하시는 게 아니지
않습니까. 장관님을 낙마시킨 배후와 이번 사건의 진범이 다르다면
영검사가 그 여자처럼 될 것을 걱정하실 필요가 없겠죠.
저에게 지키라 하신 것도 저를 신뢰해서가 아니라 범인이 저와
영검사 근처에 항상 도사리고 있다고 결론 내리셨기 때문 아닙니까?
일재 창준일 말하는 건가? 아냐. 창준인 내가 키웠어,

자네하고 난 고작 연수원 6개월이지만 나하고 창준인 장장 10년이야.

시목 그 긴 세월을 부정하고 배신했습니다. 그런데도 확신하시나요?

일재 사람에겐 타고난 천성이란 게 있어. 근본은 바뀌지 않아.

시목 교수님과 10년, 그 뒤에 10년. 뒤의 10년간 많은 변화가 있었습니다.

일재 사리사욕 채우자고 사람 죽이고 찌를 본바탕이 아니라니까 창준이는! 이윤범이지! 다 그놈 짓이야! 그놈은 영생토록 혼자 해먹는 것밖엔 아무 관심 없어!

시목 (폭발해서 외치는 일재를 물끄러미 보다 슥, 고개 돌린다)

일재 은수 정도는!.. (흥분이 가라앉지 않아 들썩이는 메마른 가슴) 어린애 모가지 비틀기야. 부탁이네, 그 애가 불로 뛰어들지 않게 말리든 꾸짖든 뭐든 좋아, 자네가 은수를 지켜줘.

시목 약속드릴 수 없습니다. (일어나는)

일재 (아연실색 쳐다본다)

시목 영검사는 어른의 가이드가 필요한 어린아이도, 남자의 보호가 요구되는 연약한 여성도 아닙니다.

일재 강단 있다고 될 일이 아니잖나!

시목 눈앞으로 날아오는 칼을 대신 맞으라시면 그럴 수는 있겠지요. 사람을 통제하는 건 불가능합니다. 먼저 가보겠습니다.

일재 내가 오죽하면!

시목, 인사하고 간다. 망연자실한 일재.

32. 서부지검 인근 길 - 아침

아침 출근 인파 속에 서부지검으로 오는 시목.

시목 (마음의 소리) 모두 저마다 찍고 싶은 이를 찍어 내리고 있을 뿐이다. 서동재는 나를, 전 장관은 현 회장을, 그럼 난 왜 계속.. 차장일까?..

33. 법정 - 낮 (시목의 회상. 8년 전)

엄숙한 법정에 울리는 남자 구두소리. 구두에서 시작해 위로 올라가며 남자 훑으면,
손에 들린 구 모델 라디오. 더 위로 올라가 얼굴 비추면, 8년 전 창준이다.
판사 앞으로 간 창준, 재판대에 라디오 올려놓고 음악 틀면 동백아가씨가 흘러나온다.
난데없는 행동에 모두 어리둥절.
방청석 뒷줄엔 시목을 비롯한 수습 검사들이 바짝 군기가 들어 나란히 앉았는데,
이들도 법정에 울리는 트로트 가락이 이해 안 가긴 마찬가지.

판사 (음악 꺼버린다) 검찰 측! 뭡니까?

창준 참으로 해롭고 천박한 가락이죠? 그러니 금지곡이 됐겠지요.
이 곡, 동백아가씨는 1968년에 왜색이란 이유로 전면 금지곡이
됐습니다. 아, 안 믿어지시겠지만 제가 태어나기 전입니다.

방청석에선 작은 웃음이 일고 수습 검사들도 웃지만 시목, 진중하게 창준만 본다.

창준 생전에 제 부친께서 좋아하시던 곡이기도 하지요. 해서 제겐 늘
의문이었습니다, 이 노래 어디가 왜색일까? 무엇이 해롭단 말인가?..
(검사석으로 와 종이 한 장을 들고 읽는다)
삼천리는 여전히 살기 좋은가, 삼천리는 여전히 비단 같은가,
거짓말이다 거짓말이다, 날마다 우리들은 모른 체하고 다소곳이
거짓말에 귀 기울이며 뼈 가르는 채찍질을 견뎌내야 하는
노예다 머슴이다 허수아비다. 부끄러워라 부끄러워라 부끄러워라.
(종이 내려놓는다) 31년 전이었다면 저는 방금 국가를 모독하고
대중에게 해악을 끼쳤습니다. 이제 31년의 세월이 흘러 시인의 진심을
거리낌 없이 전할 수 있어 저는 기쁩니다. 그러나 학생들에게 돌아가고
싶다는, 다시 국어 선생님이 되고 싶다는 노 시인의 소박한 꿈이

끝끝내 좌절된 지금, 무엇이 진정한 복권인가, 저는 묻고 싶습니다. 마지막으로 복권은 가능하나 교권은 거부당하신 시인께 이 재판정을 대신해 동시대인으로서, 인생의 후배로서, 감사와 사과의 말씀을 함께 전합니다. (시목의 눈에 뒷모습으로 앉은 시인에게 허리 숙인다)

창준, 검사석으로 가는데 방청석 어디선가 박수가 흘러나온다. 판사는 곤란해하지만 박수소리 커지고, 수습 검사들도 박수 친다.

수습 검사1 넌 저런 분 방에 들어가서 좋겠다.
수습 검사2 우리 부부장님 쫌 멋지지?

시목, 박수에 동요되지 않고 침착하게 자리에 앉는 창준을 길게 본다. 그러다 시선 돌리면, 창준에게 목례하는 시인의 뒷모습. 그 위로,

시목 E 시인은 보수 정치인이 되어 돌아왔고,

34. 서부지검 인근 길 - 아침

시목 (마음의 소리) 이곳저곳의 지검을 거치다 다시 만난 차장검사는...

전화 진동 울린다. 여진이다.

시목 네.
여진 F 시간 없으니까 빨리 말할게요. 서검사 좀 있다 우리 서로 올 거예요. 박경완 조사하러.
시목 박경완이요?

35. 여진의 집 앞 + 서부지검 인근 길 - 아침

여진　　생계유지 곤란 사유로 조기 제대했대요.

시목　　박경완 정도면 단순 참고인인데 왜 서검사가 가죠?

여진　　박경완하고 김가영, 아는 사이예요, 학교 1년 선후배.
(혹시 경완이 내려오나 계단 살피는)
암튼 서검사 방이 곧 빌 거잖아요? 나랑 토끼몰이 한 번 할래요?

시목　　토끼몰이? (걸음 빨라진다) 합시다.

경완이 옥상 계단에 모습을 드러낸다. 내려온다.

여진　　(차에 타 문 닫고 얘기하는) 김가영 전화, 나라면 버릴 때 버리더라도 항상 손 닿는 데 둘 거예요. 그렇다고 막 들고 다니진 못할 거고.

경완　　(대문 열고 나온다)

여진　　좀 있다 다시 할게요!

여진, 전화 끊고 웃어 보이는. 경완이 차에 타면 출발한다.

36. 서부지검/로비 - 아침

시목, 로비 가로지르는데 마침 동재가 나가고 있다.
승강기로 뛰어드는 시목.

37. 동/형사부 복도 - 아침

시목, 곧장 동재 방 문 연다.
계장1은 없지만 실무관1이 자리 지키고 있다가 반쯤 일어나는데,
시목, 그냥 다시 문 닫는다. 문 닫고 기대서서 어찌 할까, 생각하는데,
은수가 오다 시목을 본다. 단박에 의아한 표정이 된다.

은수　　(다가와) 뇌세포를 너무 많이 쓰신 거 아네요? (문 이름표 보는)

벌써부터 본인 방을 못 찾고 그러세요 왜.

시목　(실무관1을 어찌 불러낼까..)

은수　검사님, 무슨 일 있으시죠.

시목　...

은수　제가 도와드릴 수도 있잖아요, 무슨 일인데요,

시목　...

일재 E　**은수를, 그 애가 불로 뛰어들지 않게 자네가 은수를 지켜줘.**

은수　(영 대답 없자 몸 돌리는데)

시목　영은수.

38. 동/동재의 검사실 - 아침

실무관1　(혼자 일하고 있는데)

은수　(울상으로 뛰어드는. 집무실 가리키며) 계세요?

실무관1　나가셨는데? 왜 그러세요?

은수　어떡해요, 어제 실무관님이 준 항소 파일이 없어졌어요.

실무관1　어머 어떤 거요?

은수　공판은 나인 거 잊어먹고 여기 거랑 같이 날린 거 아녜요?

실무관1　그럴 리가요? 어제 다 드렸잖아요?

은수　근데 내 방에도 없고, 그거 구속일이 오늘까지라 못 찾으면 풀어줘야 하는데! (실무관1에게 매달리다시피 하며)
법원 가서 빨리 좀 찾아봐줘요, 혹시 이 방 거에 섞여 갔는지.

실무관1　(서둘러 나가며) 아닌데? 분명히 확인했는데?

은수와 실무관1, 나간다.
몇 초 후 들어오는 시목, 곧장 동재의 집무실로 들어간다.

39. 동/승강기 앞 - 아침

은수　부탁드려요, 난 내 방 다시 찾아볼게요.

실무관1　네! (승강기에 오른다)

은수, 가면서 실무관1이 탄 승강기가 문 닫히고 내려가는 것까지 확인한다.

40. 동/동재의 집무실 - 아침

시목, 어디 있을까, 여기저기 뒤지는데 벌컥! 문 열린다. 은수다.

시목　(일시 정지했다가 다시 찾는)

은수　(벌써 같이 뒤지면서도) 뭘 찾으시는 거예요? 뭔데요 검사님?

시목　핸드폰.

은수　무슨 핸드폰요? 번호 뭔데요? (전화 꺼내는)

시목　꺼져 있어.

은수　(전화 넣고 서둘러 뒤진다)

시목, 동재 책상 뒤 서랍 뒤지고, 은수도 책상으로 와 살피는데,

소리 E〉　(밖에 검사실 문 열리는 소리)

우뚝 멈추는 두 사람.
가까워지는 발소리. 은수 놀라는데,
집무실 문이 열리는 순간, 은수를 감싸는 시목의 팔, 그녀를 책상 아래로 끌어당긴다.
거의 동시에 들어오는 계장1, 손에 우편물 들었다. 동재 책상으로 온다.
책상 뒤에, 의자를 방패 삼아 바짝 숨은 시목과 은수.
책상 아래 틈으로 다가오는 계장1의 발이 보인다.
숨도 못 쉬고 몸을 최대한 동그랗게 오므린 은수,
시목도 눈도 깜빡이지 않고 다가오는 발을 지켜보는데,
계장1의 발, 책상 앞에 멈춘다. 우편물 고르는 소리.

은수, 가슴이 터질 것 같다. 그녀가 움츠러들자 시목, 은수 본다.
시목, 소리 없이 은수 입을 손으로 둥그렇게 막는다.
시목의 손에 가려져 커다란 눈만 보이는 은수, 눈을 들어 시목 보는데, 문득,
아직도 그녀 어깨에 감싸듯 올려진 시목의 손이 의식되는 은수...
시목은 여전히 계장1만 주시하는데,

cut to. 책상 앞 계장1, 우편물을 놓고 돌아선다. 문으로 간다.
cut to. 책상 뒤. 이제 문 여는 소리 들린다.
두 사람, 소리 없이 안도하는데 그 순간, 전화 진동소리!
시목 주머니에서 울린다.
경악하는 은수, 반사적으로 주머니 보는 시목.

cut to. 계장1, 어? 돌아본다. 소리는 끊기지만 발길 돌려 온다.
책상을 끼고 뒤로 가려는데,

은수　(팍 일어나는)
계장1　억!
은수　(이쪽으로 오기 전에 얼른 계장1에게 가는) 아 깜짝이야,
서검사님인 줄 알고 얼마나 놀랬게요!
계장1　뭐하세요 거기서?
은수　제가요, 검사님이 주신 파일을 잃어버려서,
계장1　네? 무슨 파일이요? 어디 흘리셨어요?
(당장 찾아줄 기세로 책상으로 오는)
은수　아니! (전화 울린다. 얼른 꺼내면 '황시목 검사님'으로 돼 있지만
발신자 상관없이 받고) 찾았어요? 어머 거기 있는 걸 모르고!
(끊는) 찾았대요! 계장님, 서검사님한텐 절대 말하지 말아주세요,
저 왕창 깨져요. 네?
계장1　아, 네..
은수　대신 제가 커피 쏠게요, 네? (얼른 팔짱 껴서 계장1 데려 나간다)
계장1　아니 안 그러셔도

41. 동/동재의 검사실 - 아침

은수 어떤 커피 좋아하세요?
계장1 저야 뭐 자판기면, 어허허, 어허허허...

은수와 계장1 나가면, 잠시 후 빠른 걸음으로 나가는 시목.
조금 열린 문 안으로 보이는 동재의 집무실, 의자도 삐딱해졌고...

42. 동/시목의 검사실 - 아침

시목, 태연히 들어와 재킷 벗다가 전화 확인한다. 방금 전 부재 중 전화, 정본이다.
시목, 정본 이름 보며 뭔가 생각하는... 전화 건다.

시목 .. 난데, 점심때 시간 돼?

43. 동/동재의 검사실 - 아침

커피 들고 싱글싱글 들어오는 계장1.

44. 동/은수의 집무실 - 아침

방 한가운데 우뚝 선 은수. 뒤돌아보는데 방금 전과 달리 눈빛이 날카롭다.

45. 밥집 - 낮

정본, 먼저 와 있고, 시목, 지금 막 와서 자리에 앉았다.

정본　웬일이냐, 살다보니까 니가 먼저 밥을 먹자는 날도 다 오고.
시목　그때 니 덕분에 현장에 일찍 갔고 그래서.
정본　오 짜식, 사람 됐네?
시목　(종업원 오자) 집밥 정식이요.
정본　저도요. 그 여자는? 아직도 못 깨났대?
시목　음. (지나가는 투지만 반응 보는) 그때 어떻게 그렇게 빨리 알았어?
정본　나야 백수니까 늦게까지 폰이나 붙들고 있다가 이상한 게 떴길래,
그런 거 있잖아, 실시간 인기글, 뭔가 해서 봤다가 얼마나 놀랬는데.
가뜩이나 후암동 그 집이라지.
시목　집을 알고 있었네?
정본　강진섭 재판 때 내가 한 번 가봤지,
돈 안 되는 건이라 우리 변호사는 엉덩이 한 번 안 뗐거든.
시목　집은 그대로더라.
정본　그대로는, 아주 도떼기 판이더만?
시목　음, 집 안이 좀 그렇긴 했지?
정본　아니 집 안을 내가 어떻게, 골목이 난리가 났더라고.
나도 갔거든. 너한테 전화하고 잠도 안 오고, 난 너 거기서 봤는데.
시목　그랬구나. .. 신기하네.
정본　뭐가?
시목　너랑 나. 강진섭 재판 때 우연히 보고 그담부터 우연히 계속 보게
되고 있잖아. 20년을 모르고 살다가.
정본　그러네, 참 사람 인연이란 게. (밥이 오자) 와, 여기 푸짐하다잉?

정본, 손 비비며 수저 집는 게 정말 맛있는 음식을 대하고 있을 뿐인데,
시목, 밥 먹으면서도 정본을 살피는 그 눈길 위로,

계부 E　친구요? 시목이한테 친구가 다 있었나?

46. 작은 오피상 - 낮

윤과장과 시목의 계부, 사무실 소파에 마주 앉았다.

계부 (윤과장 훑는) 근데 어쩌나, 난 걔 잘 모르는데, 같이 산 적도 없고. 헛걸음하셨어.

윤과장 (웃는) 말 한마디 잘못하셨다가 잔소리깨나 들으셨나 봐요? 수술은 언급도 안 하시고 그냥 치료라고 했는데 억울하셨겠어요.

계부 걔 수술받은 걸 알아요??

윤과장 아 비밀인가요? 머리 수술 얘기 들었는데?

계부 뭐 본인이 얘기했으면 비밀까지야... 진짜 친하신가 보네, 시목이랑?

윤과장 그렇다기보다는, 저희 회사 이미지도 있고 하니 다음부턴 미디어를 대하실 때 말씀을 좀 가려주십사 해서 제가 오늘 이렇게

계부 아니 내가 없는 소리 한 것도 아니고 수술까지 한 걸 치료받았다 해줬으면 됐지, 그거 한마디 했다고 마누라쟁이도 모자라서 의붓아들 직장 사람한테까지 말을 들어야 돼?

윤과장 황검사나 저희 입장에서야 가벼운 수술 좀 한 것 갖고...

계부 가볍긴, 뇌를 째고 안에 걸 잘라냈는데 그게 가벼운 거면 뭐 암수술은 애들 장난이겠네?

윤과장 호오, 그 정도였습니까? 그럼 싸이코가 맞았나?

계부 아녜요! 나 또 한소리 듣겠네, 싸이코는 저 뭐냐, 여기 어디 앞이 잘못된 거고 시목이는 거 뭐냐, 뭐라 그랬더라, 뭐더라?

윤과장 (인내심 갖고 기다리다) 싸이코패스는 편도체에 이상이 있다고들 합니다만,

계부 걔는 그게 아니고, 뇌, 뇌섬엽인가? 암튼 그게 부어서 너무 예민했다더라고. 심할 땐 지나가는 사람 말소리도 못 견뎌했다니까.

윤과장 저런, 부모님이 고생 많으셨겠네요.

계부 부모는 뭘, 애 엄마만 죽어났죠, 보험도 안 되는 걸 여기선 해줄 의사도 없어서 미국까지 가선, 미국은 감기만 걸려도 얼마나 비싼지 알죠? 애는 그 모양이지, 수술시킨다고 집도 절도 다 팔았지, 그러니 부부 사이가 파탄이 안 나고 배기나.

윤과장　사장님께서 그 자리를 채워주신 거군요.

계부　사실 말이 나와서 말이지, 애비가 뱀처럼 찬 사람이었나 보더라고요.
근데 그 집 식구들이 쫌씩 그런 끼가 있어, 응, 우리 와이프도 이게
(입놀림 손짓) 송곳이에요, 송곳. 시목이 걔도 압핀 정돈 될 텐데?

윤과장　(웃는) 저는 말 못합니다.

계부　그렇다니까!

윤과장 E　... 뇌섬엽.

47. 길 - 낮

커피 빨며 오는 정본, 옛날에 시목의 짝이 제일 예뻤다고 침 튀기다 길가에
짧은 치마 여자도 쳐다보는데,
남의 치마 상관없는 시목, 가봐야겠다고 중간에 가버린다.
혼자 남겨져 좀 황당한 정본.

윤과장 E　감각과 감정을 느끼고 신뢰와 불신, 공감과 경멸, 죄의식과 용서 등
인간적인 면을 만들어내는 데 관여하며 초콜렛이 먹고 싶다거나
사랑에 빠졌을 때처럼 감정을 일으키고 활성화되는 부위로,

48. 윤과장의 차 안 - 낮

태블릿으로 검색한 〈뇌섬엽〉을 전화에 대고 소리 내어 읽는 윤과장.

윤과장　실제로 치료되지 않는 통증을 감소시키기 위해 전측 대상피질을
수술로 제거한 사례가 있는데

49. 호텔/로비 - 낮

로비 소파에 앉아 핸드폰을 귀에 댄 남자. 머리 끝부분, 손가락 정도만 보인다.

윤과장 F 뇌섬엽이 손상되면 무감동, 부주의, 성격 변화 같은 다양한 정서적 후유증이 발생한다.

앞을 보여주면 남자, 창준이다.

창준 일치하는군. 좋진 않아.
윤과장 F 애매합니다. 완전 제거된 건지 잠시 억눌려 있을 뿐인지.
창준 어느 쪽이든.
윤과장 F 사례가 별로 없어서, 의사한테 어떤 건지 물어보려고요.

창밖에 검은 차 들어오는 게 보인다.

창준 그래. (끊고 일어선다. 문으로 나가는)

50. 호텔/입구 - 낮

검은 차가 와서 서고 우실장이 먼저 내려 문 열면, 이윤범이 내린다.
대기하다 90도 인사하는 창준. 우실장도 함께 셋이 들어간다.

51. 동/회랑 - 낮

윤범 오늘이 발표인가?
창준 예 장인어른. 덕분입니다.
윤범 그까짓 게 덕분은, 마땅하니 당연한 거지. (그러나 말끝 흐리는..)
창준 무슨 일 있으십니까? (우실장 돌아보면)
우실장 검찰조직에 역풍이 불 수 있다는 말이 돌고 있습니다.

창준 총장님이 수사지휘권을 거부할 거란 예측들 말입니까?
대검에선 아직 결정된 게 없다고 하던데요?

윤범 법무부도 다 윗선 뜻 봐서 움직이는데 총장이 법무장관하고 자꾸 충돌해서야, 그거 자리 내놓겠단 소리잖아? ... 참 아까워.

창준 그렇게 가시긴 아까우신 분이죠, 총장님.

윤범 보내는 게 아까워? 무주공산 못 움켜쥐는 게 아깝지?
자네가 좀만 일찍 탑에 올랐어봐, 총장 관두고 빈자리 자네 차지 아냐?
영전할 생각을 해야지 누가 누굴 걱정이야?

창준 큰 뜻을 헤아리지 못했습니다. 죄송합니다.

윤범 사람이 야망이 없는 거야 생각이 없는 거야.

우실장 (자연스럽게 느리게 걸어 거리 벌린다)

창준 전, 총장을 거치지 않겠습니다.

윤범 (이 말엔 잠깐 멈추는) 아주 결심한 거야?

창준 예.

윤범 ... (다시 가는) 이차장.

창준 예, 회장님.

윤범 주변 정리해. 천 리 길도 신발에 돌멩이부터 터는 거야.

창준 예.

윤범 슬슬 말을 움직여볼까?

우실장 (재빨리 와 문 연다)

문 안에 윤범과 비슷한 분위기의 남자들이 잔뜩 있다.
들어가며 인사하는 윤범, 창준.

52. 길/차 안 - 낮

창준 (전화한다) 여보, 음 뵀어.. (사이) 오늘은 일찍 갈게.
(사이. 웃는) 알았어. 그래. (끊는다. 웃음기 사라지고 싸늘해진다)

53. 서부지검/로비 – 낮

창준, 로비 가로질러 와 승강기 앞에 선다. 승강기 열리자 타려는데, 동재가 타고 있다. 전화 들여다보던 동재, 흠칫 놀라지만 얼른 인사. 창준, 탄다. 닫히는 문.

54. 동/승강기 – 낮

동재 (6층 눌러주고) 차장님, 조금만 기다리시면 됩니다. 제가 기가 막힌 건수를 잡았거든요. 이제 아무 걱정 없습니다.

창준 건수? 걱정?

동재 (싱글벙글) 곧 됩니다. 한 큐에 쫙!

승강기, 4층에 선다.
동재, 90도 인사하고 내리면, 까딱하는 창준, 문 닫히기 직전 열림 버튼 누른다.

창준 ... .. (내린다)

55. 동/승강기 앞 복도 – 낮

창준, 천천히 간다.

56. 동/동재의 검사실 – 낮

계장1과 실무관1 인사받는 둥 마는 둥 집무실로 들어간 동재, 바로 튀어나온다.

동재　누가 내 방 들어왔어?!
계장1　!
실무관1　예? 들어간 사람 없는데요?
동재　(어질러진 방 돌아보는) 자리 비운 적 있지?
실무관1　아.. 잠깐 영검사님께서 부탁하셔서
계장1　(아이고!)
동재　영은수?! (당장 나간다)
계장1　그걸 말하면 어떡해요?
실무관1　왜요?

57. 동/시목의 검사실 - 낮

시목　(일하는데)
동재 E　영은수!!

58. 동/모퉁이 복도 - 낮

승강기 복도에서 막 모퉁이를 꺾어 형사부 복도로 들어서던 창준도 소리 듣는다.

59. 동/형사부 복도 - 낮

동재, 은수를 은수 방에서 끌고 나온다. 제 방으로 끌고 가는데,
동재를 콱 잡는 손, 시목이다.

동재　안 놔?
시목　이것도 폭력입니다. 검사님이 놓으세요.
동재　폭력 같은 소리 하고 자빠졌네, 니가 왜 참견이야! 언제부터 남에 일에

(하다) 니들, 그럼 니들 둘이... (두 사람 번갈아 보는)

은수 놓으시고 말씀하세요. 어디 안 가요! (하다 놀라는)

창준이 나타났다.
동재, 시목도 창준 본다.
창준, 쭉 보다.. 은수를 틀어잡은 동재 손에 시선 준다.
놓으라는 무언의 명령.
동재, 얼른 은수 놓는다.
창준, 팔짱 끼고 셋을 보기만.
세 사람, 뭐라고 해야 할지 몰라 각기 다른 반응을 보인다.
동재는 화가 난 동시에 불안하고, 은수는 어떻게 해명해야 할지 모르겠고,
동재가 무슨 말을 할지가 알고 싶은 시목은 동재 보는데,
끝 방 문 열린다. 3부장이 급히 나오다 창준을 보고는 이쪽으로 온다.

3부장 여기 계셨습니까. 방금 발표 봤습니다. 축하드립니다, 검사장님.

동재 엇! 축하드립니다, 검사장님!

3부장 (큰 소리로) 뭣들 해?

놀라서 내다보던 동재 방, 은수 방, 시목 방 직원들도 모두 나와 방마다 노크하고,
검사들, 직원들이 모두 일사분란하게 복도로 나온다.
창준, 팔짱 풀고 대오를 맞이하는 정자세로 선다.

3부장 우리 형사부가 십 년 만에 수장을 배출했다.
축하드립니다 이창준 검사장님.

모두 축하드립니다 이창준 검사장님!

모두 90도 인사한다. 그러나, 창준을 쳐다보는 시목.
좌중을 아울러 보던 창준도 시목 쳐다보는데,
... 마침내 허리 굽히는 시목. 고개 쳐드는 창준.
복도 한가운데 서서 모두의 일치된 절을 받는 창준에서, 엔딩.

7회

변할 건 없습니다.

나도 여러분도 한 가지만 기억하면 됩니다.

법불아귀, 법은 귀한 자에게 아첨하지 않고

승불요곡, 먹줄은 굽은 곳을 따라 휘지 않는다.

1. 서부지검/형사3부 - 낮

복도를 가득 채운 형사3부 전 직원들.
그들을 둘러보며 꼿꼿이 선 창준.

전 직원 축하드립니다 이창준 검사장님!

시목 (90도로 절하며 복창한다)

창준 고맙다. ... 나는 오늘 이 시간 후로 많은 축하를 듣게 될 겁니다.
하지만 여러분 앞에, 내가 법조인으로서 처음 발을 디딘 형사3부
내 동료들 앞에 선 지금 이 순간을, 나는 가장 오래 기억하겠습니다.
변할 건 없습니다. 나도 여러분도 한 가지만 기억하면 됩니다.
법불아귀, 법은 귀한 자에게 아첨하지 않고
승불요곡, 먹줄은 굽은 곳을 따라 휘지 않는다.

전 직원 법불아귀 승불요곡! 기억하겠습니다!

창준, 직원들과 일일이 악수하는데 그 모습을 따라서 지켜보는 시목.

시목 (마음의 소리, 한 명씩 악수하는 손마다) 정의, 야망, 탐욕, 죄악.

드디어 시목의 차례. 창준, 손 내민다.

시목 (그 손 본다. 마음의 소리) 이 손은 (손 올린다) 어떤 손일까.
(먼저 한 손으로, 찰나의 시간차를 두고 두 손으로 잡는)
이 손이 한 일을 (꽈악 잡는다) 볼 수 있다면.

그 힘을 느끼고 그 바람을 읽기라도 한 듯, 눈빛 강렬해지는 창준,
고요하지만 칠흑 같은 시목의 눈빛, 두 눈빛이 허공에서 격돌한다.
배경을 잊고 주위 사람을 잊고 두 사람만 존재하는 듯, 서로를 응시하는 두 사람.

윤과장 (지나가다 보고 에둘러 다가오는) 축하드립니다, 검사장님.
창준 (시선 여전히 시목에게 꽂힌 채) 그래. (손을 탁 놔버린다)
3부장 (윤과장 등 밀어서 창준 앞에 세우고)
사건과 윤과장이라고, 접때 03학번 동문이라고 인사드렸죠?
창준 (그제야 보는) 아.
3부장 그러고 보니 동문들도 뭉쳐야겠네요. 영프로 니가 동문회에 쫙 돌려.
은수 예.
3부장 (시목에게) 넌 또 빠질 거냐?
시목 아닙니다.
동재 (나란히 섰는데 혼자만 언급 못 된다. 애써 관심 없는 척)
창준 업무 복귀들 하지.
전 직원 (들어가는데)
창준 니들.

동재, 시목, 은수, 들어가려다 멈춘다.
창준, 셋을 차례대로 쏘아본다.

3부장 죄송합니다, 좋은 날 누가 되지 않게 제가 잘 이끌겠습니다.
시목/은수 (동시에) 죄송합니다.
동재 사죄드립니다, 차, 검사장님, 부장님. 둘이 업무에 미숙한 점이 있어서

제가 좀 흥분했습니다. 주의하겠습니다.

창준 ... 작작들 해. (자리 뜨면)

3부장 시간이 남아돌아? 눈코 뜰 새 없게 해줘!

세 사람, '아닙니다', '죄송합니다', 하면서 각자 방으로 얼른 흩어진다.
3부장, 눈 부라리며 가고 윤과장, 따라간다.
제 방으로 가던 은수, 시목과 동재 돌아본다. 동재에게 잡혀서 빨갛게 된 손목..

2. 동/3부장실 - 낮

3부장 (윤과장에게 커피 주며) 동남북 장들 다 모이면 이쁨깨나 받겠네,
죄다 19기들인데 혼자만 24기니 얼마나 신선해.

윤과장 (커피 홀짝) 부장님한텐 나쁜 게 아닐 수 있잖아요?
검사장님도 윗 기수가 바로 밑에 차장이 되는 거보단 하나라도
아래가 한결 낫죠.

3부장 차장 안 시켜줘도 되니까 본인 자리나 오래 지키라고 해.

윤과장 ?

3부장 차, 검사장 날리던 실력이야 사실 빽 때문에 피해 본 케이스지.
재벌이랑 유착으로 보일까 봐 대검이나 특수통에서 안 빼갔으니.
정권 따라 해바라기만 아니면 좋겠는데.

윤과장 검사장님이 설마요, 뭐 부족한 게 있다고.

3부장 (확신할 수 없는..) 황시목인 어떻게 됐어?

윤과장 별게, 없던데요. (시선 피하는)

3부장 없어?

윤과장 모친도 선생님이시고요. 다 평범한 게... (3부장 보지만 내리까는 눈)

3부장 흠...

3. 동/동재의 집무실 - 낮

동재, 뭔가에 쫓기듯 블라인드 틈새를 꼼꼼히 여미더니 에어컨 뒤로 손 뻗는다.
둘둘 말린 검은 천이 손끝에 걸려 나온다. 풀면 흰색 핸드폰 나온다.
검은 천 안에는 핸드폰과 분리시킨 형광색 핸드폰 케이스도 보인다.
식은땀 흘리는 동재, 눈앞이 캄캄해서 멍하다가 돌연, 꺼놨던 핸드폰 전원을 켠다.
전화가 켜지자마자 다시 끄고는 전화를 내리치고 밟고 급기야 던져버린다.
액정이 산산조각 난 채 뒹구는 전화. 동재가 다시 켜보지만 완전히 죽었다.
동재, 핸드폰을 다시 검은 천에 싸 윗옷 깊숙이 넣는다.

4. 동/동재의 검사실 - 낮

동재 (집무실에서 바삐 나오며) 골프장들 전화해서 장명한이란 사람이 이틀 전에 라운딩 한 적 있는지 알아봐요. 남의 이름으로 예약한 것도 다.

실무관1 다요?

동재 다! (하며 나가려는데)

계장1 요새 같은 분위기에 명단 안 주려고 할 텐데 무슨 명분으로

동재 내가 알고 싶은 게 명분이지! (나간다)

계장1과 실무관1 서로 본다. 말은 못하고 둘 다 찡그린다.

5. 동/복도 - 낮

동재, 복도로 나오면 시목의 방문이 열려 있다.
계장과 실무관이 지금 막 서류 가득 실은 카트를 끌고 들어가고,
책상에 파일을 높게 쌓는 시목 보인다. 그 모습 빨리 체크한 동재, 황황히 사라진다.

6. 동/시목의 검사실 - 낮

시목, 서류 놓고 핸드폰 집는다. 문자 보내는.

7. 동/지하주차장 - 낮

잠복 중인 여진, 진동 울린다. 얼른 문자 읽다가 몸을 확 낮춘다.

시목 E　나갔습니다.

여진, 몸 낮추고 기다리면 전면에 동재 나타난다.
여진의 차에서 대각선상에 세워둔 차로 오는 동재.
완전히 눕듯이 해 동재 시선 피한 채 답장 보내는 여진,
동재가 출발하기를 기다렸다가 몇 초의 간격 뒤에 달려 나간다.

8. 동/시목의 검사실 - 낮

시목, 답문 오자 짧게 보고 업무용 골무 낀다. 골무 낀 손으로 서류 넘기기 시작.

9. 서부지검 정문/마포대로 - 낮

서부지검에서 빠져나와 마포대로 차량의 홍수 속에 합류하는 동재와 여진의 차.
차들의 행렬에서 부감으로 빠지면서 차장실 안에서 바라보는 모습으로 바뀐다.

10. 서부지검/차장실 - 낮

창가에 차장, 창밖에 꽉 막힌 마포대로를 바라보는데 비서, 노크하고 들어온

다.

창준　음?
비서　괜찮으시면 짐 정리를 할까 하는데요. 옆방으로 가셔야죠.
창준　검사장실이 그새 비었나?
비서　공실 된 지 이틀 됐습니다.
창준　... 가위 있나?
비서　네? 네. (나간다)
창준　(책장으로 가 서랍 연다)

깊숙한 곳에서 꺼내는 상자. 열면 오래돼서 길이 잘 들어 뵈는 지갑이다.
얼핏 봐도 상당한 명품인 악어가죽 지갑을 꺼내 손에 올려보는 창준.

창준 N　모든 시작은, 밥 한 끼다.

11. 매운탕 집 - 저녁 (창준의 회상. 오래전)

창준　(반팔 입은, 밥 먹다 말고) 누가 와요?
선배 검사　내 친군데 마침 근처 왔다고 인사하고 싶다네?
창준　금방 다시 들어갈 건데요?
선배 검사　잠깐 인사만 한다고, 어 왔네, 여기!

도저히 선배 검사 연배로는 안 뵈는 위풍당당한 백발 남자, 한걸음에 와 인사한다.
큰 의미 없이 인사 나누는 창준.

창준 N　그저 늘 있는, 아무것도 아닌 한 번의 식사 자리.

cut to. 시간 경과. 동 장소.
화장실 쪽에서 손 닦으며 오는 창준, 백발 남자가 계산하는 걸 본다.

식당 유리문 너머로 보이는 선배 검사는 밖에 나가 먼산바라기나 하고 있고.
창준, 멈칫하지만 뭐 큰돈도 아니고.. 그냥 넘긴다.

12. 호텔/아케이드 숍 복도 - 밤 (창준의 회상. 오래전)

백발 남자와 창준, 함께 얘기하며 온다.
계절도 바뀌어 두터운 코트 걸친 두 사람, 이제 많이 친해 보인다.
창준, 어쩌다 아케이드 쇼윈도에 시선 닿는데 악어가죽 지갑 딱 하나만 전시돼 있다.
빛나는 조명 밑에 표기된 가격은 ₩3,880,000. (S#10 창준 지갑과 동일품)
무슨 지갑 하나가, 하는 표정으로 그냥 스치는 창준.
하지만 그 뒤로 지갑을 재빨리 보는 백발 남자.

창준 N 접대가 아닌 선의의 대접, 돌아가며 낼 수도 있는, 다만 그날따라
내가 안 냈을 뿐인 술값. 바로 그 밥 한 그릇이, 술 한 잔의 신세가,
다음 만남을 단칼에 거절하는 것을 거부한다.

13. 서부지검/부장검사실 - 낮 (창준의 회상. 몇 년 전)

창준 N 인사는 안면이 되고 인맥이 된다. 내가 낮을 때 인맥은 힘이지만,
어느 순간 약점이 되고 더 올라서면, 치부다.

책상에 형사3부장 이창준 명패.
창준, 서류에 기계적으로 싸인하다 갸웃한다. 다시 자세히 보는.
서류에 '음주운전 뺑소니' '피해자 중태' 항목에 동그라미 치는 창준.
그런데 서류 말미 결론은 '증거 불충분 - 혐의 없음'이다,
창준, 담당 검사 이름 확인하면 서동재, 피의자 란엔 박무성이라고 돼 있다.
싸인하려다 손 거두는 창준, 이 서류는 결재 끝난 쪽이 아닌 반대편에 빼놓는데,

그때 울리는 핸드폰. 액정에 '서동재'라고 찍혔다.

14. 동/차장실 - 낮 (현재)

창준, 날카로운 가위로 지갑을 단번에 자른다.
가위 놓고 지갑을 틀어쥐는 창준, 쫙 찢는다.
다시는 못 쓸 상태로 쓰레기통에 툭 떨궈지는 지갑.
쓰레기통엔 이외에도 수많은 명함이 버려져 있다.

창준 N 첫발에서 빼야 한다. 첫 시작에서. 마지막에서 빼려면 대가를 치러야 한다. 그렇다면, 그렇다 해도, 기꺼이.

창준 (인터폰 누른다) 정리해요.

비서, 바로 들어온다. 가장 먼저 차장검사 이창준 명패부터 집어 올리는데,

15. 동/검사장실 - 낮

다시 책상에 내려지는 명패, 서부지방검찰청 검사장 이창준으로 바뀌었다.
검사장실에 들어서는 창준, 실내 둘러본다. 결의 견고한 그 얼굴.

창준 부장급 이상 주식 보유내역 가져와.
본인들이 윤리위원회에 신고한 거 말고 전수 조사해서.
특히 형사4부의 조세 금융 담당들은 평검사 포함 수사관들 거까지.

비서 네.

16. 여진의 차 안 - 낮

동재와의 사이에 다른 차 하나를 사이에 두고 쫓아가는 여진.

동재 차가 왼쪽 길로 빠지는 것 보인다. 여진, 표지판 보면 〈후암로 57길〉이다.

여진 왜 또 후암동이지?

17. 무성의 집 골목 + 여진의 차 안 - 낮

골목 끝에 조용히 서는 여진의 차.
저 앞 무성의 집 앞에 동재 차가 섰다.
동재가 내리고, 현장을 지키던 박순경이 동재 알아보고 인사하는 것 보인다.
동재가 무성 집으로 들어가고,
박순경, 여전히 대문 앞 지키는데 여진이 나타난다.
박순경이 인사하기도 전에 조용히 하라고 입에 쉿! 손댄 여진.
여진, 발소리 죽여 집으로 들어간다.
박순경, 뭐지? 하지만 소리 내지 않는다.

18. 무성의 집/마당 - 낮

여진, 몸을 낮춰 안방 창문으로 간다. 조금만 열어 들여다보다 갸웃? 한다.

19. 서부지검/시목의 검사실 - 낮

업무에만 집중한 것처럼 보이는 시목. 허나 핸드폰 위로 문자 내용이 차례로 뜨는데,
문자1. 여진 - 여기저기 훑는 중.
문자2. 여진 - 이젠 안방. 뭘 찾는 듯?
문자3. 여진 - 엄청 대충 봄. 부피 큰 걸 찾나?

시목 (세 번째 문자가 뜨자 핸드폰 쳐다본다) 부피 큰 거?...

20. 여진의 차 안 - 낮

유리창 너머 무성 집이 보이는데, 여진이 쏜살같이 나와 다급히 차로 뛰어든다.
상황 눈치챈 박순경이 신발 끈 고치는 척하며 대문 가로막고,
대문에서 나오는 동재, 박순경 흘기며 자기 차로 간다.
그사이 차에 무사히 몸을 숨긴 여진, 동재 손 본다.

여진 빈손이네? 못 찾았나?

동재 출발하고, 시간차를 두고 출발하는 여진도 동재 차를 따라 모퉁이를 꺾는 순간 끽! 차를 세운다.
저 앞길에 김경사가 동재 차에 허리 숙이고 얘기하던 중, 여진 쪽을 보고 있다.
여진, 얼른 차를 뒤로 뺀다. 이런 젠장!

21. 모퉁이 너머 골목 - 낮

인쇄물 손에 쥔 김경사, 운전석의 동재 알아보고 허리 숙인 자세 그대로 모퉁이 본다.
급히 사라지는 여진의 차. 얼핏 보일 듯 말 듯 운전석의 여진.

김경사 아닌가?
동재 (돌아보는) 뭐가요? 누구 봤어요?!
김경사 (반응 격한 게 이상해서 보는) 현장서 오세요?
동재 .. (고개 돌리다 김경사 손에 들린 인쇄물을 알아본다)

김가영 발견 당시 무성 집을 나서다 찍힌 시목 얼굴만 크게 뽑은 인쇄물이다.
인터넷 뉴스 사진에서 일부러 캡처해 확대 인쇄한 게 분명하다.
동재 시선이 사진에 닿자 인쇄된 면을 뒤집어 가리는 김경사.

동재, 다시 뒤를 체크한다.

22. 무성 집 앞/길 - 낮

후진해서 세운 여진 차, 꼼짝 안 한다. 뭐하나 싶어 고개 빼고 보는 박순경.
조금 후 여진 차가 출발한다. 모퉁이를 돌아 사라지는 여진 차.

23. 동재 차 안 - 낮

불안한 눈으로 운전하는 동재, 리어뷰미러로 뒤를 살피면,
김경사가 주민에게 사진 보여주며 탐문하는 것만 보일 뿐, 쫓아오는 차는 없다.
동재, 부서진 핸드폰이 든 안주머니를 확인하듯 누른다.

24. 대로 - 낮

이면도로에서 나와 큰길로 들어서는 동재 차와, 뒤따르는 여진 차를 위에서 본 모습.

25. 동재의 차 안 + 잠수교 - 낮

다리 위를 달리며 넘실대는 강물을 자꾸 쳐다보는 동재,
결국 갓길이 나오자마자 차를 세우고 난간으로 달려간다.
품에서 검은 천을 꺼내 던지려는 순간,

여진 (차에서 내려 달려오는) 움직이지 마!
동재 (돌아보지만 손은 멈추지 않는)
여진 움직이지 말라고요! (재킷을 조금 걷는다. 안에 총이 보인다)

동재 (비웃는 톤으로) 어쭈 쏘겠다고?
여진 손에 든 거 내려놔! 내려놔! (천천히 손을 총으로 가져가고...)
동재 (그 손 본다. 던지려 쳐들었던 손이 천천히 내려진다)
여진 바닥에 놓고 물러서요.
동재 ....
여진 셋까지 셉니다. 하나, 둘, 셋. (총 집는데)
동재 (바닥에 던지듯 놓고 잽싸게 물러난다)

여진, 눈을 동재에게서 떼지 않은 채 얼른 천을 펼치는데, 담배와 라이터다.

여진 !!
동재 내가, 담배 좀 끊겠다는데, (다가와 툭툭 친다) 너 나 미행했니?
(점점 세게 치는) 누가 시켰어? 왜? 난 총이 없어서 같잖아? 대답해!
여진 (입 꽉 다물고 버틸 수밖에 없는)

지나가는 차 한 대가 속도 늦추며 빵빵댄다.

운전자 무슨 일 있어요?
동재 선생님은 왜 쓸데없이 껴들고 그래요? (검사 배지 들이대며)
가던 길 가세요, 선생님!!
운전자 (배지 보더니 어쩌라고, 하는 척은 하지만 얼른 가버린다)
동재 저 씨! (다시 여진에게 와) 누가 시켰어?
여진 시킨 사람 없습니다. 죄송합니다.
동재 너도 황시목이랑 붙어먹더니 눈깔에 뵈는 게 없지!
여진 (눈 치뜨는데)
동재 뭘 봐, 보면 어쩌려고? 경찰이 검사를 총으로 위협해?
(콕콕 찌르며) 모가지가 근질근질해? 니네 서장한테 말해서 짤라줘?
여진 .. 제가 잘못했습니다, 사과드립니다.
동재 (잡아먹을 듯 노려보는)
여진 다신 안 그러겠습니다. 노여움 푸십쇼, 부부장님.
동재 (바닥에 천을 집어 여진에게 확 뿌린다)

이거 어디 경찰 무서워서 담배나 끊겠나, 씨...

여진 (담배, 라이터에 맞지만 피하지 않는다)

여전히 씩씩대는 동재, 차로 간다. 성질부리며 차 출발시키면.
여진, 고개 떨구고 묵묵히 선... 흩어진 담배를 하나하나 줍는다.
(저 뒤로 흐릿하게 회색 차 한 대가 섰다)

26. 동재 차 안 - 낮

동재, 리어뷰미러로 여진 살핀다.
열 받은 건 그대로지만 불안함이 배가된 표정. 속도 올린다.
잠수교를 빠져나와 올림픽대로로 들어선 동재, 갑자기 핸들 꺾어 차선 변경.

27. 대로 - 낮

한강 둔치로 내려가는 동재의 차.

28. 한강 둔치/주차장 + 물가 - 낮

주차장에 차 세운 동재, 허겁지겁 내려 물가로 간다.
품에 손 넣는데 사람이 너무 많다. 산책하는 사람, 자전거 등등.
동재, 주변 눈치 보며 물로 가면서 흰색 핸드폰 꺼낸다.
물가 따라 걷는 척하면서 옆으로 재빨리 핸드폰을 버리는 동재.
그때 어디선가 "어어!" 하는 남자 목소리 들린다.
놀란 동재, 주변 보지만 산책하는 사람들뿐.
물에 빠지는 핸드폰. 파문만 남기고 금방 가라앉는다. 동재 가버리면,
핸드폰이 던져진 자리는 이제 파문도 사라지고, 어두운 물빛만이 남는데.

cut to. 시간 경과. 동 장소.
시목, 물가로 오면, 장형사와 여진이 물가 맨 끝에 서서 잠자리채로 강바닥 훑는다.
사람들 몇몇 뭐하는 건가 구경한다.

장형사 (재채기!) 아이고 강바람은 불어쌓고 춘래불사춘이 따로 읎네,
시목 각주구검이겠죠.
여진/장형사 (그제야 뒤에 시목 온 것 보는)
시목 (탁한 물과 두 사람 행태를 보는)
여진 각주구검 아녜요, 여기 어디 분명 있어요, 안 떠내려가고.
시목 분명히 인멸을 시도하는 그 순간에 현장에서 잡아달라 했는데요.
핸드폰만 확보하려 했다면 장형사님까지 이중으로 추적할 이유가 없었습니다.
장형사 당연히 그러려고 했는데! .. 제가 놓쳤지 경위님 잘못 아녜요. 그 개새,
여진 (하지 말라고 눈짓)
장형사 아오 씨 잠복이고 뭐고 내가 기냥 맞장을 떴어야 했는데!
(저 앞에 잠수교를 원수라도 되는 양 노려본다)

29. 잠수교 + 장형사의 차 안 - 낮 (장형사의 회상)

갓길에 비상등 켜고 회색 차를 세운 장형사.
앞을 살피면 동재가 승질부리며 여진을 치고 있다.

장형사 저 후레자식을! (확 내릴까, 몇 번이나 참는데)

30. 올림픽대로 - 낮 (장형사의 회상)

장형사, 동재 차 쫓는데 동재 차가 갑자기 차선 변경하고 둔치로 내려간다.
장형사, 뒤늦게 차선 바꾸는 사이 이미 둔치 길로 사라진 동재의 차.

31. 둔치/주차장 + 물가 – 낮 (장형사의 회상)

급히 차에서 내린 장형사, 물가의 동재 포착한다.
장형사 뛰어가는데, 옆으로 재빨리 핸드폰을 버리는 동재.

장형사 어어어어!
동재 (소리 듣고 두리번)

장형사, 차들 사이로 몸 숨기며 물가로 가고, 그사이 동재는 차에 올라 가버린다.

장형사 (핸드폰이 빠진 곳에서 발 구르는) 이런 씨! 아놔 씨!

32. 둔치/물가 – 낮 (현재)

장형사 아주 찌르고 치고 벌건 대낮에 사람들 보는 데서 잡도릴 해대는데
검사님도 봤으면 피가 거꾸로 솟았을 거예요.
여진 내 피는 오죽했겠어요. 기죽은 척하느라고 진짜 겨우 참았네.
시목 (여진 본다. 어딜 맞았는지 묻고 보려는데)
여진 말해 뭐해요, 이분 그런 거 신경도 안 써요.
시목 ... .. (장형사에게) 그거(잠자리채) 어디서 팝니까.
여진 물 냄새 엄청 나요, 검사님은 저리 가요.
(다시 물 헤치며) 아참, 김가영 핸드폰 낮에 잠깐 켜졌어요.
시목 어디서요?
여진 너무 짧아서 추적은 안 됐고 통신사에 신호 잡힌 게 1시 반경.
시목 1시 반. 방 뒤진 걸 서검사가 알아차린 직후네요.
여진 뒤진 걸 알고서도 굳이 핸드폰을 켰다는 건 어!

여진, 잠자리채에 걸린 것 들어 올리는데, 비슷한 크기, 무게의 쓰레기다.

여진　에잇! (물 밖에 던진다) 김가영 핸드폰에 꼭 삭제할 게 있단 뜻이죠.
서검사에게 불리한 뭔가.
장형사　푸는 패턴을 몰라서 끼고 있다 우리가 쫓으니까 급해져서 버린 거고.
시목　...
여진　뭘 삭제하려고 했을까? 물에 너무 오래 있음 포렌식도 소용없는데,
에이 또!! (잠자리채 획 드는데) 어!

뻘투성이지만 핸드폰이다. 깜짝 놀란 장형사, 핸드폰을 가져다 얼른 물에 씻는다.
핸드폰, 흰색 형체 드러내는데, 물은 뚝뚝 떨어지고 액정은 완전 박살났다.

장형사　익사하시기 전에 이미 운명하셨을 거 같은데요?

그 동작에 여진도 장형사도 혹시나 해서 흰색 핸드폰 쳐다보지만 역시나 먹통.

여진　(비닐 꺼내 액정 하나라도 떨어질까 조심스레 핸드폰 넣고)
아으 추워. 뜨끈한 거 먹으러 갑시다!
장형사　오케이! (가는데)
시목　(장형사 잠자리채 가져간다)
여진　뭐하게요?
시목　그냥 쓰레기 건진 걸 수 있어요. 다른 사람이 버린 거.

서로 쳐다보는 여진과 장형사. 장형사, 발목 잡히기 전에 어서 가자, 여진 끌고 간다.
여진, 가다가 돌아보면 시목, 아예 앉아서 신발 벗는다.

여진　왜 저런대? 물 아직 차요!
시목　네.

여진	아 진짜.. (하지만 시목에게 가는)
장형사	(잡는) 가요, 그냥.
여진	(핸드폰 주고) 아주 급한 거라고 해주세요. (가는)
장형사	정말 둘 다 정말... (안타까이 보다가) 이따 껍데기집이요!
여진	(오케이! 표시)

시목, 바짓단 걷는데 옆에 털썩 앉는 여진, 시목 째려보면서도 운동화 툭툭 벗는다.
시목, 손 멈추고 잠시 여진 쳐다본다. 그러다 다시 바짓단 걷느라 웅크리는데,

여진	(웅크린 시목의 등 퍽 때리며) 허리 좀 펴요. 생긴 건 번듯해갖고?
시목	(아프다.. 옆으로 째리듯 쳐다보는데)
여진	어? 화났다, 화낸 거 맞죠 지금?
시목	아닙니다.
여진	화났는데? 났는데? 이랬는데? (메모용 수첩 꺼내 뚝딱뚝딱 그린다)
시목	화 안 났습니다. (먼저 일어나 물로 간다)
여진	(일어나면서 그리는. 다 그렸다! 물로 가며) 이랬다고요! 선물!

33. 골프장 - 낮

동재	(전화 받으며 가는) 네, 경사님.
김경사 F	방금 통신사서 연락 왔는데 김가영이 핸드폰이 잠깐 켜졌대요!
동재	어디서요?!
김경사 F	그게 좀 한 10초밖에 안 돼놔서, 암튼 범인이 켰을 테니까
어디 숨어서 장난질인지 한 번만 더 키면 진짜 안 놓칩니다!
동재	알았어요. 수고해요! (전화 끊는데... 미소)

자신만만한 표정이 된 동재, 앞을 보면 골프장 클럽하우스가 펼쳐졌다.

34. 시목의 아파트/단지 앞마당 - 밤

시목, 차에서 내린다. 바지는 무릎까지 젖었고 걸음마다 구두에선 철컥철컥 물소리.

35. 동/현관 앞 - 밤

승강기 올라온다. 15층에서 멈추고 열리는데 은수가 내린다.
몇 번이나 망설이다 시목의 집 벨 누르는데 무반응. 다시 눌러도 조용..
은수, 허탈한데 승강기 열리더니 시목 내린다.

은수　선배님! (밀려오는 물 냄새에 코 막는) 뭐하다 오신 거예요?
시목　(왜 왔냐, 쳐다보는)
은수　모르는 게 있어서요. (서류 들어 보이는)
시목　내일. (문 열고 들어가는데)
은수　(문 잡는) 꼭 오늘 밤으로 해야 돼서.
시목　(그냥 문 닫으려는데)
은수　(이제 와 물러날 수 없다. 문 잡아당긴다) 가르쳐주세요, 네?
시목　... (문 놓고 들어간다)
은수　(얼른 따라 들어간다)

36. 동/거실 + 주방 - 밤

소파에 혼자 걸터앉은 은수, 어색함에 무릎이나 비비다 실내 돌아본다.
안방 쪽에서 들리는 희미한 물소리.
세간은 단출하다 못해 휑하고, 특히 주방은 그릇조차 안 보인다.
여전히 이어지는 물소리. 은수, 일어나 주방으로 간다.
아무것도 없는 주방 돌아보다 냉장고 여는데, 생수 한 통뿐.
너무 볼 것 없는 은수, 이번엔 안쪽에 작은방으로 고개 기울인다.

37. 동/작은방 - 밤

은수, 고개만 디밀고 불 켜면, 그저 삶의 부산물로 나온 물건을 툭툭 쌓아놓은 방.
은수, 도로 나가려는데 뭘 봤는지 멈춘다.
방으로 들어와 상자들 사이에서 집어 드는 것, 유리 우유병이다.
이젠 나오지도 않는 옛날 우유병에 바닷가에서 집어왔을 작은 조가비, 색깔 있는 돌, 파도에 닳아 보석처럼 된 초록 유리알이 몇 개 안 남은 모래 알갱이와 함께 담겼다. 뚜껑은 어디 가고 비닐을 둘러 노란 고무줄로 막아놨는데, 세월만큼 고무줄도 낡았다.
먼지를 후우! 분 은수, 우유병 흔들어보면 전등 빛에 반짝이는 돌들.
주변에 쌓인 것들을 돌아보면, 낡은 책, 법학협회 잡지 정도.
그런데 어느새 멈춘 물소리.
은수 화들짝 일어나 불 끄고 급히 나간다. 그 바람에 딸가닥, 쓰러지는 우유병.

38. 동/거실 - 밤

은수, 소파로 뛰어와 앉는 것과 거의 동시에,
안방에서 나오는 시목, 젖은 바지만 갈아입었다.

은수 (아무것도 안 본 척..)
시목 뭔데.
은수 .. 오늘 고마웠습니다.
시목 오늘 꼭 처리해야 되는 거.
은수 왜 그러셨어요? 낮에 서검사한테서 저, 왜 막아주셨어요?
시목 ... (안방으로 가는) 내일 보자.
은수 (시목 앞을 막아선다) 내가 걱정돼서?
시목 아니.

은수 신경 쓰이고 애가 타서?

시목 아니. (지나쳐 가려다 뚝 멈춘다. 아래 보면)

은수 (시목 손목을 잡았다)

시목 (손목 바로 푼다)

은수 봐요, 닿는 것도 싫잖아요? 근데 왜 끼어들었어요? 일부러였죠?
방 뒤진 거, 선배 의도란 걸 알리려고 일부러 끼어들었죠?

시목 음.

은수 (너무 간단한 대답에 오히려 말이 막히는) .. 누구 핸드폰이에요?

시목 ..

은수 서검사가 물에 버렸죠, 핸드폰, 그거 줍다 젖은 거죠? 누구 건데요?

시목 그 답도 알고 왔잖아.

은수 여자 건가요? 김가영?

시목 (그냥 보는)

은수 (실망의 기색..) 선배가 한 말, 서검사한테도 해당되는 거였군요.

시목 말?

은수 경고라고 했잖아요. 여자 매달아놓은 거, 검사장한테 벌 내린 거라고.
선배 말 듣고서 검사장을 벌줄 수 있는 사람이 누굴까 생각했는데..

시목 옳다구나 떠오른 사람이 있었겠지. 네 구미에 딱 맞는 사람.

은수 딱 이윤범인데.. (이젠 실망을 감추지 않는다. 소파에 털썩 앉는)
다들 서검사가 검사장 사람이라고 했지만 난 그렇게 안 보였어요.
그래서 둘 사이엔 경고하고 말 것도 없다고 생각했는데.

시목 네가 그 둘을 처음 봤을 땐 이미 거리를 두기 시작한 후였어.

은수 놀 땐 같이 놀고 이제 와서 배척한다면 당하기만 할 캐릭터는
아니죠, 서검사가.

시목 너도 포기를 모르는 캐릭터지.

은수 아직도 날 의심해요? 피해자 유류품을 숨긴 사람을 두고?

시목 범인이 납치 도중에 핸드폰을 흘렸고 그걸 서검사가 주웠다면?
내가 범인이라면 서검사가 뭘 목격했는지 불안해서 미칠 거야.
무슨 수를 써서라도 알아내려고 할 거고.
이 시간에 남자 혼자 사는 집에 찾아오는 것쯤 아무것도 아니지.

은수 (기가 막히다는 헛웃음. 시목 쳐다보다가) 왜 이래요, 선배잖아요?

시목 ?

은수 다른 남자한텐 자존심 상할 일도, 앞으로 얼굴 볼 게 걱정인 일도
선배한텐 괜찮잖아요. 내가 여기서 무슨 짓을 해도 관심 없으면서.

시목 ... (무거운 가방에서 일감 꺼낸다) 질문 끝났으면 가.

은수 (시목 반응에 다소 확신 없어진) 그죠?

시목 (아주 옅은 한숨) 왜 내가 아무것도 모를 거라 생각해?

은수 네?

시목 (은수 쳐다보는데 담담히) 지금 나가.

은수 ...

시목 (고개 돌려버린다)

은수 ... (나간다. 하지만 현관 앞에서 멈추는..) 선배가, 아무것도 모르는 거 아니라서
저 조금 기쁘다고 하면 너무 이기적인 건가요?

시목 (돌아보지 않지만 얘기 듣는)

은수 (말해놓고 나니까 부끄러운) 너무 늦게까지 일하지 마세요. (나간다)

은수 나가면 시목, 거실 불 끈다. 현관 센서등마저 꺼지면 어둠이 감싸는 집 안.
담담한 표정의 시목, 집 한 번 돌아보면 완전 적막공산...
시목, 파일 안고 안방으로 들어간다.

39. 동/안방 - 밤

시목, 침대에 파일 놓고 침대에 걸쳐놓은 재킷 집다가 주머니에 손 넣는다.
수첩 찢어서 접은 종이가 나온다. 펴면, 여진이 그린 화난 시목 그림인데,
못 그렸다. 시목, 화난 그림을 지난번 뇌 그림 위에 놓고 고개 드는데,
붙박이장에 붙은 거울.
시목, 물끄러미 거울 보다 그림대로 눈썹을 치켜떠본다..
그러다 이번엔 입꼬리를 손으로 올려본다. 지그시 바라보다 평소 표정으로
돌아오는 시목, 침대에 기대앉는다. 파일 읽는.

40. 한남동 집/2층 거실 - 밤

거실 소파에 앉은 창준과 용산서장, 술 한잔 기울이며 담소 중이다.
그 옆에 다리 꼬고 앉아 캐주얼하게 얘기 듣는 창준妻.

서장 깡촌은 창준이 니네가 깡촌이지, 내 고향 김천은 시야, 김천시!
창준 김천 같은 소리 하고 있네, 야 그때 니네 집에서 김천 가려면
곧장 가는 차도 없었어.
서장 왜 없었어? 우리 아부지 차 타고 곧장 잘만 다녔는데.
창준 (전화 온다. 발신자 '서동재'. 받는) 무슨 일이야 이 시간에.
창준妻 (표정 변화 없지만 창준 통화 신경 쓰고 있는)
창준 지금? (창준妻 쳐다본다)
창준妻 (별로 내키지 않아 뜸 들이다) 올라오라고 해요.
창준 올라와. (일어나 인터폰 누르는) 우리가 서재로 갈까?
창준妻 (잡지 읽기 시작하는)
서장 (일어선다. 창준 흘끗 본다)

41. 동/서재 - 밤

동재 서장님도 계셨네요, 마침 잘 됐습니다.
창준 대체 투 스타 얘기가 왜 나오는 거야?
동재 말씀드렸잖습니까, 검사장님 아무 걱정 없으시게 해드리겠다고.
제가 확실한 용의자를 특정했습니다. 박사장 아들이요.
서장 뭔 소리야, 박사장 아들은 사건 시간에 부대에 있던 거 조사했잖아.
동재 (득의만면) 아뇨. 박경완은 그날 외출에 외박까지 했고 무엇보다
밤 10시에서 새벽 1시 사이 알리바이를 증명해줄 사람이 없습니다.
창준 사병 하나를 위해서 군부대에서 기록 조작이라도 해줬다는 건가?
동재 사병이 아니라 사단장이 시킨 거죠. 기억나세요 검사장님? 박사장이
입버릇처럼 떠들어댄 게 있었죠, 내 자식은 공부 안 해도 된다,
돈 발라서 골프 시켜놨으니까 명문대 골라 갈 수 있다.

박경완 골프 특기자였습니다. 장성들이 가만 뒀겠습니까?
서장　가만있어봐, 보고서엔 트럭 운전병이었지?
동재　운전대 잡은 지 2년도 안 된 애한테 누가 수송트럭을 맡기겠어요, 골프병이었어요, 박경완. 사병 하날 개인 골프 강사로 부려먹은 거죠.
서장　운전병으로 뽑은 건 라운딩마다 연습장마다 끌고 다니려고?
동재　후암동 집을 확인했는데 클럽이 없었어요, 골프 전공자가. 부대에 가져갔다는 겁니다.
서장　군대에서 골프채 사줘가며 시켰을 린 없으니까...
동재　결정적으로 이틀 전 밤 10시에서 새벽 1시 사이에 박경완은 영외에 혼자 있었습니다.
창준　사건 발생 시간에?
서장　혼자? 그런데 왜 기록엔 영내인데?
동재　그날 낮에 사단장 장명한이 라운딩을 했습니다. 낮 4시 반에요.
서장　아아 근무시간이었구만, 그래서..

동재, 가져온 파일 열어서 사진 한 장씩 보여준다.

동재　(골프장 사진) 제가 골프장에 확인했는데요, 4시 반에 티오프 해서 (복 요릿집 사진) 9시쯤 복 요릿집으로 옮겼고 거기서 새벽 1시 넘어까지 술판을 벌였어요. 박경완은 저녁만 먹고 사단장 차에서 귀가 시간까지 대기했고요.
창준　차 안에서 대기한 건 누가 봤고?
동재　그 집 주차장이요. (사진 내민다) 이거 다 제가 직접 찍은 겁니다.

주차장이라고 하지만 시골길 옆 음식점이라 그냥 아무 데나 세우면 되는 구조인데,
낮에 찍어 환한 사진이 실사가 되면서 밤으로 바뀐다.

42. 복집/주차장 - 밤 (과거)

낮과는 달리 차가 제법 있다.
사복 차림 경완, 믹스커피 종이컵 들고 나와 차에 오른다.
손님 배웅하던 복집 주인, 사단장 차 안에 경완이 운전석 젖히고 눕는 걸 얼핏 본다.
경완이 완전히 눕자 밖에선 누운 건지 없는 건지 안 보이게 된다.

동재 E 10시 좀 전으로 기억하더라구요. 술판이 끝났을 땐 즉시 와서 태워 갔다지만 그때까지 약 3시간 반 동안 아무도 박경완을 못 봤어요.

43. 한남동 집/서재 - 밤 (현재)

서장 여기가 어딘데?!
동재 곤지암입니다.
서장 곤지암이면 후암동까지.. 사단장 차로 움직였나? 블랙박스는?
창준 그것부터 지웠겠지. 박경완처럼 생계유지 곤란 케이스면 벌써 조기 제대했어야 했어. 사단장이 지 골프 때문에 안 내보내다 사건 또 터지니까 막판에 내보낸 거야. 그런 인간이 경찰에서 알리바이 보자는데 마냥 있었겠어? 블랙박스부터 지웠어.
(분노가 엿보이는) 사단장이란 새끼가...
서장 (갑작스런 분노에 흘끗)
창준 전부 정황증거뿐이잖아? 사건 전날에 납치됐다면서 그때 알리바인?
동재 그때는, 그때도 영내에 있던 걸로 돼 있지만 이제 누가 믿겠습니까? 저도 매일 내무반에 있던 걸로 돼 있었지만 매일 밤 사택에 불려가서 애들 과외를 했는데요, 공범 여부도 따져봐야 하고요.
창준 가능성만 갖고 투 스타를 건드리는 건 안 돼. 무리야.
서장 아냐.. 스토리 나오겠어. 여자가 반반하잖아 (급히) 하다며. 박경완이 좋아했을 수 있지, 그런데 애비가 걜 화류계에 데려간 거지.
동재 언론에서 홀딱 반할 스토리죠. 화살이 다 걸로 쏠릴 겁니다. 그러려면 군 장성을 소환해야 합니다. 재가해주세요.
창준 군과의 전면전이 될 수 있어. 강력한 창 없인 안 돼.

동재 어떠한 방패도 뚫을 수 있는 창, 말씀이시죠?
(핸드폰 들어 보인다. 자신만만) 있습니다.

창준, 서장, 서로 본다. 다시 동재의 핸드폰 보는.

44. 용산서/강력반 - 밤

샤워실에서 막 씻고 나온 여진, 수건으로 머리 탈탈 털며 자리에 앉는다.
고단함에 절로 나오는 앓는 소리.. 의자 등받이에 기대 잠시 눈 붙이는데,

45. 동/강력반 - 밤 (여진 꿈)

(앞 씬과 바로 이어지는) 사무실이 일제 소등된다.
여진, 뭐지? 눈 뜨고 자리에서 일어나 다시 점등하러 가는데.. 느낌 쎄하다.
천천히 돌아보는데.. 환자복 차림의 가영이 핏기 하나 없이 서 있다.
겁에 질린 여진, 움직이려는데 몸이 말을 듣지 않는데, 갑자기 쑥 다가오는 가영!

46. 동/강력반 - 밤

44씬 상태에서 벌떡 깨는 여진. 놀란 마음 진정시키다가 정수기로 가 냉수 한 잔부터 들이켜는데 아무래도 불안... 핸드폰 꺼낸다.

47. 병원/중환자실 - 밤

조용한 중환자실. 데스크에는 졸지 않으려 애쓰지만 자꾸 눈이 감기는 간호사.
안 되겠는지 수건 들고 일어난다. 쭉들 누워 있는 중환자실 돌아보고 나가는데,

잠시 후, 문 열리는 소리... 이어 또각또각 여자 하이힐 소리 울리다 멈추는데,

소리 E〉 (조용한 공간에 갑자기 울리는 데스크 전화벨!)

그런데. 조용히 수화기 드는 장갑 낀 누군가의 손, 수화기 들어 뒤집어놓는다.

cut to. 침상 커튼 안 가영, 여전히 혼수상태로 누워 있다.
일정하게 유지되고 있는 심박 그래프.
침상 커튼 스치는 소리에 이어 가영 얼굴 위에 검은 그림자가 드리운다.
그 얼굴 위로 장갑 낀 손이 다가오는데.. 막상 호흡기 잡고서는 망설이다가..
조심스레 호흡기 떼면 벤틸레이터에서 경고음 울린다.
얼른 전원 버튼을 꺼버리고 살핀 뒤, 가영 베개를 빼서 그대로 가영 얼굴을 덮는다.
베개를 누르는 손 위로 들려오는 호흡 거칠어지는..
호흡기 벗겨진 채 놓인 가영, 점점 떨어지는 심장박동, 결국 기계음이 삐! 울리는데,

cut to. 간호사 뛰어 들어온다. 소리 나는 침상 찾아서 커튼 젖히고 들어가는.
가영에게 서둘러 호흡기 씌워준다.

간호사 오늘은 발작이 심하네.. (떨어진 베개 줍는데)

뒤에서 들리는 또각또각 구두소리.
간호사 뭐지 싶어서 침상 커튼 사이로 돌아본다. 누군가 발견한 듯,

간호사 보호자분?..

멈춘 구두, 카메라 그 위를 쭉 따라서 올라가면, 반쯤 고개를 돌린 창준妻다...

48. 용산서/강력반 - 밤

여진 (통화 중인) 무슨 중환자실이 계속 통화 중이야.

여진 문자 알림음에 전화 끊고 확인하다 놀란다. 이게 뭐야??

49. 길 - 밤

팀장과 서형사를 태운 차가 밤길을 달린다.

50. 여진의 집/대문 앞 - 밤

경완, 터덜터덜 오는데, 집 앞에 이르자 대기하던 팀장과 서형사가 다가온다.
주춤하는 경완, 놀라서 형사들을 보다가... 순식간에 몸 돌려 달아난다.

51. 여진의 옥탑방 - 밤

보글보글 찌개 끓이는 무성母, 맛보고 좋아한다. 밖을 본다.

52. 동/옥상 - 밤

옥상으로 나와 보는 무성母, 난간에 기대 이제나저제나 손자 기다리는데,
저 아래, 그녀에겐 안 보이는 길에선 경완이 지금 막 달려온 경찰차에 치일 뻔.
새로 온 경찰차에서 뛰어내린 김경사가 달려들어 경완을 짓누른다.
그 위를 덮치는 형사들. 경완의 비명이 희미하게 울리지만 무성母는 듣지 못한다.

53. 용산서/입구 - 밤

경찰차 2대가 빛을 번쩍이며 들어서고, 손 뒤로 묶인 경완이 끌려 들어온다.
입구에 이미 나와 있던 여진, 경완을 본다.
경완의 애원하는 눈길. 입을 꾹 다물고 응시만 하는 여진.
원망보다는 체념의 빛이 스치는 경완, 고개 떨구고 끌려간다.
여진, 그대로 길게 본다.

장형사 (어느새 뒤에 와, 조심스레) 내가 가요?
여진 아뇨. 내가 가요.

말과는 달리 주차장으로 나가는 여진 발걸음이 무겁다.

54. 여진의 옥탑방 - 밤

계단 올라온 여진, 곤란하기 이를 데 없다. 심호흡하고 방으로 들어간다.
문 열면, 손자 기다리던 무성母가 얼른 내다보는 것 보인다.
여진 뒤로 무겁게 닫히는 문.
바람 부는 옥상. 스산한 밤은 더 깊어가고..

55. 서부지검/복도 - 아침

당당히 오는 동재, 맞은편에서 오던 시목과 마주 선다.

동재 (기분 업 된) 아이고 이게 누구야? 닭 쫓던 개 되신 우리 황프로니임.
시목 ...
동재 아무나 의심하고 그러는 거, 거 병이야. 얼른 고쳐야지?
거 고치는 노하우가 또 나한테 있긴 한데. (스윽 어깨 밀고 가는)

시목　　(돌아보는 표정에서)

56. 동/브리핑룸 - 아침

카메라 플래시 세례받으며 들어서는 동재, 가득 찬 기자석을 뿌듯하게 둘러본다.
눈이 멀지라도 이 눈부심을, 관심을, 즐기고 있다.

57. 사단장 관사 - 아침

장교 정복을 입고 관사 나서는 사단장. 집 앞에 기자들이 몰렸다.

기자1　　검찰 출두하는 소감 좀 말씀해주시죠!
사단장　　진실에 근거해서 잘 받겠습니다.
기자2　　근무시간 무단이탈 인정하세요?
기자3　　용의자 알리바이 조작하셨어요?
사단장　　진실에 근거해서 잘 받겠습니다.
기자1　　뭐가 진실입니까?!

58. 서부지검/시목의 집무실 - 아침

시목, 동재가 나오는 TV 뉴스 속보 본다.
서부지검 live 표시 밑에는 〈검찰, 군 장성 근무시간 골프 적발〉 자막.

동재　　이것이 진실입니다! (핸드폰을 마이크에 가까이 댄다. 녹음파일 재생)
사단장 F　　(녹음파일 소리) 3시쯤 골프장에, 박경완 이병이 운전하고,
시목　　(화면 속 핸드폰을 뚫어져라 보는)

59. 동/브리핑룸 - 아침

사단장 F (핸드폰에서 나오는) 나만 간 것도 아니고, 나도 약속이 돼 있어서
간 거지, 그게. 식사 자리에서 박이병은 솔직히 못 봤어.

동재 (핸드폰 끈다) 방금 들으신 건, 대한민국 군대의 민낯입니다.
어떤 이들은 말하겠죠, 테니스병, 골프병도 엄연한 보직이라고.
하지만 생각해보세요, 이건 정말 말도 안 되는 작탭니다.
조국을 위해 한창 꽃다운 나이에 무려 2년을 나라에 바친 젊은이들을
누가 무슨 권리로 사병화하고 심부름꾼으로 부릴 수 있단 말입니까?
나라에서 군인 뽑은 게 장교들 테니스 잘 치게 해주려고예요?
장군 부인들 골프백 들어줄 사람 없어서예요?

60 용산서/서장실 - 아침

서장, TV 본다. 옆에는 팀장이 불편하게 앉았다.

동재 (TV) 대한민국 청년은 군대를 간 겁니까, 장교 집 종살일 간 겁니까!

화면 바뀐다. 사단장이 검찰청 직원들 호위받으며 서부지검으로 들어간다.
자막도 〈사단장이 직접 용의자 알리바이 조작 명령〉으로 바뀐다.

서장 (TV 꺼버린다) 박무성 진범 따로 있단 것도 우리가 밝혔는데 걔네만
스타 되고, 박경완이랑 여자애랑 아는 사인 것도 우리가 먼저 찾고서
또, 이거 뭐 등에 빨대 꽂히고 쪽쪽 빨리는 게 취미야?

팀장 죄송합니다.

서장 내가 어제 알리바이 조작됐단 소릴 들으면서 속으로 어땠는지 알아?
검사장 앞이라 티는 못 내고? 내가 왜 그 소릴 검찰한테 들어야 돼?
뚫린 입으로 말을 해봐, 니들은 왜 몰랐니?

팀장 죄송합니다..

서장 저 새끼 왜 사단장 물고 늘어지는지 알아? 쥔 게 없어서야.
물증이 없어서 물타기 하는 거라고. 어떡해야겠어?

팀장 자백 받아내야죠. 그게 직빵이니까요.

서장 어떻게?

팀장 어떡해든 받아내겠습니다. 수사종결은 당연히 저희 경찰 몫이죠.

서장 그럼 제발 가서 종결시켜.

팀장 예. (일어나 목례하고 얼른 나간다)

서장 .... (갑자기) 망할 놈에 기집애!! (미치겠다, 골 아프다..)

61. 용산서/강력반 복도 - 아침

장형사 내가 현장체포만 했어도 저러고 설치는 꼴 안 볼 텐데.
지금이라도 까요? 핸드폰 숨긴 인간이다, 한 방이면 되는데?

여진 (누구보다 까고 싶지만) 상대가 상대니만큼 이럴수록 확실히 해야죠.
깠을 때 완전 찍! 소리도 못하게. 사이버팀에서 뭐래요?

장형사 그게, 너무 물에 오래 있어서 여기선 어렵다고, 국과수 가야겠다고요.

여진 .. 아직 안 보냈죠? (벌써 가는)

장형사 직접 들고 가게요? .. 파이팅!

팀장 (오며) 뭐가 혼자 신났어?

장형사 예? (돌아보는) 신나긴 누가 신나요, 죽겠는데. (가는)

팀장 (잔뜩 찡그린. 전화한다) 어디냐? 나 좀 보자.

62. 서부지검/시목의 검사실 - 아침

시목 전에 실종자 핸드폰 잠금 풀려고 한 적 있죠? 어떻게 하셨죠?

계장 그거가.. 서비스센터에다 원격조정 부탁했었는데요,

시목 그거면 됩니까?

계장 맨 첨엔 안 된댔다가 검찰청이라니까 나중에 뭐랬더라, 아무튼
예, 되긴 되더라고요. 하시게요?

시목　그렇게 간단한데...
계장　(쳐다보지만 말 안 시킨다)
여진 E　**김가영 핸드폰 낮에 잠깐 켜졌어요. 꼭 삭제할 게 있단 뜻이죠. 서검사에게 불리한 뭔가.**

Flashback〉 - S#58. 서부지검/시목의 집무실 - 아침
TV 뉴스 속 동재, 핸드폰을 마이크에 가까이 대는 장면.

시목 E　**꼭 삭제할 게 있다 해도 방 뒤진 걸 알았으니 안 켰을 텐데.**

시목　삭제가 의미 없단 걸 모를 리도 없고.. (나간다)
계장　우리 검사님은 참 알다가도 모르겠어..
실무관　그게 매력인데요? 알 듯 말 듯 보일 듯 말 듯.
계장　(뭬에?) 실무관님 보고서야말로 매력이 넘치죠, 알 듯 말 듯!

63. 동/조사실 - 낮

양면경이 있는 방. 녹화용 컴퓨터 2대가 켜져 있다.
계장1이 지키고 있고 경완이 혼자 초조히 앉았는데, 동재 들어선다.

계장1　(작게) 저기 사단장.
동재　(O.L) 먼저 가 있어. 아무것도 주지 말고 말도 섞지 마.
계장1　(죽을 맛) 그래도.. 예. (나가면)
동재　(문 잠그더니 서류 쾅, 내려놓는다. 녹화용 컴퓨터를 보란 듯 끄는)
경완　(불안!...)

64. 동/검사장실 - 낮

창준, 창가에 기대 전화 쳐다본다. 전화 기다리는 형상인데, 인터폰 호출.

비서 F　검사장님 국방부 장관이십니다.
창준　(그럴 줄 알았다는 표정) 응. (버튼 누르고) 서부지검 이창준입니다.

65. 동/회의실 - 낮

커다란 회의실 큰 테이블에 덩그러니 혼자 앉은 사단장, 머리끝까지 열 받았다.

사단장　사람 불러다 놓고 뭐하는 짓이야! 검사장 오라고 해!
검찰청 직원　(사단장이 아무리 난리 쳐도 시선 피한 채 문만 지킨다)
사단장　(더 못 참고 박차고 일어나는) 검사장 어딨어!
창준 E　여깄습니다.

창준, 들어선다. 사단장, 소리는 쳤지만 막상 좀 놀란다.
창준, 잠시 사단장 쳐다보지만 목례.

66. 동/모니터실 - 낮

동재가 있는 조사실이 양면경 너머 보이는데, 양면경 앞에 선 시목.
모니터가 꺼져 있어 조사실 안의 풍경이 무언극처럼 보인다.
시목, 어디론가 전화하는데 상대, 1초 만에 끊는다. 다시 걸지만 아예 받지 않는.

시목　(다시 전화한다) 한경위님, 부탁 하나 할 수 있을까요?

건너편 조사실의 동재, 경완에게 뭐라 말하고 있다.

67. 동/조사실 - 낮

동재　박경완씨, 김가영이 좋아했어요? 짝사랑했어?

경완　아녜요, 난 걔랑 말도 해본 적 없어요.

동재　말도 못 붙이게 했어? 고거 싸가지네. 돈으로 어떻게 해보죠?
아 쫄딱 망했지. 더 찬밥 신세였겠네?

경완　!... 변호사 불러주세요..

동재　니가 불러, 니 변호살 왜 나더러 불러라 마라야, 상황 파악이 안 돼?
너 살인범으로 심문받는 거예요, 박경완씨! 니가 살인범이에요!

경완　무슨 말씀이세요, 내가 무슨 살인을 해요!

동재　니 애비는 니가 한창 사춘기 때 바람나서 널 엄마한테서 떼놨어,
있는 건 돈뿐이었는데 것도 아주 제대로 말아먹는 바람에 군대도
떠밀려 가야 했고, 하필 전공이 돈 먹는 하마라 졸업장 따기도 글렀어,
니 애비가 살아 있었다면 니 미래까지 차압당했겠지.
무슨 일을 하든 버는 족족 뺏길 테니 평생 죽 쒀서 개 줘야 돼.

경완　그럼

동재　집 앞에 블랙박스가 죽치고 있던 것도, 옆집 CCTV가 먹통인 것도
니 집이니까 훤했던 거야. 흉기도 물론 제일 손에 닿는 익숙한 걸로.

경완　내가, 아빠까지 내가 죽였다고

동재　분노와 복수심에 마구 찔렀지, 한두 번도 아니고, (손가락 3개 편다)
속 시원했니? 아니지, 아직 할 게 더 남았지, 배신에 대한 벌.

경완　말도 안 돼요, 다 거짓말이야! 난 그때 부대에 있었어요,
자대 배치받은 지도 며칠 안 됐을 땐데

동재　니네 투 스타도 소환됐어, 인제 니 말 지나가던 개도 안 믿어!

경완　!!

68. 동/회의실 - 낮

창준　저희 지검의 쟁점은 오로지 이겁니다. 문제의 4시간 동안 박이병이
소장님 지근거리에 있었던 게 한 번이라도 확인됐는가.

사단장 그건..

창준 소장님 말씀에 따라 스물한 살 청년의 운명이 바뀝니다.
서검사는 존속살해까지 들먹이고 있는 상황이라서요.

사단장 존속살해요? 듣자 듣자 하니까 정말 너무하시잖아요 이거!

69. 동/조사실 - 낮

경완 이건 아니잖아요! 옛날도 아니고 지금인데, 지금 시대에 협박해서
잡아넣고 그럴 순 없잖아요!

동재 너 바보냐? 사진은 왜 지웠어? 지우면 모를 줄 알았어?

경완 ! 그건 그냥

동재 그냥이 어딨어! 입만 열면 그짓말이야!

70. 동/회의실 - 낮

창준 부하 사랑입니까? 본인을 위한 변명입니까?

사단장 내가 왜 변명을 합니까? 어차피 다 인정한 마당에!

창준 인정한 마당에 블랙박스는 왜 통째로 버리셨나요?

사단장 !.. ...

71. 동/조사실 - 낮

동재 (경완 귀 가까이 대고 속삭이듯) 앞으로 네가 어떻게 될지 궁금하지?
김가영이 룸살롱에 데려간 게 니 애비야.

경완 (정신 혼미한)

동재 넌 개한테 빠져서 완전 똥오줌 못 가리다 애비가 니 첫사랑한테 무슨
짓을 했는지 알게 됐어. 원한이 이만저만 아니었지? 니들이 죽든가
내가 미치든가, 응? 넌 전자를 택했어. 둘 다 해치워버렸어.

경완　아냐!
동재　부자간 치정싸움! 여자앤 미성년자, 희대의 막장에다!
범행 동기, 수법, 뭐 하나 빠지는 게 없어.
(은밀하게) 지금 시대가 뭐? 시대 너무 믿지 마. 방법은 많아.
경완　!
동재　할머니 생각도 해야지.
경완　(지금까지 중에 가장 경악하는) .. 할머니 왜..
동재　... ..
경완　(동재 치떠 보는 눈에 공포가 밀려온다)
사단장 E　조작은 나만 했습니까? 여기도 전문가 있습디다!

72. 동/회의실 - 낮

사단장　내가 잘한 건 아니지만 나도 당했다 이 말이에요!
창준　서검사가 협박했습니까?
사단장　협박이 아니라! (분해서 말을 못 잇는..)

73. 인근 CAFE - 밤 (어젯밤. 회상)

사단장, 들어와 둘러보면, 기다리던 동재 일어선다.

동재　장명한 소장님? 전화드린 서동재 검삽니다.
사단장　(이미 불쾌한) 뭡니까?

cut to. 마주 앉은 두 사람. 테이블 가운데 올려진 핸드폰.
(사단장 목소리를 녹음해 브리핑에서 쓴 것이 아닌, 걸그룹 노래 벨소리 핸드폰이다)
핸드폰에서 흘러나오는 말소리를 듣는 사단장. 그런 사단장을 보는 동재.

캐디 F .. 일행 중에 젊은 사람을 박이병이라고 부르는 걸 들은 거 같아요.

동재 (끄고 다음 녹음 파일 켜며) 라운딩이 끝날 무렵 일행 중 한 분이 송일회관으로 오라고 누군가와 전화했다는 캐디들 증언도 있습니다. 이건 그 송일회관에서 녹취한 증언이구요.

사단장 (당황과 분노로 얼굴 근육이 씰룩인다)

복집 주인 F 젊은 사람은 밥만 먹고 나갔고, 높으신 분들은 우리가 한 시까지 영업이라 그때까지 술들 자셨는데요?

동재 (끄는) 어떠세요?

사단장 어떻긴 뭐가!

동재 이틀 전 낮 4시부터 그다음 날 약 새벽 2시까지 박경완 이병은 부대에 없었죠. 그런데도 수사본부에서 박이병 근무기록을 요청했을 땐 사건 당일 영내를 떠난 적 없단 답변이 돌아왔어요. 뭘까요?

사단장 (답 못하는)

동재 계획적이고도 조직적인 기망행윕니다. 개인의 복무 규칙 위반과 기강 해이를 은폐하고자 복무일지 날조를 명하셨고, 결과적으론 피해자가 속출한 살인사건 수사를 방해하신 게 됐어요?

사단장 수사를 방해하다니, 지금 박이병이 범인이란 거요?

동재 소장님께서 그 빌미를 제공하시고 덮으셨죠.

사단장 말이 되는 소릴 해!

동재 저라고 문제를 키우고 싶겠습니까? 안타까워서 그러죠. 처음부터 저한테 귀띔해주셨으면 제가 덮어드릴 수 있었잖아요? 어차피 범행 자체는 근무시간도 아니었는데?

사단장 ... 그럼, 지금이라도 골프장 얘긴 빼고

동재 늦었습니다. 부대에서 수사본부로 보낸 답신이 문서로 남아 있는데요.

사단장 (미치겠네..)

동재 이렇게 하죠, 저한테만 말씀해주세요. 제가 출천 안 밝히고 박경완이 동선을 증명하는 데만 내부적으로 쓸게요.

사단장 (믿지 않는)

동재 정말로 살인범이면 소장님 최소 공범이세요. 절 믿어주시고, 네? (테이블에 핸드폰 전원을 보는 앞에서 꺼버린다) 제가 그냥 제 귀로만 듣고 사실만 기억할게요, (양손을 테이블 아래 거두며) 누가 말했는진

싹 빼고, 에? 이틀 전에 외출 데리고 나가셨죠, 박경완이?

사단장 … .. 미리 약속돼 있던 거라, 3시쯤 골프장에, 하던 대로 박경완 이병이 운전하고, 골프병이니까.. 나만 간 것도 아니고, 나도 약속이 돼 있어서 할 수 없이 간 거지, 그게.

동재 (고개 끄덕이며 잠깐 테이블 아래 보지만 곧 시선 드는)

사단장 9시 좀 넘어 옮긴 거 맞고 식사 자리에서 박이병은 솔직히.. 못 봤어.

74. 동/회의실 - 낮 (현재)

사단장 처음부터 핸드폰을 따로 또 숨긴 겁니다. 작정하고 날 속였어요. 내가 잘했다는 게 아니라 검사장께서도 조심하는 게 좋을 거요. 언제 등에다 칼 꽂을지 모를 사람이야. 하날 보면 열을 알거든.

창준 … 일어나시죠. (일어서는) 장관님께서 걱정을 많이 하시더군요. 군 장성의 무단이탈은 어차피 국방부 소관이구요.

사단장 .. 이만하면 망신 주긴 끝나신 건가? (일어나는)

창준 뒷문으로 가시죠, 대기시켜놨습니다.

75. 동/회의실 밖 복도 - 낮

창준과 사단장 나오면, 대기하던 창준의 비서, 사단장에게 목례하고 안내한다. 창준, 고개만 까닥 목례하고 돌아서려는데,

사단장 내 일신의 안위를 위해서가 아니라,

창준 (보는)

사단장 나는 일생 수천수만의 젊은이를 봤습니다. 박이병은 전형적인 요즘 애지만 절대 그런 짓을 할 인물이 아네요. 지난 몇 달 동안 가장 가까이서 본 사람의 말입니다.

말 마친 사단장, 간다. 잠시 지켜보다 자리 뜨는 창준.

76. 사단장 관사/대문 앞 - 저녁

여진 (대문 인터폰에 가까이 서서) 사모님! 계속 입 다무시면 더 불리해지세요, 골프 파동 전날 어디 계셨어요? 사단장님 함구하시는 거 사모님하고 관련 있어서죠? 네?

소리 E〉 .... (딸깍, 인터폰 끊는 소리)

여진 (또 누르는데 아예 안 받자, 차에서 경찰 마이크 빼서 외친다) 전날 밤에 누구랑 계셨습니까 사모님!.. 저 밤새 합니다아!.. 사모님!

.... 대문, 지잉 열린다.

77. 서부지검/시목의 검사실 - 밤

시목 (유선전화로 통화하며 핸드폰으론 문자 보내고 있다) 어떻게 했어요? 내 전환 받지도 않고 얼굴도 안 보여주던데.

여진 F 서검사 보고 놀란 가슴 딴 검사만 봐도 경기 나나 보죠.

78. 사단장 관사 앞길/여진의 차 안 - 밤

여진 (전화) 김가영이 납치된 밤에 경완이랑 사단장 사모랑 연습장 갔대요, 9시 넘어 끝났다니까 그 시간에 갈월동 넘어갈 순 없죠. (사이) 이 와중에 와이프까지 사병 끌고 다닌 거 들통나면 진짜 욕 바가지로 먹고 강제 예편당할까 봐 부부가 입 다물기로 했나 봐요.

79. 서부지검/시목의 검사실 - 밤

여진 F 경완이야 어떻게 되든 말든.
시목 박경완, 어제 낮에 용산서에서 참고인 조사 끝난 시간이 언제였죠?
여진 F 어제.. 한 시쯤? 왜요?
시목 부탁 한 가지만 더요. (노크소리에) 잠시만요. (전화 끊는)
은수 (들어온다. 목례)

80. 차 안 - 밤

여진 뭐야? 부탁한다면서. 들어주나 봐라!

81. 서부지검/시목의 검사실 - 밤

은수 (오늘따라 어색. 코끝을 만졌다가 모은 손을 조물댔다가) 문자 왜..
시목 조금 있다가 (은수가 어색해하는 행동 자체를 쳐다보는) 왜 그래?
은수 네? 뭐가요? (시선 마주치는데 왠지 똑바로 못 보겠다, 눈 내리깐다)
시목 뭐 또 잘못했니?
은수 또요? (살짝 원망스런. 고개 쳐든다) 왜 오라고 하셨어요?

82. 동/검사장실 - 밤

창준 국방부 장관이 직접 전화했어, 사단장. 너도 일단 사단장은 놔.
동재 하지만 박경완이 범인인 걸 증명하려면 사단장을 언급 안 할 수가 없는데요?
창준 박무성 때는?
동재 예?
창준 연쇄로 묶을 심산이잖아. 박무성 때도 영내 이탈한 건가, 박경완이?
동재 심산이 아니라 밝혀낼 겁니다. 믿어주십쇼.
창준 (쳐다보며, 마음의 소리) 구멍이 너무 많아. 무리수야.

동재　(창준이 빤히 쳐다보자 자꾸 설명을 붙이는) 제가 말씀드렸던가요? 여자애가 납치된 날도 사단장이 자꾸 이랬다저랬다 횡설수설해요.

창준　(마음의 소리) 범인 만들려면 만들 순 있어. 하지만 왜,

동재　그날까지 오리무중이면 이건 뭐 더 볼 것도 없죠.

창준　(마음의 소리) 왜 해결이 아닌 종결을 택했을까, 왜 이토록 안달일까?

동재　(계속 쳐다보는 것 느끼고 입 다무는) ...

창준　알았어. (시선 책상에) 나가봐.

동재　예! (인사하고 나간다)

창준　...

83. 동/승강기 안 - 밤

어깨에 힘 잔뜩 들어간 동재, 6층에서부터 내려오는데 4층에서 선다.
문 열리면 아무 생각 없이 타려던 은수, 동재 보더니 흠칫 물러난다.

동재　(잘됐다! 확 잡아당겨서 태우는, 닫힘 버튼 누르고) 또 황시목 뒤로 숨으려고? 차장님이 구해주길 기다리게?

은수　검사장님이에요.

동재　확 씨!.. 너 내가 용서해준 줄 알아? 둘이 뭔 작당을 하고

승강기 1층에 선다. 문 열리면 기다리던 사람들 타고,
동재가 사람들 의식해서 손을 놓자 은수가 빠르게 내려버린다.
따라 내리는 동재, 은수를 막는다.

동재　말로 할 때 따라와. (하는데)

지나가던 사람이 인사하자 동재도 같이 인사한다. 표정 관리하는데,

은수　(듣는 사람 있든 말든) 저한테 말고 황검사한테 직접 물어보세요. 왜 방을 뒤졌는지, 뭣 땜에 냄새나는 물까지 쫓아 들어갔는지.

동재　물엘 들어가? 걔가? 무슨 물엘?!

은수　(당황) 선배님, 알고 계셨던 거 아녜요?..

동재　(생각하는.. .. 그러다 스르르... 간다)

생각에 잠겨 가는 동재 뒤로, 당황함은 지워진 은수, 핸드폰 꺼내 문자 보낸다.

84. 서부지검 주차장/동재의 차 안 - 밤

동재　(통화 중) 어제 낮에 잠깐 켜졌단 김가영 핸드폰, 그게 몇 시였죠?

김경사 F　한 시 반이요.

동재　박경완이 용산서에서 참고인 조사 끝난 시간은요?

85. 용산서/지하 복도 - 밤

김경사　(어두운 복도에 나와서 전화 받는) 그게 어제.. 엇!
(뒤로 굳게 닫힌 철제문을 반사적으로 쳐다본다)
한 시쯤 끝났는데 조사받고 나가자마자 핸드폰을 킨 건가요?
근데 저놈 짐 저희가 다 가져왔는데 김가영이 핸드폰은 없었는데요?

86. 서부지검 주차장/동재의 차 안 - 밤

동재　쉽게 보이는 데 뒀겠어요? 다른 데 숨겼겠죠, 자기 집이라든가.

김경사 F　후암동이요?!

동재　현장검증도 끝났겠다,

김경사 F　다시 뒤질 일도 없고요!

동재　지금 당장 가보죠, 나도 지금 그리 갈 테니까.

김경사 F　지금요? 근데 지금.. 예, 지금 가요!

동재 (끊는다. 조용히 번지는 미소. 매우 만족스런!...)

87. 용산서/지하 복도 - 밤

핸드폰 끊는 김경사, 철제문 열고 들어간다.
열린 문 사이로 바닥에 엎드린 경완 보인다. 풀어진 셔츠 단추, 공포에 질린 눈.
경완을 내려다보고 있는 팀장.
문 닫힌다. 철컥, 안에서 문 잠기는 소리 나더니,
1초, 2초... 희미한 비명소리 새어나온다.

88. 무성의 집/골목 - 밤

2중 3중으로 폴리스 라인이 쳐진 대문.
바로 앞에 대놓은 경찰차 안에서 경찰 한 명이 졸고 있다.
동재가 온다. 조는 순경을 쓱 보더니 집으로 성큼 들어간다.

89. 동/작은방 - 밤

어두컴컴한 작은방. 동재가 들어와 잠시 둘러보다 침대로 간다.
침대 옆에 앉아 품에서 꺼내는 것, 손수건에 싼 흰색 핸드폰과 형광색 케이스다.
동재, 액정이 완전히 부서진 흰색 핸드폰을 손수건으로 세심히 닦고,
케이스도 잘 닦은 다음 지문이 안 묻게 손수건으로 감싸 케이스에 끼운다.
침대 매트리스를 들춰 핸드폰을 넣으려는데,
끼이익, 열리는 붙박이장.
놀라 동작 멈추는 동재, 천천히 돌아보면,
붙박이장 안에 우뚝 서서 내려다보는 사람의 형상.
동재가 소리 지를 틈도 없이 방문 열리고 불 켜지고,

동시에 옷장에서 튀어나온 여진이 정신없는 동재 손에서 핸드폰 빼앗는다.
놀라 주저앉은 동재, 문가엔 시목.

여진　서동재씨, 묵비권을 행사할 수 있고 변호사를 선임할 수 있고
시목　(다가가는) 증거인멸의 염려가 있고
동재　아냐,
시목　도망할 우려가 있으므로 긴급체포합니다.
여진　불리한 진술을 거부할 수 있습니다. (수갑 채우는데)
동재　아냐! 내가 아냐! 차장이야! 차장이 죽였어!

90. 서부지검/검사장실 - 밤

창준, 컴퓨터에 USB를 꽂는다.
빼곡히 뜨는 폴더를 모두 삭제하는 창준, 그 얼굴에 모니터 빛이 반사된다.

91. 무성의 집/작은방 - 밤

동재　전부 다 차장 짓이야, 난 알아!..

하얗게 질린 동재와, 그를 앞에 둔 시목과 여진. 그리고,
창준, 모니터 끈다. 어둠에 잠기는 얼굴.
네 사람에서 엔딩.

8회

철완로봇 아빠가 한 말이 있어.

그거 그린 사람, 데즈카 오사무!

만화가는 무엇을 그려도 좋다, 단 하나만 빼고.

사람의 기본인권을 해치는 것.

만환데, 그냥 그림일 뿐인 만화도 지켜주려고 애쓰는 걸

우리가 흔들어선 안 돼.

1. 무성의 집/외경 - 밤

어둠에 휩싸인 집, 마당.

2. 동/작은방 - 밤

동재 　내가 아냐! 전부 다 차장 짓이야!

시목, 여진, 말 없다.

동재 　내 말 믿어야 돼, 난 알아!

시목 　... 깡통 폰 내주면서 물에 던지라고 시켰다고요? 검사장이? 이게 진짜다, 몰래 현장에 심어놔라, 시켰단 겁니까?

동재 　야, 난들 좋아서 그랬겠냐? 그렇게까지 해야 했던 내 심정은 오죽했겠냐고? 답답해 죽을 뻔했어, 나도!

시목 　증거가 뭡니까. 검사장이 범인이란.

동재 　보면 몰라? 우리 사이에 증거가 필요해? 황검사, 시목아, 우리 남자답게! 한 번만 솔직해지자,

언제까지 물증이란 명분에 사로잡혀서 우리 직관을 배반해야 하냐? 솔직히 너도 마음속으론 단정했잖아? 그찮아?

여진　후려치기 오지네.

동재　뭐?

여진　증거 없이 후려치기, 오지십니다?

동재　이게 다 누구 때문인데. 니가 박경완이랑 여자애가 뭔 사이니 그딴 소리만 안 했어도 이렇게 안 됐어!

여진　햐.. 듣는 내 귀가 다 부끄럽네. 됐고, 남자다운 거 좋아하시나 본데 남자답게 갑시다?

동재　놔!

여진　작작 좀 해요!! 강진섭 하나로 모자라?! 여기서 안 걸렸음 어떻게 할 거였는데요! 박경완이 꼼짝없이 감옥 갔겠지! 질투에 눈 뒤집혀서 지 애비 죽이고 여자까지 찌른 미친놈으로! 꼭 살을 찔러야만 살인잔가? 우리가 안 잡았으면 당신 박경완이 인생을 죽였어!

동재　(귀까지 시뻘게지지만 대꾸 못하는데)

소리 E〉　(현관문 소리)

김경사 E　서검사님!

여진/시목　(돌아보는)

팀장 E　저 불 켜진 방인가? (들어오는데 여진 보고) 어 너, (시목 보고) 어? 무슨 (하다 여진 손에 들린 수갑 봤다) 뭔 상황이야??

3. 동/마당 - 밤

여진과 시목이 동재를 양옆에서 둘러싸고 먼저 나오고, 팀장과 김경사가 그 뒤에 나온다.

김경사　(멈추는, 낮게) 이거 아니잖아요. 우리가 죽게 생겼잖아요.

팀장　(역시 몹시 난처한) 일단 서장님한테 말해보고. (가는)

김경사　(여진 노려본다) 오나가나 저 기집애 때문에...

4. 동/대문 앞 - 밤

동재 (시목 차 앞좌석에 태워진다. 수갑은 안 찼다)

시목 (운전석으로 가는)

여진 혼자 괜찮겠어요?

시목 (끄덕. 여진 손에 들린 손수건에 싼 가영 핸드폰 가리키는) 부탁해요.

여진 바로 맡겨요.

시목과 여진, 팀장 쪽에 간단히 목례하고 차에 오른다.
두 사람 차가 잇달아 출발하면,
여유롭게 인사하는 척하던 팀장과 김경사, 서둘러 차에 오른다.

5. 시목의 차 안 - 밤

동재 .. 내가 왜 이렇게까지 했는지 검사장은 금방 알아차릴 거야.

시목 (운전만 하는)

동재 그러곤 날 죽이겠지. 박사장한테 했듯이, 여자애한테 했듯이.
나만 없애면 비리로 얼룩진 차장 이창준을 기억하는 사람은 싸그리
사라지고 출생부터 고결한 검사장으로 다시 태어날 수 있으니까.

시목 그렇겠네요.

동재 (이 새끼!..) 그래서 내가 무리해서라도 박경완을 범인으로 만든 거야.
어떡하든 쫑내려고. 검사장도 사람인데 범인 잡히면 끝내지 않겠어?
더 이상의 살인을 막으려고 했다고, 난.

시목 네.

동재 너 나 시골에 어머니 계시는 거 알지? 우리 어머니 평생 나만 보고
사셨어, 나 어떻게 되면 당신 목숨 부지하실 분이 아냐! 이렇게 하자,
너 범인 잡고 싶잖아, 나랑 하자, 같이 잡자, 오늘 건 다 끝난 다음에
징계든 뭐든 달게 받을 테니까 검사장한테만 비밀로 하자. 제발!

시목 보고하면 검사장께서 서검사님을 해치는군요.

동재　그래! 그니까 그 뭐냐, 여경한테도 니가 말해서

시목　검사장이 진범이란 게 확연해지겠군요. 서검사님마저 당하면.
희생양이 돼주시죠.

동재　!

시목　진범 검거를 위해 목숨 바치시죠.
검사님이 박경완을 희생양으로 삼았듯 저는 검사님을 삼겠습니다.

동재　.. 새끼야!! (콱 잡는데)

시목, 멱살 잡힌 상태로 그냥 앞만 보고 간다.
동재, 상대가 반응이 있어야 하는데 잡은 상태로 아무 변화 없자 더 열 받는.
동재가 밀치듯 놓는데도 잡혀서 옷 뭉친 데를 쓱 문지르고 운전만 하는 시목.
동재, 무시당한 게 더 기분 나쁘다. 눈빛엔 살기가 돌지만 더는 어쩌지 못한다.

6. 용산서/서장실 - 밤

고개 못 드는 팀장과 김경사.

서장　아닌 밤중에 이게 뭔 개소리야.

7. 서부지검/검사장실 - 밤

동재　연락 오면 받아서 여잘 불러내려고 했죠, 그래야 성과가 있으니까
그때 다 보고드리려고 했고요 검사장님, 납치된 걸 알았으면 제가
전활 주워 왔겠습니까, 근데 일은 터졌지, 제가 생각해도 이건 충분히
오해 사겠다 싶지, 말씀드릴 타이밍을 놓쳤습니다, 예 제 잘못입니다,
하지만 방금 전엔 진짜 현장 점검차 간 거지 절대 무슨 꿍꿍이가
있어서가 아닙니다!

죽을 맛인 동재와 시목, 창준 앞에 섰다.

창준 (시목 보면)

시목 용산서에서 출동한 건 피해자 핸드폰을 박경완이 현장에 숨겼다고 부부장이 직접 제보했기 때문입니다. 저희가 본 건 핸드폰 지문을 지우고 침대 안에 넣는 장면이었고요.

동재 현장 사진 찍으려는 걸 얘가 오해해서

창준 (O.L) 나한테 뭐라 하고 갔어, 자신 있다며, 뭐든 뚫을 수 있다며, 그래서 투 스타까지 불러다줬는데 대대적으로 병영비리를 신랄하게 까대신 장본인께서 경찰 다 보는 데서 살인범을 조작 탄생시키려다 현장에서 검거되셨다고?

동재 (입이 바싹)

창준 난 그걸 내 입으로 발표해야 하고. 그래?
내가 검사장이 되자마자 우리 애들이 또 증거조작을 해냈어요, 그래?

동재 검사자 (까지 하는데)

창준, 순식간에 화분을 잡아채 동재 머리통을 향해 날린다.
기겁하는 동재, 가까스로 빗나간 화분, 벽에 맞고 산산조각 난다.

창준 ... .. 누구누구 알아.

8. 용산서/서장실 - 밤

서장 지금이 쌍팔년도야?! 왜 사람은 치고 그래!

김경사 꼭 자백을 받아내라고 하셔서...

팀장 (툭 치는)

김경사 (입 다무는)

서장 (김경사 빗떠보다) 얼마 남았어.

팀장 구속 안 되면 하루 남았습니다. 내일 밤까진 풀어줘야 돼서..

서장 (골치 아픈) 얼마나 더 필요해.

팀장 한 2주면 없어질 겁니다. 그냥 멍든 정도니까요, 네.

서장　사람 말을 그렇게 못 알아들어 그래!! .. ... (나가란 턱짓)

팀장/김경사　(얼른들 나가는)

서장　(핸드폰 꺼내 들고 좀 서성인다) 이 새낀 지가 더 아쉬우면서...
(결국 이창준 누른다. 내키지 않는 얼굴)

9. 서부지검/검사장실 - 밤

서장 F　(전화) 야, 니네 애들 엇박자에 자꾸 우리 애들까지 놀아나게 할래?

창준　(전화 중) 알아, 인정해. 그러니까 털자고. (듣다가) 일주일?

시목　...

창준　무슨 명분으로, 왜? (듣는) 흠...
(시목과 동재 보는) 구속 진행하고 일주일 후에 기소유예다.

동재　네.

시목　(핸드폰에까지 대답하는 동재 보는)

서장 F　근데 걔 핸드폰 국과수 갔다? 넌 꿀릴 거 없지?

창준　(손으로 나가라는 신호) 없어.

동재와 시목, 둘 다 목례하는데,
창준, 손가락 튕긴다. 시목은 남으라는 신호.
동재, 당황해서 시목 보는. 애원의 눈빛이 되지만 어쩔 수 없이 먼저 나간다.

10. 동/복도 - 밤

동재, 복도로 나온다. 사무실 위치가 바뀌어서 이젠 엿들을 수도 없다.

동재　(발 구르는) 왜 옆에 빈방도 안 둬!

11. 동/검사장실 - 밤

창준 (전화 중) 그러니까 너희 쪽도. 그래 단속 잘 해. (끊고 시목에게)
박경완이 명령에 따랐다 해도 알리바이 조작은 기소감이야.
단, 군대란 특수상황인 거 고려해서 일주 후에 기소유예시키는 걸로
영은수한테 처리하게 해.

시목 김가영이 납치된 당일 박경완 알리바이 나왔습니다. 사단장 부인하고

창준 기소유예.

시목 ... 예.

창준 서동재는 소속 부장 통해서 징계할 거니까 업무 정지시키고.
그 방 할당량은 전부 재분배하되 정시에 출근해서 자리 지키라고 해.

시목 네.

창준 서동재가 김가영 전화 가지고 있다는 것만 즉시 나한테만 알렸어도
이런 일 없었잖아!

시목 죄송합니다. 벨소리만으론 저도 확신할 수 없었습니다.

창준 확신이 없는 게 아니라 나에 대한 믿음이 없었겠지.
어떻게 알았어, 피해자 핸드폰, 물엔 던진 게 가짜란 건.

시목 핸드폰이 두 대 이상인 사람은 세 대, 네 대일 수도 있으니까요.

Flashback〉 - 7회 S#58. 서부지검/시목의 집무실 - 아침
동재가 나오는 TV 뉴스 속보를 보는 시목,
시목, 화면 속 동재가 손에 든 핸드폰을 뚫어져라 본다.

시목 E 자기 방까지 뒤져가며 의심하고 있단 걸 안 이상 서검사도 쉽게 진짜
핸드폰을 드러내지 않을 거라 짐작했습니다.

Flashback〉 - 6회 S#13. 시목이 동재 벨소리를 확인하려 전화 걸었을 때,
걸그룹 노래 울리는 핸드폰. 뉴스 속보 속 핸드폰과 다른 색깔이다.

창준 ... 그래도 서검산 범인이 아니란 뜻인가.
내 눈에서 벗어나려고 피해자 핸드폰까지 동원했다는 건,

시목 알고 계셨습니까. 서검사가 검사장님을 의심한다는 걸.

창준 (코웃음) 남을 의심한단 건 적어도 본인은 범인이 아니란.. 아니지, 연막일 수 있지. 날 의심한다고 해서 자길 향한 의혹을 없애겠다는.

시목 지금 서검사가 범인일지 아닐지 헷갈려하시는 것과 마찬가지죠. 검사장님 스스로는 범인이 아니라고 암시하시는 거니까.

창준 남들은 말로 천 냥 빚을 갚는다는데 넌 입 한 번 놀릴 때마다 만 냥 빚을 지는구나.

시목 죄송합니다.

창준 정말 죄송한가? 마음으로?

시목 .. 마음으로, 라고 물으시네요.

창준 그래서.

시목 진심으로, 라고 묻죠. 대부분.

창준 (보는..)

윤과장 E **폭력성 자체에서 기인한 폭력이 아니라 유년 시절 황검사 뇌에 이상이 있었답니다. 제거 수술로 인해서 인간적인 감정을 느끼는 부분에 부작용이 발생한 거 같고요.**

시목 (같이 보는..)

창준 (서서 재킷 입는) 서동재가 정말 주운 건지 찌르고 뺏은 건지 알아내.

시목 만에 하나 서검사에게 무슨 변고가 생길지도 지켜보겠습니다.

창준 (멈추고 쳐다보는)

시목 내일 뵙겠습니다. (목례. 나간다)

창준 (기가 막히다. 코웃음)

12. 용산서/유치장 - 밤

여진, 1, 2호 유치장을 지나 3호 유치장 앞에 서는데 찾는 얼굴이 없다. 의아하다.

13. 동/복도 - 밤

경찰서 이곳저곳 들여다보는 여진.

14. 동/강력반 - 밤

팀장과 김경사가 경완 데리고 밥 먹이고 있다.

팀장	(경완 먹는 거 쳐다보다) 검사란 사람이 보는 눈도 없지, 애가 어딜 봐서 사람을 둘씩이나 찌르게 생겼대..
경완	(눈만 들어 쳐다보는)
김경사	팀장님이 봐도 아니죠? 너 진짜 아니지?
경완	아녜요, 저 정말 아무 짓 안 했어요.
팀장	알았어, 알았어. 먹어. 금방 풀려날 거야.
김경사	에휴, 그냥 혐의 없음으로 해서 송치나 시켜야겠다. 근데 그 검사 승질이 드러워서..
팀장	그러게, 지난번에도 일주일이면 끝날 거 괜히 변호사 불러서 검사 신경 거스르는 바람에, 쯧쯧.
김경사	돈이나 많았나요? 변호사비 땜에 가족들은 빚져, 지는 미운털 박혀서
여진	(언제 왔는지 불쑥 나타난다. 아무렇지 않게) 식사하시네요?
팀장	(깜짝) 뭐래, 폰은 살릴 수 있대?
여진	삭제한 것도 다 나올 거라고요. (경완 보면)
경완	(내리깐 눈이 파르르 떨리는)
김경사	(경계하는, 팀장에 눈짓하면)
팀장	(일어나 여진 데리고 자연스레 문가로 가는) 문자 봤지? 오늘 그거, 일단 우리는 입 닫아주는 걸로.
여진	예.
팀장	근데, 황검사가 뭐하는지 정보 공유하라고 했잖아, 오늘 뭐야, 김가영이 핸드폰 나온 걸 알았으면 나한텐 말을 했었어야지.
여진	알았음 당연히 보고했죠, 다짜고짜 현장에서 보재서 간 거예요, 저도.
팀장	너도 몰랐다고?
여진	방금도 보세요, 비밀로 해달란 거. 자기들도 쪽팔린 건 아는 거죠.

팀장 ... 앞으론 작은 거라도 빠짐없이 보고해.

여진 옙, 팀장님! 퇴근하겠습니다! (그길로 나가는)

15. 동/유치장 - 밤

경완 (다시 유치장에 오는데)

여진 (어느새 나타나 자연스레 경완 잡는. 호송경찰에게) 내가.

호송경찰 (경완 건네주고 가면)

여진 (경완 데리고 가며) 가영이랑 말도 안 해봤다며,
폰에 사진은 왜 있었고 왜 삭제했어요, 왜 거짓말했어.

경완 .. 조사받는다고 해서 괜히 의심받을까 봐, 몰래 찍은 거라서요.

여진 도촬했어요? 왜? 짝사랑했나?

경완 내 친구들도 걔 도촬한 애 많아요, 진짜 그냥 지나가다 찍은 거예요.

여진 그랬음 말을 해야지, 모를 줄 알았어!

경완 .. 죄송합니다.. (고개 푹 숙이는데)

여진 (고개 숙인 경완 뒷목 밑으로 푸르스름한 멍이 엿보인다)

주변 보는 여진, 유치장이 아닌 다른 쪽으로 경완 데려간다.

16. 동/복도 - 밤

계단 뛰어 올라오는 여진, 강력반으로 내처 가는데,
누군가 뒤에서 잡는다. 여진 돌아보면, 시목이다.

여진 (의외지만, 계속 가며) 나중에

시목 (안 놓는) 먼저요.

여진 내가 지금 일이 있단 말예요!

시목 나도 그 일입니다.

시목, 주변 둘러보더니 회의실 문 열어본다. 비었다. 들어간다.
여진, 쳐다보는. 그러다 들어간다.

17. 동/회의실 - 밤

여진 (들어오자마자)
시목 이주만 있으면 풀려나요
여진 !
시목 들이받지 말아요.
여진 ...
시목 서장이 직접 입 다물어달라 요청했어요. 경위님이 이번에까지
들이받으면 수사에서 완전히 배제될 거고 그럼 복잡해집니다.
여진 그러니까, 사건에 도움 되는 건 들이받아도 되고 아무것도 아닌
애 하나 때문에 또 새로운 수사관 찾기 세상 귀찮다 이겁니까?
시목 대체할 사람이 없단 거죠. 귀찮은 건 별도고.
여진 (핸드폰에서 뭔가 찾아 시목에게 준다)

시목 보면, 등에 든 피멍 사진. 경완 상처를 찍은 사진이다.
다음, 그다음도 무릎 뒤나 팔 사이, 안 보이는 곳에 피멍이 들었다.

여진 얘가 뭐라고 했는지 알아요? 지 할머니한테만 말하지 말래요.
시목 ....
여진 난 당한 사람도 당한 사람이지만 내가 매일 보는 동료들이, 내 옆에
저 완전 보통사람들이 이러는 게, 더 안 돼요 이게, 받아들이는 게.
그 사람들이라고 죄다 처음부터 악마고 잔인해서 저러겠어요?
하다 보니까, 되니까 하는 거예요, 눈감아주고 침묵하니까,
누구 하나만 제대로 부릅뜨고 짖어대면 바꿀 수 있다고요.
시목 .. 이주 후에 무사방면이냐, 장기간의 구금이냐. 경위님이 선택하세요.
여진 무슨 뜻이에요?
시목 인권문제가 불거졌다고 즉시 방면하면 죄도 없이 구금했단 걸 스스로

입증하는 꼴이죠, 눈 안 감고 침묵 안 하면 우리 검사장은 오히려 몇 달이고 처박아둘 겁니다. 선택하세요.

여진 …… .. 얼마나 많은 사람들이 이런 이유로, 선택을 빙자한 침묵을 강요받았을까요. 난 타협할 수 없어요. 난 타협 안 합니다.

시목 박경완이 유력하진 않아도 검증이 필요한 건 사실입니다.

여진 그건 내가 끝까지 수사할 거예요.

시목 그러니까 인권문제는 전문가한테 맡기죠? (전화한다)

여진 전문가?

시목 (전화) 너 법률사무소 명함 남은 거 아직 있지?
내일 남부구치소로 가줄래? (여진) 몇 시쯤 이송될까요?

여진 영장 나오자마자요. 아침 일찍 치우려고 할 거예요,

시목 아침 일찍. 되도록 빨리. (사이) 영장은 벌써 나왔어.

여진 !...

18. 남부구치소/외경 - 아침

미결수들 잔뜩 실은 버스가 구치소로 들어간다.

19. 동/대기실 - 아침

면회 양식 기입하는 손, 정본이다.

20. 동/마당 - 아침

한쪽 손목에 채운 수갑으로 줄줄이 연결된 미결수 중에 핏기 없는 경완도 있다.
버스에서 내린 미결수 행렬, 건물로 들여보내진다.

21. 동/복도 - 아침

가방을 옆구리에 끼고 복도 의자에서 조붓이 기다리는 정본.

22. 동/검신실 - 아침

방금 전보다 더 창백해진 경완. 그의 눈앞에서 벌어지는 광경은,
모든 미결수들이 속옷까지 탈의하고 신체검사를 받고 있다.
마지막 저항의 의지마저 꺾인 경완, 속옷 벗고 시키는 대로 검사대에 맨발로 선다.

교도관1 용변 보는 자세로 쪼그려. 다리 벌리고.
경완 (쪼그려 앉는다. 차라리 눈 꾹 감는다)

23. 동/면회실 - 아침

정본 (기다리고 있으면)
경완 (미결수 복장으로 이끌려 들어온다. 불안한데 얼떨떨하기까지)
정본 박경완씨? (아크릴판에 명함 댄다) 김정본입니다. 좀 어떠세요?
경완 .. 할머니가 보내셨나요?
정본 어, 예, 뭐. (앉으려는데)
경완 전... .. 변호사 없어도 돼요. 가주세요..
정본 .. 보시다시피 (명함 가리키는) 전 변호사가 아니라서,
(앉으며) 아이고 꽤 쌀쌀하네요, 그쵸? (웃는)
경완 ...

24. 서부지검/동재의 검사실 - 낮

뒤숭숭하다. 검찰청 직원들이 일감을 전부 빼내 가고 있다.

25. 동/동재의 집무실 - 낮

소파에 대치하고 앉은 시목과 동재.

시목 사건 전에 피해 여성을 알았습니까?
동재 ...
시목 알았습니까?
동재 질문 수준이 왜 이래, 뭐 본 게 있으십니까, 물어야지?
시목 뭘 보셨습니까?
동재 콜 뛰기가 뭐라고 제보했더라?
미친놈한테 여자 집을 일러준 게 9시쯤이라고 했던가?
시목 그래서요.
동재 9시에 역삼동 출발이면 갈월동엔 30분은 넘어 왔겠지?
난 널 족히 20분은 앞질렀어.
시목 조금만 더 빨랐으면 아예 납치현장을 목격했을 텐데요.
동재 (틀린 말은 아니지만 째려보는)
시목 핸드폰은 어떻게 습득하셨죠.
동재 주웠다고, 그냥 줍지도 못해!
시목 원래 땅에 떨어진 건 무조건 줍고 보나요?
아니면 바닥에 뒹구는 것만 봐도 누구 건지 알 정도로 친밀했습니까.
동재 (손이 꿈틀, 한 대 치고 싶다) ...

26. 가영의 집 앞/모퉁이 골목 - 밤 (동재의 회상)

가영의 반지하방 건물이 건너다보이는 모퉁이에 차를 세워놓은 동재.

동재 E　벌써 튄 거 같긴 했지만 어쨌든 다시 올지도 모르니까.

운전석에서 고개 빼고 건물 감시하던 동재, 문득 뭘 봤는지 어? 하더니 내린다. 그의 발이 디뎌지는 곳에 형광색 동물 모양 커버를 씌운 핸드폰이 떨어져 있다.

동재 E　얼마나 급하게 내뺐는지 알겠더라고. 지키고 있어봤자 소용없겠구나, 생각도 들고.

동재, 핸드폰 집어서 도로 차에 탄다. 시동 켜고 가버린다.

동재 E　틀림없이 지 꺼 찾으려고 할 테니까 오면 받으려고 했어.
시목 E　왜 그렇게 꼭 만나려고 하셨죠? 검사장님 명령이라?

27. 서부지검/동재의 집무실 - 낮 (현재)

동재　난 걜 지켜주려고 한 사람이야.
내가 왜 여자애 집을 찾아내고도 검사장한테 비밀로 했겠니?
시목　지켜주려고 술집까지 가서 그 난리를 쳐요?
동재　처음엔 여자앨 찾으라고 하는 게 당연하다고 생각됐어,
고런 걸 디밀어놓고 박사장이 걔 사실 미성년자다, 너 이젠 뭐 됐다,
그 짓거리 하는 걸 나도 알고 있었으니까. 근데 박사장이 죽었어,
내가 뭔 생각이 들었겠니? 나더러 두 번째 제물을 갖다 바치란 건가?
시목　그래서 갖다 바치기로 했습니까?
동재　경고해주려고 했어! 꼭꼭 숨으라고! 노리는 거 뻔히 아는데 냅둬?
근데 밤이 지나고 해가 중천에 떠도 깜깜무소식인 거야.
요즘 애들 폰 없인 1분도 못 사는데. 감이 오더라.
아 흘린 게 아니구나. 당했구나. 아니나 다를까!
시목　핸드폰이 어떻게 떨어져 있었습니까?
동재　뭐가 어떻게야? 고개 쳐들고 서 있겠어? 그냥 길에 있었어.
시목　김가영 납치 및 상해, 했습니까, 서동재 검사님?

동재 사람 돌겠네, 그럼 내가 박사장도 죽였게?
야 나 한 번만 말한다, 잘 들어, 박사장 덕에 2차 맛본 사람들, 있어. 그치만 비용 대주는 정도였지 직접 여자를 소개시켜주고 그러는 건 부장급도 안 해줬다구. 물론 우리 회사 말고 다른 데도 있겠지. 그치만 내가 그날 밤 걜 찾았다고 보고한 사람은

동재, 손가락 한 개 편다. 단 한 명이란 뜻으로 보이기도 하지만.
시목, 손가락이 가리키는 위를 보는.

28. 동/검사장실 - 낮

창준, 서류에 결재해서 준다. 은수가 받는다.

동재 E 검사장뿐이야. 그런데 내가 이해가 안 가는 건,

은수, 목례하고 검사장실 나간다.

29. 동/동재의 집무실 - 낮

동재 왜 암매장이 아니라 공개처형을 택했냔 거야.
시목 ....
동재 너도 조심해. 여자애 꼴 안 나려면 검사장한테 작작 들이대라고.
시목 왜 그랬습니까.
동재 내가 안 그랬다니까!
시목 왜 박무성을 끌고 들어와서 동료들을 물들였습니까?
동재 내가 물들였어? 지들이 와서 물들었지!

시목, 조금의 반성도 없는 동재를 바라보는데 노크소리. 은수, 들어온다.

은수　(목례) 협조 부탁드립니다. 부부장님 차 키 좀 주시겠습니까?

동재　앤 또 뭐야?

시목　(역시 들은 바 없는데)

은수　(창준이 결재해준 서류 펼쳐놓는다) 지금부터 훼손 가능한 물증은 제가 수거하겠습니다. 두 분 다 용의자시라고요.

동재　(시목 본다. 대놓고 비웃는)

시목　...

30. 동/지하주차장 - 낮

은수, 동재 차에서 블랙박스 메모리카드 떼어낸다.

31. 동/은수의 집무실 - 낮

메모리카드가 연결된 태블릿. 그러나 멈춰진 영상.
은수, 뭔가 일이 뜻대로 안 풀리는 듯. 고민한다. 영상 다시 재생시킨다.

32. 가영의 집 앞 - 밤 (블랙박스 영상)

〈동재의 차에서 찍힌 블랙박스 영상〉
김가영 집 앞에 서는 화면. 가영의 빌라가 있는 골목 보인다. 문 열리는 소리. 사람 내리느라 약간 기우는 차체. 곧 차 앞으로 해서 빌라로 들어가는 동재 보인다.

은수 E　9시 14분. 서검사가 갈월동 김가영 집에 도착했고요,

동재, 빌라에서 나와 다시 차에 타느라 화면에서 사라진다. 차에 타는 소리와 움직임.

은수 E　김가영이 집에 없단 걸 확인하고 바로 자리를 옮겼어요.

빌라 바로 앞에서 골목 모퉁이로 자리를 옮기는 영상. (가영 집을 감시하는 상황)
그런데 곧 문 열리는 소리, 잠깐 조용하지만 동재 다시 타는 듯 쿨렁 흔들린다.

은수 E　핸드폰 주운 거겠죠.

33. 서부지검/시목의 집무실 - 저녁 무렵

은수와 시목, 함께 태블릿 들여다본다. 블랙박스 영상은 이제 골목을 떠나고 있다.

은수　전부 서검사 주장하고 일치해요, 근데, 서검사가 검사장님한테
사건 전 7시 47분에 전화를 걸은 내역이 나왔어요.
시목　그래서.
은수　김가영 찾았단 소릴 그때 보고받은 거면 검사장이 공범을 움직일
시간으로 충분하잖아요?
시목　이걸 날 보여주면 안 돼. 훼손 가능한 자료를 나한테서 지키란 게
검사장 뜻이잖아.
은수　뜻 같은 게 무슨 상관이에요.
시목　.. 내가 널 믿어도 될까. 내 오른팔이 돼줄 수 있어?
은수　(뜻밖의 말이지만 바로) 물론입니다 선배님!
시목　너 따위가 내 오른팔 자릴 넘봐? 그깟 오른팔 잘라내고 말지.
은수　뭐!... 뭐하잔 거예요. 지금?
시목　어때.
은수　어떻긴 뭐가 어때요! 사람을 놀려도 분수가 있지!
시목　넌 겨우 1분 만에 배신당했지만 서동재는 10년이야.
10년을 가라면 가고 오라면 온 수족이었어.

은수 ...

시목 검사장이 공범을 움직일 시간이 충분했다고? 서동재만큼 충분했을까?

은수 그래서

시목 서동재가 범인이야. 공범을 사주했어.

은수 갑자기 왜 이렇게 서두르세요?

시목 드디어 검사장한테 대입해선 절대 안 풀리던 퍼즐이 해결됐어.

은수 .. 왜, 여잘 완전히 끝내지도, 심심산골에 파묻지도 않았느냐, 하는?..

시목 서동재도 당연히 복수하고 싶었겠지. 그래서 떠오른 거야.
검사장 치부를 공개하자. 것도 아주 쇼킹하게.

은수 서검사가 범인라고요? 그게 결론이에요?..

시목 왜? 사건 해결이 안 기뻐?

은수 ...

시목 혹시 뭔가 다른 걸 알고 있나? 우릴 미행한 날 뭘 본 거야?

은수 미행이라뇨?

시목 로비 CCTV에 니가 쫓아온 거 다 찍혔어. 김가영 찾으러 가던 날.

은수 (황당해서 생각하다) 난 검사님이 어딜 급히 가시길래,
그냥 거기까지뿐이에요, 미행은 말도 안 돼요.

시목 CCTV는 다른 얘길 하고 있던데.

은수 잘못 보신 거라니까요!

시목 안타깝네. 끝까지 쫓지 그랬어. 현장을 목격할 수도 있었는데.
하다못해 서검사 공범과 스친다든가.

은수 그랬음 진즉에 말씀드리지 제가 왜 입 다물고.. 있었겠.. 어요..

황당해하던 은수, 뭔가 떠오른 듯, 생각에 빠지는..

시목 (생각에 빠진 은수 살피는..)

은수 보이고... 은수 뒤에서 흐려졌던 시목한테 다시 포커스 잡히면,
시목, 은수가 다른 생각에 빠진 것 눈치 못 챈 척 영상 다시 본다.

34. 동/시목의 검사실 - 저녁 무렵

딴생각에 빠져 직원들 인사 받는 둥 마는 둥 하는 은수, 나가고 나면,

시목	(집무실에서 나와 계장에게) 계장님 우리 증거보관실에 무기될 만 한 거 있을까요?
계장	에에?
실무관	무기요??

cut to. 보자기에 싼 걸 쓰윽 건네는 계장.

계장	진짜로 쓰시면 진짜 클 납니다, 진짜진짜 겁만 주셔야 돼요?
시목	예. (들고 집무실로 들어간다)
실무관	뭐예요, 뭔데요?
계장	쉿, 알면 다쳐요.

35. 동/지하주차장 - 밤

여러모로 머리 지끈대는 동재, 차에 탄다. 퇴근길.
시동 켜려는데 은수에게 문자 온다. 귀찮은 얼굴로 읽다가 깜짝 놀라는 동재.
문자 - '검사님이 여자 죽이려던 거 알아요. 그날 로비 CCTV 확인하세요.'

36. 동/관리실 - 밤

5회 S#46에서 시목이 봤던 로비 CCTV 장면을 동재가 눈 부릅뜨고 지켜본다. 시목이 봤을 때와 마찬가지로 동재, 시목 순으로 보이고 마지막으로 은수가 나온다.
은수가 사라지는 것까지 본 동재, 뛰어나간다.
관리실 직원, 의아해서 화면 보는. 이게 뭐가 있나?..

37. 동/복도 - 밤

동재　(전화하며 허둥지둥 가는) 너 어디야, 일단 보면서 얘기해, 응?!

은수 F　내가 따라붙은 건 몰랐죠? 근데 나 똑똑히 봤어요.
검사님은 곧장 여기로 와서 핸드폰부터 챙겼어요.
공범한테 들었죠? 전활 흘렸단 소릴 듣고 일부러 왔죠?
우연히 떨어진 걸 봤단 거 거짓말이야!

동재　이게 왜 자꾸 헛소리야, 야 너 어디냐고!

뚝 끊기는 전화. 동재, 곧장 다시 하는데 안 받는다.
도대체 이게 어찌 된 건지 이해가 안 되는 동재, 그러다 문득,

은수 E　검사님은 곧장 여기로 와서 핸드폰부터 챙겼어요.

동재　여기?.. (득달같이 가는)

38. 가영의 집 인근/모퉁이 길 - 밤

은수, 뒤돌아선 모습. 차소리 들린다. 내리는 소리. 다가오는 발소리.

동재　(뒤에 와 서는) 놀라지도 않네.

은수　(돌아선다. 똑바로 보는 눈빛이 새파랗다)

동재　(너무 싸한 반응에 당황)
야 영은수, 니가 그날 여기서 뭘 봤는진 모르겠는데

은수　그딴 건 관심 없어요. 내가 원하는 건 검사장이에요.

동재　뭐?

은수　검사장한테 뒤집어씌워요.

동재　얘가 갑자기 왜 이래?

은수　갑자기 아녜요, 내가 이 기회를 얼마나 기다렸는데.

전문이시잖아요? 남한테 뒤집어씌우는 거. 범인 만드는 거.

동재　(장난 아니란 게 느껴지는)

은수　황선배도 검사님 의심해요. 내 말대로 안 하면 검사님이 범인 맞다고 할 거예요! 범인은 검사장이었어야 했는데 왜 쓸데없이 끼어들어서!

동재　야! (입 막으며 주변 살피는데)

은수　(막은 손등을 손톱으로 콱 찍는)

동재　아! 이게 미쳤나.. (하다 저도 모르게 뒷걸음질) .. 너냐?

은수　검사장한테 덮어씌워요, 장인이란 인간까지. 무슨 수를 써서든!

동재　그런 담엔? 이 나라 사형 안 시켜, 감옥 안에서도 시퍼렇게 보복할 인간들이야. 돈 있는 것들은 쇠파이프로 사람을 패도 멀쩡한데 감옥이나 제대로 갈 거 같아? 너나 나나 다 죽어!

은수　죽으면 죽는 거지.

동재　난 아냐! 난 자식새끼도 있고 나밖에 없는 어머니도 있다고!

은수　아들이 연쇄살인범이 되는 것보단 죽는 게 어머니한테도 낫죠?

동재　!!

은수　할 수 없네. 검사님이랑 공범이랑 다 봤다고 할 거예요!

은수 가려는데, 거칠게 잡는 동재.
후드득! 뜯겨나가는 은수의 셔츠 단추.
은수, 있는 힘 다해 가방 휘둘러 동재를 후려친다.
머리를 정통으로 가격당한 동재, 순식간에 눈 뒤집혀 은수를 잡아챈다.
거친 몸싸움!

은수　놔! 놔! (아픔이 아니라 사람들 들으라는 비명 지르자)

동재　(은수 입 막는)

은수　(콱 깨문다)

비명 지른 동재, 이성 잃는다. 도망치는 은수를 잡아 인정사정없이 목 조른다.
정말 실신하게 생긴 은수, 눈이 파르르 떨리고 저항하던 사지에 힘이 빠지는데,
동재, 은수 팔이 툭 떨어지자 본인이 더 펄쩍 놀라며 손 뗀다.

동재　야.. 영은수, 영은수!

은수　(기침하고 괴로워하는데)

동재　(십년감수!) 죽은 줄 알았잖아!

은수　(눈물 콧물 흘리는 와중에도 동재 본다)

동재　그니까 왜 헛소릴 해서 사람 뒤집어놔! .. ... 괜찮아?

은수　(겨우 잦아드는 기침 사이로) 정말 아닌 거죠?

동재　??

은수　안 죽였죠?

동재　.. 안 죽였어!

은수　됐어요, 아님 됐어요. (비틀대면서도 서둘러 간다) 그럴 줄 알았어요!

동재　?? .. .. 야!! 너 황시목이랑 짰니!

은수　아뇨! (저 멀리 가는)

동재　(황당...)

39. 시목의 아파트/거실 - 밤

어두운 아파트. 현관문 열리는 소리. 시목 들어온다.
잠시 가만 앉았으면... 현관 벨 울린다.
인터폰 화면에 은수 얼굴 떴다. (뜯어진 셔츠는 꼭 잡아 여민)

시목　(현관으로 가 문 여는)

은수　(꼴은 엉망이지만 해냈다는 자신감에 찬)
서검사 아네요, 제가 직접 확인했어요, 누구 죽일 사람 아네요.

시목　(집 안으로 몸을 돌리는데)

은수　(따라 들어오진 않고 문만 잡고서) 직접 봤으면 무슨 말인지 알 텐데!
서검사가 범인이면 검사님 앞에 저 지금 서 있지도 못한다고요.
틀리셨어요, 이번은. 내일 전부 말씀드릴게요! (문 닫고 사라진다)

시목　... (소파로 오는데)

다시 울리는 현관 벨. 시목, 인터폰 켜면,

은수 F ... 옷 좀 빌려주실래요. 이러고 가면 엄마가 폭풍 질문을 할 거라.
시목 흉악범 취조하다 맞았다고 해.
은수 .. (목례 꾸벅하고 인터폰에서 사라진다)
시목 (인터폰 끈다)

40. 동/복도 - 밤

문 흘기는 은수. 애먼 승강기 버튼을 꾹 눌러 화풀이.

은수 왜 이렇게 안 내려와... 에잇!

뒤로 현관문 열리는 소리. 시목이 나와 터틀넥 스웨터 내민다.

은수 감사합니다!
시목 (은수 목에 선명하게 붉은 손자국 본다)
은수 (가리게 되는...)
시목 (문 닫고 들어간다)

은수, 옷은 받았는데 받고 보니 복도에서 갈아입을 수도 없고..
다시 현관문 쳐다보지만 망설이는..

41. 동/아파트 외경 - 밤

은수 E (현관 벨소리에 이어) 죄송한데요..

42. 동/거실 - 밤

시목, 묵묵히 앉아 있으면 잠시 후, 안방에서 스웨터로 갈아입은 은수가 나온다.

은수 (옷이 큰데도 어색해서 헛소리) 제가 아무거나 소화 참 잘해요?
시목 ...
은수 ... (90도 인사) 내일 돌려드리겠습니다. (총총, 현관으로 가는데)
시목 덫이란 걸 중간에 눈치챘을 수 있어. 그래서 멈췄을 수도.
은수 아녜요! 제가 직접 서검사 협박하고 공갈쳤어요. 진범이었다면 중간에 뭘 눈치채고 어쩌고 멈출 상황이 아녔다고요. 성격 아시잖아요, 사람을 둘이나 엽기적으로 해치고 잡히게 생겼는데, 이성 잃고 어떡해든 입 막겠단 생각뿐이었을 거예요.
시목 우리가 아는 것보다 훨씬 냉철한 사람일 수도.
은수 그랬으면 이렇게(목 상처) 됐겠어요? 전자충격기 한 방 먹이고 김가영처럼 끌고 가면 끝났을걸?
시목 (물끄러미 보다) 만약 서동재가, 내가 네 뒤에 있다고 생각했다면?
은수 차라리 뒤에 있지 그랬어요? 직접 봤으면 선배도 딴말 안 할 텐데. 서검사 확실히 범인 아녜요.
시목 ...
은수 사실은 선배도 흔들리죠? 서검사가 범인이란 100% 확신 내 덕분에 내려가고 있죠?
시목 (답 안 하자)
은수 (방긋 웃는다) 동의하시는 거죠? 내일 봬요!
시목 ...

은수, 현관으로 가 신발 신으며 고개 드는데, 소파에 고요히 앉은 시목의 옆모습...

은수 .. 늘 이래요?
시목 (고개 드는)
은수 음악도 안 들어요?
시목 ...

은수　　... (나간다)

현관 센서등 꺼진다.

43. 한강 둔치 - 밤

마포대교 불빛을 뒤로한 시목, 러닝 중이다. 고르지만 가쁜 숨소리.

Insert 1〉 - 가영의 집 인근/모퉁이 길 - 밤 (시목의 회상)
S#38 상황이 유리창 너머 보인다. 화면 상부에 자동차 창문 프레임이 조금 걸쳐 졌다. (인근에 세운 차 안에서 창문을 통해 은수와 동재를 보는 사람의 시각이다)
창밖에선 동재와 은수가 몸싸움을 벌이고 있다.

은수 E　**진범이었다면 중간에 뭘 눈치채고 어쩌고 멈출 상황이 아녔다고요.**

Insert 2〉 - 은수를 거칠게 잡는 동재, 몸싸움 시작되는 순간,
화면 안에 (시목의) 손이 들어온다. 옆에 풀어둔 보자기 위에 놓인 권총 쥔다.
(밖을 살피면서도 동시에 손을 움직여 총을 쥔 상황)
차문 여는 소리 나고 차에서 내리느라 시점이 흔들리는데,

은수 E　전자충격기 한 방 먹이고 김가영처럼 끌고 가면 끝났을걸?

Insert 3〉 - 놀란 동재가 '영은수! 괜찮아?' 하고 은수는 캑캑대고 있다.
총 내리는 (시목의) 손이 화면 아래에 보인다.

시목, 호흡 가빠지지만 속력 줄이지 않고 계속 달린다.

시목 E　영은수는 서동재가 아니란 걸 강조했지만, 검사장 일가가 범인이어야
한단 열망이 얼마나 강렬한가를 스스로 드러냈다.
제 목숨을 담보로 던질 수 있다면 남의 목숨의 가치는 얼마였을까,

서동재가 범인이 아니란 확률과 영은수가 용의자일 확률,
어느 쪽이 더 높아진 걸까.

톡 알림음. 시목, 달리면서 보면,

은수 E　옷값이에요.

시목, 첨부 파일 클릭하면 음악 흐른다. (음악 김광진의 '편지' 연주곡으로)
멈추는 시목, 음악 나오는 핸드폰을 처음 보는 이물질처럼 쳐다보며 가만 들고 섰다.

44. 은수의 집/베란다 - 밤

이어폰으로 듣는 편지 노래 허밍하며 방금 빤 스웨터를 건조대에 너는 은수.
나름 잘 펴서 널고 들어가는데,

45. 한강 둔치 - 밤

여전히 흐르는 음악. 하지만 뚝 끊는 시목. 다시 달린다.

46. 은수의 집/베란다 - 밤

스웨터 한쪽 팔이 아래로 쑥 미끄러진다. 물이 똑똑 떨어진다.

47. 국과수/복도 - 낮

장형사　(커다란 봉투 끼고 전화하는) 김가영이 핸드폰 데이터 나왔는데

뭔 지 셀카만 백 개 천 개래요? 쓸 게 없어?

48. 골프연습장/입구 – 낮

여진　(연습장에서 나오며 전화 받는) 셀칼 찍으려면 남자들이랑 좀 찍지.

장형사 F　남자들이 미쳤어요? 뭔 발목을 잡히려고?

여진　통화목록은 나왔어요? 어, 전화 들어온다. 쫌 있다 다시 할게요.
(끊고 발신자 보더니 받는) 어 고추장, 왜?

49. 무성의 집/앞길 – 낮

여진의 차가 박순경이 지키고 있는 대문 앞에 선다.

박순경　오래 걸리셨네요? 어디 멀리 계셨어요?

여진　응. (안을 가리키며 묻듯이 보는)

박순경　네. 아까아까부터요, 안 된다고 하기도 애매해서 경위님한테..

여진　잘 했어. (어깨 두드려주는 동시에 들어간다)

50. 동/마루 – 낮

커다란 쓰레기봉투 너덧 개에 가득 찬 쓰레기. 몰라보게 깨끗해진 집 안.
창문턱을 걸레질하는 무성母. 나무 창틀 중간에 담배자국이 났다.
무성母, 그 자국 가만가만 만져본다. 아들 온기는 사라진 지 오래, 먹먹한데..

51. 동/마루 (무성母의 회상)

어느 비 오는 날, 무성, 창문 열린 창턱에 걸터앉아 담배 꺼내는데,

무성母가 벌컥 나온다. 무성, 깜짝 놀란다.
제발 피우지 말라고 담배 뺏어가고 라이터를 저리 밀어버리려는 무성母,
알았다고 하지 말라고 엄마를 뒤에서 안듯이 해서 말리는 무성.

52. 동/마루 - 낮 (현재)

무성母 (아들이 앉았던 창가 올려다본다. 아직도 보이는 듯, 먹먹한데..)
여진 E 어머님.
무성母 (갑자기 불렀건만 놀라지도 않는다. 더 늙고 반응 느려졌다)
여진 (옆에 와서 앉는) .. 손주 보시고 여기로 오신 거예요?
무성母 나오면 여서 살아야죠, 나오죠?
여진 예, 그럼요. 지금도 경완이 알리바이 확인하고 왔어요. 며칠만 더요.
무성母 (느리게 끄덕. 다시 걸레질)
여진 (눈이 화장실로 향하게 되는) 순경 들어와 있으라고 할까요?
무성母 (걸레질하며 작은 손사래만. 이젠 무서운 것도 없어 보인다)
여진 ... 저, 그, 경완이 나오면요..
무성母 (경완이 소리엔 쳐다보는)
여진 (입만 벙긋대다 벌떡 일어선다) 저거 내가면 되죠?
무성母 내가,
여진 (쓰레기봉투 두 개 번쩍 들고 나가며) 힘든 거 밖에 순경 시키세요.
제 꼬붕이니까 맘대로 시켜도 돼요. (나간다) 이따 집에서 봐요!
무성母 (손사래 같은 손 인사. 이것도 느려졌다)

53. 동/마당 - 낮

여진 미치겠네, 당한 거까지 알면 진짜 돌아가실 텐데.
박순경 E .. 때린 거요?

여진, 놀라 보면, 바깥 대문 기둥에 기대선 박순경이 애먼 신발코만 땅에 박고 있다.

54. 동/대문 - 낮

여진 (나와서 대문 옆에 쓰레기봉투 내려놓는다. 먼저 묻지 않는)
박순경 (고개 못 드는) 죄송해요. 못 막았어요.
여진 너도 있었니.
박순경 (고개 젓는) 짐작으로..
여진 ... 철완로봇 좋아해?
박순경 철완로봇?.. 아 만화요? 들어는 봤어요.
여진 들어는 봐? 그 전설의 레전드를 들어만 봐? (흥분하다 이게 아니지)
암튼 철완로봇 아빠가 한 말이 있어.
박순경 철완이 아빠도 있어요? 로보트라면서요?
여진 그거 그린 사람, 데즈카 오사무! 아니 그게 중요한 게 아니고,
만화가는 무엇을 그려도 좋다, 단 하나만 빼고.
사람의 기본인권을 해치는 것. 그런 말을 했다고.
박순경 ...
여진 만환데, 그냥 그림일 뿐인 만화도 지켜주려고 애쓰는 걸 우리가
흔들어선 안 돼. 경찰공무원 존심이 있는데.
박순경 .. 다음부턴, 지금부터 쫀심 단단히 붙들겠습니다!
여진 (웃는) 집주인이 곧 다시 들어와 사신다니까 그때까지만 수고!
박순경 예! (경례!)

55. 여진의 차 안 - 낮

차에 오른 여진, 얼굴 어두워진다. 핸드폰에 남은 경완의 피멍 사진 다시 찾아본다.
여진, 무성母가 있을 집을 쳐다보다가 경찰수첩 펼쳐 적는다.
'어머님 실은 경완이가'까지 적다 도저히 못한다. 수첩 던지고 핸들에 머리

박는다.

56. 서부지검/형사3부장실 - 낮

은수 (3부장 앞에 결재 서류 펼쳐서 놓는다)

3부장 박경완이는 기소유예... 서동재는 결론 났나?

은수 단순 의욕과잉으로 보입니다. 다른 의도는 없었고요.

3부장 순전히 공명심에서 한 일이라.. 사단장만 고래 등 터졌네.
그쪽은 어떻게 됐대?

은수 육본에서 조사한단 얘기만 들리고 뒷얘기는 아직이네요?

3부장 거기도 자기들끼리 입 맞추느라 바쁜가 보네. (사인해서 준다)

은수 (받아 인사하고 나간다)

3부장 남 얘기할 거 있나, 우리도 서동재 쉬쉬해주는데.

핸드폰 울린다. 3부장 받으려는데, 유선전화도 거의 동시에 울린다.
컴퓨터 메신저도 바로 울리고, 문은 누군가 급히 노크한다. 응?? 하는 3부장.

57. 동/복도 - 낮

은수, 3부장실에서 나와 제 방으로 가는데,
핸드폰 들여다보는 시목이 화장실에서 뛰어나오다시피 한다.
은수가 인사하지만 그대로 지나쳐 방으로 들어가는 시목.
시목뿐만 아니다. 다른 이들도 심각하게 핸드폰 보거나 전화 중이다.
은수, 핸드폰 꺼내 인터넷 클릭한다.

58. 홍대/길거리 - 낮

'마포구 청소년 범죄 예방 캠페인' 띠를 두른 사람들이 팸플릿 나눠준다.

받자마자 버리는 게 더 많아 거리만 지저분하다.
창준과 창준妻 앞뒤로 걸으며 캠페인 벌이는데,
비서, 창준에게 다가와 낮게 뭐라 한다.
창준, 표정이 미묘하게 변한다. 떨어진 곳에서도 그걸 놓치지 않는 창준妻.

59. 동/인근 찻길 - 낮

창준, 기사 딸린 차에 창준妻를 태워 보낸다. 妻가 떠나자마자 울리는 창준 핸드폰.
비서가 관용차 몰고 온다.

60. 차 안 - 낮

창준妻 (뒤에 창준이 전화 받으며 차에 오르는 것 돌아보면서 문자 보낸다) 아빠 또 저이 잡는 거야... (전화 거는데 통화 중. 바로 다른 번호로 전화) .. 회장님요. (사이) 누구랑요? (사이) 몰라요? 그럼 난 아 그러세요, 끊어요? 누구랑 통화냐고! (... 대답에 찡그린다) 회장님 바꿔요. (사이) 말 여러 번 하게 하네?

61. 관용차 안 - 낮

창준 (통화하다가) 장인어른? (하는데 끊긴다) ... (문자 와서 보는데)
창준妻 E 아버지가 뭐라 해도 당신 네 네만 해요, 나머진 내가 알아서 해.
창준 (문자 읽다... 핸드폰 내린다. 고개 들면)

저 앞 전광판에 커다랗게 뜬 서부지검 청사 건물 화면.
전광판, 지검 건물 화면 밑에 자막 - '속보〉 서부지검 스폰서 비리 제보'
화면, 무성 집으로 바뀌며 자막도 바뀐다. - '故人 박씨, 검찰 스폰서로 밝혀져'

창준 E　라디오 틀어봐.

기사, 라디오 틀고 차 안의 창준, 라디오 들으면,

라디오 E　.. 속보입니다. 오늘 오후 성문일보에서 익명의 제보를 인용해 검찰의 뇌물 수수 의혹을 단독 보도했습니다. 제보에 따르면 지난 1월 발생한 후암동 살인사건의 희생자 박모씨가 생전에 서부지방검찰청 소속 검사들에게 정기적으로 금품을 상납했다고 합니다. 뇌물 의혹을 보도한 성문일보는 익명의 제보가 우체국 일반 등기를 통해 전달됐으며

62. 신촌로터리 - 낮

라디오 E　금품을 수수한 검사들의 이름이나 금품의 액수와 종류 등 구체적 정황은 밝혀져 있지 않다고 발표했습니다. 그러나 건설업자였던 고 박모씨가 생전에 고위 공무원과의 친분을 주변에 과시하며 해결사 노릇을 자처했다는 지인들의 증언이 잇따르면서...

그 옆 지하철에서 나오는 사람들도, 버스 정류장에서도, 핸드폰 보는 시민들. 횡단보도 신호 기다리는 행인들, 전광판 바라본다.

행인1　그래서 받아먹고 죽였단 거야? 아무리 썩어도 어떻게 그래?
행인2　저러면서 지들이 누굴 심판해?

이들 앞을 지나가는 창준의 차.

63. 서부지검/6층 복도 - 낮

각 부의 부장들, 굳은 얼굴로 열을 지어 온다. 맨 끝엔 윤과장도 보인다.

64. 동/검사장실 - 낮

검사장실을 가득 메운 부장들, 그들 앞에 선 창준.
이 와중에도 여기저기 진동 울리는 부장들 핸드폰, 끄느라 바쁘다.

창준 제보자.
1부장 아직 모릅니다. 신문사에 프린트된 편지로 왔답니다.
3부장 IP 추적을 피하기 위해서 고전적 방법을 썼습니다.
창준 발송된 우체국.
윤과장 수사관 보냈습니다.

창준 핸드폰도 울린다. 발신자 보더니 핸드폰을 앞에 들어 보이는 창준.

창준 전 검사장님이시다. (하지만 전원째로 꺼버린다)
부장들 (모두 따라서 전원 끈다)
창준 부원들 단속은 따로 이르지 않겠습니다. 이 중에, 고인과 함께 혹은 고인을 통해 출입한 곳이 있는 분들이 있습니다. 협조 요청하세요. 애들 보내지 말고 여러분 선에서 직접 요청하되, 전화 통화 녹취될 수 있으니 삼갑니다. 루머에 부화뇌동해서 입 놀리면 장사는 물론 인생 조지게 될 거란 걸 확실히 알게 하세요.
부장들 네.
창준 오늘부로 회식 없어요. 외부 취식도 금합니다.
인근 술집, 밥집마다 손님으로 위장한 기자들이 깔릴 건데,
여기 걸려서 가십거리를 제공하는 직원은 전 청사를 뒤져서라도 찍어낼 겁니다. 청소부, 용역직원들, 검사실 출입 금지시켜요.
이 일은 조용히, 지나갈 겁니다.
부장들 네 검사장님!

65. 대검찰청/외경 - 낮

66. 동/검찰총장실 앞- 낮

창준, 검찰총장실 문 앞에 선다. 의관 정제하고 문 여는데 아주 찰나지만 멈칫한다.
윤범이 벌써 와 앉았다. 창준, 들어간다.

67. 동/총장실 - 낮

창준 (문 안에 발 딛자마자 90도 인사하는) 죄송합니다, 총장님.
윤범 (총장보다도 먼저 말하는) 어째 일만 터졌다 하면 서부지검이야,
총장님 귀에 딱지 앉겠어, 이 사람아.
창준 두 분의 영예에 누를 끼쳐드렸습니다. 사죄드립니다.
윤범 죄송합니다, 총장님. 제 사람이 누를 끼쳤네요.
총장 회장님까지 왜 이러십니까.
윤범 이 사람 봐주지 마세요, 일벌백계당한들 할 말 없어요.
총장 (윤범 때문에 불편하지만 대놓고 뭐라 하진 못하고..) 사실인가?
창준 결단코 아닙니다.
총장 뇌물 바치다 죽었단 사람은?
창준 본 적 없습니다.
총장 대책은?
창준 정면 돌파해야죠. 감출 것도 두려울 것도 없으니까요.
윤범 그래, 역량을 발휘해봐, 여론은 어차피 파도타기야,
빠지면 위험하지만 잘 넘기면 흔적도 안 남아.
창준 예, 회장님.
윤범 조직에 누가 되지 않게 개처럼 말처럼 달리겠답니다, 총장님.
총장 (주객전도돼버린 상황에 심기 불편한)
윤범 (알면서도 나 몰라라)

68. 동/지하주차장 - 낮

윤범과 창준의 기사 2명과 우실장이, 윤범 차에 결계를 치듯 지키고 있다.
윤범 차에 나란히 앉은 창준과 윤범.

69. 동/윤범의 차 안 - 낮

윤범 어느 쥐새끼 같은 놈이. 근데 왜 하필 제보를 해도 성문일보야?
창준 내용이 이상합니다.
윤범 별거 없더만?
창준 예, 완전 뭉뚱그렸습니다. 스폰서 소리만 했지 알맹이가 없어요.
그런데도 하고많은 신문사 중에 성문일보란 게 이상하지 않으세요?
윤범 내막은 꿰고 있되 내용은 밝히지 않겠다..
창준 파란은 원하지만 조직 자체는 보호하고 싶은 인물이거나,
윤범 그런? (갸웃..)
창준 쥐고 있는 걸 한꺼번에 풀지 않았거나.
경고일 수 있죠. 장삿속일 수도 있고요.

주차장을 가로지르는 한 남자, 별생각 없이 윤범 차 근처로 오는데,
우실장을 비롯한 기사들이 막는다. 남자, 아래위로 훑긴 하지만 피해서 간다.

윤범 ... 황시목이로 분칠시켜서 종결 내겠단 건 어떻게 됐어.
창준 죄송합니다. 뒷조사까지 끝낸 상황에 갑자기 박사장 아들이
튀어나오는 바람에
윤범 홀드해, 이 판국에 범인을 자살로 처리하면 음모론이라고 난리 나.
창준 하지만 황검산 지금도 끊임없이 절 의심하고 있습니다.
윤범 슷, 이제 보니 지가 찍어내고 싶은 놈을 골랐구만?
비즈니스를 핏대로 해? 내 암만 봐도 그놈이 자네 머리 꼭대기야,

하긴 그 머리 꼭대기에 있는 게 또 하나 있지.

창준　(무슨 소린지 단박에 알고 기분 나쁜)

윤범　내가 생각할수록 진짜, 어딜 띡 전화해서 지 서방 내버려두라고
소리소릴 질러? 그거 승질도 증말 누굴 닮았는지.

창준　수정 엄마가 그랬습니까?..

윤범　또 쪼르르 가서 당신이 그랬냐 아버님이 그러더라 이르지 말고,
내가 지 남편 구해주려고 총장 앞에서 북 치고 장구 치고 선수 친 거
그거나 소상히 알려.

창준　.. 감사히 생각하고 있습니다.

윤범　(장탄식) 제발 좀 잘 넘겨. 바람 잘 날 좀 있어보자.

창준　맡겨주십쇼.

윤범　신문쟁이들은 내 모아볼게. 술 몇 잔이면 제보자 얘기 안 나오겠어?

창준　예.

70. 서부지검/시목의 검사실 - 밤

모니터에 스폰서 관련 기사 창이 여러 개 떴다.
의자에 푹 기대 이를 보는 시목, 동시에 안 보고 있기도 하다. 전화 집어 꾹
누른다.

여진 F　전화할 정신이 다 있네요? 거기 사람들 다 얼어진 줄 알았더니.

시목　범인 나왔습니다.

여진 F　에에?!

71. 마포서 옆 골목/포장마차 - 밤

시목, 손님 없는 포장마차에서 혼자 우동 먹고 있는데,
끼익 서는 차소리, 다다다 달려오는 발소리.

여진 (앉기도 전에) 누구예요!
시목 (우동 그릇 가리키는. 나 먹고 있다)
여진 (못 먹게 젓가락 쥔 손 잡는) 누구예요 얼른!
시목 (상관없이 꼭꼭 씹고) 거북아 거북아, 머리를 내밀어라, 내밀지 않으면
여진 구워 삶아 먹으리? 뭐하는 거예요?
시목 드디어 머리가 나왔습니다.
여진 !.... (잠깐, 하듯 손으로 막고) 저희 소주 한 병이랑 우동
시목 라면 먹어요.
여진 ? 말고 라면이요! (우동 국물 먹어보더니 윽!) 물도 주세요!
시목 (우동 마저 먹는다)
주인 (물과 소주 가져온다)
여진 감사합니다. (묻지도 않고 물을 우동에 붓는다)
고혈압에 걸려도 몸통 나오는 건 보고 죽어야죠.
시목 ... (국물 떠먹어보는. 흠, 나쁘지 않다. 조금 더 붓는다)
여진 (소주 따르다 쳐다보는데)
시목 (고개 젓는)
여진 (우동 그릇에 건배하고 원샷) 스.. 오늘 머리가 나온 건 제보자뿐인데.
시목 (끄덕인다) 처음부터 이 순간을 기다렸을 거예요. 박무성이 죽고 바로
스폰서였단 게 폭로되지 않아서 화가 났을지도 모르죠.
김가영을 그런 식으로 처리한 게 이제야 납득이 됩니다.
여진 핸드폰도. 암만 생각해도 머리카락 한 올 안 남긴 놈이 실수로
흘리고 갔을 리가 없어요.
시목 서검사 말이 사실이라면 버젓이 보이게 떨어져 있었다니까.
여진 마치 여기가 납치현장이다, 알려주는 것처럼.
주인 (라면 놓는다) 맛있게 드세요.
여진 네. (국물 먹더니) ... (물 붓는다) 성문일보에 아는 사람 없어요?
시목 연출 동원해봤는데 자기들도 오리무중이래요.
여진 내일 가봐야겠네. 아참 내일 경완이 나와요, 아침에.
시목 (관심 없는)
여진 (먹다가 느려지는) 아직 어머님한테 말씀 못 드렸어요. 경완이 상태..
시목 뉴스 보시겠죠.

여진 (라면 그릇 위로 흘기는)

시목 (태연히, 왜?)

여진 ... 혹시 제보했어요?

시목 (꽉꽉 씹으며 노여워도 않고) 제보자가 범인이라고 했는데.

여진 (소주 따라서 들고) 맞으면 맞다고 여기서 말해줘요.

시목 아닙니다.

여진 위하여. (원샷)

시목 내가 사실을 말하는지 어떻게 알고 믿어요?

여진 누가 믿는대요? 나 안 믿어요? (지켜보겠단 뜻으로 손가락 두 개로 제 눈 가리켰다 시목 가리켜 보이더니 후루룩 라면 먹는데)

시목 (먹는 걸 구경하듯 지켜보다 자기도 모르게 입꼬리 살짝 올라간다)

여진 (고개 들다 보고) 어! 웃었다, 방금 웃었죠? 그쵸?

시목 내가요?

여진 웃으니까 이쁘네! (그림 그려주려고 얼른 수첩 집는데)

시목 선물 필요 없습니다.

여진 (실망.. 수첩 놓고 다시 젓가락 집으며) 답이 나오면 나올수록 스폰을 받은 쪽이 아니라 스폰 때문에 피해를 본 쪽이란 뜻인데. 검찰한테든 박무성한테든, 원한을 품은 쪽.

시목 ...

처다보는 두 사람. 그러다 머리 닿을 듯 숙이고 각자 먹는다.
손님 없는 포장마차 주인은 하품하고.

72. 시목의 집/안방 - 아침

이불 젖혀져 있고 시목은 없는데, 톡 온다. 액정에 뜨는 내용은,
〈정본- 시작한다〉
화장실에서 들리는 물소리, 면도 소리. 다시 톡 온다.
〈정본 - 불똥 튈 수도 있어〉

73. 남부구치소 - 아침

경완 나온다. 기다리던 정본과 무성母에게 온다.
기뻐하는 무성母 너머로 시선 교환하는 정본과 경완..

앵커 E　한 시민운동가가 현직 경찰관들이 피의자를 조사하면서 가혹행위를 했다며 검찰에 수사를 의뢰해 파문이 일고 있습니다.

74. 용산경찰서/정문 앞 - 아침

정문 앞에 선 기자, 마이크 잡고 대기 중이다.

앵커 E　현장에 나와 있는 기자를 연결해 알아보겠습니다.
기자　예, 저는 지금 용산경찰서에 나와 있습니다. 살인 혐의로 검거됐던 피의자 박모씨가 용산서에서 조사를 받던 중 고문을 당했다고 주장하고 있습니다.

75. 서부지검/검사장실 - 아침

TV 화면, 앵커와 기자 양분됐다.

앵커　피의자가 고문당한 증거사진이 공개됐다고 하죠?
기자　그렇습니다. 시민운동가 출신 김정본씨가 공개한 사진에 따르면 취조 과정에서 박모씨가 당한 가혹행위가 그대로 드러나 있습니다.

화면, 고문으로 생긴 피멍 사진(여진이 찍은 것)으로 바뀐다.
창준, 깍지 낀 양손을 모으고 보도에 집중한다.

기자 E　박모씨는 경찰이 자백을 강요하면서 폭행했다고 주장했습니다.

다시 화면에 나타나는 앵커와 기자.

앵커　그런데 이를 주장한 박모씨가 바로 얼마 전, 군 장성이 근무시간에 골프 친 걸 은폐하려고 근무일지를 위조했던 바로 그 사건 관련자라고요? 그때 입건된 고 박무성씨의 아들이라고 하던데요?

기자　그렇습니다. 고 박무성씨가 생전에 서부지검 검사들을 접대했다는 제보가 나온 지 하루도 지나지 않아 용산서에서 고인의 아들에게 존속 살해와 술집 종업원 살인미수에 대한 자백을 강요했다는 의혹이 나온 겁니다.

앵커　박모씨를 담당한 지검이 어딥니까?

기자　바로 서부지검입니다.

화면, 서부지검 건물로 바뀐다.
창준, 눈 감는다.

76. 용산서/강력반 - 아침

TV는 전부 꺼졌다. 팀장과 김경사는 자리에 없고, 여진을 비롯한 형사들 서성이지만 서로 눈치만 본다. 유선전화들은 모두 수화기가 내려져 있다.

77. 서부지검/검사장실 - 아침

책상에 머리 감싸고 눈 감은 창준.
그 옆엔 비서가 숨만 쉬며 대기 중이다.

창준　... 강당에 4급 이상 전부 모이라고 해.

78. 동/강당 - 아침

속속 모여드는 검사들.
부장을 선두로 부부장, 평검사 순으로 약속이나 한 듯 줄 맞춰 들어온다.
그래도 좀 어수선한데 들어서는 순간 일거에 입 다문다.
무대 위에 창준이 연단에 한쪽 팔을 걸친 자세로 서서 내려다보고 있다.
모두 들어오면 은수가 문 닫는다.
잠시의 침묵. 기침소리 하나 없다.
창준, 걸친 팔 내린다.

창준 .. 본청은 금일 10시를 기해, 검사의 범죄 혐의와 비리에 대해 외부의 개입 없이 철저 수사하고자, 직급에 상관없이 지검 전체를 대상으로 수사할 특임검사를 도입한다. 독립성 보장을 위하여 최종 수사 결과만 검찰총장에게 보고할 특임검사에는,

각 부 부장들, 긴장하는데,

창준 특임검사는... .. 3부 검찰관, 황시목이다.

저도 모르게 낮게 어, 하는 소리들.
모두의 시선이 시목에게 쏠린다.
부장들도, 윤과장도, 은수도, 동재도, 그리고 창준도, 모두가 쳐다보는 가운데, 표정 변화도, 미동도 없이, 우뚝 선 시목에서 엔딩.

2015, pp.2022~2036.

3 Steven I. Hajdu, "A Note From History: Landmarks in History of Cancer, Part 1. Cancer," *Cancer*, Vol 117 issue 5, 2011, pp.1097~1102.

장기이식, 인간이 만든 기적의 순간

1 Markus J. Wilhelm, "Long-term outcome following heart transplantation: current perspective," *J Thorac Dis*, Vol 7 issue 3, 2015, pp.549~551.

2 C. J. E. Watson, J. H. Dark, "Organ transplantation: historical perspective and current practice," *British Journal Anaesthia*, Vol 108, 2012, pp.29~42.

3 제임스 르 파누, 《현대의학의 거의 모든 역사》, 강병철 옮김, 알마, 2016.

4 〈美 미네소타 '메이요클리닉', 3년 연속 '미국 최고병원' 등극〉, 《연합뉴스》, 2018년. 8월. 15일. https://www.yna.co.kr/view/AKR20180815028300009

인간게놈프로젝트, 친자확인부터 질병 치료까지

1 크레이그 벤터, 《게놈의 기적》, 노승영 옮김, 수수밭, 2009.

부록 1: 아이스맨 외치는 살 수 있을까?

1 〈미국 의료비 선진국 2배 쓰는데도 기대수명 · 영아사망 최악 이유〉, 《연합뉴스》, 2018년 3월 14일. https://news.naver.com/main/read.nhn?mode=LSD&mid=sec&sid1=104&oid=001&aid=0009957189

2 〈한국인 평균 연 17회 병원 찾아... 외래진료 횟수 OECD 1위〉, 《조선비즈》, 2018년 7월 12일. http://biz.chosun.com/site/data/html_dir/2018/07/12/2018071201685.html

부록 2: 한눈에 알아보는 한국의학사

1 여인석, 〈삼국시대의 불교교학과 치병활동의 관계〉, 《醫史學》, 제5권 제2호(통권 제9호), 1996, 197~214쪽.

2 이경록, 신동환, 〈고려시대의 의료제도와 그 성격〉, 《醫史學》, 제10권 제2호(통권 제19호), 2001년 12월.

3 여인석 · 신규환 · 이현숙 · 김성수 · 김영수, 《한국의학사》, 역사공간, 2018.

4 이현숙, 〈고려 불교 의학의 한 단면: 승려의 질병과 치료〉, 《한국중세사연구》 48, 2017년 2월, 261~293쪽.

5 원보영, 〈조선 후기 지역 민간의료체계의 발전사〉, 《國史館論叢》 제107집, 1~46쪽.

에필로그: AI시대의 의학의 미래는?

1 박재영, 《개념의료》, 청년의사, 2013.

서민 교수의 의학 세계사

초판 1쇄 발행 2018년 12월 21일
초판 7쇄 발행 2022년 4월 29일

지은이 | 서민

발행인 | 박재호
주간 | 김선경
편집팀 | 강혜진, 이복규
마케팅팀 | 김용범, 권유정
총무팀 | 김명숙

교정·교열 | 오효순
표지디자인 | 김윤남
종이 | 세종페이퍼
인쇄·제본 | 한영문화사

발행처 | 생각정원
출판신고 | 제25100-2011-000320호
주소 | 서울시 마포구 양화로 156(동교동) LG팰리스 814호
전화 | 02-334-7932 **팩스** | 02-334-7933
전자우편 | 3347932@gmail.com

ISBN 979-11-88388-71-4 (03900)

이 도서의 국립중앙도서관 출판예정도서목록(CIP)은 서지정보유통지원시스템 홈페이지(http://seoji.nl.go.kr)와 국가자료공동목록시스템(http://www.nl.go.kr/kolisnet)에서 이용하실 수 있습니다.(CIP제어번호: CIP2018039333)